D0668762

PARADIS SUR MESURE

Bernard Werber est né en 1961. Après des études de criminologie, il intègre une école de journalisme et devient un collaborateur régulier du *Nouvel Observateur*. À trente ans, il rencontre un énorme succès avec son premier roman, *Les Fourmis*. Werber incarne en France un genre dans lequel excellent les Anglo-Saxons, celui du roman scientifique.

BERNARD WERBER

Paradis sur mesure

NOUVELLES

ALBIN MICHEL

© Éditions Albin Michel, 2008.
ISBN : 978-2-253-12955-4 – 1re publication LGF

Pour Gilles Malençon.

Avant-propos

Tous les jours surgit une idée nouvelle dans ma tête.

Après, elle germe et me hante. Au début, c'est juste une hypothèse à tester, puis cela devient un chemin obsédant à explorer.

Tout commence en général par cette simple phrase :

« Que se passerait-il si… »

Ce qui a donné : « Que se passerait-il si l'on pendait les pollueurs ? » (Allons au bout de l'idée d'écologie.) « Que se passerait-il si… les humains se reproduisaient comme des fleurs ? » « Que se passerait-il si on obligeait les gens à oublier le passé ? » « Que se passerait-il s'il n'y avait plus que des femmes sur Terre ? »

Dans ce recueil j'ai mélangé des vues sur les « futurs possibles » de l'humanité, et des événements de ma propre vie : les « passés probables ». J'ai rédigé ces derniers pour ne pas les oublier. Car plus je regarde le futur, plus j'ai l'impression que mon propre passé s'évapore.

Vous retrouverez certains thèmes privilégiés. Je les explore sous plusieurs angles qui parfois se recoupent, parfois s'opposent, parfois se complètent.

Ici se trouvent aussi des histoires, embryons de celles que je développerai peut-être plus tard en romans, et celles que je tenterai de mettre en images sous forme de films.

J'aime le format « court ».

Je dois beaucoup de nuits blanches aux récits finement ciselés de mes maîtres : Edgar Poe, Jules Verne, Stefan Zweig, H.P. Lovecraft, Dino Buzzati, puis aussi A.E. Van Vogt, Frederic Brown, Isaac Asimov, Stephen King, et surtout : Philip K. Dick.

La nouvelle me semble la base même de l'artisanat d'auteur. C'est là qu'on peut tester des formes, des mécanismes, des points de vue, des procédés de narration différents.

Enfin les histoires courtes me semblent une forme de littérature du futur pour une raison simple : les gens sont de plus en plus pressés. Plutôt qu'un grand et long périple, chaque nouvelle est une petite promenade exotique.

Bons voyages.

B. W.

1. Et l'on pendra tous les pollueurs

(FUTUR POSSIBLE)

Le pendu tirait une langue bleue.

Il était entouré des autres condamnés habituels, accrochés aux branches. Pratiquement un pendu à chaque arbre. Parfois deux. Et tous portaient autour du cou la pancarte de l'infamie sur laquelle était inscrit le plus obscène de tous les mots :

« POLLUEUR ».

D'habitude, je n'y prêtais plus attention. Il faut dire que ce genre de fruits sinistres décoraient les arbres de la plupart des parcs de la ville. Et de toutes les villes du monde.

Mais c'était peut-être ici, sur Central Park, en plein cœur de New York, qu'ils étaient les plus visibles. Parce qu'il pouvait sembler choquant que les joggeurs se livrent à leurs exercices matinaux sans même leur prêter attention.

Ainsi, il existe encore des gens assez fous pour continuer à polluer en pleine époque moderne, pensai-je.

Les condamnés étaient pour la plupart des jeunes.

Pauvres inconscients, combien de temps leur faudra-t-il pour comprendre ?

J'essayais d'analyser ce qui les poussait à accomplir ces actes irréparables. Je m'en doutais un peu. Soit ils avaient voulu faire les malins en fumant une cigarette, soit ils avaient sorti du garage la vieille Porsche à moteur à explosion de Papy pour épater leurs petites amies, soit ils avaient voulu crâner et jouer les rebelles en faisant pétarader une antique tondeuse à gazon à essence.

Et ils s'étaient fait repérer.

Je ne les plaignais pas.

La consigne était simple : « On ne peut plus polluer. »

Et nul n'est censé ignorer la loi.

Je roulais tranquillement sur la 5ᵉ Avenue, dans Manhattan. Je distinguais d'autres pendus accrochés à d'autres arbres, étiquetés du même panneau : POLLUEUR.

Des corbeaux s'entassaient sur leurs têtes pour leur picorer les yeux, rapidement remplacés par des nuages de mouches bruyantes.

Ainsi les condamnés revenaient-ils dans le cycle de l'écosystème. Viande, tu retournes à la viande.

Je déglutis. Quand même, la mort de ces hommes ne me laissait pas indifférent.

Je passai la 18ᵉ vitesse (3ᵉ plateau, 6ᵉ pignon) de ma Ford Mustang décapotable et entrepris de pédaler plus puissamment.

Je me souvins du jour où tout avait commencé.

Tout d'abord un satellite de surveillance avait émis un message d'alerte. Il informait les savants que le trou dans la couche d'ozone, au-dessus du pôle Nord, venait de s'élargir, ce qui l'avait fait doubler de surface. Depuis le temps qu'on évoquait ce risque de manière théorique, voilà que les effets pratiques se faisaient enfin ressentir.

Les populations des pays nordiques : Canada, Russie, Norvège, Finlande, furent les premières à en subir les conséquences. Les rayons du soleil non filtrés déclenchèrent un nombre important de cancers de la peau.

Des centaines de milliers de morts.

Puis on assista à la fonte des glaces du pôle. Cela entraîna la montée générale du niveau des océans, qui entraîna le déclenchement de tsunamis.

Des vagues monstrueuses avaient surgi de l'horizon pour submerger les côtes d'Indonésie, des Philippines, de Ceylan, Zanzibar, Madagascar, des Seychelles et de l'île de Pâques. Des archipels entiers disparurent.

Des millions de morts.

Une seconde montée des eaux avait englouti d'un coup le Japon, les Açores et les Canaries.

Des centaines de millions de morts.

L'ONU se réunit d'urgence. Après un débat houleux ils élirent Bruce Nemrod, un jeune politicien du parti écologiste américain, les Bleus (« comme le ciel pur », disait leur slogan), pour président.

Ce dernier décida aussitôt de lancer une expertise scientifique affinée pour évaluer l'état de la planète.

Les conclusions furent alarmantes. Le trou dans la couche d'ozone était à sa limite extrême et le moindre kilomètre cube de pollution supplémentaire pouvait déclencher d'un coup le fracassement définitif de cette couche protectrice. Les experts prévoyaient dès lors que la température monterait d'un coup, la fonte des pôles en serait accélérée, les populations humaines devraient vivre sous terre pour se protéger des rayons solaires devenus dangereux.

Le président Bruce Nemrod avait une particularité, outre son jeune âge, 47 ans, il était aveugle.

En fixant de ses yeux blancs les objectifs des caméras des télévisions du monde entier, du haut de la plus haute tribune de l'ONU, il se lança dans une harangue devenue historique.

« Je suis aveugle mais je vois mieux que vous tous. Je vois que nous n'avons plus de temps, je vois que nous n'avons plus le choix. Je ne vous parle pas de politique, je vous parle de la survie de l'espèce. Je ne vous parle pas de morale, je vous parle d'urgence. Nous n'avons plus le temps de chercher des demi-mesures, de ménager les susceptibilités des consommateurs, des industriels ou des dirigeants. À situation extrême : mesures extrêmes. »

Dès lors, les lois antipollution furent promulguées.

1) *interdiction de conduire une voiture,*

2) *interdiction de fumer,*

3) *interdiction d'utiliser un moteur à pétrole,*

4) *interdiction de faire tourner une usine produisant des gaz,*

5) *interdiction d'utiliser quoi que ce soit qui émette de la fumée. Même les barbecues. Même les feux de cheminée. Même les pétards.*

La première réaction musclée vint des gouvernants des pays pétroliers. Ils tentèrent de corrompre les membres de la Commission de sécurité de l'ONU.

N'obtenant aucun résultat ils tentèrent d'assassiner le président Nemrod. Un tireur d'élite le rata de peu en visant d'un toit.

Suite à cette attaque, le président Nemrod prononça un deuxième grand discours dont le ton était beaucoup plus menaçant.

« Le pétrole est le sang de la terre et ceux qui l'aspirent en sont les vampires, déclara-t-il. Puisqu'ils veulent la guerre nous ferons donc la guerre aux nations-vampires suceuses de pétrole. »

Dès lors le président Nemrod fit voter des crédits exceptionnels en vue de la création d'une armée de circonstance : l'APA (Anti-Pollution Army). Ses membres furent dotés des équipements les plus modernes (mais sans poudre) avec des armes de type arbalètes. Face à eux, les pays pétroliers enrôlèrent des soldats mercenaires qu'ils réunirent en puissantes milices munies d'armes modernes, à poudre celles-ci.

La « Guerre du Pétrole » dura trois ans, et tourna à l'avantage de l'APA grâce au nombre de ses soldats et aux talents de quelques généraux fins stratèges.

Les dirigeants des pays pétroliers vaincus furent arrêtés puis noyés dans des bacs de pétrole jusqu'à ce que mort s'ensuive. « Vous aimez le pétrole ? Eh bien buvez-le ! », avait déclaré le président Nemrod.

Après les États pétroliers, la seconde vague de résistance aux lois écologiques vint des associations d'automobilistes qui lancèrent des manifestations sur toutes les grandes avenues de la planète en scandant des slogans tels que : « Nous aimons nos voitures. » Les camionneurs, les taxis et les motards se montrèrent solidaires.

Pragmatique, après avoir créé l'APA, le président Bruce Nemrod lança la PAP (Police Anti-Pollution), elle aussi dotée de pouvoirs d'action et de moyens considérables.

La survie de l'espèce constituait un argument imparable face aux contestataires.

Après les guerres ouvertes, surgirent les guerres civiles : Automobilistes contre PAP.

Les usagers de moteurs étaient encore plus fanatiques que les gouvernants des États pétroliers. On ne renonce pas aussi facilement au plaisir de faire « vroum vroum » en appuyant sur l'accélérateur de son 4 × 4 turbo diesel. Les comités de défense des automobilistes avaient tenté de bloquer les grandes artères mais la PAP avait dégagé les embouteillages avec des béliers. Des groupes de motards s'étaient formés et armés pour combattre en une meute fumante et sonore.

Ils s'avérèrent de redoutables guerriers. Finalement, pour en venir à bout, fut créée une section de cavalerie : la PAPM. Police Anti-Pollution Montée. Les charges des motards à fusil contre les PAPM à cheval avec leurs arbalètes et leurs lances furent d'une grande beauté mais tournèrent vite à l'avantage des forces gouvernementales, plus nombreuses et mieux organisées.

Les chevaux étaient tout-terrain et présentaient l'avantage de ne jamais tomber en panne d'essence.

Les motards et les automobilistes rebelles furent pendus. Et leurs corps servirent de compost pour les jardins potagers municipaux.

Pour décourager toute tentation de faire vrombir des soupapes, les voitures à moteur furent jetées au fond des océans. Certains fétichistes irréductibles préférèrent rester crispés au volant de leur engin chéri, ceinture de sécurité serrée au moment du grand saut.

Ainsi fut tournée la page des moteurs.

Seuls les fumeurs de cigarettes, déjà fortement réduits au silence par les lois sanitaires des années 2000, ne marquèrent aucun signe de rébellion. Ils étaient résignés depuis longtemps.

Au final, la politique antipollution du président Nemrod avait coûté la vie à plusieurs centaines de milliers de personnes. Mais comme l'énonçait lui-même le président aveugle, c'était « un petit sacrifice pour éviter un drame beaucoup plus dévastateur ».

Ainsi l'essentiel de l'humanité avait fini par comprendre à la longue cette phrase :

« On ne peut plus se permettre de polluer. »

Les usines fermèrent les unes après les autres. Sans pétrole les machines ne tournaient plus. Sans camions ni voitures, l'activité économique s'était considérablement modifiée, privilégiant les artisans locaux et le commerce de proximité. Profitant d'une grande popularité due à sa victoire sur les pays pétroliers et les émeutes d'automobilistes, le président Nemrod voulut consolider son avantage.

Il décida, toujours au nom de la survie de l'espèce, de fermer toutes les centrales électriques thermiques (pétrole et charbon) ou nucléaires, puis dans la foulée d'interdire purement et simplement toute activité électrique. Ce fut la sixième loi antipollution.

6) *Interdiction d'utiliser l'électricité.*

Cette loi passa paradoxalement sans difficulté.

Cependant le président Nemrod, pour être aveugle n'en était pas moins visionnaire. Il se doutait que même si sa politique écologiste coercitive était passée de justesse, les gens ne pourraient renoncer à leur cadre de vie moderne. Il ne fallait surtout pas donner l'impression de proposer un retour au Moyen Âge, comme certains de ses détracteurs l'en accusaient régulièrement.

Le président Bruce Nemrod proposa donc aux entreprises de leur accorder une aide afin qu'elles s'adaptent aux nouvelles normes antipollution dans le cadre d'un plan nommé MDA : « Maintien Des Apparences ».

Il s'agissait en fait de maintenir un mode de vie moderne en fabriquant de manière quasi industrielle, mais toujours sans productions polluantes, des « ersatz ».

Les meilleurs ingénieurs planchèrent pour résoudre cette quadrature du cercle : fabriquer des objets écologiques non polluants ressemblant aux anciens objets industriels polluants.

Ce défi plut aux chercheurs les plus subtils et les plus inventifs.

Les industriels s'adaptèrent donc pour produire sans essence ni électricité des objets nouveaux qui avaient l'apparence des anciens. De grandes marques automobiles proposèrent une nouvelle gamme en tous points identique à leurs modèles les plus célèbres.

La carrosserie de tôle était remplacée par une carrosserie fibre de verre, un peu comme celle des kayaks.

Le moteur à essence était remplacé par un pédalier, une chaîne et un dérailleur semblables à ceux des vélos de course.

Ainsi, la Ford, la Toyota, la Volkswagen mais aussi la Mercedes, la Renault, la Peugeot, la Fiat, la Volvo, la Saab, la BMW ou la Hyundai étaient désormais à pédales.

Même Rolls Royce, Bentley, Hummer, Lamborghini, Jeep et Maseratti avaient créé leur modèle à pédales. Tous avaient adapté leur production pour construire des carrosseries ultralégères, des rouages en titane, des embrayages en bois.

De même, comme les experts avaient remarqué que les pets des vaches, des moutons et des porcs étaient une importante source de méthane (gaz qui augmentait le trou dans la couche d'ozone), le président Nemrod avait ordonné l'élimination pure et simple de tous les troupeaux bovins, porcins et ovins, remplacés par des sources de protéines végétales ou marines. D'habiles chimistes arrivèrent ainsi à produire des ersatz de steaks de bœuf ou de jambon avec du tofu, des algues ou des champignons.

Ce fut la septième loi antipollution.

7) *Ne plus manger de viande rouge.*

Moi, je m'appelle Jérôme Toledano. Quand je me regarde dans le miroir je vois un type grand, large d'épaules, le cheveu ras, le menton carré. Le genre de type à qui on n'a pas envie de chercher des problèmes. Une balafre sur la joue complète le tableau, me donnant un côté pirate dont je ne suis pas peu fier. Mon père était militaire dans l'APA, puis policier dans la

PAP. Il a même fait partie de la fameuse PAPM, Police Anti-Pollution Montée. C'étaient eux qui avaient chargé, à cheval, armés de lances et d'arbalètes, contre une armée des motards Hells Angels pollueurs dotés de revolvers à balles lors de la fameuse bataille d'Albuquerque dans le Nouveau-Mexique. La PAPM avait gagné de justesse, mais mon père était mort durant les combats. D'une balle dans le dos. Dès lors il était devenu une légende de la lutte contre la pollution.

J'avais naturellement été enrôlé dans les JE, Jeunesses Écologistes (l'idéal pour la formation d'un véritable écologiste : cours de survie en forêt, salut au drapeau, cours de compostage, manifestations, défilés, journées de nettoyage des zones polluées, plantations d'arbres) puis dans les PAP (j'avais réussi l'examen d'entrée de justesse, une question sur le cycle de floraison du pissenlit avait failli me faire tout rater). Pourtant, après cinq ans de bons et loyaux services j'en avais été exclu suite à un incident stupide.

Ce jour-là, j'avais un peu bu, et j'avais bâclé une enquête. C'était dans un quartier chaud de Harlem. J'avais été un peu violent avec un type que je suspectais d'avoir pollué avec une tronçonneuse à moteur. Quelques gifles appuyées et il avait avoué. Je l'avais ensuite fait pendre. Or sa femme avait prouvé son innocence en s'avouant coupable. Pas de chance. Des collègues s'étaient plaints de mes méthodes trop expéditives susceptibles de donner une mauvaise image de la PAP. Ma réputation de grosse brute et d'alcoolique n'avait rien arrangé. Du coup j'avais reçu un blâme.

Plus tard, j'avais tué un type d'un carreau d'arbalète parce que je croyais qu'il fumait alors qu'en fait de la vapeur sortait de sa bouche, l'air était glacé. Cette fois, j'ai purement et simplement été « remercié » par mes supérieurs hiérarchiques.

J'avais donc quitté le service public et connu une période de déchéance durant laquelle l'alcool avait été ma seule consolation. Cependant un ami de mon père, un officier de la prestigieuse PAPM, qui avait combattu à Albuquerque avec lui, avait fini par me convaincre de créer mon agence de détective privé, lui se chargeant de me fournir des clients.

La plupart de mes enquêtes concernaient des recouvrements de dettes, de l'espionnage industriel ou des affaires matrimoniales. Cela suffisait à me faire vivre confortablement.

C'était ainsi que j'avais pu acheter ma Ford Mustang décapotable (rouge avec un motif de tigre bondissant la gueule ouverte sur les flancs) et un petit studio sur la 8e Avenue. Je pilotais donc allégrement en passant les dix-huit vitesses de ma Mustang dans un New York à l'air pur, gâché pourtant par les désagréables relents des pendus des squares.

Arrivé au bas de mon immeuble de bureaux, j'ai garé ma voiture à côté des autres au parking. Sans oublier d'attacher l'ancre pour ne pas qu'elle s'envole au vent, à plusieurs mètres de hauteur (cela m'était déjà arrivé et je l'avais retrouvée fendillée, c'est l'inconvénient des voitures légères).

Je pénétrai dans le hall, où un groom en livrée me salua.

Je pris l'ascenseur pour rejoindre mon bureau situé au sommet de ce gratte-ciel de 74 étages. En bas, une équipe de sportifs en short, regroupés dans un tambour de bois de trois mètres de diamètre, faisait tourner la grande roue reliée à un cordage, elle-même attachée à une poulie qui tirait vers le haut la cabine de l'ascenseur et ses occupants.

Les sportifs étaient en sueur mais la cabine atteignit sans difficulté mon bureau penthouse au 74ᵉ étage. Un petit à-coup au 35ᵉ m'avait fait sourire : probablement dû à une série de crampes ou de tendinites.

Ma secrétaire, Élisabeth, était déjà arrivée. Le duvet sous son nez se transformait au fil des jours en moustache, mais on ne pouvait hésiter sur son sexe : ses seins étaient si proéminents qu'ils la déséquilibraient parfois lorsqu'elle marchait.

Elle m'offrit un café qu'elle venait de réchauffer sur la plaque solaire à miroir concave.

– Le courrier vous attend, m'annonça-t-elle.

Je me dirigeai donc vers le balcon.

Sur la rambarde je découvris dans l'ordre : des moineaux, des pigeons et des vautours.

Les moineaux dressés transportaient les SMS, les petits mots rapides. Je dégageai les bagues de leurs pattes et lus rapidement. C'étaient des souhaits de bon anniversaire.

Ah, c'est vrai j'avais oublié. C'est aujourd'hui que je prolonge d'une année mon existence sur cette planète.

J'accrochai des SMS de remerciements aux bagues et laissai repartir les moineaux.

Les pigeons, eux, portaient des bagues nettement plus grosses. Des factures, des prospectus et des documents administratifs.

Le vautour était lesté d'un colis. Je décrochai l'étui volumineux accroché à sa patte droite et l'ouvris. C'était un cadeau de ma mère, un holster pour arbalète qu'elle avait cousu elle-même, ainsi qu'un petit carquois pour les flèches.

Chère maman.

L'année dernière elle m'avait offert le poignard de papa. Et l'année précédente, une fiole de curare pour enduire mes pointes de flèches. Du curare qu'elle avait filtré elle-même.

Je regardai le ciel et respirai à pleins poumons. Difficile de croire que jadis, chaque respiration saturait les poumons d'hydrocarbures. Du haut de mon 74e étage, j'aurais vu le nuage de pollution flotter au-dessus de la ville. Désormais, grâce à la politique stricte de Bruce Nemrod, tout était devenu clair et sain. Le trou dans la couche d'ozone au-dessus des pôles n'évoluait plus.

Je libérai le vautour de la poste et il repartit à tire-d'aile en lâchant un cri lugubre.

D'autres messagers traversaient l'azur du ciel. J'aperçus un faucon qui fonçait sur un pigeon. Probablement un voleur de courrier. C'étaient les nouveaux délinquants. Les fauconniers. Ils espéraient trouver des chèques dans les bagues.

Au-dessus des gratte-ciel les plus élevés de New York je distinguais des Boeing 797. Vu l'époque de l'année je me doutais que ces gens partaient vers la Floride.

Admirables touristes. Car il en fallait du mollet et de la santé pour partir en vacances. Même si les Boeing 797 présentaient la même apparence que les anciens avions à réacteurs, même s'ils étaient tenus en suspension dans les airs par d'énormes ballons d'hélium accrochés à leurs ailes, il fallait pédaler fort pour faire tourner les hélices sur les centaines de kilomètres qui nous séparaient des plages de Miami. Le voyage prenait plusieurs jours et, paraît-il, l'ambiance dans les cabines était assez tendue étant donné le confinement, l'odeur de sueur, et la fatigue des hôtesses qui servaient l'eau, les boissons, les barres énergétiques, les plats et les pommades anti-claquage.

On nous disait que c'était bon pour le cœur. D'ailleurs, les touristes arrivaient à destination épuisés mais musclés. Pour ma part, je ne me sentais plus assez sportif et patient pour ce genre d'exercice. Les vacances me fatiguaient trop.

Je revins dans mon bureau. Élisabeth, après s'être soulevée avec difficulté de son large fauteuil, me signala qu'un client qui avait l'air important m'attendait.

C'était un homme de belle prestance, cheveux poivre et sel, costume vert foncé, chemise vert clair, cravate noire.

– John Alvarez. Je travaille pour le métro, annonça-t-il en me tendant sa carte de visite frappée du sigle de la CMNY : Compagnie du Métro de New York. Je suis directeur du développement.

J'eus aussitôt une vision des usagers en train de pédaler tous les soirs dans les rames bondées pour rentrer chez eux. Ceux qu'on appelait les « galériens des heures de pointe ».

Je lui tendis une main large.

– Enchanté, que me vaut le plaisir ?

– Nous avons depuis quelque temps une petite inquiétude. Il semblerait que notre principal concurrent, la SBNY, Société des Bus de New York, soit en train de mettre au point un nouveau moyen de transport citadin révolutionnaire, capable d'éviter les embouteillages et de fluidifier le trafic centre-ville-banlieue.

– Jusque-là rien que de très normal, c'est la concurrence industrielle. Quel genre de bus ?

– D'après nos sources, ils auraient trouvé le moyen de déplacer des banlieusards en centre-ville, très vite, sans utiliser de pédalier.

– Des bus à voile ? Des bus à moteur à ressorts ? Des bus tractés par un câble ?

– Rien de tout ça. Ils ont trouvé autre chose de plus « audacieux ». Et ils entourent leur découverte du plus grand secret. Nous soupçonnons évidemment l'emploi de moteur, d'essence, ou de fumée. Et je vous avouerais que si vous les coinciez cela serait utile pour notre entreprise. Nous vous en serions très… reconnaissants.

Je lui précisai le tarif de la reconnaissance, ce qui le fit tiquer dans un premier temps, mais accepter dans un second.

Le lendemain, dans l'après-midi, je fouinais déjà dans les ateliers de recherche de la SBNY, dont les locaux étaient situés dans un coin de banlieue du Queens.

De l'extérieur, ce n'était que des bâtiments modernes, des bureaux alignés avec, à l'arrière, des hangars remplis de bus. J'avais emporté avec moi mon détecteur de fumée, d'hydrocarbures, et même mon détecteur de nitrate au cas où ils utiliseraient une forme quelconque de poudre explosive.

Je savais bien évidemment qu'en cas de réussite il ne me serait pas difficile de les dénoncer, et dès lors, l'endroit où se trouvait leur belle usine ne serait bientôt plus qu'un terrain vague avec quelques cadres supérieurs accrochés aux branches fleuries de ce beau printemps.

Je cherchais un laboratoire mais, finalement, ce fut dans une sorte de champ, à l'arrière des buildings administratifs, que je découvris le grand secret de la SBNY.

En fait, le moyen qu'avaient trouvé leurs chercheurs pour déplacer à vive allure des foules entières de citadins sans utiliser le métro, le bus, ou la voiture c'était… la catapulte !

Ni plus ni moins.

Je les observais de loin.

Les ingénieurs préparaient un homme qui devait grimper sur une catapulte géante d'au moins cinq mètres de hauteur, et qu'ils prévoyaient de lancer dans le ciel. L'homme devait s'envoler et, si j'en croyais ce que j'entendais en utilisant un cornet amplificateur de sons, il atterrirait sur un point-cible prévu à cet effet.

Je poursuivis mes investigations en fouillant dans les bureaux de la SBNY. Je finis par découvrir qu'en

effet ils comptaient concurrencer la CMNY en disposant à l'intérieur et à l'extérieur de la ville des milliers
de catapultes humaines.

Je fouillai d'autres bureaux et découvris ce qui, a
priori, semblait invraisemblable : les ingénieurs de la
SBNY se faisaient aider de spécialistes de golf qui étu-
diaient l'influence du vent sur les trajectoires de vol à
longue distance. Des experts en artillerie aidaient aussi
à ajuster leurs tirs.

J'avais beau être ouvert au progrès, j'imaginais mal,
tous les matins aux heures de pointe, des milliers de
catapultes lançant des millions de banlieusards, mal-
lette de travail au poignet, sur la capitale. Et j'imaginais encore moins le soir, aux mêmes heures de pointe,
ces mêmes millions de travailleurs s'envoler ensemble
pour retomber dans leurs banlieues respectives. Pourtant, l'image de ces foules propulsées dans le ciel avait
quelque chose de vraiment « esthétique ». Semblable
à une explosion de feu d'artifice, ou à une fleur
s'ouvrant d'un coup.

Des catapultes pour les banlieusards...

Quelqu'un pouvait-il seulement avoir eu cette idée
saugrenue ?

C'est alors que je tombai sur une femme de ménage
qui se mit à hurler en me voyant.

Aussitôt un groupe de vigiles surgit.

Je cueillis le premier de mon poing droit, enfonçai
mon pied gauche dans le foie du second et filai comme
un beau diable avant que le troisième ne réagisse.

Je courais.

Derrière moi le groupe des poursuivants, devant
moi quelques responsables de l'entretien qui essayaient

de faire barrage avec leurs balais. C'était sans compter avec ma taille, mon poids et du coup ma masse. Je les percutais comme une boule de bowling frappant des quilles.

Cependant l'alerte était donnée, mes poursuivants se faisaient plus nombreux. Je devais coûte que coûte trouver un moyen de sortir de là. Pris d'une intuition soudaine, je fonçai vers le champ d'expérimentation.

Autour d'une catapulte, plusieurs types en blouse blanche équipaient un cobaye déjà assis sur le siège du bras de lancement.

L'effet de surprise fit le travail à ma place. Je n'eus qu'à dégager d'une main l'apprenti catapulté, un jeune homme casqué et engoncé dans un anorak, et de l'autre à bousculer les ingénieurs occupés à noter des chiffres et à calculer sur des bouliers.

Le siège m'a paru moelleux. Et avant que quiconque n'ait eu le temps de réagir je sortis le poignard de mon père (offert par ma mère et baptisé par les Jeunesses Écologistes « Excalibur »), et je tranchai le lien qui retenait le bras de la catapulte.

Ce qui suivit participa de ce que l'on peut appeler une émotion forte.

Un plaisir nouveau et puissant.

Je volais.

Violemment projeté dans le ciel, j'eus le loisir de côtoyer non seulement les pigeons voyageurs de la poste, mais aussi les nuages, et même un avion à hélices qui volait à basse altitude.

Le vent fouettait mon visage.

Je compris soudain pourquoi le catapulté dont j'avais pris la place était emmitouflé dans un anorak, là-haut il faisait vraiment froid, l'air était piquant. Le voyage me sembla durer très longtemps. À un moment j'eus presque envie d'étirer mes bras pour voir si on pouvait planer mais, arrivé à un point culminant, mon ascension ralentit.

Durant quelques secondes, j'eus l'impression de rester en suspension à une centaine de mètres du sol.

Certes je pus admirer la vue d'en haut, mais sans faire du tourisme, déjà je quittais mon apogée pour aborder la seconde partie du voyage, en général la plus délicate : la chute.

Et ce qui à l'aller semblait une courbe gracieuse, devint très vite une pente raide.

À cette seconde seulement je me suis posé le genre de question stupide, qu'il vaut mieux se poser beaucoup plus tôt ou pas du tout : *Au fait, pourquoi n'ai-je pas de parachute ?*

Le sol fonçait vers moi accompagné de toute la ville de New York comme une gigantesque raquette de tennis s'approchant d'une balle.

Si ce n'est que la balle c'était moi.

Les buildings arrivaient à toute vitesse comme des dents effrayantes prêtes à me fracasser.

Enfin je vis tout en bas une équipe de scientifiques entourant un rond-cible, marqué de cercles concentriques rouges et blancs.

Je me ramassai en fœtus, prêt au choc, et fermai les yeux.

Puis, soudain pris d'un doute, je les rouvris et me redressai pieds en avant.

Bien m'en prit. Je percutai aussitôt le centre d'une membrane souple sous mes pieds.

Un trampoline. Ils font la réception sur un trampoline !

Comme au ralenti, je m'enfonçai profondément dans la surface élastique avant de remonter et de rebondir plusieurs fois, puis de me stabiliser.

Bon sang ! j'ai réussi à être catapulté du Queens dans Manhattan ! Des dizaines de kilomètres franchis en quelques secondes !

Heureusement, les scientifiques du point de chute n'étaient pas au courant du changement de cobaye.

Profitant de l'étonnement devant mon manque d'équipement, je bousculai tout le monde et bondis vers les rues de New York. Mais très vite un groupe d'agents de la sécurité de la SBNY me prit en chasse.

Je stoppai un taxi à bandes jaunes et noires, saisis le conducteur par le col et l'éjectai de son véhicule. Je m'installai sur son siège et passai la première vitesse.

Une Cadillac Lincoln aux suspensions molles. Évidemment j'aurais préféré ma Mustang, les agents de la SBNY étaient montés dans leur propre véhicule et fonçaient à mes trousses.

Je passai la deuxième vitesse mais les deux types dans leur Pontiac pédalaient fort. Ils n'avaient pas l'épuisement d'un vol en catapulte dans les reins, eux.

Ils devaient bien faire du 40 kilomètres à l'heure, pendant que mon compteur plafonnait péniblement à 35 à l'heure.

Je passai une vitesse et accélérai encore.

45 kilomètres-heure.

Ils me rattrapaient.

Nouvelle vitesse. Gros plateau. Petit pignon.

60 kilomètres-heure.

Difficile d'aller plus vite. Je soufflais et ahanais.

En grillant un feu rouge je faillis emboutir un camion et fis un vœu pour que mes poursuivants, eux, ne le manquent pas. Mais ils l'évitèrent aussi.

Finalement ils me doublèrent en queue-de-poisson.

Mon taxi décolla de la route, se mit à rouler en tonneaux, et moi avec, ligoté par ma ceinture de sécurité. Un piéton fut heurté mais sans grand mal.

Je n'eus aucune difficulté à me dégager de la carrosserie en plastique. C'était l'avantage des voitures écologiques, on n'était pas écrabouillés dans la tôle tordue.

Déjà les deux agents de la SBNY avançaient sur moi, menaçants.

Je saignais de la bouche mais mes réflexes étaient intacts. J'arrachai l'aile du taxi et m'en servis pour assommer le premier. Le second se rua sur moi et me décocha dans les côtes un coup fulgurant qui me coupa le souffle. Toujours à terre, je vis ses deux poings m'atterrir dans la figure. C'était bien la peine d'échapper à un vol en catapulte pour se faire massacrer dans la rue.

Sonné, les oreilles sifflantes mais l'adrénaline aidant, j'arrachai le pare-chocs du taxi et le fracassai sur le crâne de mon adversaire. Il avait son compte.

Faut pas me chercher.

Je décidai de rentrer au bureau en métro. Pédaler au milieu de la foule avait quelque chose de relaxant par rapport au rodéo que je venais de vivre.

Ascenseur. 74ᵉ étage. Élisabeth m'adressa un signe de connivence, puis me chuchota à l'oreille :

– Il est là depuis deux heures. Il a insisté pour attendre.

Tout en parlant et sans faire la moindre remarque, elle avait sorti le coton, les pansements et autre mercurochrome et pansait déjà mes plaies. Elle m'aida à ôter ma chemise couverte de sang et m'en donna une neuve.

John Alvarez, le directeur du développement de la CMNY, m'attendait en effet dans mon bureau.

Je lui racontai ma journée, lui expliquai que même si son concurrent pouvait intervenir avec ses catapultes sur de petites distances, il était peu probable qu'on puisse catapulter les banlieusards jusqu'au centre-ville sans risquer que le vent les dévie. Ce qui entraînerait un écrasement fatal contre les murs des buildings. Ou une chute parmi les voitures.

– … Sans compter que les piétons risquent de se prendre les « déviés » sur la tête. Il risque de pleuvoir dru !

– Vous en êtes sûr ? demanda John Alvarez, étonné.

– J'ai moi-même testé la catapulte. Le trampoline de réception est large, mais imaginons qu'une bourrasque ait pu me dévier, j'étais mort. L'élément météorologique étant incontrôlable, cette technique n'a aucun avenir.

Le visage sombre, John Alvarez ne prenait pas l'affaire à la légère.

Il me tendit un chèque mais, au moment où je voulus le saisir, il le retint.

– Je vous donne le double si…

Il s'interrompit, mal à l'aise.

– Si quoi ? insistai-je.

– Si vous sabotez leur catapulte le jour de la démonstration officielle. Je veux être sûr que le type sera « dévié », comme vous dites. Je pense qu'un cadavre écrasé contre une façade devrait être suffisamment dissuasif pour nous laisser le temps de mettre au point… nos propres catapultes « sécurisées ».

Étonné tout de même de ne pas l'avoir dégoûté des catapultes et des trampolines, je lui répondis que la déontologie et mon éthique m'interdisaient de telles pratiques. J'insistai sur le fait qu'il devait faire confiance aux courants d'air naturels et aux caprices des vents pour ruiner le projet concurrent. Comme je l'avais espéré, les enchères montèrent. Finalement, déontologie et éthique détournèrent les yeux et nous arrivâmes à nous entendre sur le triple de la somme. Il m'en donna la moitié, le reste viendrait après l'« accident » lors de la démonstration officielle qui devait se dérouler dans trois mois.

Le client parti, Élisabeth se leva en s'épongeant le front à cause de la chaleur qui dessinait de larges auréoles sur son chemisier blanc et m'apporta un whisky trempé de quelques gouttes de sa sueur.

– Je crois que ça vous fera du bien, affirma-t-elle.

C'est ce que j'appréciais le plus chez Élisabeth : sa capacité à dire des phrases ordinaires dans les instants extraordinaires.

Je lançai le ventilateur à larges pales, actionné par un écureuil dans une roue. Il suffisait pour cela de descendre un filet rempli de graines de tournesol. Dès que l'écureuil le voyait, il fonçait pour l'attraper. Ce qui faisait tourner la roue et donc le ventilateur.

– Vous ne trouvez pas qu'il fait de plus en plus chaud ? questionna Élisabeth.

Joignant le geste à la question elle entrouvrit son chemisier ce qui m'offrit une vue plongeante sur les deux globes de ses seins, lisses et luisants.

– Je me demande si malgré toutes les précautions, le trou dans la couche d'ozone ne s'élargit pas, vous en pensez quoi, monsieur Toledano ?

– Je vous aime beaucoup, Élisabeth, lançai-je en réponse aux deux questions.

Le compliment la fit rosir.

Je consultai ma montre à cadran solaire, l'ombre indiquait 17 heures, et je me dis que j'avais assez travaillé pour la journée.

L'ascenseur à la descente était plus rapide qu'à la montée et je saluai les sportifs dans le tambour du rez-de-chaussée avant de rejoindre le parking et d'enlever l'ancre de ma Ford Mustang.

Sur le chemin du retour je vis que les services de la voierie avaient décroché les pendus les plus abîmés. Des riverains avaient dû se plaindre des mouches.

À quelques rues de chez moi je tombai sur un embouteillage au niveau du croisement de la 5ᵉ Avenue et de la 43ᵉ. C'était une équipe de télévision. Plus précisément le journal du soir. Sur une scène en forme d'écran posée au milieu de la place, un journaliste assis lisait « le texte » :

– Le président Nemrod a annoncé que le trou dans la couche d'ozone continuant de s'agrandir, les mesures antipollution vont devenir plus drastiques encore.

Derrière lui, des acteurs mimaient les scènes d'actualités : meurtres, guerres, accidents, mariages, matchs de sport. La météo avait le mot de la fin, incarnée par des acteurs déguisés en soleil ou en nuages grimaçants.

Un peu partout dans la ville, de semblables théâtres-télévisions annonçaient les mêmes nouvelles au même instant.

Enfin chez moi, je m'effondrai dans mon fauteuil et déplaçai un morceau de fromage face à la souris qui actionnait mon tourne-disque pour écouter un vieux morceau de jazz. J'aimais bien cette musique.

Le jazz...

À l'époque, cette musique donnait paraît-il envie de fumer et de faire l'amour. Le mot « jazz » signifiait d'ailleurs amour en argot. Moi le jazz me donnait juste envie de boire.

Les yeux fermés, je me revoyais en train de jouer à l'oiseau... je venais quand même d'être catapulté du Queens à Manhattan !

Quelqu'un frappa à la porte.

Derrière le battant vitré, j'aperçus tout d'abord une silhouette élancée.

– Je vous en prie, aidez-moi. Je suis perdue sans vous, murmura-t-elle.

Sans réfléchir je la laissai entrer et lui proposai mon fauteuil.

C'était une femme impressionnante.

Elle portait un tailleur noir ajusté à la taille, une jupe courte qui dévoilait ses longues jambes en bas à résilles, et des chaussures à hauts talons. Ses lèvres

étaient peintes d'un rouge agressif et ses yeux souli-
gnés de khôl.

Une élégance peu habituelle chez les jeunes femmes
actuelles plutôt « hippies », mais qui convenait parfaitement à la musique jazz qu'égrenait mon tourne-
disque, ou plutôt la souris épuisée mais toujours moti-
vée par le fromage. Devant ses yeux exorbités, je crai-
gnis que le rongeur ne tienne pas jusqu'à la fin du
morceau *Fever*.

La femme rectifia sa coiffure du bout des doigts. Je
lui servis un whisky, et elle but à petites gorgées nerveuses.

En quelques phrases elle m'expliqua que son père
était un ancien Hell Angel et qu'il n'arrivait pas à
décrocher de sa passion des motos à moteur à essence.

– Il va être pendu, soupirai-je, fataliste. Et ce sera
bien fait. Mon père a été assassiné par une troupe
d'Hells Angels. Je les déteste.

– Non, il ne sera pas pendu. Car vous allez le sauver.

– Je ne peux pas. Les mesures antipollution viennent encore d'être renforcées et…

– Je vous demande juste de ramener mon père à la
raison avant qu'il ne soit trop tard. Après je vous paierai pour votre silence.

La musique s'arrêta d'un coup. La souris du tourne-
disque était probablement morte d'un infarctus. J'allai
dans la cuisine, chercher une souris neuve (ce qu'on
appelait des « piles », elles étaient recyclées dans les
pots de fleurs par souci écologique) et plaçai la neuve.
Stormy Weather commença à résonner.

– Pourquoi moi ? demandai-je.

– Mon frère m'a dit que vous étiez le meilleur. Il est directeur à la CMNY.

– Vous êtes la sœur de John Alvarez ? Je l'ai vu il y a quelques minutes à peine. Il n'a pas pu vous parler de la conclusion de notre affaire.

Elle battit de ses longs cils.

– Il m'a dit que vous étiez un homme de cœur et d'une grande efficacité.

– Je lui ai en effet résolu son « petit problème ».

– Il avait enquêté sur vous avant de venir vous voir. Il m'a dit qu'il avait rarement vu quelqu'un d'une telle probité morale.

– Vous ne m'aurez pas à la flatterie. D'abord, comment avez-vous eu mon adresse personnelle ?

– Je vous ai suivi, avoua-t-elle. Je ne voulais pas vous voir dans un cadre professionnel.

En tant que détective privé, je me sentis vexé de ne pas l'avoir repérée. Je m'étais fait suivre comme un débutant par une femme sans même la détecter. Mais déjà elle s'approchait et collait ses seins contre mon torse.

– Je vous en supplie, aidez-moi. Sauvez mon père.

J'hésitais. Elle profita de mon trouble pour coller ses lèvres aux miennes et m'embrasser goulûment.

– Croyez bien que je vous en serai éternellement reconnaissante.

La musique jazz ralentit, tant la deuxième souris était étonnée du comportement de ma visiteuse.

– Je m'appelle Sabrina, Sabrina Alvarez, lâcha-t-elle dans un souffle. Je ne suis qu'une petite actrice de théâtre d'actualités, mais je vous donnerai tout ce que j'ai.

Je comprenais mieux son accoutrement. Une actrice ! La pauvre devait tous les soirs jouer sur une scène de rue les drames de ce monde.

– Sans vous, monsieur Toledano, je n'ai plus d'espoir. Mon père est fou. Complètement fou. Mais ce n'est pas un méchant homme, il suffit de lui parler et de le convaincre.

Une larme coulait et, mélangée au mascara, dessinait sur sa joue une longue traînée sombre.

– Vous paraissez blessé, chuchota-t-elle en glissant sa main dans ma chemise entrouverte et en caressant les poils de mon torse au niveau du cœur.

Je ne sais plus très bien ce qui a suivi, mais nous avons fait l'amour. Et rarement dans ma vie j'ai ressenti une telle certitude d'être en train de faire une bêtise. Une grosse bêtise.

Le lendemain, nous nous sommes mis en route.

Après avoir roulé longtemps vers l'ouest, je garai ma Ford Mustang rouge 18 vitesses près d'une petite maison isolée, en lointaine banlieue.

Il faisait très chaud. Ces longues heures de pédalage sur l'autoroute m'avaient donné soif. Ma passagère était elle aussi en sueur. Il faut dire que la jolie tenue qu'elle avait mise pour me convaincre de l'aider ne convenait pas vraiment aux circonstances plutôt… sportives. Elle avait donc en partie déchiré ses vêtements. Du coup le spectacle de son corps splendide participait à ma motivation d'enquêteur.

La maison semblait abandonnée.

– Papa ! Papa !

Personne ne répondit. Mais à mesure que j'approchais de l'arrière de la maison, un bruit et une odeur inconnus m'assaillirent.

Serait-il possible que...

Je parvins sur les lieux le premier. La scène était hallucinante.

Un petit vieux à longue barbe poivre et sel, nez en museau aérodynamique, casquette en cuir et lunettes rondes en mica mauve, était juché sur un engin à deux roues dont je n'avais vu jusque-là que des photos dans les livres d'horreur.

Une vraie moto !

Ses longs cheveux s'échappaient de la casquette en cuir et la moto diffusait avec son haut-parleur sans le moindre rongeur à l'intérieur la musique de *Born to be wild*.

Plusieurs médailles brillaient à son cou. Comme les bouts ferrés de ses bottes, les clous du blouson de cuir, les tatouages, les piercings. Il enclenchait un tour après l'autre sur une sorte de piste goudronnée qui semblait aménagée à cet effet.

Quand il nous repéra, il consentit enfin à stopper son engin fumant et rutilant tout près de nous. Il souleva ses lunettes mauves sur lesquelles des foules de malheureux moucherons s'étaient écrasés et désigna son engin d'enfer.

– Ça vous la coupe, hein ? Harley Davidson « Phantom » ! 1 852 centimètres cubes, double carburateur, moteur à injection, freins à disques ventilés ! Impressionnant, non ?

– Papa, oh mon Papa, j'ai eu si peur ! Je pensais ne plus te trouver.

Il me jaugea avec méfiance.

– C'est qui celui-là ?

– Écoute, Papa, j'ai fait venir monsieur pour qu'il te parle. Tu ne peux plus continuer comme ça. C'est trop dangereux.

Le vieil homme à l'allure de fouine velue me considéra, sceptique.

– C'est ton nouveau mari ? Tu as bien fait d'en changer, le précédent était trop petit. Je crois aux types qui ont des épaules larges et des balafres.

– Jérôme Toledano est détective privé. Lui seul pourra nous aider en cas de pépin car il connaît les trucs de la police. C'est un ancien de la PAP.

– La PAP ? Ah, ah ! Les « Pauvres Ânes Prétentieux » ?

L'homme coupa enfin le contact et le vacarme du moteur cessa ainsi que la fumée. Il descendit de sa moto d'un élégant petit saut carpé comme d'un destrier.

Il vint vers moi et accomplit un geste terrible. Il sortit un cigare de son étui en cuir et se mit à le fumer avec ravissement.

– Non, Papa ! Pas ça !

– Je m'en fous. Je préfère crever d'un cancer du poumon que me priver de ces petits plaisirs. Je suis vieux. Ils ont déjà pendu tous mes copains fumeurs ou bikers et je veux bien être le dernier.

Je me sentis obligé d'intervenir.

– Monsieur Alvarez, soyez raisonnable, le trou dans la couche d'ozone est à son état limite. Vous avez entendu le président Bruce Nemrod. C'est une question de mètres cubes. Une simple bouffée de pollution peut tout faire craquer.

– Tout craque ? M'en fous. Que l'humanité crève du moment que j'ai ma Harley Davidson et mon havane « Roméo et Juliette ».

– Tu vois, ce n'est pas facile ! reconnut Sabrina Alvarez. Je t'en prie, sauve mon père. Il ne se rend pas compte.

Un instant j'eus envie d'appeler d'urgence la police, en libérant un des moineaux SMS qui traînaient dans ma voiture, mais elle semblait si bouleversée que cela m'émut.

– C'est… hum… un criminel pollueur, affirmai-je.

– C'est mon père, répondit-elle.

– Il augmente le trou dans la couche d'ozone !

– Il est comme un enfant.

– Il peut à lui seul provoquer la fin du monde.

– Il est irresponsable.

– C'est mon devoir de citoyen de le dénoncer. Si je ne le fais pas c'est moi qui deviendrais complice et risquerais la mort.

À ce moment, elle s'approcha de moi, si près que je pus sentir son parfum.

– Désolé Sabrina, je crois que tu ne te rends pas compte de ce que cet homme peut entraîner comme catastrophe.

– Je me rends compte de ce qu'un simple homme comme toi peut faire comme bien à une simple femme comme moi.

Elle me lançait un regard plein de défi.

– Je dois le dénoncer.

– Tu dois le sauver.

– Il y a une prime de 10 000 billets pour chaque pollueur dénoncé.

– Il y a une prime de 10 000 baisers spécialement pour toi.

Le vieil homme assistait, goguenard, à cet échange comme s'il ne se sentait pas le moins du monde concerné. Il semblait ne se concentrer que sur son plaisir de fumer le cigare. Puis soudain, pris d'une idée, il alla au réfrigérateur et sortit un steak froid qu'il dévora devant mes yeux avec gourmandise. Le fait qu'il en dégouline un jus saignant ne laissait aucun doute, ce n'était pas du pâté de soja, c'était du cadavre de bœuf. Il mangeait, fumait et buvait en même temps.

– OK, dit-il la bouche pleine en pointant le havane contre mon torse. Je veux bien enterrer ma Harley Davidson, mon stock de steaks et ma boîte de cigares, mais à une seule condition.

– Je vous écoute.

– Je veux qu'un jeune de la nouvelle génération sache ce que c'est que le bonheur d'avoir une Harley Davidson « Phantom » 1 852 centimètres cubes qui rugit entre ses jambes.

– Quoi ?

– Vous en l'occurrence.

– C'est interdit.

– C'est la condition pour que tout rentre dans l'ordre. Tu vas voir mon gaillard, ça, entre les cuisses, c'est encore mieux qu'une femme ! Ah ! Ah !

Je reculais.

– Vous avez peur de savoir ou vous avez peur de polluer ?

À ce moment, Sabrina vint se serrer contre moi.

– Je t'en prie. Fais ce qu'il demande et après, tout sera fini. Je te paierai cher. Et puis un dragon t'attend.

Un dragon...

Toutes les folies de la nuit passée me revinrent en mémoire. Lorsque je l'avais déshabillée, elle avait révélé un tatouage sur le dos représentant un dragon entouré de femmes nues dans un jardin rempli de fleurs exotiques. Elle m'avait dit : « Un dos c'est aussi un écran, autant que vous admiriez une œuvre d'art dans le feu de l'action. » Et je m'étais surpris tout en faisant l'amour à scruter chaque détail du somptueux tatouage gravé sur son épiderme délicat.

– OK, dis-je, mais juste un tour. Et après on fait disparaître tous les indices. Y compris les steaks.

Le vieil Hells Angel me passa son blouson noir, brancha sur l'autoradio un morceau qu'il définit comme appartenant à la bande son d'*Easy Rider*, un film mythique selon lui.

Puis il me ficha un cigare dans le bec qu'il alluma. Je toussai, concentré sur le deux-roues mécanique.

Sabrina Alvarez me fit des signes d'encouragement alors que son père semblait ravi de me voir partager sa passion.

Il m'expliqua comment démarrer, freiner et passer les vitesses. Au début je roulais doucement, en arrivant à maintenir correctement ma trajectoire. La Harley Davidson produisait un bruit et une fumée épouvantables et mon cigare ajoutait encore sa dose. Pourtant je sentais monter en moi comme une sensation nouvelle. Après le premier tour, j'ai eu envie d'en effectuer un second, puis un troisième. Je passais les vitesses en faisant rugir le monstre mécanique.

Le compteur indiquait 110, 120, 150, 170, 190 et bientôt 200. Il indiqua ensuite un chiffre dément :
220 kilomètres-heure !

Je ressentais sur un plan horizontal les mêmes sensations que j'avais connues en plan vertical lors de ma chute en catapulte. Si ce n'est que là je pouvais maîtriser la durée de l'événement.

J'accélérais, tentais des effets de roue arrière, et je me surpris à rire alors que ma main montait le volume du son qui désormais hurlait un morceau de hard-rock des années 70 : *Éruption*, du groupe Van Halen.

Le père Alvarez semblait ravi de me voir sombrer dans son vice. Le temps passait et je ne m'en apercevais pas. Les morceaux de hard-rock se succédaient.

Ce fut précisément au moment où j'écoutais *Thunder*, un morceau d'AC/DC, que l'orage se déclencha. Je roulais encore sous la pluie, pendant que le tonnerre grondait, et je comprenais le plaisir de mes ancêtres, le plaisir pervers de polluer « volontairement ».

Quand le réservoir fut vide, le père se mit en devoir de le remplir. Il me proposa un autre cigare et, cette fois, je parvins à aspirer la fumée sans tousser et à apprécier cette pollution intérieure de mes poumons.

Je continuais à rouler. Longtemps. J'avais perdu toute notion de durée.

Ce fut peut-être à cause de la foudre, à cause du tumulte du hard-rock, que je n'entendis pas les policiers hurler dans un porte-voix : « Arrêtez cette machine monstrueuse tout de suite ! »

Déjà plusieurs hommes en uniforme m'encerclaient et me tenaient en joue, leurs arbalètes prêtes à tirer. Mon cinquième cigare fumait encore à mes lèvres.

Tout ce que je trouvai à répondre fut :

– Je sais que les apparences sont contre moi, mais ce n'est pas du tout ce que vous croyez.

Sabrina Alvarez et son père se taisaient. Ils semblaient soulagés.

Et soudain je compris.

Sachant que la police allait venir l'arrêter, le père avait demandé à sa fille de me séduire pour me faire porter le chapeau. Il suffisait que je sois sur la moto au bon moment.

– C'est lui, dit simplement Sabrina en me désignant.

Je n'ai hésité qu'une fraction de seconde. La moto bondit et je profitai d'une butte-tremplin pour m'envoler au-dessus des policiers avec mon engin pétaradant.

Déjà les cavaliers de la PAPM éperonnaient leurs destriers pour se lancer à ma poursuite.

Je baissai la tête, des carreaux d'arbalète filaient autour de moi, trouant l'air en sifflant. La moto moins haute que les chevaux me permettait d'éviter les branches basses.

Je rejoignis l'autoroute alors que les cavaliers de la police antipollution galopaient loin derrière moi.

Dans un étui latéral, je trouvai par hasard un vieux pistolet Mauser. Je le saisis et me mis à tirer sur le plus proche cavalier. La détonation fut suivie d'un bruit de chute. L'arme à feu avait par contre beaucoup plus de recul qu'une arbalète et je dus serrer fort la crosse pour compenser l'effet de recul.

La poursuite était à mon avantage sur les tronçons d'autoroute intacts, mais tournait à l'avantage des chevaux dans les cassis et les zones ensablées.

En une seconde de conscience, je me vis armé d'un engin à poudre explosive et en train de tirer sur des policiers de l'anti-pollution. Ainsi la boucle était bouclée. Une femme m'avait fait inverser l'histoire.

Papa excuse-moi, je ne sais pas comment j'en suis arrivé là.

Mais la jauge d'essence se mit à clignoter et mon engin bruyant et fumant toussa d'abord, puis s'arrêta. Je sautai de ma machine inutile, visai encore quelques policiers, mais mon chargeur claqua à vide. Et pendant que mes gros poings entraient en action, je répétais la phrase désormais surréaliste :

– Je sais que les apparences sont trompeuses, mais ce n'est pas du tout ce que vous croyez.

Ils me maîtrisèrent en lançant des filets comme on le ferait pour capturer un fauve dangereux. Puis ils m'assenèrent des coups de matraque. Je pense qu'ils voulaient me tuer, mais un cas aussi exceptionnellement maléfique que le mien a dû paraître intéressant à l'officier de service, l'occasion unique de faire un exemple.

J'ai eu droit à un procès rapide. Sabrina et son père témoignèrent contre moi. Ils prétendirent qu'ils avaient tout fait pour me dissuader de monter sur l'engin de mort mais que j'étais comme drogué par le « plaisir de polluer ».

Les policiers confirmèrent qu'ils m'avaient trouvé en train d'accélérer comme un fou sur la Harley, halluciné et fumant un cigare. Puis ils rappelèrent que j'avais fui en tirant sur eux avec un revolver lorsqu'ils avaient tenté de m'arrêter.

Bon sang ! je me suis fait avoir comme un bleu par cette femme.

Le témoignage de ma secrétaire Élisabeth et celui de ma mère, qui assurèrent que toute ma vie j'avais été un brillant antipollueur, triant les ordures et recyclant mes déchets, ne suffirent pas à influencer la juge en pleine période de durcissement légal.

Je fus condamné et enfermé dans une prison destinée aux « cas dangereux ».

Le président Bruce Nemrod en personne me rendit visite la veille de mon exécution dans ma cellule. Une secrétaire l'accompagnait, pour lui indiquer le chemin. L'aveugle portait une veste bleue, une chemise bleue, une cravate bleue. Son assistante le fit asseoir face à moi.

– Vous savez, monsieur Toledano, j'ai bien connu votre père, articula-t-il. C'était un grand combattant contre la pollution. On m'a raconté son héroïsme durant la bataille d'Albuquerque, et je crois que cette bataille a été un instant déterminant de notre combat pour la survie de la planète. Si nous avions perdu Albuquerque… (Il marqua un temps.) Les pollueurs régneraient. Les gens seraient tous des égoïstes, ne pensant qu'à leur petit plaisir personnel et oubliant l'intérêt général. Vous savez, vous n'avez pas connu cette époque mais avant… les gens achetaient des produits dans de gros emballages plastiques qu'ils jetaient. Ils roulaient dans des voitures 4 × 4 diesel énormes et ils étaient seuls à l'intérieur. Les avions remplis de kérosène répandaient leur fumée toxique, trouant les nuages.

Ses yeux bleus semblaient me fixer avec intensité.

– Avant, les gens avaient leurs boîtes aux lettres remplies de prospectus, le papier était gaspillé. Le plastique était gaspillé. On détruisait des forêts entières pour fabriquer des baguettes ou des mouchoirs jetables. L'air, l'eau, la terre, tout était souillé, pour un défoulement immédiat et sans conscience.

Le président marqua un arrêt, comme pour me laisser réfléchir.

– Il paraît que vous étiez sur une moto avec un cigare et un pistolet. Une Harley Davidson je crois. La moto préférée des Hells Angels. Savez-vous que c'étaient nos ennemis, à votre père et à moi ? Les pires. À Albuquerque ils l'ont tué. D'une balle de fusil dans le dos. Polluer c'est un état d'esprit de lâcheté et de mépris. Votre père était un homme formidable. Le savez-vous ?

– Oui, répondis-je.

Il hocha la tête et soupira.

– Par moments, je me demande si tout ce que je fais n'est pas vain. Le plaisir immédiat sera toujours plus fort que la conscience. La peur de voir dans le futur leurs enfants mourir dans un monde irrespirable ne les arrête pas.

– Non, ce que vous faites est important.

– C'est vous qui me dites ça ? Il paraît que les enfants des gouvernants des pays pétroliers préparent des attentats pour restaurer le plaisir des voitures à moteur à essence. J'en ai encore déjoué un de justesse. Et maintenant vous…

– Je suis tellement navré, chuchotai-je.

Il hocha la tête, ses yeux blancs toujours perdus au loin. Son visage n'était même pas dirigé vers moi.

– En tant que président de l'ONU je vais essayer de faire de mon mieux.

Il sourit tristement et tendit sa main.

Ne sachant trop quoi faire, je la lui serrai, mais ce n'était pas cela qu'il attendait de moi. Je finis par comprendre qu'il voulait me caresser le visage.

– Sur la moto… Vous avez ressenti l'émotion de la vitesse, n'est-ce pas ?

– C'était très grisant…

– Vous avez eu l'impression de défier la mort ?

– J'ai eu l'impression de… voler.

À nouveau il hocha la tête, compréhensif.

– Bientôt tout le monde connaîtra cette sensation. Demain j'inaugurerai un nouveau mode de transport. La catapulte. J'espère que cette griserie-là pourra égaler celle de la moto.

– J'en suis convaincu, répondis-je.

Il laissa sa main parcourir mon visage, comme s'il voulait reconnaître qui j'étais par ses doigts. Puis il fit un signe à sa secrétaire, pour qu'elle le reconduise.

Ma pendaison eut lieu dans le charmant square en bas de chez moi, par une matinée très ensoleillée.

Un grand attroupement s'était formé : des policiers de la PAP, des badauds et quelques visages connus.

Au premier rang, ma mère. Petite silhouette chétive vêtue d'une veste noire. Elle ne parvenait pas à me regarder, le visage défait par le chagrin. À sa droite, Élisabeth était beaucoup plus expressive.

Quelqu'un fendit la foule pour m'approcher. C'était Sabrina Alvarez. Elle était venue sans son père, mais avec son frère, John, le fameux directeur de la CMNY. Elle portait un chemisier noir et une jupe fendue qui dévoilait ses superbes jambes et un petit bout de la queue du dragon. Derrière sa voilette, elle pleurnichait comme si elle était ma veuve. Je la trouvai une fois de plus ravissante, et je comprenais pourquoi j'avais pu me faire avoir aussi facilement.

Décidément les actrices sont très douées.

Au moins, ma mort aura permis d'éliminer une moto polluante.

Je repensais à l'excitation terrible qui m'avait saisi sur la Harley Davidson. J'étais monté jusqu'à 220 kilomètres-heure.

Ainsi c'était ça, cette émotion « basique » qui avait entraîné la destruction de notre monde.

Un policier de la PAP me poussa vers l'arbre qui allait me servir de gibet. Je regardai le chanvre tressé, il semblait de bonne qualité, on avait même pensé à glisser un anneau de cuir pour éviter que la corde ne s'effiloche. Du bon travail.

Un moineau vint se poser sur le nœud coulant, un SMS accroché à sa patte. Mais j'avais les mains liées derrière le dos, comment le prendre…

Quelqu'un a quelque chose à me dire, ou pense à moi en cet instant.

Un officier de la PAP énonça les griefs à mon égard. Je l'écoutais à peine.

« … utilisation d'engin à moteur… allumage de cigare… utilisation d'arme à poudre explosive… consommation de cadavre de bœuf… comportement égoïste irresponsable… honte de sa famille… son père, héros de la lutte antipollution… »

Je me sentais las. Il me tardait qu'on en finisse.

L'officier concluait : j'étais un humain mauvais et indigne de vivre. Un pervers. Un menteur. Une brute. Un traître à la cause PAP dont j'avais jadis été l'un des membres. Une honte pour les JE censées m'avoir inculqué un minimum de sens écologique. Une nuisance pour son entourage. Une pollution vivante.

Il rappela les sept lois planétaires écologistes et la gravité de mon acte qui les bafouait toutes. C'était long. Trop long.

Je contemplais le moineau avec son SMS qui attendait.

Qui pouvait m'avoir envoyé ce message ?

Puis on prépara mon exécution proprement dite.

Je dus monter sur un escabeau. Le bourreau se plaça derrière moi pour enfiler la corde et régler le nœud coulant. Le moineau s'envola, mais se posa tout près de moi.

Un officier assermenté accrocha la pancarte de l'infamie, en gros caractères rouges : POLLUEUR.

Quelques personnes, dans le public venu assister au spectacle, se mirent à siffler et à pousser des huées.

Le bourreau vérifia que tout était en place, puis il fit signe à l'officier.

Bon, cette fois on y est.

Le temps qui n'était qu'imparfait devient fortement présent. La corde qui écorche mon cou. Le tabouret qui bascule. Mes pieds qui battent l'air. Et puis je cesse de bouger et je commence à suffoquer, une brûlure transperce ma gorge. Comme une sale angine. En fait j'avais espéré que mon exécution serait rapide et indolore. Or je souffre et ça n'en finit pas.

Le petit moineau me regarde, étonné que je n'ouvre pas le courrier accroché à sa patte.

Quand je sors la langue, il s'approche, comme s'il voulait goûter à ce fruit rose.

Désolé mon vieux, il te faudra attendre. Dans quelques jours, lorsque mon corps puera trop et que les voisins se plaindront, ils me transformeront en compost. Et si je suis enterré sous un arbre fruitier, alors tu pourras picorer le fruit que je serai devenu.

Le moineau dodeline de la tête. Lui au moins ne me juge pas. Il vit dans le présent. Il est libre.

Mes yeux se lèvent vers les nuages. Je n'entends plus la foule. Je me dis que de toute façon le monde est condamné, ils continueront de polluer, par bêtise, par avidité et manque de conscience.

Le président avait raison, le plaisir de faire « vroum vroum » sera toujours supérieur au désir de sauver nos enfants.

Sabrina Alvarez n'avait fait que révéler mon côté noir, comme d'autres pervers révéleront la face obscure des autres humains.

Il en faut si peu pour basculer.

2. Intermède : la vérité est dans le doigt

Lorsque le Sage montre la lune, l'imbécile regarde le doigt. (Proverbe chinois.)

Lorsque le Sage explique que son doigt n'a aucune importance et que c'est la lune qui est intéressante, l'imbécile écoute le Sage et trouve qu'il parle vraiment bien. (Variante moderne de ce proverbe.)

Lorsque le Sage exige de l'imbécile qu'il regarde cette « bon sang de lune », l'imbécile a peur mais ne lève pas la tête. (Variante très moderne de ce proverbe.)

Lorsque le Sage finalement renonce à parler de la lune, et lance la conversation sur son doigt qui après tout semble intéresser l'imbécile, ce dernier se dit que le Sage est un homme qui sait se faire comprendre et parler de tous les sujets, même les plus incongrus. Comme les doigts. (Variante encore plus moderne dudit proverbe.)

Lorsque le Sage est mort, l'imbécile se demande :
« Mais au fait, de quoi voulait bien nous parler le Sage
quand il dressait le doigt si haut au-dessus de sa
tête ? » (Variante définitive dudit proverbe.)

3. Question de respect

(PASSÉ PROBABLE)

En roulant sur l'autoroute A13, 35 ans

« Vous voyez, monsieur, ce qui est important, c'est le respect. Moi je vais vous dire : le client, il fait ce qu'il veut et nous les professionnels de la sécurité, on est payés pour être discrets, mais… mais, mais, mais… il faut du res-pect.

Par exemple là, monsieur, je vous dis pas le nom, mais enfin quelqu'un de très célèbre, qu'on voit très souvent à la télé, et qui, à la télé a l'air très sympathique, eh bien je l'ai eu un soir comme client. Parfaitement. Moi-même.

Ce soir-là, il arrive alors qu'il est déjà bien tard, il titube dans la rue avec deux filles à moitié nues ou du moins avec des vêtements qui ne cachent rien de leur personnalité, si vous voyez ce que je veux dire. L'animateur célèbre, car il est animateur à la télé, je ne sais pas si je vous l'ai dit, il vomit des trucs marron et verts quasi fluo. Heureusement il gerbe dehors. Même si cela touche un peu les roues avant et les enjoliveurs,

c'est pas grave. Bon. Je dis rien, nous les professionnels de la sécurité, nous sommes aussi payés pour fermer nos gueules, hein ? C'est notre métier. Donc je
l'aide à monter dans nos voitures et je lui passe des
Kleenex et des lingettes à l'eau de Cologne. Pendant
qu'il s'installe à l'arrière avec les filles, je sors vite fait
et passe un coup de peau de chamois sur la carrosserie.

Nous, on a des Toyota 4 × 4 turbo diesel noirs,
vitres fumées, c'est mieux pour la discrétion et ça suffit pour le confort. J'ai pas pris les Mercedes c'est trop
voyant.

Donc le client à l'arrière de mon Toyota, au début il
ne fait rien de mal. Puis il se met à sniffer de la coke,
il fait ce qu'il veut moi je n'ai pas à m'en mêler, mais
quand même.

Il est derrière et il s'énerve, et il commence à parler
de plus en plus fort, et puis soudain, ça part. Tout en
conduisant, j'entends des claques, des coups, des cris.
Il commence à tabasser les deux filles. Il tape fort et
elles hurlent à l'arrière de mon 4 × 4. Dans les aigus.
En plus j'ai un problème d'audition, j'ai une prothèse,
monsieur, à cause d'un coup de Kalachnikov qui a cla-
qué trop près de mes oreilles durant une petite guérilla
en Afrique, au Burkina-Faso, à l'époque où j'étais
para, et les aigus ça me vrille les tympans. Et moi je
lui dis qu'il devrait quand même arrêter, qu'il va blesser "ses amies" mais lui, il continue, il ne m'écoute
pas. Il les frappe toutes les deux. Il leur écrase à plusieurs reprises le visage contre la vitre blindée double
feuilletage (c'est une option mais je la prends systématiquement). Le cartilage qui craque sur le verre ça fait
des bruits de gâteaux secs qui s'émiettent. Vous me

direz pourquoi elles se défendent pas, mais c'est parce que ces deux filles hein, vous me comprenez, elles sont aussi payées pour ça hein ? Sauf votre respect, ce sont quand même des… "putes", hein ? Et puis bon, le client il me dit qu'il manque de drogue et qu'il doit aller en chercher chez son dealer. Il me dit le nom et l'adresse du dealer. Et il me dit qu'il aura besoin de moi, car l'autre lui en veut pour des affaires "personnelles". Je ne pose pas de questions (nous les gens de la sécurité on est aussi payés pour notre discrétion), mais je me doute que ça doit être une histoire de femmes ou d'argent de la drogue. Le problème c'est que ce dealer je le connais. Son surnom c'est "Rambo". Parce qu'il ressemble un peu à Stallone. C'est un type très dangereux, très influent. Un caïd qui vient du Kosovo. Là-bas c'est des durs. La guerre ça les a tous rendus mabouls. J'ai des copains qui sont mercenaires, ils m'en ont parlé, de "Rambo", parce qu'il était déjà puissant là-bas, un roi du trafic, tous les trafics. On commence par trafiquer des disques, des peignes et des DVD, et après on vend des enfants et des armes, si vous voyez ce que je veux dire.

Alors moi je dis au client, sauf son respect, que je n'ai pas à y aller. Et lui le client célèbre me dit : "OK, je te paye 1 000." Moi je réponds que pour 1 000 je veux bien l'amener là-bas, mais qu'il monte tout seul, on n'a pas les flingues et là-haut ils sont probablement armés avec des Uzi. Et les pistolets-mitrailleurs Uzi ça fait des trous comme ça, gros comme des pommes. (Remarquez les Uzi j'aime bien, ça tient dans la poche et c'est pas lourd. Et par rapport à la puissance il a très peu de recul.) Alors le client célèbre (non, désolé, n'insistez pas je ne peux pas vous dire son nom) me dit 1 500. Je lui dis que, OK, je peux faire venir deux gars pour 2 000 et qu'ils pourront apporter des armes, nous on a des automatiques Beretta, mais pour ce prix-là on l'attend juste dans l'escalier et on le couvre en cas de pépin. Moi, je suis un professionnel, je ne veux quand même pas d'ennuis avec la police, vous voyez monsieur. Ils pourraient nous enlever notre licence. Nous sommes une agence de sécurité sérieuse et notre réputation est aussi importante que notre santé économique, vous comprenez. Sans parler que pour nos points retraite, il peut y avoir des problèmes.

Donc le client, célèbre, il me dit qu'il veut qu'on aille avec lui et qu'il est prêt à mettre 2 500. Je lui dis OK, je monte jusqu'à l'étage avec mes deux types et les Beretta (ça fait des trous plus petits mais c'est quand même efficace) mais je ne franchirai pas la porte et on l'attendra en repli. Et puis on ne veut pas être témoins de ce qu'il se passera après. Alors il me dit 3 000 et il commence à tabasser la fille de droite en même temps qu'il discute le prix. Je lui dis qu'il faut qu'il arrête car le sang est en train de tacher ma sellerie cuir vachette pleine peau de mon 4 × 4 Toyota et qu'il faudrait amener la fille à l'hôpital. Il me répond de fermer ma gueule, de me mêler de mes oignons, qu'on n'a qu'à déposer ces "pétasses" dans ce coin de rue et que ça ira très bien. Une vedette, monsieur, de la télé que tout le monde adore. Non je ne peux pas vous dire son nom. Il a même fait la couverture du journal télé. En tenant des enfants sur ses genoux monsieur ! Des enfants ! Et qu'on l'a vu en vacances en maillot avec une actrice célèbre, dans les journaux, et même qu'on croyait qu'ils allaient se marier. Les gens sont naïfs monsieur.

Mais bon, c'est notre métier, donc je m'arrête et on dépose les deux filles dans un coin de rue désert. Elles ne bougeaient plus et elles semblaient dormir. En tout cas il y en a une, peut-être la plus vulgaire des deux, qui ronflait. Ah, elle, question maquillage elle y était allée à la truelle. Son nez était cassé et elle avait beaucoup de marques, mais enfin c'est leur métier à ces filles, hein monsieur, ce sont les risques. Chacun son job. L'autre elle avait du sang partout sur sa minijupe et son chemisier, mais j'en parlerai pas. Le pressing c'est aussi leurs frais professionnels, hein ? D'ailleurs le client célèbre a jeté quelques billets sur elles, pendant qu'elles étaient sonnées. Il avait plusieurs billets de 100 dans son portefeuille et il n'était pas avare. Il faut au moins lui reconnaître cette qualité. Il était même carrément généreux. Pourtant j'étais un peu gêné. Quand même...

Faire ça à des filles sans défense.

Dire que la semaine d'avant, cet animateur célèbre, je l'ai vu en train de pleurer parce que son émission avait pour thème "les femmes battues". Le monde est cynique, monsieur, je peux vous le dire. Un type qu'on dit "le gendre idéal" avec ses cheveux gominés et son sourire communicatif. Les gens sont naïfs, monsieur. S'ils savaient.

Et puis je me demandais s'il avait d'autres billets ou s'il les balançait tous comme ça d'un coup pour faire son fortiche.

Après on est allés chez le dealer, le fameux Rambo. Quand on approchait et que j'ai vu tous les gars à

l'entrée, je lui ai dit qu'en tant que professionnel de la
sécurité je pensais que deux gars ça serait pas suffi-
sant, et qu'il faudrait plutôt penser à cinq, vous voyez.
Moi je sens ça. C'est mon job et je le connais bien.

Avant je travaillais dans un abattoir de poulets,
pareil je savais le nombre de gars nécessaires à chaque
poste.

Je me trompais jamais. Mais les abattoirs de poulets
le problème c'est l'odeur. Mes vêtements cocotaient,
c'est le cas de le dire, l'odeur collait à mes cheveux, à
la peau, et ma femme gueulait que je puais le cadavre.
Alors j'ai préféré la sécurité. C'est mieux payé aussi.
J'ai huit enfants, faut les nourrir, et à la Noël les
cadeaux ça y va. Sans parler de ma femme qui est plutôt du genre dépensière. Elle c'est les chaussures. Elle
doit en avoir des milliers, je sais pas ce qu'elle en fait,
à croire qu'elle les mange. Mais c'est pas le sujet.

Bon. Donc on roule. Pour 10 000 euros, je lui ai fait
un forfait et mes cinq gars de soutien sont arrivés dans
la demi-heure. Tous en Toyota turbo diesel vitres
fumées. Pour la discrétion. C'est mieux que les Mercedes, je vous l'ai déjà dit ? Eh bien je vais vous
avouer : j'ai bien senti l'affaire parce qu'en face ils
étaient quatre gars costauds et armés.

Heureusement c'étaient des pros, pas des videurs à
la retraite ou des gens du gardiennage, si vous voyez
de quoi je veux parler. Ou les jeunes vigiles qu'ils
vous filent en promo dans les agences d'intérim. Trois
pour le prix de deux, tiens. Ah ceux-là, vous voulez
que je vous dise le fond de ma pensée : ils gâchent la
profession ! Pas de nerf. Pas d'instinct du moment.
J'en connais même qui font ça juste pour l'argent !

Pff… Sans même avoir la passion du métier. Et après, fatalement, il y a des bavures. Et après on parle d'eux dans les journaux section "faits divers". Bon enfin c'est mon avis, pour ceux qui savent pas, tous les gens de la sécurité c'est du pareil au même hein ? Or moi j'ai pas peur de le dire : des jeunes pas chers, en promotion, avec des flingues, ça a le sang trop fougueux et il y a risque d'"incident qu'on regrette après".

Au point de vue armement ça se valait. Ils n'avaient pas des Uzi comme je le craignais, mais des Smith et Wesson. Les nouveaux vous savez avec le viseur à boule chromée. Très joli au demeurant.

Quand les gars en face ont vu que nous étions plus nombreux ils n'ont pas insisté. On a juste hoché la tête en signe de compréhension. Si vous voyez ce que je veux dire.

Eux aussi ils ont reconnu en nous les pros.

Dans mes cinq employés (je suis classé artisan indépendant donc ils sont salariés mi-temps mais on s'arrange au noir pour les heures en extra) j'avais quand même, je vais vous dire, pas du "n'importe quoi" :

1) Mouloud : champion région Rhône-Alpes de kickboxing, catégorie mi-lourd s'il vous plaît. Depuis son opération de l'épaule il était opérationnel, même s'il avait le nez cassé et qu'il respirait plutôt par la bouche en faisant un bruit de taureau pas content.

2) Alberto : professeur-coach de musculation d'appartement dans le 16ᵉ monsieur (donc chez les riches, eux je peux vous dire qu'ils sont exigeants, ils veulent de la qualité de service). Lui, même s'il est

plutôt gringalet, il connaît tous les muscles et les endroits où appuyer pour faire mal ou tuer. Faut pas l'embêter Alberto, en plus depuis peu il est cocu, ça le rend nerveux. Voire irascible. Voire incontrôlable. Mais moi je le contrôle.

3) Mokhtar : champion de karaté free style. Il est sorti de prison après avoir représenté et gagné avec l'équipe de karaté de sa cellule. Un match historique à ce qu'il paraît. L'autre en face, Mokhtar, il lui a brisé la main et cassé l'arcade. C'était pas beau à voir. Enfin j'y étais pas, ce sont des potes gardiens dans la prison qui m'ont raconté la boucherie. Alors moi aussi sec, le Mokhtar, je l'ai engagé à sa sortie.

4) Doudou, un voisin de ma maison de Vélizy, qui est juste une grosse brute et qui à cette époque venait d'être viré de son emploi de vigile dans un supermarché parce qu'il avait frappé un client. Par inadvertance, remarquez. Doudou est le seul vigile « pro » de mes relations. Quand on le connaît bien c'est plutôt un tendre, faut vraiment lui manquer de respect pour qu'il passe à l'acte. Et après il regrette. Et croyez-moi, lui il regrette. C'est le plus sensible de nous tous. Il est si sensible que des fois j'hésite à le faire venir, j'ai peur qu'il ait trop de remords.

5) Et enfin Freddo : champion de rugby intercommunal, mais ça compte pas, hein, comme référence dans notre métier. Par contre Freddo il a fait la guerre en Afghanistan monsieur, et il m'a dit que c'était pas beau à voir. Moi la guerre en Afghanistan on me l'a proposée, rapport à mon sens naturel de l'autorité et du self control. Vu que je venais de sortir de mon emploi dans l'abattoir à poulets et que j'avais des

ambitions d'élévation sociale, j'ai hésité et puis on n'est pas arrivés à s'entendre avec les recruteurs sur les tarifs de mes prestations. Remarquez j'ai bien fait. Il paraît que là-bas, en Afghanistan, c'est que des montagnes, et le climat est plutôt frais. Il pleut beaucoup. Il neige. J'aime pas le froid. Même le ski j'ai jamais compris pourquoi ça intéressait les gens. On monte et on descend une pente jusqu'à se casser quelque chose. C'est dangereux. Faut être con. Autant jouer à la roulette russe, si on cherche les émotions autodestructrices. Même la luge ça m'inquiète. Sans vouloir vous raconter ma vie, tel que vous me voyez je suis né sur une plage de Méditerranée, même que mon père il était maître-nageur certifié par le ministère de la Jeunesse et des Sports de l'époque, alors mon truc c'est plus le soleil que le vent glacé d'altitude. Le froid ça me fait des rhumatismes. Alors l'Afghanistan, j'ai dit « non merci ». Surtout au tarif qu'ils me proposaient.

Donc dans l'appartement de Rambo, nos deux clients discutent. Et nous, avec les gardes du corps d'en face, on se toise en silence.

Mais si nous on se comprenait bien du regard, entre artisans de la sécurité, nos clients eux n'avaient pas l'air de se comprendre avec leurs bouches. Ils ont commencé à se dire des trucs pas gentils du tout. Puis des allusions personnelles pas sympas. Nous on mâchait nos chewing-gums pour se donner une contenance. Comme je m'en doutais, il y avait des histoires de femmes et d'argent entre eux. On n'écoutait pas mais quand même on va pas se boucher les oreilles.

Mon client, la célébrité de la télé, avait l'air d'avoir fait des grosses conneries. Très grosses même. Et au lieu de la jouer profil bas, il en remettait dans le genre arrogant au-delà du raisonnable. Comme s'il ignorait le passé de Rambo ou comme si ça ne l'impressionnait pas du tout. Il l'a traité de "petite merde" puis il a menacé de lui casser la figure avec ses potes (nous en l'occurrence). Je peux vous dire que là on mâchait fort le chewing-gum parce que casser la figure à Rambo ça n'avait pas du tout été négocié dans le forfait à 10 000 euros. Une insulte en entraînant une autre, un coup de poing est parti je ne sais même plus duquel des deux.

Ils ont commencé à se castagner : la célébrité de la télé contre le caïd kosovar... Ah monsieur, je me demande si l'entrée du Kosovo en Europe c'était vraiment une bonne idée...

Nous, les gars des deux camps, on se toisait toujours en faisant des petits "hum, hum" pour se donner une contenance. Des deux côtés je peux vous dire qu'on mâchait fort la gomme. Il y a des moments où elle a plus de goût, on mâche du plastique. Mais ni nous ni ceux d'en face on avait envie d'intervenir. Notre métier c'est le respect et la discrétion. Et puis pour nos clients... c'est leurs affaires après tout. Quand le mien a eu le dessus (peut-être à cause de ce qu'il avait sniffé auparavant), et qu'il a commencé à jouer de la tringle à rideau toute poisseuse et rouge, j'ai fini par lui retenir le bras et je lui ai dit qu'il fallait arrêter. Vous voyez, il me semble que, par simple déontologie, c'est notre devoir à nous, "artisans indépendants dans la sécurité", de protéger nos clients de leurs propres "pulsions primaires".

Parfois, surtout les gens célèbres, ils sont un peu comme… comment dire ? des "enfants capricieux", et nous on a un peu le devoir d'être comme… comment dire ? des "parents raisonnables", n'est-ce pas ?

Vous me comprenez, monsieur, hein ? Pour 10 000 euros nous devons aussi les aider à s'arrêter de taper à coups de tringle à rideau sur un type en sang et qui ne bouge plus. Même s'il est kosovar. Enfin il me semble.

C'est en quelque sorte la dimension "psychologique" du métier de la sécurité. Et c'est ça qui fait la différence entre nous les pros et les vigiles ou les videurs amateurs. La "dimension psychologique". Donc je m'arrête de mâcher le chewing-gum et je l'invite à un peu de retenue. Dans le style : "S'il vous plaît, monsieur, il se fait tard, peut-être devrait-on y aller ?"

Le client, il m'a répondu aussi sec : "Toi, l'orang-outan, tu te mêles de tes fesses et tu me fous la paix sinon je te laboure la tronche pareil."

Bon, moi je n'aime pas qu'on me manque de respect, mais en même temps c'est un client et il n'avait pas encore payé.

Alors tant pis, moi et mes gars (parmi lesquels des champions d'arts martiaux internationaux reconnus dans le monde entier je tiens quand même à vous le rappeler) on ravale notre fierté, et j'ai demandé juste une petite rallonge pour fermer ma gueule si vous voyez ce que je veux dire. 11 000. On a un peu parlementé, pendant que l'autre type, le Rambo, il était pas beau à voir. Quand je pense qu'il était dans le trafic d'organes de prisonniers serbes, eh ben là, je peux vous dire que les siens d'organes, ils étaient bons pour la vente par correspondance. Et comme au supermarché, encore. Tout était exposé, frais et luisant. Quand il s'est remis à bouger, il râlait en se tenant le crâne qui saignait partout. Lui aussi il va avoir des frais de pressing rapport à sa chemise blanche et à sa moquette claire. J'ai toujours pensé que les moquettes claires mieux vaut éviter, ça tache vite.

Le client et moi on continuait de parlementer pendant que le dealer continuait à faire des bruits d'évier avec les os de sa gorge. Finalement nous sommes arrivés à 12 000 euros. Je sais ce que vous allez me dire : c'est un forfait chérot, mais j'ai tenu compte du fait qu'il y avait quand même mes cinq gars superprofessionnels (dont Mouloud : champion région Rhône-Alpes de kickboxing catégorie mi-lourd, je vous le rappelle) qui devaient respecter la "clause de discrétion des artisans indépendants de la sécurité". Et puis les assurances pour les Toyota noirs à vitres fumées faut les payer. Sans parler de l'essence qui n'est pas dans le forfait. Ce sont des diesels mais ça suce beaucoup comme modèle.

Après ça, le client s'est un peu calmé. Il a fouillé, il a pris un sac de poudre blanche qu'il a trouvé dans un tiroir. Il n'a pas attendu, il a sniffé un grand coup sur place. Il était comme une pile électrique. Je me suis dit : "Si ça continue il va oublier de nous payer." Ça, ce n'est pas professionnel du tout, vous comprenez. C'est du manque de respect au-delà de ce qu'on peut supporter, nous les prestataires de la sécurité. Même si nous sommes des artisans indépendants.

Donc pas question de lâcher. Ensuite le client il voulait aller en boîte pour se "détendre", comme il disait. Je sentais mal l'affaire.

Mais après tout, avec nous il avait moins de chances de faire des conneries qu'il pourrait regretter par la suite. On est comme des parents avec un gamin capricieux, je crois que je vous l'ai déjà dit.

On a donc accompagné cette vedette au New Paradise. Il devait être 2 heures du matin. Mais la drogue faisait son effet. Et en plus il s'est mis à boire. De la vodka. Sans glace. Et là-bas il a insulté les autres clients de la boîte, il a insulté les gens. Il y avait un petit jeune d'à peine 16 ans qui voulait un autographe, un simple admirateur, tout souriant, qui l'avait reconnu. Le petit jeune lui a dit : "Je ne vous rate jamais à la télé. Je vous adore. Vous êtes mon animateur préféré. Je peux avoir une dédicace ?" Alors mon client a juste fait une moue bizarre : "Ah ouais ?" et toc il lui a donné un coup de tête dans le nez, et il a ricané : "Tiens, la voilà ma dédicace. Moi non plus je ne te rate pas, connard." Le nez a éclaté aussi sec. Je crois que c'est son truc à lui, casser le nez. Il doit aimer le bruit.

Là, notre travail à nous, professionnels de la sécurité, c'est de bien vérifier qu'il n'y ait pas de photographe.

Et s'il y en a, hop, on confisque aussitôt les appareils. C'est dé-ter-mi-nant. Là on ne rigole plus. Mais alors plus du tout. Notre hantise ce sont les paparazzi. Eux vraiment ils me débectent. Vous voulez que je vous dise, monsieur ? Ce sont des sales gens qui font une sale profession. Ah, il faut se méfier de ces serpents ! Une seule photo compromettante peut vous ficher en l'air une réputation et une carrière de star. On peut tout faire pour s'amuser, mais s'il y a une seule photo le client ne peut plus nier, hein ? Même s'ils ont un avocat très cher qui explique que c'est photoshop, et que la photo est truquée, on voit bien quand c'est vrai et quand c'est faux. Heureusement il n'y avait que des gens qui voulaient faire des photos avec leur téléphone mais là la qualité n'est pas bonne. Même s'ils mettent 3,2 mégapixels, en fait, sans flash, nous on sait que ce sera flou. Même avec les nouveaux modèles. Ils pourront pas la vendre aux journaux à scandale.

Donc notre client n'était pas calmé. Comme un serveur lui a fait une remarque sur le fait qu'il devait attendre comme tout le monde pour avoir une autre bouteille de vodka, il a commencé à gueuler qui il était, qu'on lui parlait pas sur ce ton et qu'il fallait qu'on le serve tout de suite sinon il allait y avoir du grabuge.

Un type de la télé, qu'on voit tout le temps et que tout le monde adore, je vous jure, monsieur, si je vous disais le nom, vous me croiriez pas. Un type issu des banlieues comme nous. Un type qui a été un gentil petit gars sympa, vous voulez que je vous dise, ma grand-mère connaît sa grand-mère, on était dans le même HLM à Malakoff tous les deux. Incroyable, hein ? Je vais vous faire rire, mais si j'avais été plus ambitieux, j'aurais pu moi aussi être à sa place. Durant les fêtes de famille, sans me vanter, je fais bien rire, on m'appelle "le nouveau Coluche".

Et puis maintenant lui, avec ses milliards, il ne se rend plus compte de rien. C'est juste un gosse capricieux avec un masque de type souriant. Enfin, à la télé. Vous l'avez vu dans son émission pour les orphelins des accidents de la route ? Il était si touchant. Même moi, si je ne l'avais pas vu de mes yeux vu en train de battre ces filles à l'arrière de ma Toyota, eh bien j'aurais cru que c'était un type formidable. On est naïfs, monsieur.

Remarquez, c'est peut-être à cause de la cocaïne. Moi je dis que la drogue, c'est pas bon pour la santé. Mais c'est un point de vue personnel, n'est-ce pas ? Respect et discrétion. Nous n'avons pas à nous mêler des choix de vie des gens, hein ? Le client il fait ce qu'il veut. Et puis même s'il est star, les serveurs quand ils ont vu comment il était désagréable, qu'il pinçait méchamment les fesses et les seins des gogo-girls, ils lui ont servi le whisky dans des verres sales. Et sans glaçons. Les serveurs, je les soupçonne même d'avoir craché dans la sangria aux fruits, parce qu'il y avait des fruits qui ressemblaient un peu trop à des huîtres, si vous voyez ce que je veux dire. C'est leurs représailles à eux, les petites gens, quand on leur manque de respect, ils se vengent. Et même pour nous qui étions avec la star, quand on a passé nos commandes (pas d'alcool bien sûr mais des cafés), ils nous les ont apportés en retard. Les cafés étaient froids. Et sans sucre. C'est injuste monsieur, nous sommes punis pour les maladresses des autres.

Du café froid sans sucre ! Je ne mens pas, monsieur, les autres pourront vous le dire. Alberto, Mouloud, Mokhtar, Doudou, nous étions écœurés ! Ces petites lopettes de serveurs… les petits cons… enfin, moi j'ai trouvé ça pas professionnel du tout. Normalement on doit servir tout le monde sans distinction. Ils étaient peut-être racistes, remarquez. On n'a rien dit évidemment mais bon sang j'ai entendu les poings se serrer à s'en faire craquer les jointures chez mes collègues de travail.

Mais nous sommes restés pro. Par contre, sous l'effet de la coke, notre client a frappé une stripteaseuse. Il l'a même, vous me croirez pas, il l'a mordue à la fesse. Jusqu'au sang. Lui, c'est pas le chewing-gum qui le détend. C'est la fesse de danseuse. Quand la fille lui a retourné une gifle il a voulu tout casser au New Paradise. J'ai fini quand même par l'arrêter et quelqu'un a beuglé que la police arrivait. Rapport à ce qu'il y avait un début d'incendie, que je sais même pas comment il a démarré, probablement une bougie renversée durant l'échauffourée… Enfin nous sommes gardes du corps, pas pompiers. Pour le coup on a "un peu forcé" notre client à dégager par la sortie de secours. On commençait à en voir marre. Alors on l'a accompagné au distributeur le plus proche. On ne prend pas les chèques. Dans le passé on a eu beaucoup de chèques en bois. On voit de tout dans ce métier. Nous sommes des artisans, on n'est pas à l'abri des gens "malhonnêtes". Même célèbres. Lui, la vedette, il avait une carte à haut débit, ça lui a permis de sortir 18 000 euros d'un coup. À sa décharge, il était pas avare. Il nous a même laissé un pourboire : « Tiens l'orang-outan, et voilà aussi pour tes macaques derrière », il a lâché en jetant l'argent par terre.

Nous des artisans de la sécurité entendre ça ! Enfin on a ramassé les billets.

Ah, je peux vous dire, monsieur, sauf votre respect cette soirée je m'en rappellerai. Par la suite, cette grande vedette, je suis sûr que vous n'en reviendriez pas si je vous disais le nom, parce qu'il est quand même l'un des types les plus aimés des Français, hein, il nous a rappelés pour une autre virée nocturne. Avec ses copains rapeurs en plus. Je déteste le rap. Moi ce que j'aime c'est la variété française. Surtout monsieur Charles Aznavour. Ah ! Aznavour, ça c'est de la vraie musique. Mais le rap ! Peuuh ! Et ces types, les rapeurs, ils sont encore pires que tout. Si je vous disais ce que mes collègues m'ont raconté sur les clients rapeurs, vous n'en reviendriez pas. Ils sont encore pires que lui.

Bon, donc, je lui dis non ça ne m'intéresse pas. Alors il me dit 1 000. Je lui dis 5 000. C'était pour une "garde rapprochée armée avec possibilité de coups de poing" rapport à un animateur concurrent avec lequel il avait eu des problèmes à cause d'une fille dont ils étaient tous les deux entichés. Une Italienne avec des gros seins. Je lui dis 4 000. Il me dit 1 500. Je lui dis 3 000. Il me dit 2 000. Et là vous savez pas ce qu'il me sort : "Dis donc, l'orang-outan, tu as monté tes tarifs ?"

Moi, j'ai ma dignité, monsieur. Je lui ai dit : "C'est 3 000 et j'irai pas en dessous." Et lui vous savez ce qu'il m'a répondu ? Non mais, on croit rêver, en plein XXIe siècle, entendre ça, excusez-moi, monsieur, c'est l'émotion, eh bien il m'a répondu : "C'est 2 000. Je monterai pas d'un centime." Alors j'ai dit : "2 500." Et il a dit : "Va te faire foutre, espèce de connard." Et là j'ai insisté : "2 500 j'irai pas en dessous." Et lui il a clamé : "2 000 j'irai pas au-dessus." Eh bien, je lui ai dit, à ce client célèbre qu'il s'adresse à d'autres agences de sécurité. J'ai ma dignité, monsieur. Dire que je le croyais généreux ! Et pas avare ! Et là, il avait complètement changé. Il mégotait. Peut-être qu'entre-temps son audimat avait baissé. Mais nous on n'a pas à en tenir compte. Sans parler qu'avec un client comme ça c'est un coup à être grillé dans toutes les boîtes de nuit (déjà au New Paradise, j'ose à peine y revenir depuis qu'ils ont terminé les travaux suite à l'incendie qui a pris sur tout l'arrière de la boîte. Remarquez il paraît que c'est encore mieux maintenant avec des tentures rouges ignifugées.) Je veux bien prendre des risques mais pas pour 2 000. 2 500 à la limite extrême. Pas moins. Sans parler que je ne veux plus avoir des problèmes avec la police, parce que là, dans ma petite structure artisanale, on est limite-limite. Après, notre licence elle peut sauter. Il faut pas plaisanter avec ça. Je suis inscrit chez les artisans indépendants et je pense qu'il ne faut pas déconner avec la déontologie. Je suis donc écartelé entre les demandes des clients et la déontologie générale de la profession. Ah… si vous saviez.

Mon problème c'est la volatilité des clients. Vous voyez, on est engagés sur des coups, un peu comme les plombiers qui viennent pour des fuites. Moi, mon rêve, ce serait d'avoir un job régulier, à heures régulières, comme un travail de fonctionnaire vous voyez ? Mais dans la sécurité quand même. Avec le petit côté aventure et le petit côté "voiture-flingue-copainssportifs-de-haut-niveau" qui font le charme de cette profession. Un job à salaire et à horaires réguliers ça rassurerait ma femme et mon banquier. Je ne serais pas obligé d'accepter n'importe quoi pour combler mes fins de mois et rembourser notre pavillon de Vélizy. Un coin charmant au demeurant. Vous connaissez Vélizy ? J'ai aussi depuis peu une piscine, et alors ça, à l'entretien, je vous dis pas, il faut passer des produits, faire venir des types pour déboucher les canalisations qui sont toujours pleines de poils et de cheveux. Donc j'ai pris mon courage à deux mains, et j'ai refusé. Je lui ai lancé tout net ce que je pensais : "2 500, j'irai pas en dessous" mais d'un ton ferme vous voyez. Qu'il comprenne bien à qui il avait affaire. Et là j'étais déterminé à ne pas céder.

Et puis, en dehors de la déontologie, avec ce genre de client "spécial", on a des "faux frais".

Pour le Toyota par exemple vous voyez les taches de sang des filles, elles partent plus, ça fait mauvais genre pour les autres clients. Vous les voyez, elles sont là. Et puis il y a une petite odeur de vomi. Même avec les trucs parfumés à la lavande provençale, elle n'arrive pas à disparaître, cette odeur ignoble. Vous sentez ?

Donc 2 500. Pas moins. Il m'a répondu : "Hé ! T'es sourd bourrique : 2 000 rien de plus !"

"Bourrique ?" Moi un père de famille, artisan, avec huit enfants et une piscine. Sans parler des chiens. J'ai des bergers allemands, je vous en ai parlé ? Croisés avec des bergers belges. Et puis il y a ma femme. Qu'est-ce qu'elle aurait pensé de moi si je me dépréciais trop ? Non, tant pis j'ai préféré renoncer à cette prestation.

Vous voulez que je vous dise ? Eh bien maintenant, quand je le vois à la télé cet animateur ultracélèbre (dont je ne peux pas vous dire le nom, mais vous n'en reviendriez pas si je vous le disais), eh bien quand il passe : je change de chaîne. C'est ma petite vengeance. Même si c'est encore moins intéressant sur les autres chaînes avec tous ces trucs de bastons américains ultraviolents répétitifs.

Il m'a quand même traité de bourrique !

Vous voulez que je vous dise le fond de ma pensée ? Avec le recul je me demande même s'il me respectait vraiment. »

4. Le sexe des fleurs

(FUTUR POSSIBLE)

La main saisit délicatement la rose blanche.

Une goutte de sang perla.

Le doigt meurtri par l'épine toucha les lèvres.

La rose trouva sa place au milieu d'un bouquet.

Aurore regarda son doigt rougi et essaya de se ressaisir.

À côté du bouquet, la feuille jaune de l'hôpital annonçait son verdict.

Désormais elle savait. Elle ne pourrait plus avoir d'enfant.

Elle rangea les jouets qu'elle avait achetés par avance, et ferma à clef la chambre qu'elle avait déjà aménagée en prévision d'une fécondation réussie.

Les piqûres d'hormones et l'implantation d'ovules avaient échoué.

Elle était stérile. Et son mari se révélait lui aussi incapable de procréer.

Aurore scruta l'horizon, et sut qu'elle n'avait plus qu'à attendre de vieillir et de mourir. Personne, désormais, ne transmettrait son code génétique. Pas de bébé avec son regard, ses cheveux, sa manière de rire. Elle mourrait en emportant son héritage dans sa tombe.

Stérile...

Ce mot lui parut obscène.

Elle visualisa son ventre comme un désert, où plus rien ne pourrait germer.

Et dans les maisons voisines d'autres femmes prenaient comme elle conscience du même phénomène. Leurs ovaires ne fonctionnaient plus. Les spermatozoïdes de leurs maris n'étaient plus féconds.

Que s'était-il passé ? À quel moment avait eu lieu cette mutation ?

Certains incriminaient la pilule. D'autres les pantalons serrés qui par échauffement tuaient les spermatozoïdes. On parlait aussi de l'eau polluée, de l'air irradié, des ondes transmises par les téléphones portables, des aliments génétiquement modifiés, de virus insidieux.

On ignorait la cause de ce désastre, mais chaque jour le nombre de stérilités augmentait.

Pour les mystiques c'était un juste prix à payer pour avoir détourné la sexualité de sa fonction reproductrice.

Il s'ensuivit bientôt une période de puritanisme réactionnaire.

On revint aux mariages arrangés par les parents, à la virginité de la mariée, à la fidélité obligatoire, à la fermeture des sites informatiques de rencontres, à la pénalisation de la prostitution, de l'adultère, de la nudité, puis de tous les actes sexuels non reproductifs comme la fellation ou la sodomie. Pour ces deux derniers « vices », des amendes et des peines de prison ferme sanctionnaient les contrevenants.

Malgré cela, le nombre de personnes stériles continuait d'augmenter de manière inquiétante. Les individus devinrent pâles, agressifs. Après le puritanisme, apparut par contrecoup une période de débauche. Tout le monde couchait avec tout le monde et sans protection, en espérant que le nombre de partenaires augmenterait les probabilités de fécondation. La sexualité s'étalait désormais partout, sans la moindre pudeur.

Pourtant la courbe démographique poursuivait sa chute inexorable.

La troisième phase fut une période de résignation. Chacun menait sa sexualité comme il l'entendait, dans le seul but de se faire plaisir, sans espoir de procréation.

Comme si l'humanité tout entière avait atteint sa ménopause.

Et le nombre d'humains sur Terre décroissait, d'année en année, de siècle en siècle, sans que quiconque puisse enrayer le terrible phénomène.

Cependant la Nature a des projets.

Elle coule comme de l'eau sur une pente et quand elle rencontre un obstacle elle le contourne. Les humains, même devenus stériles, constituaient son expérience la plus audacieuse. Elle n'allait pas y renoncer si facilement.

C'est alors que survint ce que l'on nomma plus tard la « Révolution des fleurs ».

Les calendriers affichaient : année 10 363, mois : juillet, date : 23.

Adrien Olstein était en train de se masturber en regardant un film érotique lorsque, soudain, il vit sortir de son pénis, en lieu et place des quelques gouttes transparentes habituelles, une giclée de poudre argentée extrêmement légère qui resta en suspension dans la pièce, avant de retomber comme de la poussière chatoyante.

Tout d'abord ébahi, il eut un réflexe étrange.

Il ouvrit la fenêtre et aussitôt son sperme argenté fut emporté par le vent vers les hauteurs.

Il rapporta le phénomène à un journaliste qui en fit un écho, et tout le monde voulut voir.

Adrien Olstein se masturba devant témoins et caméras. Et chaque fois la projection de la jolie poudre argentée laissait les spectateurs troublés, puis au final émerveillés.

Au début, les experts imaginèrent que cette mutation était un simple accident biologique. Mais, sous microscope, ils découvrirent qu'au cœur de chaque grain de poudre se tenait recroquevillé un minuscule et unique spermatozoïde sec, quasi lyophilisé. Ils rappelèrent que la plus grosse cellule humaine était l'ovule et la plus petite le spermatozoïde, ce qui pouvait expliquer que ce dernier tienne dans un grain suffisamment léger pour voltiger.

Adrien Olstein fut le premier, mais bientôt d'autres hommes signalèrent le même curieux phénomène. Ils éjaculaient de la poussière. Bien vite les médias baptisèrent cette poudre voletante : « Pollen masculin. » Des spectacles d'« éjaculation de pollen masculin » furent organisés alors que la poudre argentée était éclairée par des projecteurs multicolores et que des ventilateurs la transformaient en nuage chatoyant bien vite dispersé dans le public sous les cris d'excitation des jeunes adolescentes, que ce spectacle grisait.

Parallèlement, le sexe féminin connut lui aussi sa mutation. La cyprine, exsudation naturelle vaginale servant à la lubrification des petites lèvres, devint de plus en plus colorée, huileuse, parfumée et de saveur sucrée. Après le « Pollen masculin » les esprits poètes nommèrent cette nouvelle cyprine « Nectar feminin ».

Malheureusement, si l'on mettait le pollen masculin en contact avec le nectar féminin, il n'en résultait aucune fécondation. Le grain de pollen pourvu d'une membrane protectrice restait étanche, et si l'on tentait de la briser, le spermatozoïde mourait.

Une fois encore, on pensa que l'espèce humaine s'en allait vers sa fin, d'une non-adaptation des éléments mâle et femelle.

Et puis, un jour, alors que le même Adrien Olstein, dormant en plein air, était en proie à un rêve érotique, entraînant l'envol de sa poudre argentée, un papillon passa par là et se posa. Il renifla, goûta la substance et, intéressé, déploya sa trompe pour aspirer le pollen retombé sur le sexe masculin comme une fine neige.

Ce papillon était un Monarque aux ailes jaune et orange striées de lignes noires à points blancs.

Le papillon s'envola, mais il digérait mal ce nouvel aliment. Il eut envie d'une boisson qui fasse passer cette manne étrange. Il essaya l'eau de pluie, mais la sensation de soif ne reculait pas. Il chercha autre chose, il chercha longtemps, goûtant vainement liquides et sèves, quand ses antennes lui indiquèrent soudain une source d'humidité nouvelle.

Une femelle humaine. Elle émettait un parfum qui le guida comme un rail vers le bas de son ventre. Là, le papillon découvrit enfin un nectar qui l'abreuvait à satiété.

C'est ainsi que, tout en pompant le suc féminin, le Monarque put enfin digérer le pollen masculin, et il se mit aussitôt à excréter le fruit de cette alchimie digestive.

Or l'intestin de l'insecte possédait les seules enzymes capables de ronger la membrane protectrice du pollen masculin, sans en détruire le cœur. C'est ainsi que le spermatozoïde lyophilisé fut enfin libéré de sa coquille.

Au contact du nectar féminin, il se réveilla et, comme mû par un appel mystérieux, commença à ramper pour pénétrer à l'intérieur du corps et se lancer dans une escalade du col de l'utérus.

Là, l'attendait un ovule qui, dès qu'il le toucha, se détendit, se ramollit et l'accueillit en son sein.

Neuf mois plus tard, Chantal Delgado accouchait enfin d'un être vivant.

C'était une fille.

Elle fut baptisée : Marguerite.

La naissance de l'enfant issu du scénario floral et papillonesque fut un événement mondial. On enquêta et on découvrit le responsable. Le fameux papillon Monarque, de son nom complet *Danaus plexippus*.

Désormais chacun savait qu'on pouvait enfanter « autrement ». Même si cet autrement semblait complètement délirant.

La « Révolution des fleurs » pouvait commencer.

Le professeur Amzallag décomposa le phénomène pour bien le saisir dans ses moindres détails.

A : le rêve érotique masculin,

B : l'émission de pollen argenté,

C : l'arrivée du papillon Monarque,

D : les enzymes intestinales de l'insecte,

E : le rêve érotique féminin,

F : l'émission du nectar féminin capable d'attirer le papillon,

G : la venue du papillon,

H : le voyage solitaire du spermatozoïde réveillé jusqu'à l'ovule,

I : l'ouverture de l'ovule à cet unique et minuscule messager.

Quel insolite scénario Mère-Nature avait-elle donc mis au point pour qu'une espèce puisse poursuivre son aventure avec la complicité d'une autre aussi différente… ?

À la télévision, le professeur Gérard Amzallag, biologiste de renom aux larges épaules et à la voix grave, rappela que ce genre de phénomène est très fréquent dans le monde animal et végétal.

Le savant présenta une orchidée, l'*Ophrys exaltata*, qui avait muté afin que la partie basse de sa fleur ressemble à s'y méprendre à un corps d'abeille.

– Le mimétisme est si parfait que l'on distingue non seulement les yeux et la bouche de l'insecte, mais aussi des petits poils. Lorsque l'abeille se précipite pour l'accouplement elle se charge de pollen. D'autres fleurs, affirmait-il, notamment des arums, produisent des parfums similaires aux phéromones sexuelles des mouches et des moustiques. Et ce, toujours afin de les attirer pour les utiliser comme porteurs de semences.

Devant un auditoire subjugué, il évoqua des espèces, comme la douve du foie, simple cellule avec un noyau, dont le cycle de reproduction nécessitait le voyage non pas dans une, mais dans trois espèces animales et une végétale !

Et il expliqua avec enthousiasme l'itinéraire complexe de la douve du foie du mouton.

– Elle circule donc dans le mouton. Puis elle est éjectée dans ses crottes. Ces excrétions sont léchées par les escargots, qui se retrouvent infectés. Puis ces escargots sont mangés par des fourmis qui du coup sont à leur tour parasitées. Installées dans les fourmis, les douves les rendent folles jusqu'à ce qu'elles grimpent en haut des herbes pour se faire brouter à nouveau par des moutons. Et voilà, le tour est joué ! La douve, un micro-organisme pas plus gros qu'un microbe et dépourvu de tout système sensoriel, a besoin de ce scénario pour se reproduire.

De même le professeur Amzallag rappela que si les fruits sentaient bon, présentaient des couleurs et un goût agréables c'était plus prosaïquement pour donner envie aux mammifères de les manger, et de les digérer afin de réduire par leurs sucs gastriques leurs pépins ou leur noyaux, tout en offrant à l'endroit où ils allaient les excréter, un accompagnement de fertilisant naturel.

Le public se passionna pour ces coopérations de la nature. Les livres parlant d'évolutions parallèles ou croisées connurent un succès soudain.

Synergie, le grand livre du professeur Amzallag resta longtemps le best-seller de référence.

La mode revint aux fleurs, aux plantes en pots, aux collections de papillons sous verre, et à l'observation de la nature.

L'instant de surprise passé, l'humanité, tel un vaste troupeau, inquiétée puis rassurée, se réorganisa autour de nouvelles règles de survie.

Maintenant que tout le monde avait compris que l'incident et son étrange réponse étaient des événements « normaux », il ne restait plus qu'à vivre autrement.

Tout d'abord de grands solariums à ciel ouvert furent aménagés. Là des centaines de mâles humains faisaient des siestes en regardant des films suggestifs. Étrangement les fantasmes avaient changé, la plupart des hommes étaient excités par la vision de… bouquets de fleurs. Le pollen giclait en brumes chatoyantes autour des pénis tendus.

Le phénomène attirait des nuées de papillons Monarques. Juste à côté, d'autres solariums étaient installés eux aussi à ciel ouvert où les femmes elles aussi faisaient leur sieste nues (le fantasme féminin le plus répandu était la vision d'un arbre au tronc épais). Les papillons ayant aspiré le pollen masculin venaient dès lors les rejoindre, pour le restituer sous une forme assimilable par leur vagin lubrifié de nectar sucré.

Adrien Olstein devint le spécialiste de l'émission de pollen. Il expliquait partout sa technique personnelle de masturbation.

Gérard Amzallag s'enferma dans un laboratoire avec une équipe de chercheurs pour réfléchir à la manière d'améliorer et simplifier le processus en maîtrisant la partie « insecte » de l'acte.

Selon lui il fallait augmenter le pouvoir d'attraction du sexe masculin, sinon l'homme resterait toujours en concurrence avec la moindre jacinthe ou le moindre nénuphar.

Ce fut un jeune peintre, Sacha Baraz, qui eut l'idée de disposer des pétales de fleurs autour du sexe masculin en érection. Cela lui donnait ainsi l'allure d'un pistil.

Dans l'enthousiasme, d'autres créatifs se mirent à travailler sur la couleur des pétales. Rouge valait mieux que jaune. Mauve mieux que rouge. Une alternance de pétales mauves et blancs s'avéra la combinaison la plus efficace. Sacha Baraz lança sa marque de « décoration pénienne ».

Les hommes se mirent dès lors à arborer de belles collerettes de pétales mauves et blancs, avec des veinures autour du sexe afin d'offrir des pistes d'atterrissage aux papillons Monarques.

Cependant cette combinaison de couleurs n'agissait pas de la même manière pour les femelles humaines. Après avoir consommé le pollen masculin, les papillons étaient attirés non par les sexes féminins entourés de pétales mauves mais par les pétales orange. Une combinaison d'orange et de rouge vif réussit l'effet optimal. Là aussi Sacha Baraz mit au point un motif orange et rouge à liséré noir du plus bel effet.

– Si un jour on m'avait dit que je créerais une mode pour plaire à des papillons ! s'exclama-t-il lors de la présentation de ses collerettes féminines.

– Si un jour on nous avait dit que nous serions sauvés par des papillons ! compléta le professeur Amzallag, invité à la présentation de la collection du printemps.

– Si un jour on nous avait prédit qu'on éjaculerait de la poudre ! conclut Adrien Olstein.

Les stades de football furent transformés en solariums où des centaines, puis des milliers d'êtres humains vinrent bronzer sur des transats dans l'espoir d'attirer les Monarques.

Les papillons voletaient en nuées éparses, guettés par des yeux impatients.

Neuf mois plus tard les femmes accouchaient. Les prénoms à la mode étaient souvent des prénoms de fleurs ou de plantes : Rose, Églantine, Angélique, Iris, Marjolaine, Narcisse, Gentiane, Anémone, Véronique, Dahlia, Garance, Mélissa, Muguette, Pâquerette, Pervenche, Violette.

Le rituel des fleurs fut progressivement accepté comme un élément de la vie quotidienne.

Les gens allaient au travail jusqu'à onze heures. Puis ils mangeaient rapidement, et faisaient une longue sieste au solarium. À midi, le soleil à son zénith rendait la sexualité plus efficiente.

Le peintre Sacha Baraz, dans son désir de perfectionnement de sa collerette masculine, eut l'idée d'ajouter des motifs en dentelles, petits dessins complexes qui, pour des raisons inconnues, augmentaient l'attirance papillonesque.

Il expliqua que les fleurs ayant elles-mêmes des motifs compliqués, il n'y avait aucune raison pour que les « fleurs humaines » n'en aient pas.

Un art sexuel floral apparut. Les pétales parfois dorés ou rouge magenta s'agrémentaient de rainures en relief ou de petits ronds en creux.

En parallèle, les rapports hommes-femmes se modifièrent. Sans pénétration sexuelle, les rapports devinrent plus détendus.

Plus que le sentiment amoureux, une sorte d'amitié, de complicité dominait, qui excluait toute rivalité, tout rapport de forces. Le poids de la pudeur, de la morale, du mariage, des engagements, des tromperies et des abandons avait disparu. Personne n'appartenait plus à personne. La notion même de famille n'avait plus de sens.

Les enfants, n'ayant pas de père clairement identifié, grandissaient sous la vigilance de la communauté qui s'occupait solidairement de leur confort et de leur éducation. Même les mères, peu à peu, oublièrent tout sentiment de possession. Les enfants appartenaient à l'espèce humaine, et étaient traités de manière égale.

Mais l'inquiétude réapparut lorsque les papillons Monarques commencèrent à se raréfier.

Les scientifiques tentèrent d'élever des papillons *Danaus plexippus* en captivité. Mais la vie de sa larve dépendait d'une plante, l'asclépiade, dont le jus laiteux était l'unique source d'alimentation. Or ce jus contenait des alcaloïdes, du terpène et autres composés complexes impossibles à synthétiser en laboratoire.

Indirectement, la survie de l'espèce humaine ne dépendait plus seulement d'un insecte, mais d'un insecte dépendant lui-même d'une herbe.

Il fallut, pour préserver l'espèce Monarque, et donc l'espèce humaine, installer des champs entiers d'asclépiade, dont la pousse fragile dépendait de la qualité de la terre. Or la terre avait perdu beaucoup de ses oligo-éléments lors des cultures intensives des années archaïques (notamment le deuxième millénaire après J.-C. Période dite « du grand gaspillage »).

Ce fut le professeur Gérard Amzallag qui, une fois de plus, dut annoncer la nouvelle aux actualités. Si l'homme voulait préserver son existence future, il devait sauver non seulement un insecte et une plante, mais également un sol. Et il manquait à ce sol un oligoélément indispensable.

Après avoir longtemps cherché, les scientifiques comprirent que cet oligoélément ne pouvait pas être recréé chimiquement. Pour qu'il existe il fallait les déjections d'un ver précis, le lombric tigré. Or ce ver avait disparu car il avait lui-même besoin d'une nourriture spéciale :

L'humain.

Depuis longtemps les gens avaient pris l'habitude d'enterrer leurs morts dans des cercueils étanches. Une vieille tradition dont on ne connaissait plus le sens. Mais en se coupant de la terre l'homme ne pouvait plus nourrir les vers. Et les lombrics tigrés, indispensables à la synthèse de cet oligoélément, étaient en voie de disparition.

Il s'avéra rapidement nécessaire de changer le rituel de mort des humains.

On inhuma donc les cadavres à même la terre, afin que les lombrics tigrés puissent s'en nourrir et produisent l'oligoélément indispensable à la pousse de l'asclépiade indispensable à la nourriture des papillons Monarques indispensables à la reproduction humaine.

On enterrait le mort entièrement nu, sans tombe, dans les champs d'asclépiade, et on prononçait la phrase rituelle : « Nourri toute ta vie grâce aux fruits de la planète Terre, te voici à nouveau fertilisant de cette même Terre. »

Ainsi, par le simple geste de gestion de ses cadavres, l'homme se réintroduisit dans le cycle de la nature dont il s'était extrait depuis très longtemps.

Le cycle écologique repensé autour du sexe humain floral entraîna des mutations de toutes les espèces. De nouveaux prédateurs, de nouveaux fécondateurs apparurent.

Bientôt, les scientifiques osèrent ce que personne n'avait osé : greffer des pétales directement dans l'épiderme humain.

Ce fut la première étape de ce qu'on appela plus tard « l'Intégration physiologique ».

La seconde, sous le contrôle du professeur Amzallag, fut de lancer un programme de recherche génétique visant à modifier le codage ADN pour faire apparaître, dès la naissance, des excroissances en forme de pétales colorés autour du sexe.

Cette nouvelle génération fut celle des « enfants-fleurs ».

D'autres scientifiques parvinrent à faire muter l'odeur de la sueur, afin qu'elle se transforme en parfum attirant les papillons Monarques. Quant aux femmes, elles mutèrent aussi, et leur sexe devint de plus en plus hospitalier aux papillons. Outre les pétales, elles exsudaient par les seins un suc vitalisant pour les *Danaus plexippus*.

Et ainsi l'humanité changea et fut sauvée.

Bien plus tard, 35 000 ans après la première reproduction par l'intermédiaire d'un papillon Monarque, certains humains commencèrent à se transformer en hybride animal-végétal.

Leur sang s'éclaircit (le mélange du pourpre des globules rouges et du blanc de la sève donnait un rose crémeux). Leurs membres s'allongèrent pour devenir des branches. Leurs sexes se multiplièrent pour se transformer en fleurs colorées. Leurs yeux et leurs oreilles devinrent de larges feuilles qui recevaient comme principale information toutes les nuances des lumières du ciel. Leurs pieds devinrent de profondes racines blanches capables de s'allonger pour aller chercher l'eau fraîche des nappes phréatiques et des ruisseaux voisins.

L'homme végétal vécut ainsi l'expérience d'être nourri par cette terre sur laquelle il n'avait fait que marcher.

Cinquante millions d'années plus tard, quand les premiers extraterrestres débarquèrent, ils ne virent sur Terre plus aucun humain mobile, mais de somptueuses forêts aux arbres fleuris couverts de papillons Monarques *Danaus plexippus*.

Et jamais les extraterrestres ne se doutèrent que ces végétaux majestueux continuaient à dialoguer entre eux par télépathie. Car ces arbres avaient gardé la mémoire de l'époque où, au début des âges, ils avaient été des animaux agités, courant et piaillant sans cesse.

Jamais les extraterrestres ne surent que, toutes les nuits, aux heures les plus fraîches, quand la sève coulait plus lentement dans les troncs, les arbres rêvaient de cette époque dont la mémoire était enfouie au cœur de leur bois, au plus profond de leurs racines…

5. Civilisation disparue

(FUTUR POSSIBLE)

En tant qu'archéologue passionné d'énigmes de l'histoire du monde, j'ai toujours cru à la légende de « La Grande Civilisation Disparue ».

Il aurait existé, il y a très longtemps, un peuple mystérieux qui aurait bâti une civilisation extraordinairement avancée.

Ce peuple aurait connu une évolution rapide, serait peut-être allé dans certains domaines bien plus loin que nous, il aurait atteint une sorte d'apogée, puis aurait chuté et disparu aussi soudainement qu'il était apparu.

Je voulais comprendre comment une civilisation entière, de haut niveau qui plus est, pouvait s'effondrer d'un coup au point de ne plus laisser la moindre trace.

Pour les dinosaures on avait fini par comprendre qu'une météorite les avait annihilés en provoquant un nuage opacifiant, générant une brusque chute de température puis un hiver permanent auquel leurs organismes à sang froid n'avaient pu s'adapter.

En revanche, ces êtres-là semblaient différents, et l'énigme de leur existence, puis de leur disparition, était à la hauteur des défis qu'un jeune archéologue tel que moi adorait se lancer.

Je consacrai donc plusieurs années à accumuler des informations sur cette Grande Civilisation mystérieuse.

Je commençai mes recherches dans mon pays, mais bien vite, d'indice en indice, je fus amené à voyager, jusqu'au jour où je finis par découvrir ce qui me semblait être une piste sérieuse.

Dès lors, je décidai de lancer une expédition scientifique de grande envergure.

Mes collègues évidemment se sont tous moqués de moi, ils parlaient de fantasmes, de recherche de gloire personnelle, de naïveté de débutant.

Pourtant, après plusieurs années de préparation, je parvins à réunir douze archéologues de haut niveau, spécialisés chacun dans un domaine différent, plus une cinquantaine de porteurs chargés des provisions, et du matériel nécessaire au travail d'excavation et d'analyses des sols.

Nous sommes partis en direction des grandes montagnes de l'Est.

Nous avons marché longtemps, et enduré nombre d'épreuves terribles. Une épidémie de fièvre très contagieuse nous a frappés, emportant cinq d'entre nous. Puis il y a eu cette rencontre inattendue avec une tribu des montagnes. Ils s'étaient montrés dès le début peu hospitaliers, puis franchement agressifs, jusqu'au moment où il nous avait fallu combattre pour nous défendre. Nous avons perdu là encore quelques

membres parmi les plus éminents de notre extrava-
gante expédition.

Nous poursuivîmes pourtant notre escalade. J'étais
pour ma part déterminé à ne renoncer sous aucun prétexte. Ma mère m'avait enseigné l'acharnement et ne
serait-ce que pour elle je voulais aller jusqu'au bout de
cette folie, quel qu'en soit le prix à payer.

Le froid, l'épuisement, la neige nous ralentissaient
au fur et à mesure que nous nous élevions vers les
cimes vertigineuses. Le moral de l'expédition, lui, ne
cessait de se détériorer.

Et puis est venu ce jour maudit où l'un des scientifiques, un gros type bourru et taciturne qui depuis le
début maugréait dans son coin, a monté les autres
contre moi. Il prétendait que cette aventure était vouée
à l'échec et qu'elle nous entraînerait vers une impasse,
ou pire, vers la mort. Il évoquait les peines et les vies
gaspillées au nom du délire d'un savant mégalomane.
Je crois qu'il parlait de moi. Il affirmait qu'il n'existait
aucune Grande Civilisation disparue, que c'était là une
histoire pour les enfants. Cependant tous ne parta-
geaient pas cet avis, si bien que notre communauté
nomade s'est rapidement scindée en deux groupes. Et
les deux groupes se sont affrontés. Mon détracteur
était virulent. Là encore la violence, dernier argument
des imbéciles, est venue parachever les débats. Nous
nous sommes insultés, menacés, il a frappé, je me suis
défendu. Nous nous sommes combattus avec violence.
Mes partisans ont vaincu de justesse, les autres se sont
soumis ou ont pris la fuite.

Ce qu'il restait de notre petite troupe a poursuivi
notre périlleuse avancée en altitude.

Le franchissement d'un col abrupt et la rencontre avec une horde d'animaux sauvages nous ont encore fait perdre quelques membres de notre noble expédition. Mais nous continuions de gravir la pente, de plus en plus raide.

Jusqu'à l'épisode du pont gelé qui s'est effondré sous nos pas, et puis la rencontre avec une énorme bête poilue. Nous l'avons occise, mais au terrible prix de pertes supplémentaires.

Et la marche continuait, harassante, vers les cimes enneigées perdues dans les brouillards blêmes.

Il y eut encore de regrettables rébellions, il y eut des maladies inconnues, il y eut encore des rencontres hostiles, il y eut encore des précipices repérés trop tard.

Au bout d'une semaine de marche forcée notre groupe d'explorateurs s'était considérablement réduit. En fait sur les soixante-quatre membres du départ, nous n'étions plus au sommet de la montagne que deux survivants : un porteur et moi.

Il toussait beaucoup. Cependant nous ne voulions pas renoncer. Il aurait été trop rageant d'avoir supporté tant de sacrifices pour rien.

Nos réserves de nourriture et d'eau étant épuisées depuis longtemps, nous buvions de la neige fondue et mangions des lichens en grattant les pierres graniteuses. Même si nous avions perdu beaucoup de forces, nous étions déterminés à aller jusqu'au bout.

Nous avons encore marché plusieurs jours avant que mon compagnon ne finisse par glisser dans une crevasse. Et en s'écrasant au fond, il révélait une issue qui menait à une *immense* cavité.

Je descendis prudemment dans cette caverne inattendue. Lui ne toussait plus. J'enterrai rapidement son cadavre puis poursuivis seul mon exploration. La caverne avait la hauteur d'un bâtiment de cinq étages. Sur les parois s'étalaient de longues fresques colorées.

Intrigué, j'eus l'idée de chausser les optiques particulières qu'un de mes collègues scientifiques avait mises au point pour cette expédition. En réglant la focale je parvins à disposer d'une vision globale de ces images géantes. Comme si elles étaient à ma taille. C'est ainsi que je commençai à distinguer les premières traces de LEUR présence jadis en ces lieux.

Il n'y avait plus de doute : les membres de cette civilisation disparue s'étaient représentés eux-mêmes en fresques sur les murs !

Et j'en vomis d'horreur. Ces visions hallucinantes d'êtres monstrueux semblaient sorties d'un monde de cauchemar. La terreur me prit et je fus tenté de rebrousser chemin, de remonter, de rentrer chez moi. Pour oublier. Mais je restai fasciné par quelque chose, une sorte de majesté au-delà de leur aspect repoussant. Ces êtres hideux semblaient tellement différents de tout ce que nous connaissions. Et même de ce que nous étions capables d'imaginer. Tout d'abord leur taille. Selon mon estimation, ils étaient au moins dix fois plus grands que nous. Pour ceux qui parlaient de géants le mot semblait désormais dérisoire. C'étaient des Titans.

ET J'AVAIS DEVANT MOI LA PREUVE QU'ILS AVAIENT RÉELLEMENT EXISTÉ.

Nous étions loin des histoires pour enfants, n'en déplaise à mes feus collègues (paix à leur âme), et aux sceptiques de tout poil.

Personne n'aurait pu venir ici créer de telles fantasmagories.

Je les scrutais en détail, grâce à mes optiques spéciales.
Tout en eux fascinait. Leurs couleurs, leurs formes, leurs
attitudes corporelles. Seule leur tête offrait quelques
vagues similitudes avec la nôtre. On y distinguait vague-
ment deux yeux, une bouche, des orifices respiratoires.

Le reste inspirait l'épouvante et l'effroi. Comme si
la Nature avait été ivre le jour de leur création et avait
lancé une insulte vivante aux autres espèces. Un défi
d'abomination à la beauté et à l'harmonie.

Ayant trouvé de quoi me nourrir (en fait des champignons et des racines comestibles qui poussaient à
profusion en ce lieu), je décidai de poursuivre mon
exploration. Un tunnel aussi large que profond débouchait vers une sorte d'escalier à la taille démesurée,
creusée assurément par ces Titans dans l'épaisseur
même de la roche.

Au bout de plusieurs jours de descente, je finis par
déboucher sur une cité noire, creusée sous la montagne
et composée d'habitations géantes troglodytes s'ali-
gnant sur plusieurs étages.

Mon émotion fut dès lors à son comble. Je tremblais
de tous mes membres. La conscience d'avoir réussi
après toutes les épreuves endurées. Je m'obligeais à
respirer profondément. Je crois que je ne mesurais pas
encore toute l'importance de ma découverte.

J'avais trouvé la cité cachée des légendes anciennes.
LEUR CITÉ. Elle s'étalait devant mes yeux émerveillés.

Au comble de l'cxcitation, je continuai de progres-
ser. Ce fut au détour d'une de leurs « avenues » que je
butai sur ce qui ressemblait à un monument.

C'était en fait un squelette.

Des tiges claires et courbes s'élançaient vers le sommet de la caverne comme autant de sculptures modernes. Dressé verticalement, un mât d'os ronds, percés d'un orifice, évoquait une colonne et ses vertèbres. La mâchoire arrondie était dotée d'une articulation en angle autorisant une large ouverture. Je déduisis de mes premières observations que ce spécimen devait posséder une puissance de morsure phénoménale.

Je pris des mesures, collectai de précieux échantillons, et accumulai notes et croquis, au comble de l'exaltation du savant parvenu au bout de sa quête.

Je suis ainsi resté sous terre six mois, seul dans cette caverne à explorer leur cité. Un merveilleux cimetière empli de trésors pour l'esprit. Pourtant je ne voulais pas abandonner ma découverte sans comprendre qui ils étaient, comment ils avaient vécu et où ils s'étaient trompés, puisqu'ils avaient disparu.

Utilisant une technologie de dernière génération, je parvins à décrypter les signes de leur langage écrit. Je finis par comprendre des mots. Puis à former des phrases. Mises bout à bout, elles formèrent des paragraphes. Que je relisais des centaines de fois avant de leur trouver un sens logique.

Ainsi donc, il y a très longtemps, ces Titans avaient régné à la surface de notre planète.

Ils avaient développé une science et une spiritualité extrêmes. Ils possédaient la connaissance de l'agriculture, de l'élevage, de la construction de cités et de routes. Ils avaient mis au point des formes d'arts qui semblaient très subtiles. Ils pouvaient communiquer à distance. Ils pouvaient voler dans le ciel. Ils pouvaient même voyager entre les étoiles. Ils pouvaient s'enfoncer dans les océans.

À force de les comprendre je finis par les trouver beaux.

Pourtant leur nombre ne cessant de croître ils avaient connu une période de décadence durant laquelle ils avaient passé leur temps à se faire la guerre. Malgré leur haut niveau d'évolution, cette règle de base qu'est « l'autorégulation de la progéniture en fonction des réserves d'énergie du milieu », leur semblait inconnue.

Ainsi, ils avaient échoué là où des milliers d'espèces primitives avaient réussi : maîtriser leur croissance démographique. Et donc le fragile équilibre avec la Nature qui les nourrissait et les hébergeait.

En toute logique, après avoir épuisé leurs réserves alimentaires et détruit leur milieu, ils avaient fini par s'entre-déchirer.

Leur intelligence appliquée à la guerre avait entraîné des destructions ravageuses. Dès les premières années de conflits, ils avaient incendié les forêts et brûlé cultures et élevages comme pris d'une frénésie suicidaire. Ils avaient volontairement empoisonné l'air et l'eau, croyant se donner ainsi des avantages sur les terribles adversaires qui étaient… leurs propres frères. Leur arrogance maladive les aveuglait. Leur affrontement avait pris de telles proportions qu'ils ne pouvaient plus survivre en surface.

Alors ils s'étaient mis à creuser des villes souterraines. Là, l'air et l'eau étant filtrés, ils se croyaient protégés.

Cependant, ni leur agressivité, ni leur pulsion de destruction n'étaient assouvies. Alors les guerres avaient continué sous terre. Et ils s'étaient enfoncés de plus en plus profondément dans le sol, au point que leurs enfants naissaient sans plus voir la lumière du jour.

Ils s'étaient adaptés, ils avaient créé des cultures de champignons et de racines, ces mêmes végétaux dont je faisais ma nourriture quotidienne durant ces longs mois d'exploration.

La vie souterraine avait modifié leur morphologie. Alors qu'ils avançaient jadis dressés en mode bipède, ils se voûtèrent pour suivre les tunnels bas de plafond. Ils devinrent quadrupèdes, rampant dans les couloirs de leurs colossales cités souterraines conçues pour les protéger des attaques de leurs congénères. Ils avaient fabriqué des sortes de sous-marins, des « sous-terrestres » équipés à l'avant d'un système fouisseur capable de creuser très vite des galeries.

Ainsi ils se livraient à des guerres, s'envoyant des torpilles qui creusaient la roche à la manière de vis sans fin.

Les fresques rendaient compte de batailles grandioses entre de véritables armadas de sous-terrestres s'envoyant des torpilles fouissantes.

Pour se protéger de ces engins tueurs ils descendirent toujours plus profondément dans l'écorce de la planète, créant des galeries, aménageant des villes troglodytes.

Ils ne supportaient plus la lumière, ils ne supportaient plus le froid, ils ne supportaient plus l'air libre. Ils étaient devenus blancs, leurs yeux avaient développé la capacité de voir dans l'obscurité, comme certaines taupes.

Leur mode d'organisation s'était lui aussi modifié. Ils s'étaient regroupés en castes, selon leurs particularités morphologiques. Ceux qui étaient de petite taille veillaient aux besoins de leur progéniture. Ceux qui étaient de grande taille faisaient la guerre.

Pour chaque cité, ils avaient désigné un individu unique, une femelle obèse, détentrice de leur capacité de reproduction. Celle-ci réfléchissait avant d'accoucher d'enfants. Elle ne produisait que le nombre d'individus nécessaires à l'équilibre harmonieux de leur société, en fonction de la taille du nid, des soldats destinés à assurer une bonne défense, et des réserves de nourriture. C'était enfin la bonne solution, mais elle arrivait trop tard.

Leurs rancœurs étaient restées intactes. Les guerres fratricides se perpétuant à travers les sous-sols, ces Titans quadrupèdes finirent par s'exterminer en s'envoyant des gaz empoisonnés, fatals dans ces cités confinées en sous-sols sans possibilités d'aération.

Ainsi avaient-ils disparu jusqu'au dernier, anéantis par leur pulsion de haine envers eux-mêmes.

La cité où je me trouvais était issue d'un espoir : créer une ville-abri non plus en profondeur mais en hauteur, sous la montagne la plus élevée des chaînes de l'est. Dans le secret le plus absolu.

L'idée avait un temps permis de protéger les habitants mais, suite à la trahison d'un seul, la guerre les avait tous rejoints et détruits comme les autres.

Je restai hébété, abasourdi. Un peuple intelligent et raffiné peut donc en arriver à placer tout son génie dans la mise en œuvre de sa propre éradication planétaire.

Mais je n'en connaissais que trop la cause.

Ils devaient se détester eux-mêmes à un point extrême.

Pourtant le plus surprenant restait à venir.

Un jour que je déambulais dans ce gigantesque cimetière, pour comprendre le mystère de la disparition totale, non seulement d'une civilisation mais de toute une espèce, je découvris ce qui semblait être l'un de leurs musées. Un lieu où ils avaient exposé des objets et même des livres de leur âge d'or, l'époque où ils vivaient encore en surface.

Et là ce que je découvris me fit frissonner. Ce texte faisait explicitement référence à une autre espèce… Nous. Ils parlaient de nous. Ils nous avaient même représentés en schémas, en dessins. Ils s'étaient intéressés à nous ! Ainsi, aussi étonnant que cela puisse paraître, jadis nos deux espèces avaient coexisté !

Mes ancêtres et leurs ancêtres se connaissaient !

Ils vivaient ensemble.

Ou du moins côte à côte.

Ils se regardaient. Ils s'observaient.

Et des légendes et des commentaires, je pus déduire que, pour eux, nous étions de… petits êtres négligeables.

Ils ne nous aimaient pas.

Ils nous nommaient d'un nom qui correspond à la sonorité : « fourmis ».

Pour « s'occuper de nous » ils avaient déjà inventé des gaz empoisonnés dans le but de nous anéantir. Ils nommaient ces gaz : « insecticides ».

Pourquoi voulaient-ils nous détruire ? Du peu que je pus traduire je finis par comprendre. Ils avaient peur que nous, les « fourmis », nous leur volions leur nour-riture !

Ils considéraient que la terre donnait ses fruits et ses légumes uniquement pour eux, les Titans maîtres de la planète. Et ils pensaient que tout, y compris les matières premières, leur appartenait sans partage.

Ils ne nous considéraient même pas comme des rivaux ou des adversaires, seulement comme des... parasites.

Ils voulaient nous éradiquer de la Terre, mais, ironie du sort, ces mêmes gaz « insecticides » avaient servi à leur propre destruction.

Quelle dérision.

Ainsi finissent les civilisations arrogantes qui méprisent leurs voisins en raison de leurs tailles ou de leurs aspects physiques.

Tel était le secret de la Grande Civilisation des Titans disparus.

Désormais, ma décision reste à prendre après une telle révélation.

Dois-je dévoiler leur existence au monde ? Me taire ?

Considérant que jamais mes confrères scientifiques n'apporteront crédit à ce récit, et ayant peur de passer pour un fou, étant donné l'ampleur des implications d'une telle découverte, j'ai décidé de me taire.

Cependant, ne voulant pas que toutes ces douleurs, tout ce travail, tous ces sacrifices s'avèrent inutiles, j'ai pris la responsabilité de léguer cette note secrète à mon descendant, toi, ainsi que les croquis, traductions et plans accumulés durant ces longs mois d'enquête.

Donc toi, qui me lis actuellement, sache que jadis il a existé une autre civilisation subtile sur Terre. Une espèce titanesque, qui est apparue puis a disparu rapidement.

Selon mes calculs, si notre espèce est vieille de 100 millions d'années, les Titans sont apparus il y a 3 millions d'années, et leur civilisation a traversé 3 millions d'années, avant de disparaître il y a cinq cent mille ans.

C'était une espèce géante mais fragile, une espèce à la présence éphémère, une espèce égoïste, inconsciente des enjeux dans lesquels elle était elle-même incluse.

Encore un détail : avec mes antennes, je décryptai que, dans leur propre écriture, ils se nommaient eux-mêmes d'un nom bizarre qui correspond à la sonorité : « humains ».

6. Meurtre dans la brume

(PASSÉ PROBABLE)

Ville de province, 22 ans

Le seul meurtre sur lequel j'ai réellement enquêté est une affaire étrange survenue en juillet 1983, alors que j'étais journaliste localier. À l'époque, j'avais 22 ans et ce stage dans une petite ville de province m'avait été procuré par mon école de journalisme parisienne.

Dès mon arrivée, Jean-Paul, le rédacteur en chef, m'avait confié un reportage photo à faire immédiatement, pour voir comment je m'en tirais « à chaud ».

Ce matin-là, la brume couvrait la ville. Je me rendis à la gare municipale, et là, la police fit évacuer la foule pour que « Monsieur le journaliste puisse faire son travail ». J'étais ému et excité. Après tout c'était ma première photo de professionnel.

L'inspecteur, un jeune homme tranquille, cheveux courts et veste de cuir noir, me guida vers une pancarte sur laquelle était posé, vision étonnante, un bras de femme ensanglanté. Le choc avait dû être violent. On pouvait même distinguer un bout d'os jaune sortant de la manche de tissu. Sur la pancarte maculée de sang était inscrit : ATTENTION UN TRAIN PEUT EN CACHER UN AUTRE.

Prénommé Ghislain, l'inspecteur me décocha une bourrade complice en désignant le macabre spectacle :

– Évidemment, cette photo-là… c'est pas pour être publié. C'est juste pour mes copains. « Un train peut en cacher un autre avec le bras coupé », c'est drôle, non ?

J'avalai ma salive pour ne pas vomir.

Ghislain m'expliqua ce qu'il s'était passé. En fait c'était un problème politique : dans cette petite ville de 50 000 habitants, la mairie était de droite, mais la société des chemins de fer nationale plutôt de gauche. Donc la SNCF retardait les travaux de tunnel sous la voie depuis plusieurs années. C'était leur manière d'influencer les électeurs. Les usagers devaient traverser les rails en regardant de chaque côté comme pour traverser une rue. Mais les voyageurs avaient perdu l'habitude de se comporter ainsi et les wagons en manœuvre étaient très silencieux. Conclusion : cette gare produisait en moyenne un cadavre tous les deux mois.

Dans le cas présent, un enfant avait traversé sans faire attention alors qu'en même temps une locomotive reculait. Une femme avait bondi pour le sauver. L'enfant avait pu passer de justesse mais pas la femme. Elle avait été cueillie de plein fouet. Le choc avait été terrible. Au point que le bras arraché avait volé et était retombé sur la pancarte.

Je pris la photo, nauséeux, en proie au vertige. Ensuite, j'écrivis mon premier article, signalant l'accident ferroviaire et incitant les lecteurs à faire attention avant de traverser les quais de la gare. Aucune photo ne parut. C'était mon baptême de journaliste.

Ma vie prit dès lors un aspect de routine. Tôt le matin je prenais le petit déjeuner chez ma logeuse, Madame Violette, 98 ans : du café lyophilisé mélangé à l'eau de la bouilloire plastique avec une gaufre à la cassonade, spécialité de la région.

Madame Violette était une sympathique vieille dame, petite et voûtée, qui vivait dans une maison ancienne et sentait fort la lavande. Elle nourrissait sa voisine, Madame Figeac, une autre nonagénaire qui vivait dans l'immeuble voisin au troisième étage. Madame Violette lui livrait ses courses dans un panier d'osier accroché à une cordelette qu'elle hissait depuis la fenêtre grâce à une poulie. Madame Figeac ne sortait plus. Elle vivait avec ses chats, et sa porte avait tellement gonflé qu'elle ne pouvait plus s'ouvrir. Personne n'était venu voir Madame Figeac depuis dix ans. Madame Violette lui parlait l'après-midi par téléphone, pendant des heures. Cinq ans plus tard, j'apprendrai que lorsque Madame Violette décéda, personne ne pensa à s'occuper de Madame Figeac. Du coup celle-ci mourut quelques jours plus tard, de faim, avant d'être dévorée par ses trente et un chats. Ce furent les voisins qui, au bout d'un mois, finirent par alerter les pompiers, à cause de l'odeur.

Après le petit déjeuner, je fonçais à la rédaction. Dans cette « locale » nous étions sept, mais comme disait le rédacteur en chef : « Vu que les informations c'est au bistrot d'en bas qu'on les récupère le mieux, on te laisse t'occuper de tout, OK ? Si tu as un problème, tu sais où nous trouver. »

Mes six collègues me firent dès le départ « confiance » au point de me laisser rédiger seul les quatre pages quotidiennes d'informations locales de cette petite ville de province. Je commençais vers 9 heures par les mariages. Une photo, le nom des mariés, un verre de champagne, quelques mains à serrer, des vœux de bonheur. Voiture. Mariage suivant.

Puis, vers 11 heures venaient dans le désordre : les réfections de clochers d'église, les accidents de voiture, les suicides de clochards, les inaugurations de centres aérés, les suivis de pompiers à la chasse aux nids de guêpes ou à la récupération de chats dans les hautes branches, l'interview d'un chanteur ou d'un comique has-been en tournée province, les concours de la plus grosse citrouille, les travaux de rénovation de l'hospice… puis retour à la rédaction pour tout rédiger.

Le maire de la ville m'appelait tous les matins pour connaître mon programme afin de s'y trouver et d'être sur les photos. Ainsi, espérait-il, les lecteurs de notre quotidien auraient l'impression que leur élu était partout, à travailler tout le temps.

L'observateur modifie ce qu'il observe.

Je décidais indirectement de l'activité du maire, donc de l'activité de la ville. J'encourageais les projets culturels en ne ratant aucune exposition de peinture, aucun spectacle théâtral, aucun concert qui, du coup, se trouvaient honorés de la présence du premier élu municipal.

J'adorais mon métier.

J'avais l'impression d'avoir un pouvoir et une utilité sociale.

Le rédac-chef, Jean-Paul, me mit à l'aise :

– Quand même, ne te fatigue pas trop. De toute façon, peu de gens lisent les articles, la plupart regardent les photos, les titres et les légendes. Parfois ils s'aventurent sur les premières lignes, mais ils ne vont que très rarement jusqu'au bout. Surtout n'oublie jamais que la rubrique la plus lue est la nécrologie. Ensuite c'est la météo. Les vieillards morts et les nuages c'est ça qui passionne le plus les gens. En troisième position c'est le foot. Surtout les matchs intercommunaux.

Ça relativise.

Vers 18 heures, les reportages sur le terrain achevés, je rentrais au bureau, saluais Mathilde, la grosse standardiste blonde. Un peu paranoïaque, elle fomentait des complots du matin jusqu'au soir, les complots étant sa raison de vivre. Parfois Mathilde envoyait des lettres anonymes genre : « Votre mari couche avec votre meilleure amie. Signé : la chouette qui voit tout. » Jean-Paul m'avait confié qu'elle s'était déjà fait reconnaître à son écriture, et par des recoupements d'indices, ce qui avait généré quelques algarades et crêpages de chignons à l'entrée du journal. Je la surprenais parfois qui s'appliquait à tracer des caractères bâtons moins reconnaissables. Mathilde donc me transmettait la liste des décédés de la veille, puis je la dactylographiais en ajoutant les textes adéquats demandés par les familles : chevalier de la Légion d'honneur, président de l'Association des boulistes,

Membre d'honneur de l'Académie des buveurs de bière. Je concluais la journée en téléphonant à Météo France pour prendre connaissance des prévisions du lendemain.

Et puis survint le meurtre.

Je me souviens de ce jour. Les brumes étaient encore plus denses que d'habitude sur la ville. J'étais en train d'interviewer une lilliputienne, Madame Roselina, issue d'une attraction foraine itinérante. Assise sur une encyclopédie posée sur mon bureau, elle m'expliquait qu'elle ressentait beaucoup de mépris envers les nains, parce qu'on la confondait trop souvent avec eux.

– Alors que les lilliputiens sont « proportionnés », m'expliquait-elle en me montrant ses mains qui semblaient des menottes de poupée. Les nains ont des grosses mains ou des gros pieds, nous ne sommes pas comparables ! Il faut que vous l'écriviez dans votre journal, que les gens sachent la vérité !

Roselina était très bavarde. Elle parlait avec une petite voix aigrelette étrange. Elle me racontait que les lilliputiens viennent d'un coin reculé de la forêt de Roumanie qui avait longtemps été inexplorée. Ils avaient tous été réunis en 1900 pour l'Exposition universelle à Paris. Maintenant, il en restait une centaine dans le monde. Elle me raconta qu'elle en était à son troisième mariage et qu'elle était fière de sa fille qui jouait dans une troupe de théâtre exclusivement lilliputienne au Japon.

– Les Japonais aiment tout ce qui est de taille réduite, précisa-t-elle. C'est peut-être pour cela qu'ils ont inventé le walkman, la chaîne hifi miniaturisée. Il paraît que chez eux tout est petit. Remarquez, dans ma maison sur la Côte d'Azur, j'ai deux zones. La zone pour les invités, donc avec les proportions habituelles, le plafond à 2,50 mètres de hauteur et tout le reste. Et puis la zone dont le plafond est à 1,50 mètre, pour recevoir mes amis lilliputiens.

Jean-Paul fit irruption dans mon bureau. Il jeta un regard étonné à la petite femme assise sur la table puis me jeta :

– Une noyade au canal ! Il faut que tu y ailles.

Je ramenai ma lilliputienne à son garde du corps. Elle me demanda de bien vérifier qu'il n'y avait pas de chien. Elle m'expliqua qu'elle avait la hantise de marcher seule dans la rue car elle avait été attrapée un jour par un berger allemand qui l'avait prise dans sa gueule avant de galoper avec elle sur plusieurs centaines de mètres.

– Je ne sais pas si vous vous imaginez ce que c'est que d'être dans la gueule d'un molosse en train de circuler à quelques centimètres du sol, mais je peux vous dire que j'ai eu vraiment très peur. C'est pour cela que j'ai pris Tibor. TIBOR !

Un grand moustachu large d'épaules la souleva comme s'il prenait un enfant, pour la porter jusqu'à sa grosse berline noire de luxe. Je réclamai un instant pour prendre une photo de Tibor tenant Roselina, au cas où l'on ne croirait pas que les lilliputiens existent. Avant de me quitter elle passa sa petite main au-dessus de sa vitre fumée pour me tendre une carte de visite.

– Venez me voir à la fête foraine, si vous voulez, mais le plus intéressant serait que vous veniez à cette adresse, dans ma maison sur la Côte d'Azur. On se fera un dîner. Je cuisine très bien, vous verrez.

Je remontai me fabriquer une pellicule ultrasensible (je n'aime pas utiliser le flash) puis partis enquêter sur la noyade.

Sur le lieu du décès se trouvaient déjà les pompiers. La victime était un enfant de 7 ans, un certain Michel. Son corps, posé sur une civière, était recouvert d'une couverture. Le capitaine des pompiers indiqua que la mort était survenue depuis plusieurs heures. Je remarquai des traces de liens sur les poignets.

– Ah, dit-il, ça ? C'est parce qu'on l'a retrouvé les mains liées derrière le dos. Dans un sac-poubelle fermé.

– … Ce serait donc un crime ?

– Ah ça, ce n'est pas à nous de le dire. Allez voir les flics, répondit le fonctionnaire municipal.

Quelques minutes plus tard, l'inspecteur Ghislain me confiait, dans le coin-buvette du commissariat (une pièce spéciale où il se retrouvait durant la pause avec ses collègues. Les murs étaient tapissés de posters de filles nues. Au centre des robinets à bière s'alignaient pour fournir de bonnes « pressions ». Sur le côté, un jeu de fléchettes et une télévision pour suivre les matchs sportifs.) qu'en effet le gosse avait probablement été tué et que lui avait déjà son idée sur l'assassin, mais qu'il préférait pour l'instant ne pas m'en parler.

À peine revenu à la rédaction, je trouvai une lettre anonyme à mon nom.

« *L'assassin de Michel, c'est sa mère : Yolande. Si vous ne me croyez pas, vous n'avez qu'à demander à son frère.* »

L'écriture maladroite en caractères bâtons creusait le papier. Mais ce n'était pas l'écriture de Mathilde. D'ailleurs d'autres lettres anonymes apportèrent des messages similaires. « *C'est la mère qui a tué le petit.* »

Tout à mon excitation de détective amateur, je décidai d'enquêter. Par chance, il ne manquait pas de témoins, et ceux-ci n'étaient pas avares d'informations. Je croulais sous les indices et les témoignages. Tout le monde savait tout. Et pour tout le monde, c'était la mère.

Certains témoins me rappelaient même qu'elle avait déjà essayé de tuer son fils dans le passé mais que son frère l'avait sauvé de justesse.

J'allai donc voir l'oncle de la victime qui reconnut qu'il s'était déjà passé le même genre de drame, et qu'il regrettait de n'avoir pu arriver à temps cette fois.

– Alors, tu en es où de l'enquête sur la mort du petit Michel ? me demanda le rédacteur en chef.

– J'avance, j'avance.

Il m'adressa un signe d'encouragement et m'indiqua qu'il descendait au bar avec les autres. Il m'invita d'ailleurs à venir prendre une Kriek, cette délicieuse bière-cerise que les journalistes de la rédaction prisaient tant (surtout avec des frites et une de ces fameuses saucisses locales juteuses qui giclent sous la dent). Mais j'avais encore du travail.

Une heure plus tard, je sonnais chez Yolande, la mère du petit Michel. Elle vivait dans une modeste maison, près du canal où l'on avait retrouvé le corps de l'enfant. C'était une femme d'une quarantaine d'années, plutôt belle, habillée de noir pour la circonstance. Elle m'accueillit et m'invita à m'asseoir. Les murs étaient tendus de papier à fleurs rétro, et les sièges recouverts de velours beige. Au mur, des tableaux de couchers de soleil orange et mauves. Sur une étagère, une collection de poupées folkloriques, en costumes de tous les pays.

Mal à l'aise, je lui précisai que je venais pour l'enquête sur la mort de son fils.

Elle me regarda simplement puis répondit :

– Oui, bien sûr, je comprends.

Elle me fixa de ses yeux bleus aux paupières très maquillées.

– Vous savez, monsieur, j'ai fait ce que j'avais à faire. J'ai deux enfants, deux garçons, et je n'ai plus les moyens de les nourrir tous les deux. Il fallait faire un choix, et vu que personne ne pouvait le faire à ma place... j'ai préféré garder l'autre. Peut-être parce qu'il est plus mignon. Physiquement je veux dire.

Elle avait prononcé ces mots comme si elle parlait d'un choix de voiture.

Pour ma part, j'étais à la fois frustré et atterré. Je m'étais attendu à un peu de résistance, des mensonges, des fausses pistes. Le fait que la suspecte avoue dès la première rencontre aussi facilement brouillait mes repères.

Elle me servit des brownies de supermarché et m'offrit un excellent café, pas lyophilisé cette fois, dans des tasses en porcelaine. Nous continuâmes à parler. Elle me demanda si j'aimais leur ville. Je lui répondis que le métier, ici, n'est pas le même qu'à Paris.

– Chez vous, le journaliste est un vrai lien entre les individus.

Elle s'inquiéta du nombre de sucres que je désirais dans mon café. La scène avait quelque chose de sur-réaliste. En moi, l'alarme était déclenchée. Était-il possible qu'elle ne se rende pas compte qu'en m'avouant avoir tué son fils, elle risquait la prison ? Elle avait l'air si détachée. Elle ne feignait même pas la tristesse ou l'affliction. Juste une sorte de curiosité pour un étranger qui venait lui rendre visite et qu'elle accueillait poliment. Elle semblait très intéressée par mon métier et mes occupations.

Je prononçai une phrase stupide.

– Je peux avoir des photos pour l'article ?

Elle approuva, compréhensive. Et me proposa plu-sieurs clichés du petit Michel.

– Sur celle-là, il est plus souriant, et puis là il est avec son pull rouge, son préféré. Je ne sais pas ce que je vais faire de ses jouets. Oh, je les donnerai à l'autre.

– Et hum… Je peux vous photographier vous ?

Yolande acquiesça, comme si elle avait toujours rêvé d'apparaître dans les journaux.

– Bien sûr. Évidemment.

Elle me demanda un temps pour « s'arranger » dans la salle de bains.

– Mon meilleur profil c'est celui-là. Si je peux me permettre.

Yolande tourna la tête, sourit, prit des poses, certaines presque suggestives. Était-il possible que ce soit cette même femme, cette mère, qui avait lié les poignets de son enfant, et l'avait mis dans un sac-poubelle avant de le jeter dans le canal ?

Lorsque je pris congé, Yolande me salua en me proposant de revenir quand je le souhaitais, pour prendre un goûter et parler de ma passion pour mon métier.

Je sortis de la maison avec une sensation de malaise et d'écœurement bien plus forte que le jour où j'avais vu le bras coupé.

Je rentrai pour rédiger l'article.

Le soir, j'avais les yeux fatigués et je préférai ne pas allumer les néons trop violents de la salle de rédaction. Je marchais dans la pénombre des couloirs, pensif. C'est alors que mon pied s'enfonça avec un bruit de succion dans une masse molle sur laquelle je faillis tomber.

Je songeai tout d'abord à un sac de tomates, mais le sac se mit à parler.

– Ah, tu es là…

C'était Jean-Paul. Il avait tellement bu qu'il n'arrivait plus à se tenir debout. Comme une grosse limace, il se traînait au sol.

Je viens de marcher sur un être humain ! Et en plus c'est mon chef…

La sensation était étrange. Mon pied était encore sur son ventre quand il articula d'en bas :

– Tu as envoyé tous les papiers ?

– Euh… je m'en occupe, balbutiai-je en retirant ma jambe prestement.

– Bon, c'est bien. Tu fais du bon travail. Ici tout le monde t'apprécie finalement. Enfin, je veux dire pour quelqu'un qui n'est pas de la ville.

– Merci.

Son haleine était fortement chargée de bière frelatée. Ce n'était pas celle à la cerise.

– Je voudrais vous parler de l'enquête sur la mort du petit Michel, annonçai-je.

Il se redressa, tenta de se relever à quatre pattes mais n'y parvint pas. Je lui tendis la main pour l'aider mais après une tentative infructueuse il préféra rester couché sur la moquette. Il parvint à articuler.

– Ça peut attendre demain, non ?

Le lendemain il faisait très beau. Jean-Paul me reçut dans son grand bureau. Il n'avait plus aucun signe de l'état d'ébriété de la veille. Ses longs doigts aristocratiques cherchèrent une cigarette qu'il alluma avec distinction.

– Il est très bien ton article sur la lilliputienne. Pour ma part, avant ce papier, je ne savais même pas que ça existait, les lilliputiens. Je les confondais avec les nains, je croyais même que c'était une légende du bouquin de Swift. Dans l'article tu dis qu'elle a une maison à sa taille. Ça doit être une maison de poupée, non ?

– Je voulais vous parler du meurtre du petit Michel.

– Ah oui, bien sûr. Alors tu en es où ?

– Eh bien… comment dire… je crois que j'ai trouvé l'assassin.

– Parfait. Alors c'est qui ?

– La mère. Yolande. Elle avait déjà tenté de le tuer. J'ai discuté avec la police et je peux reconstituer les événements. Elle m'a même avoué qu'elle avait dû faire son choix entre les deux enfants. Elle a préféré garder celui qu'elle trouvait le plus « mignon ».

Il me regarda sans ciller, un doigt sur ses lèvres.

– J'ai déjà rédigé l'article. Tous les éléments de mon enquête sont notés.

Il demanda à voir.

Je lui tendis mes six feuillets, plus les photos du petit Michel. Et de la mère. Et du lieu où l'on avait découvert le corps. Et de l'oncle.

Jean-Paul hocha la tête, comme un médecin qui a une première idée du diagnostic complexe. Il lut l'article, examina les photos, puis me regarda en souriant.

– Tu ne crois quand même pas qu'on va publier ça ?

Je n'arrivais pas à le tutoyer.

– Vous pensez que mon enquête ne tient pas ?

– Oh si, de ce côté-là aucun problème. Tu as été un excellent détective. Un vrai petit Sherlock Holmes.

– Vous pensez que Yolande est innocente ?

– Là non plus pas de doute, elle a bien tué son fils. Et avec préméditation qui plus est.

Je me mordis la lèvre inférieure.

– Alors c'est quoi le problème ?

Son sourire s'étira.

– Le problème c'est que tu ne te rends pas compte de la portée d'un tel papier. Selon toi, si on publie l'article, il va se passer quoi ?

– On va arrêter cette femme et la juger.

– Oui. Et alors ?

– Elle ira en prison.

Je cherchais ce qui clochait. Je tentais une hypothèse.

– Vous allez me dire que c'est punir l'autre enfant en le privant de sa mère, c'est ça ?

– Non.

– Quoi alors ? Qu'est-ce qui ne va pas ?

Il hocha encore la tête. Longuement.

– Est-ce que tu veux avoir des morts sur la conscience ?

– Je ne comprends pas.

– Puisqu'il faut te mettre les points sur les « i », cette femme t'a dit que si elle a tué son fils c'est parce qu'elle n'avait pas assez d'argent pour s'occuper de ses deux garçons. Et elle a dû faire un choix, n'est-ce pas ?

– En effet. Ses paroles exactes sont : « J'ai choisi le plus mignon. »

Il resta immobile, comme un professeur qui attend qu'un élève trouve seul la réponse.

– Tu te doutes bien qu'elle n'est pas la seule dans cette situation. Il y a des dizaines, voire des centaines de mères qui ont trop d'enfants et pas assez de moyens pour subvenir à leurs besoins. Elles n'ont pas avorté quand il était temps et elles ont laissé grandir leur progéniture en ne sachant plus quoi en faire. Ensuite elles se sont aperçues qu'en fait ce qui les arrangerait, « économiquement » parlant, ce serait de s'en « débarrasser ». Tu me suis ?

– Heu…

– Mais elles ne savent pas comment s'y prendre. Alors elles ne le font pas. Même si elles en ont fortement envie.

Un silence.

– Ce monde n'est pas aussi simple qu'il en a l'air à la télévision ou au cinéma, ou même dans les articles qu'on publie. On dit aux gens ce qu'ils ont envie d'entendre et ce n'est pas forcément la vérité.

– C'est-à-dire que…

– Réveille-toi, mon gars. L'instinct maternel, ça n'existe pas, c'est un truc inventé par les publicistes pour vendre des pommades, des couches-culottes et tout le tremblement ! L'amour maternel instinctif… mon cul ! C'est d'ailleurs parce qu'il n'existe pas, tout comme le Père Noël, que les gens font vingt-cinq ans de psychanalyse. Ma mère ne m'a jamais aimé. Probablement que la tienne non plus. Elles ne nous ont pas aimés, mais elles n'ont pas franchi le pas jusqu'à nous tuer. Probablement parce qu'elles ont été arrêtées par ces fameux « problèmes techniques ». C'est ça la seule différence entre le petit Michel et nous.

Je considérai mon rédacteur en chef avec attention. Il ne semblait pas du tout sous l'emprise de l'alcool. Au contraire, il me paraissait d'une extrême lucidité. Aucune trace d'ironie dans ses propos, juste un constat, un regrettable constat.

– J'ai encore du mal à vous suivre…

– Alors soyons plus clairs. « Ta » Yolande a trouvé cette méthode pour ne plus s'embêter avec son fils aîné. Si jamais on publie ça, eh bien… d'autres mères vont faire pareil.

Je laissai passer un silence. J'étais K-O.

– En fait c'est un problème d'imagination. Les autres mères n'ont pas pensé au truc du sac-poubelle et du canal. À sa manière Yolande a « inventé » une méthode pour résoudre un problème que je qualifierai de « répandu ».

Je restais hébété.

– Alors voilà la seule question qui se pose : faut-il donner l'idée de cette méthode aux autres mères qui ne savent pas comment se débarrasser de leur progéniture en excès ? Car assurément ton article va créer des émules, il faut que tu en sois conscient.

Je me pinçai pour sortir de ce cauchemar.

– Vous voulez dire que ce crime, au-delà de son aspect monstrueux, est une « invention originale » ?

Il soupira.

– Exactement. Si tu sors cet article tel quel, des enfants mourront. Par TA faute. Et ils resteront vivants si l'article est plus neutre.

Je continuais à le fixer, n'osant comprendre.

– Tu sais, dans les films, les romans, on présente aux gens un monde joli, propre, codifié avec des règles précises, un monde logique. Avec les gentils et les méchants. Et puis il y a le… « réel ».

Il avait prononcé ce mot avec quelque chose d'inquiétant dans la voix et en faisant deux crochets avec ses doigts.

– Dans le réel les criminels sont rarement emprisonnés.

Il aspira sa cigarette et souffla délicatement la fumée.

– Et c'est peut-être mieux pour la tranquillité de tous.

– Mais… les victimes ?

– Les victimes elles me cassent les pieds !!!

Il avait lâché ça avec véhémence. Comme s'il exprimait quelque chose de profondément vécu.

– Ce n'est pas parce qu'on enferme leurs bourreaux qu'elles vont ressusciter. Alors pensons à l'intérêt général avant de vouloir à tout prix jouer les héros justiciers. Il n'existe pas de « happy end ». Seulement du « realistic end ».

Jean-Paul me regarda, l'air du maître qui vient de révéler son grand secret à un disciple.

– Alors je fais quoi ? demandai-je en ramassant mes feuillets et mes photos désormais inutiles.

Il esquissa un geste désinvolte de la main, puis étala les photos comme des cartes à jouer.

– Eh bien, celle-ci est très bonne. Le petit Michel a une bonne bouille avec son joli pull rouge. Tu mets la photo du gamin, tu notes son nom et son prénom dessous, et tu rédiges un petit article genre : « Accident regrettable sur les bords du canal. » Après tu brodes en donnant le conseil aux parents de ne pas laisser leurs enfants traîner sur les bords dudit canal. Tu peux même dire que c'est la faute des services de voirie qui auraient dû protéger la zone trop glissante. T'inquiète pas, à la mairie, ils sont habitués à ce que tout leur retombe sur le dos. C'est ce qu'on appelle la « dilution dans la responsabilité collective ».

Il perçut mon malaise.

– Tu sais, il n'y a pas de journaliste heureux. Tu veux savoir pourquoi ? Parce que nous savons réellement ce qui se passe. Et ça nous ronge le foie. Pour être vraiment heureux, il faut être ignorant. Ou savoir oublier très vite. Pourquoi crois-tu que je bois autant ? Allez viens, je vais te payer une gueuze.

Cette fois j'acceptai. Après trois gueuzes, deux krieks accompagnées de cinq olives, d'une barquette de frites et d'une saucisse grasse à la moutarde de Dijon, Jean-Paul me conseilla de goûter à une bière qui s'appelait « La Mort Subite ». Tout en buvant le liquide ambré, simultanément amer, piquant et douceureux, je me demandais si on pouvait réellement mourir d'avoir ingurgité une bière. Dans mon cerveau tout devenait brumeux, j'avais envie de rire sans raison.

Jean-Paul se pencha vers moi, le regard pétillant.

– Il n'existe pas de journaliste heureux, mais ce que je ne t'ai pas dit, c'est que ce métier reste supportable si on dispose d'un petit « soutien » chimique. En fait tu étais vierge. Et tu viens de te « dévirginiser ». Tous les êtres humains à un moment ou un autre se salissent, et c'est là qu'ils deviennent vraiment des hommes !

Il éclata de rire et me donna une grande tape dans le dos.

Le lendemain, l'article paraissait avec la photo du petit Michel en pull rouge et le titre : « Accident fatal sur les bords du canal. »

Madame Violette, en bigoudis, charentaises et peignoir, me cueillit au petit déjeuner. Elle me montra mon article.

– Pauvre gosse, comme il était beau, et en plus on sent bien sur la photo qu'il était gentil. Mais enfin s'il jouait sur les berges tard le soir, il faut pas s'étonner qu'il ait eu des problèmes. On n'y voit rien, là-bas, c'est si mal éclairé. Et puis ça doit être glissant. Enfin moi j'ai toujours pensé que c'était un endroit dangereux, j'irai jamais par là. J'espère que ton article va secouer un peu les choses et que la municipalité va enfin construire les réverbères nécessaires pour sauver les enfants.

J'ai eu envie de lui dire que quand on glisse dans un canal on le fait rarement avec les mains attachées dans le dos et enveloppé dans un sac-poubelle fermé, mais en voyant son air chiffonné je ne me sentis pas capable de lui imposer une contrariété qui lui aurait gâché son déjeuner…

Les jours suivants, je travaillai avec une sorte de rage contenue. D'autres photos de cadavres vinrent m'aider à oublier le visage du petit Michel et de sa mère.

Je couvris un accident de camion (« Le type avait bu, il n'a pas vu le stop », m'expliqua le motard qui l'avait découvert) ; une fête des moissons (« Vous prendrez bien un petit verre de kir monsieur le journaliste ? Allez, ça ne peut pas faire de mal et vous avez l'air fatigué, c'est revigorant le kir ») ; une réfection de clocher détruite par l'orage (« Ah ! ça, depuis le temps que la municipalité nous l'avait promis, il était temps qu'on lance les travaux. C'est finalement la foudre qui a permis de tout faire ! Vous buvez un verre de mousseux ? » me dit le curé) ; une réunion d'anciens combattants (« Allez ! vous prendrez bien une petite coupe de champagne ? ») ; la rénovation de la piscine municipale (« J'ai prévu un petit cocktail de l'amitié après la séance photos, il y a de la sangria, vous serez des nôtres ? ») ; plus mes trois mariages (« Juste une coupe de champagne, pour la santé des mariés. Vous ne pouvez pas nous refuser, ça porte malheur »).

Un soir, en rentrant d'une interview de guitariste gitan, je m'assoupis au volant. Comme je m'étais endormi le pied sur l'accélérateur, la voiture roula ainsi sur une bonne distance. Quand je rouvris les yeux, le décor avait changé. Durant tout le temps de mon sommeil, la route avait été parfaitement droite. Une chance.

Je donnai un grand coup de frein et me rangeai sur le bas-côté. Quelque chose en moi commençait à changer. Je me souvins des mots de Jean-Paul.

Tu es dévirginisé...

Je décidai de ne plus toucher au moindre verre d'alcool, puis je rentrai au journal.

En bas se déroulait un drame. Mathilde la standardiste venait d'apprendre que son mari, l'un des journalistes de notre rédaction locale, avait oublié son portefeuille dans l'appartement d'une autre femme. Celle-ci était venue en personne le rapporter au journal pour « saluer » Mathilde.

Je montai dans mon bureau, m'empressai de rédiger mariages, nécrologies et météo (« Pluie et orages toute la soirée, préparez-vous à une journée arrosée ») et fonçai dans le bureau de Jean-Paul.

La porte bloqua contre un obstacle.

Jean-Paul gisait une fois de plus par terre. Je l'aidai à se poser sur une chaise, en appui contre le mur pour ne pas qu'il tombe. Il était conscient, mais respirait fort, comme s'il agonisait.

Je contemplai l'article avec la photo du petit Michel qui veillait en permanence sur mon bureau.

La tête un peu lourde, je dînai avec l'inspecteur Ghislain et sa jeune épouse qui ne prononçait pas un mot et sans cesse baissait les yeux. Du gigot au thym et à l'ail accompagné de pommes-grenailles rissolées et de haricots verts. Le tout accompagné d'un vin délicieux.

– Moi, je ne bois pas de bière, disait Ghislain. J'aime pas ça. Je préfère le vin. Le vin c'est l'énergie de la terre. Il paraît que la majorité des habitants de la planète boivent de la bière. C'est dommage. En plus ça fait pisser tout le temps.

Je ne répondis pas, les yeux dans le liquide rouge sang de mon verre.

– Allez, ne fais pas cette tête. C'est encore à cause du crime du petit Michel, hein ?

J'acquiesçai.

– De toute manière, Yolande n'aurait jamais été arrêtée !

– Et pourquoi donc ?

Il emplit mon verre.

– C'est l'une des prostituées les plus appréciées de la ville. Et dans la ville on n'en a que cinq, alors on y tient. On manque de ces femmes, ici tu vois. Et on ne peut pas aller chercher un maquereau parisien pour qu'il monte commerce alors qu'on n'a même pas une gare correcte. C'est un peu comme les médecins, il y a pénurie.

Il m'adressa un signe de connivence.

– Jean-Paul est l'un de ses clients. Le maire aussi. Ainsi que pas mal de mes collègues du commissariat. Si on l'avait arrêtée ça aurait déstabilisé l'équilibre social de la ville. Il y aurait peut-être eu recrudescence de viols, va savoir. Les gens auraient eu peur pour leurs filles. Les boîtes de nuit auraient perdu des clients. En plus on l'aurait séparée de son autre fils. Il aurait été placé à l'orphelinat et il aurait été malheureux ou serait devenu gangster. Va savoir. Chacun de nos actes déclenche des conséquences importantes. Cette ville a un équilibre fragile…

– Et un assassinat d'enfant par la mère, ce n'est pas une raison suffisante pour briser cet « équilibre » ?

– Non. Je ne crois pas. On nous fait croire que les gens veulent la justice mais c'est faux, personne ne la veut vraiment. La justice, c'est une notion abstraite. Si on les met au pied du mur, si on leur laisse le choix entre la défense des victimes et la poursuite des habitudes confortables, les gens n'hésitent pas. Ce qu'ils veulent c'est avant tout la tranquillité. Que demain soit un autre hier.

Un mois plus tard, je terminai mon stage dans ce journal local. J'y avais travaillé trois mois, avec une moyenne de trois gros articles quotidiens, plus les nécros, les mariages, les chiens écrasés et la météo. Le rédacteur en chef m'avertit qu'il enverrait à mon école de journalisme un rapport plutôt négatif, car même s'il avait remarqué ma capacité de travail, il trouvait que mon côté « forte tête » pouvait poser des problèmes dans une rédaction classique.

Il m'avait signalé cela sans animosité, comme un analyste constatant l'erreur d'un système. L'erreur s'appelait « forte-têtisme ».

Il me serra chaleureusement la main.

– N'essaie pas de changer le monde, essaie seulement de t'insérer.

Il s'approcha et me murmura à l'oreille :

– Et puis il ne faut pas faire le fier : bois, bois à en devenir fou, bois avec tout le monde sans rechigner, sinon tu ne pourras jamais t'intégrer à une rédaction de presse digne de ce nom. Boire dans le monde de la presse c'est un signe de professionnalisme ! Conseil d'ami, tu en fais ce que tu veux.

Le dernier jour, l'inspecteur Ghislain vint m'accompagner à la gare.

– Attention ! hurla-t-il soudain tandis que je m'engageais pour traverser la voie.

Je bondis en arrière, et un wagon me frôla, silencieux sur les rails.

– Ça aurait été la meilleure, que tu te fasses écraser par un wagon ! s'amusa le policier en veste de cuir noir.

– Comme ça la boucle aurait été bouclée, dis-je.

– Mais je n'aurais pas pu prendre la photo ! Je ne sais même pas photographier ! plaisanta-t-il.

Nous avons éclaté de rire, comme si les tensions de ces trois derniers mois se relâchaient d'un coup.

– Merci, Ghislain, dis-je.

Il me fit un clin d'œil et me serra contre sa poitrine.

– Tu sais, rien que par ton enthousiasme pour ce métier, tu as bougé des choses, ici. Le maire se déplace plus souvent pour des inaugurations. Il donne davantage de moyens aux associations culturelles locales. Madame Violette a décidé d'augmenter ses prix en appelant ta chambre la « chambre du Parisien ». Et ils ont fini par installer un réverbère sur le bord du canal, là où le petit a été retrouvé.

Un an et un mois plus tard, le 16 octobre 1984, dans un petit village des Vosges, éclatait l'affaire dite « du petit Grégory ».

Un enfant avait été jeté dans la Vologne, enfermé dans un sac-poubelle. Tous les grands reporters criminels parisiens descendirent dans les Vosges pour couvrir l'événement.

Le journaliste qui avait sorti l'affaire s'était-il demandé lui aussi si « cela allait inspirer d'autres criminels potentiels sans imagination » ?

7. Demain les femmes

(FUTUR POSSIBLE)

« Un jour il n'y aura que des femmes sur Terre et les hommes ne seront plus qu'une légende. »

La phrase étrange résonnait dans l'esprit de Madeleine Wallemberg comme une litanie.

Un soleil rougeoyant venait de se lever et un rayon éclaira un arrondi parfait : le front de la jeune femme plongée dans un profond sommeil.

La lumière révéla peu à peu chaque courbe de son corps, chaque relief d'une planète tendue de peau, qui respirait doucement.

Le rayon s'étira. Les poils fins et ambrés allongèrent leurs ombres. En poursuivant son ascension le soleil effleura la vallée de ses seins, la plaine de son ventre, le puits torsadé de son nombril.

Un tremblement de terre parcourut soudain la planète rose.

Madeleine Wallemberg rêvait.

Sa mère lui avait confié un jour : « Les rêves sont des messages qui nous sont envoyés dans la nuit. Si nous les oublions au réveil, ces messages sont définitivement perdus. »

La jeune femme essayait donc de se souvenir de ses voyages oniriques. Celui-ci n'était pas difficile à mémoriser, c'était le même qui, depuis quelques semaines, revenait de manière récurrente.

« *Un jour il n'y aura que des femmes sur Terre et les hommes ne seront plus qu'une légende.* »

Des images merveilleuses accompagnaient chaque fois cette phrase énigmatique qui résonnait dans son sommeil.

Madeleine Wallemberg découvrait une ville qui ressemblait à Paris, mais un Paris du futur, sans voiture ni moto, sans métro ni bus. Comme si l'on avait renoncé à tout ce qui produisait du bruit, de la fumée, de la grisaille, des couleurs froides. La ville était envahie de plantes grimpantes. La tour Eiffel était verte, enveloppée d'une épaisse couche de feuilles de liserons et de lianes. Les Champs-Élysées exhibaient leurs façades saturées de lierres, et les balcons croulaient sous les fleurs multicolores.

Le bitume avait partout explosé sous la pression des racines, des plantes sauvages, des gazons audacieux qui envahissaient tout.

Au milieu de cette capitale luxuriante de végétation, des femmes vêtues de fins tissus circulaient. Certaines à pied, transportant des sacs de légumes ou de fruits. D'autres juchées sur des autruches qui tiraient parfois des calèches légères. L'air était tiède, parfumé.

Toutes les femmes étaient jeunes, portaient leurs longs cheveux tressés, les pieds chaussés de sandales qui enlaçaient leurs chevilles.

*De pacifiques amazones dans un Paris transformé
en jardin.*

Dans le rêve de ce jour, Madeleine Wallemberg
contemplait un groupe de ces femmes qui se bai-
gnaient dans la Seine parfaitement limpide, au niveau
du pont Alexandre-III. Truites, anguilles, carpes
rouges et blanches tournoyaient autour d'elles. Des
exocets, fins poissons volants, bondissaient et pla-
naient au-dessus de l'eau en vols serrés. Tout à coup,
le visage de l'une des baigneuses, encadré de tresses
brunes, sortit de l'eau comme au ralenti. Elle émergea
entièrement, ruisselante, sa longue robe mauve collée
au corps, se tourna vers la dormeuse et lui répéta lentement : « *Un jour il n'y aura que des femmes sur
Terre et les hommes ne seront plus qu'une légende.* »

Puis la femme brune tendit la main. Sans hésitation,
Madeleine Wallemberg voulut la saisir.

Comme elle était tournée sur le flanc, sa main
tomba sur le coussin, à l'endroit où dormait d'habitude
son compagnon. La place était vide, le matelas encore
marqué d'une empreinte récente. Sur l'oreiller, repo-
sait une enveloppe, que les doigts de la dormeuse
effleurèrent machinalement. Son instinct fit le reste.
Elle battit des paupières, dévoilant des yeux émeraude,
puis saisit l'enveloppe qu'elle décacheta : « *J'ai dû
partir plus tôt que prévu au bureau. Tu avais l'air si
bien dans ton rêve que je n'ai pas voulu te réveiller. À
ce soir, ma douce Mado. Je t'aime et t'aimerai toujours. Millions de baisers. Kevin.* »

Madeleine Wallemberg sourit et serra la lettre sur
son cœur. Puis elle se précipita sur son « Cahier à
rêves » et nota ce dont elle se souvenait encore :

« Elles portaient des vêtements aux couleurs chaudes, orange, rouge, jaune, ocre. En soie et en cotons si fins qu'ils en étaient translucides. Et puis des bijoux sculptés. Ces amazones modernes étaient toutes gracieuses et souples. Elles semblaient heureuses, sans montre, sans inquiétude sur le temps qui passe. À une fenêtre on voyait au milieu des fleurs une jeune fille qui jouait de la harpe. Une femme en robe mauve est sortie de l'eau pour me parler. »

Madeleine Wallemberg referma le cahier d'un coup sec. « Pour me parler directement à moi », songea-t-elle.

À l'âge de 7 ans elle voulait devenir astronaute.

Pour quitter la Terre et l'observer de loin et de haut.

Elle avait toujours ressenti ce besoin de prendre du recul « par rapport au troupeau », comme elle disait.

Cependant Madeleine avait dû renoncer à ses ambitions, elle souffrait de problèmes d'asthme et portait des lunettes. Elle avait donc choisi un autre métier lié à la science : biologiste. Avec une spécialité : la mutation du vivant.

Lorsqu'elle avait réussi avec brio son examen de fin d'année, sa mère lui avait lancé avec ironie : « Finalement on croit faire mieux que ses parents et on est bien content d'arriver à faire pareil ! »

Sa mère, Karine Wallemberg, était une biologiste respectée. Et sa propre grand-mère, Lucienne Wallemberg, était déjà dans la biologie, même si elle n'effectuait que les contrôles d'analyses d'urine de cyclistes dopés.

La jeune femme rousse aux yeux émeraude rangea son « Cahier à rêves » dans un tiroir qu'elle referma à clef, puis elle prit une douche, se brossa les dents, et commença à se maquiller.

Instinctivement elle alluma la radio qui déversait sa logorrhée matinale. « … nat de football. L'équipe de Nouvelle-Zélande bat l'équipe de Thaïlande 2 à 0. Bourse. Le Dow Jones a connu une petite baisse de 0,01 %. France : le Premier ministre a rencontré les syndicats de pilotes qui menacent d'une grève générale si leurs revendications ne sont pas entendues. Découverte scientifique : les poissons du monde entier auraient muté pour survivre à la pêche intensive. »

Madeleine Wallemberg s'immobilisa, intriguée, et monta le son.

« … Ils se reproduisent plus tôt pour avoir une chance de survivre et, si l'on en croit les experts, deviendraient plus petits sur l'ensemble de la planète afin de passer entre les mailles des filets de pêche industrielle. Étranger : le Premier ministre du Pakistan, Ali Peshnawar, a été victime d'un attentat, sa voiture a été soufflée par une explosion. À la nouvelle de la mort du Premier ministre, un gouvernement de crise a été nommé par le responsable des services secrets pakistanais, le général Ahmed Hassan, qui s'est autoproclamé chef du gouvernement de transition, et installé pour plus de sécurité dans un bunker dans le nord du pays. Il a formellement accusé l'Inde de cet attentat et a annoncé de possibles mesures de représailles contre ce pays. Météo : la température est à la hausse et on prévoit un week-end caniculaire… »

Madeleine éteignit le poste, elle avait sa dose de bonnes nouvelles pour la journée. Elle se hâta, enleva le téléphone portable de son socle de rechargement et le glissa dans son sac. À ce moment le téléphone du salon se déclencha. Elle se précipita.

– Oui, maman. Non, maman. Non, je ne t'ai pas oubliée. Oui, maman, je viens tout à l'heure. Promis. Bon. Oui. À tout à l'heure !

Elle raccrocha avec une mimique agacée en faisant claquer le combiné.

Dans la rue, Madeleine Wallemberg courait, malgré sa jupe qui, même fendue, l'empêchait d'allonger sa foulée.

La jeune femme s'engouffra dans le métro jusqu'à un quai où elle se retrouva noyée dans une foule bigarrée.

Immobile au milieu des centaines de visages impassibles, elle ne put s'empêcher de comparer son rêve au monde qui était le sien.

Ces millions d'êtres vivants qui grouillent partout sur la surface terrestre... Quel mystère. Pourquoi sont-ils là, plutôt que rien... Je crois que la nature aime faire des expériences.

1 : Le minéral.

2 : Le végétal.

3 : L'animal.

4 : L'homme.

L'homme est l'expérience la plus complexe.

La rame de métro apparut et l'indice de promiscuité grimpa d'un cran. Une pensée l'amusa...

L'homme va-t-il devenir plus petit pour s'adapter à la compression dans les rames de métro ?...

Elle sentit des mains indélicates s'égarer sur elle, mais elle ne réagit pas, se contentant de serrer les dents.

En surface, à peine émergée des profondeurs du métro, elle assista à une joute animée entre deux automobilistes.

– Hé, dis donc t'as pas vu le feu ? Espèce de crétin !

– C'est toi qui ferais mieux de regarder devant toi, connard !

Les deux véhicules étaient encastrés l'un dans l'autre, formant une intéressante sculpture moderne fumante et bicolore qui laissait s'écouler des fluides.

– Ah ! ça c'est la meilleure ! Pour qui il se prend ce type ! Tu vas voir, espèce de fumier !

– Lâche-moi !

Madeleine Wallemberg dépassa le duo en pleine action, entendit des bruits de lutte et les exclamations des badauds qui se groupaient mais elle continua de s'éloigner, songeant en marchant :

... L'homme est l'expérience la plus complexe... et la plus fragile aussi.

Elle leva la tête vers le ciel, les nuages fuyaient, poussés par un vent fort. Et ce fut comme si son rêve d'astronaute s'était réalisé : elle pouvait contempler la surface de sa planète de haut et de loin : par la seule puissance de l'imagination.

Par moments ce monde me semble éphémère. Offert comme un cadeau unique. Et si nous étions seuls dans l'univers ? Si aucune vie n'existait ailleurs ? Quelle énorme responsabilité ce serait ! Car si nous échouons, l'univers demeurera vide... *Sans plus rien d'intelligent, rien de conscient. Nous sommes peut-être seuls dans le cosmos...*

Elle inspira profondément, et son esprit tenta de contenir son vertige.

... Ce fantastique cadeau, il faut à tout prix le préserver. Quel qu'en soit le coût. QUEL QU'EN SOIT LE COÛT !

La foule, qu'en esprit elle voyait de haut, se dilua progressivement pour former des taches éparses.

Une heure plus tard, elle était penchée sur une lamelle de microscope et examinait d'autres taches, liquides cette fois. Celles d'un produit chimique bleu turquoise qu'elle mixait avec un fluide orange. Le tout engendra un ensemble huileux et mauve irisé de gris sur les bords. Elle en aspira quelques gouttes à l'aide d'une pipette et les déversa dans un tube à essais.

Son travail consistait à trouver un moyen de rendre l'homme plus résistant aux radiations nucléaires. *Et pour ça je suis financée par... une grande agence d'énergie atomique.*

Depuis Tchernobyl, les services sanitaires avaient lancé deux voies de recherches. La première consistait à trouver comment éviter que les accidents se produisent. La seconde à trouver comment réagir si l'accident avait malgré tout eu lieu.

Madeleine Wallemberg souleva un presse-papier en forme de crâne humain et tira une feuille couverte de colonnes de chiffres.

En fait on devrait dire : « Comment faire pour qu'en cas de gros accident il y ait des survivants. »

Puis elle enfila des gants, et alla choisir une souris dans une salle où s'alignaient des cages grillagées. Elle la déposa dans un aquarium, dont elle obtura hermétiquement l'issue supérieure, procéda à quelques réglages, et ajusta sur son nez des lunettes fumées enveloppantes. À peine effleura-t-elle un bouton qu'une intense lumière verte jaillit du sommet de l'aquarium, alors qu'un bruit de moteur claquait et montait en intensité. La jeune femme se tourna vers un écran latéral qui afficha le chiffre 1, puis 2, puis 3.

La souris dès lors donna les signes d'une grande excitation qui se transforma en totale panique. L'affichage continuait à grimper de plus en plus rapidement : 4, puis 5, 6, 7, 8, 9. À 9, une lumière rouge se déclencha et se mit à clignoter.

La souris s'effondra d'un coup, puis resta inerte.

Madeleine ôta ses lunettes fumées et lâcha un profond soupir.

On commence par étudier l'effet des radiations sur les cellules de maïs, puis sur des mouches, puis sur des souris. J'ai tué plus de souris à moi seule que la plupart des chats du quartier.

Elle saisit le petit cadavre de la souris expérimentale avec une pince, et écouta son cœur au stéthoscope. Avant de la déposer dans un minijardin artificiel qui était en fait un cimetière de souris cobayes. Avec une minipelle de jardinier elle enterra la souris et déposa une stèle gravée au nom de GALILÉE.

Un homme aux cheveux blancs coiffés avec soin, et à la blouse blanche immaculée s'approcha d'elle. Il souleva un sourcil soupçonneux.

– Tsss… Vous êtes encore arrivée en retard, n'est-ce pas ? L'heure c'est l'heure.

– Excusez-moi. Panne de réveil.

– Si vous voulez travailler aux horaires qui vous conviennent, vous n'avez qu'à travailler seule. En indépendante.

– Désolée.

– Vous ne portez même pas de montre.

– Désolée.

Il émit un soupir d'agacement.

– Alors, vos derniers résultats, ça donne quoi ?

– Pour l'instant, aucun de mes « mutants » ne parvient à supporter une irradiation supérieure à 9 sur 20.

– Vous savez bien qu'il nous faut du 18 sur 20 pour pouvoir présenter nos résultats, mademoiselle Wallemberg.

Bien sûr, monsieur le Professeur Michel Raynouard, de l'Académie des sciences, pur produit du système administratif. Vous n'avez pas inventé l'eau chaude, mais vous régnez en maître. Sur le labo en tout cas. Je sais que vous êtes pressé de devenir célèbre. Mais il faudra attendre.

Michel Raynouard désigna avec dédain le cimetière des souris. À côté de la petite stèle « Galilée », d'autres noms s'alignaient : « COPERNIC », « ARCHIMÈDE », « THALÈS », « TESLA », « TURING ».

– En plus, mademoiselle Wallemberg, vous vous dispersez en sensibleries incompatibles avec votre métier de biologiste. Pourquoi ces noms de savants prestigieux sur des cadavres de souris, s'il vous plaît ?

– Ce sont à leur manière des pionnières de la science.

– Tsss… Je crains fort que vous n'arriviez jamais à un résultat. Quel dommage. J'ai beaucoup cru en vous, savez-vous ? J'ai même pensé que vous étiez la personne qu'il nous fallait pour faire avancer nos recherches de pointe. Et chaque jour, vous me décevez un peu plus.

Il examina les feuilles de tests.

– Vous avez entendu ce matin aux actualités cette histoire de mutation des poissons qui deviennent plus petits pour passer entre les mailles des filets ? Les poissons trouvent, eux. Alors pourquoi pas vous ?

– Peut-être parce qu'il est plus facile de s'adapter à la taille des filets de pêche qu'à la menace des radiations nucléaires.

– Tsss… Vous savez que dans neuf mois on décernera le prix Feldman qui couronne les recherches en biologie les plus prometteuses… Et cette année encore notre laboratoire n'a pas un seul projet à présenter à leur comité de sélection. Nous allons une fois de plus être les grands absents de la profession.

Madeleine Wallemberg, sans répondre, se contenta de revenir vers sa paillasse pour mélanger des produits dans les éprouvettes. Elle n'avait qu'une envie : qu'il s'en aille. Qu'il la laisse seule.

Elle serra les poings.

Le soir tombait et Karine Wallemberg servit à sa fille un verre de tequila-pamplemousse qu'elle agrémenta d'une tranche de citron lime.

– Tu vas être contente, j'ai décidé de prendre ma vie en main, annonça-t-elle.

– Tu te remaries ?

– Qui te parle de malheur ! Non, je prends vraiment ma vie en main. Et mon premier geste a été d'acheter ce matin un… billet de loto.

Elle éclata de rire.

Madeleine Wallemberg ne se dérida pas. Elle se contenta d'observer l'antre de sa mère, la décoration de style hippie des années 1970, les meubles ronds en plastique lisse, l'œuf blanc et creux à l'intérieur capitonné de velour rouge, sur lequel elle était assise.

Aux murs, des affiches immortalisaient le concert de Woodstock, l'album *Yellow Submarine* des Beatles, le film *Orange Mécanique* de Stanley Kubrick, l'album *Nursery Cryme* de Genesis, *The Rose*, le film avec Bette Midler sur la vie de Janis Joplin, *Hair*.

En buste de plâtre posé comme un trophée au-dessus de la cheminée jaune : Marilyn Monroe maintenant l'envol de sa robe blanche au-dessus d'une bouche d'aération. Sur le côté, une cage en fer forgé torsadé avec son perroquet bleu et jaune.

Sa mère était habillée de vêtements Courrèges en skaï, sur une minijupe qui dévoilait ses longues jambes terminées par des babies à talons plats. Sa coiffure à la Louise Brooks, lisse et noire comme les ailes d'un corbeau, remontait en pointes sur les joues. Elle fumait un cigarillo au bout d'un long fume-cigarette nacré. À son collier, pendait le symbole du Féminin : le cercle et la croix.

– … Et puis je vais écrire un livre, poursuivit-elle. Je n'ai encore trouvé ni le titre ni le thème mais j'ai déjà la bande rouge et le slogan : « Si je n'avais pas écrit ce livre, j'aurais eu envie de l'acheter » !

Nouveau rire.

Madeleine s'enfonça un peu plus dans l'œuf de plastique suspendu à une potence.

– Bon, tu fais la gueule, Mado. Qu'est-ce qui ne va pas ?

– Mais non maman, mais non. Ça va.

– Allons, tu peux me parler, si tu ne peux pas te confier à ta mère, alors à qui ? Mmmh… Attends, laisse-moi deviner. Ça doit être encore ce Kevin qui te prend la tête… Ce n'est pas la personne qu'il te faut ! Ce type est juste, comment dire, ah oui, le terme précis est : « mi-nable ».

– Arrête, maman ! Tu détestes les hommes. Tous les hommes !

– Normal, j'ai choisi mon camp. Lesbienne et fière de l'être. Pourtant avant j'en ai connu des hommes. Je les ai même comptés, attends… trois au total. Dont ton père. Et j'ai pu voir à quel point ils sont décevants. Crois-moi, seule une femme sait manipuler avec déli-catesse… un épiderme féminin. Juste par curiosité, essaye. Tu verras.

– Arrête, maman tu me…

– Quoi ! je te… dégoûte ?

– Non, mais enfin…

La mère se tut, éteignit son fume-cigarette, et caressa les cheveux de sa fille.

– De toute façon les hommes sont foutus ! C'est le sens de l'Évolution. C'est pour cela qu'ils se crispent. Ils savent que leur fin est proche. Alors partout dans le monde tu les vois mettre les femmes en harems, bais-ser leurs salaires, leur fermer l'accès à l'éducation, à l'hospitalisation, leur supprimer le droit de vote, cacher leur beauté sous des tissus.

La mère caressa le menton de Madeleine.

– C'est la guerre des sexes depuis longtemps. Alors, forcément, il faudra un gagnant et un perdant.

– Tu dis n'importe quoi, maman.

Le perroquet s'excita et se mit à articuler assez convenablement :

« C'est la guerre des sexes ! La guerre des sexes ! »

Karine Wallemberg tournait dans la pièce.

– Non, ma chérie, je suis sérieuse. Les hommes vont disparaître. Et ils le savent. Et ils ont peur. Tu as vu en Chine, en Inde, au Moyen-Orient, dans les pays d'Afrique du Nord, ils repèrent les fœtus de filles à l'échographie et ils font avorter les mères. C'est comme ça qu'ils espèrent reprendre le dessus. Par l'élimination des fœtus féminins.

– Maman !

– Et l'excision ! L'infibulation !

– Tu sais bien que ce sont les mères qui font ça à leurs filles ! contra Madeleine.

– Oui, mais sur l'ordre de qui ? Sur l'ordre des maris !

– Maman !

– Tu sais pourquoi les hommes vont disparaître ? À cause du sperme. Les gamètes mâles sont plus faibles que les gamètes transportant les codes féminins. Et ils ne cessent de s'affaiblir. À cause des jeans trop serrés, des ondes des téléphones portables, de la nourriture trop riche, des médicaments, des maladies sexuelles, de la drogue, de l'alcool, du tabac… Merci le tabac !

Elle ralluma un autre cigarillo.

– Maman !

– D'ailleurs tu veux que je te dise comment je t'ai eue ? Avec un truc simple. Plus on est éloignée de la période pic d'ovulation plus on a de chances d'avoir une fille. Le jour de l'ovulation c'est une chance sur deux. Mais avant et après, les gamètes mâles sont de plus en plus rares parce qu'ils sont plus fragiles et moins dynamiques. C'est prouvé scientifiquement. Tu en es la preuve vivante. Crois-moi, les hommes sont foutus.

« Les hommes sont foutus ! Les hommes sont foutus ! » répéta aussitôt le perroquet.

– Il m'énerve ton perroquet.

– Qui ? Winston ?

– Oui. Et je trouve blessant que tu lui aies donné le même nom que papa.

– Bof. Pour ce que ça change, un homme ou un perroquet. À la limite Winston a plus de conversation que ton père et au moins il me laisse libre de faire ce que je veux sans m'adresser de reproches.

La mère se dirigea vers la cage et donna une cacahuète au bruyant volatile.

« Foutus ! Les hommes sont foutus ! »

– Maman, pourquoi es-tu braquée à ce point contre les hommes ?

Karine Wallemberg voulut riposter par un argument définitif mais elle se retint, et se contenta d'ébaucher un geste vague.

– Bon, parlons d'autre chose. Ton fiancé Kevin, tu veux donc le garder ? OK. Je te laisse à ton bellâtre. Tu en es où de tes recherches sur la résistance aux radiations ?

– Pour l'instant, mes résultats ne sont pas probants.
Je fais muter des souris pour augmenter l'épaisseur de
leur peau, afin de les rendre plus résistantes aux
rayons X, Gamma, et Bêta. Ce qu'il faudrait c'est qu'à
la naissance elles soient munies d'une sorte de bouclier qui les protège, ensuite je pense qu'elles pourraient supporter les radiations.

– Un bouclier, dis-tu ?

– Juste durant les premiers jours.

Elle lui resservit de la tequila-pamplemousse.

– Tu veux que je t'aide, Mado ? Tu sais, de mon
temps déjà je cherchais des solutions aux problèmes
de mutation génétique des espèces…

La jeune femme se leva.

– Non, maman, je suis suffisamment grande pour
réussir seule. Merci. D'ailleurs il se fait tard, il faut
que j'y aille.

Elle sortit d'un bond du fauteuil ovoïde et récupéra
prestement sa veste et son sac.

– Tu as peur que Kevin n'ait pas ses pantoufles, sa
bière et sa soupe chaude ?

Madeleine fit volte-face et fixa sa génitrice dans les
yeux.

– Je l'aime, maman. Évidemment, toi qui as un
cœur de pierre tu ne peux pas comprendre ça, mais
j'aime réellement cet homme. Et je suis sûre qu'il me
rendra heureuse.

– Pfff… Tu parles, j'ai connu ça moi aussi. L'amour
des hommes. C'est un joli film qu'on se fait dans la
tête. Parce qu'on croit qu'ils sont capables d'éprouver
de vrais sentiments comme les nôtres. Et puis les
déceptions arrivent l'une après l'autre. J'ai épousé ton

père. Et je peux te dire qu'au moment du mariage nous étions dans le mensonge. Chacun se présentait sous son meilleur jour. « Pour le meilleur et pour le pire jusqu'à ce que la mort vous sépare », disait le prêtre. Tu parles ! Nous avons divorcé assez vite. Et crois-moi, au moment du divorce, nous nous connaissions parfaitement. C'est le mariage le mensonge. Le divorce est la vérité. « Le mariage est la victoire de l'espoir sur l'expérience. »

– Maman ! Arrête ! Je déteste que tu dises du mal de papa à tout bout de champ. C'est mon père ! Quant à Kevin je l'aime. Et l'amour tu en fais quoi ?

Karine Wallemberg chercha une formule puis lâcha avec satisfaction :

– « L'amour est la victoire de l'imagination sur l'intelligence ! »

Le perroquet crut bon d'y aller de sa ritournelle.

« L'imagination sur l'intelligence ! L'imagination sur l'intelligence ! »

– Oh ! Ta gueule, Winston !

Madeleine donna un violent coup de poing dans la cage puis sans attendre la réaction de sa mère déguerpit en claquant la porte.

Elle souleva le couvercle, plongea la cuillère dans la marmite et goûta du bout des lèvres, pour ne pas se brûler. Puis, rassurée, Madeleine Wallemberg revint vers le plan de travail de sa cuisine qui ressemblait étrangement à la paillasse de son laboratoire. Les cornues étaient remplacées par les casseroles, les tubes à essais par les verres, les pinces par les couverts, mais elle officiait avec les mêmes gestes précis. Elle saisit une télécommande et déclencha les accords d'une douce symphonie. Elle ouvrit le four qui commençait à fumer et sortit un plat coloré.

Je crois que c'est au cœur de la cellule que se trouve le secret de la vie et de la mort.

Elle se tourna ensuite vers un saladier débordant de feuilles de laitue, mélangea plusieurs condiments et remua. Le vinaigre balsamique se liant à l'huile d'olive composa les mêmes motifs que ceux qu'elle observait au microscope.

Au début j'ai voulu comprendre le passé. Comment on en était arrivé là.

Elle se mit à couper une carotte en fines lamelles. Puis fit de même avec un concombre et une tomate.

Ensuite j'ai voulu comprendre le futur.

1 : Le minéral.

2 : Le végétal.

3 : L'animal.

4 : L'homme.

Et après quoi ? 5 : L'homme résistant au nucléaire ?

La jeune femme rangea le saladier au réfrigérateur puis saisit un candélabre et y plaça des bougies rouges, qu'elle alluma une à une. Puis elle s'assit dans le fauteuil.

Elle observa le décor et sourit.

Elle appuya sur la télécommande, le téléviseur s'alluma sur la chaîne d'actualités permanentes. Le présentateur en cravate faisait ses annonces.

« … Un nouvel attentat à Pondichéry, en Inde. Un bus a été entièrement détruit par un kamikaze qui s'est

fait sauter à l'intérieur. Le bus transportait un groupe
d'enfants sur le chemin de l'école. On compte
23 morts et 47 blessés. L'attentat a été revendiqué par
le mouvement indépendantiste kashmiri. L'Inde a aussitôt accusé les services secrets du Pakistan de soutenir
les terroristes… »

La sonnerie de l'entrée retentit sur une mélodie inspirée de *L'Hymne à la joie* de Beethoven.

Madeleine Wallemberg éteignit la télévision, et
courut ouvrir la porte pour accueillir son compagnon.

Mais ce qu'elle vit lui donna aussitôt envie de reculer.

– Tu as bu !

Il tenta de l'embrasser mais elle recula encore.

– Nous avons fêté le départ d'un collègue au boulot.

– Il faut que tu arrêtes de boire, Kevin !

– Oh, Mado… arrête avec ta morale à deux sous !
Allez, embrasse-moi.

Il entra et ferma bruyamment la porte. Il jeta sa
veste et essaya à nouveau de l'approcher.

– Regarde-toi. Dans quel état tu es. Tu ne tiens
même pas debout.

Il renonça à la poursuivre et s'engagea dans la salle
de bains pour se rafraîchir. Elle entra dans le reflet du
miroir.

– Arrête, Mado. Tu m'ennuies. Tu es toujours là à
me faire des reproches. Tu sais pourquoi je bois ?

Elle haussa les épaules, écœurée.

– Pour oublier qui tu es vraiment ?

– Je bois parce que j'aime ça. Voilà tout. Et si ça ne
te plaît pas, après tout, je m'en fous, c'est du pareil au
même.

Elle le contempla, avec une tout autre attention.

Kevin Nielsen était ce qu'on appelle un golden boy. Après des études dans une grande université des États-Unis, il avait été engagé par une banque pour gérer des portefeuilles en bourse. Grand et brun, toujours élégamment vêtu d'un costume sur mesure qui lui allait à la perfection, Kevin était un homme séduisant.

Un jour une amie lui avait confié : « Il est beau, il est intelligent, il est riche, il t'aime. Tu as vraiment de la chance. » Et Madeleine en avait toujours été convaincue, elle aimait l'homme idéal, la perle rare. À ce petit détail près qu'il avait une légère tendance à trop apprécier l'alcool.

– Regarde-toi. Mais regarde-toi ! insista-t-elle.

Elle lui désignait le miroir. Kevin Nielsen la repoussa brutalement et elle bascula contre son reflet.

Le miroir explosa, comme au ralenti, en débris triangulaires et tranchants.

– Sept ans de malheur ! Pauvre conne ! Dans le style maladresse tu as de qui tenir avec ta gouine de mère complètement cinglée !

Madeleine n'attendit pas qu'il ait terminé sa phrase. Sa main partit toute seule et atterrit avec un bruit sec contre la joue de Kevin.

Un mince filet de sang apparut aussitôt à la commissure de ses lèvres. Il l'essuya d'un geste et contempla sa main rougie, comme amusé. Puis tranquillement il prit son élan et, d'un revers prolongé, comme s'il jouait au tennis, il la gifla en retour. Elle chuta en arrière.

– 15 partout, annonça-t-il d'un ton calme.

Elle se releva, saisit une statuette de chérubin, un ange d'amour armé de flèches, et voulut lui assener un coup, mais déjà il lui avait saisi les poignets. Il la désarma et la jeta sur le sofa.

Tandis qu'il la maintenait sous lui, Kevin Nielsen plongea avec dureté son regard dans les yeux émeraude de la jeune femme, puis d'un coup son visage se détendit.

– Ma pauvre Mado. Tu es une scientifique ratée comme ta mère. Tu crois faire avancer la science, et tout ce que tu fais c'est anéantir le monde des souris !

– Je ne te permets pas !

– Mais pour qui tu te prends, Mado ! Pour qui ? Tu n'as jamais rien accompli d'intéressant dans ta vie. Tu poursuis le travail débile de ta mère. Et ta mère, ah ! Parlons-en de celle-là… ce n'est qu'une grosse baba cool débile !

– Tais-toi !

– Telle mère, telle fille !

– Fous le camp ! Je ne veux plus te voir ! Va-t'en ou je te…

– Quoi ? Tu m'assommes avec la statuette de Cupidon ? Tu me balances tes petits poings ? Tu me tires les cheveux, tu me griffes ? J'en ai marre de ta face blême. Chiale sans moi. Je me casse. Ciao bella !

Et encore titubant, le jeune homme s'éloigna d'un pas incertain.

Madeleine se contempla dans le miroir brisé.

Elle ferma les yeux.

L'Arc de triomphe était recouvert de lierres et, à son sommet, on distinguait une forêt de bambous.

Sur la Seine glissaient des jonques chargées de caisses de légumes. Des calèches tirées par des casoars et des autruches circulaient devant la grande pyramide du Louvre, elle aussi recouverte de plantes. Sur la place du Trocadéro avait lieu une fête, plusieurs jeunes femmes vêtues de soie vaporeuse jouaient de la harpe, de la flûte et des tam-tams. Au centre, un ballet d'amazones évoluait, aérien et coloré.

La femme brune en robe mauve apparut d'abord de dos. Madeleine la reconnut aussitôt. Puis elle se tourna vers la dormeuse, avec un sourire.

« Je m'appelle Rebecca », murmura-t-elle, avant de répéter : « Un jour il n'y aura que des femmes sur Terre et les hommes ne seront plus qu'une légende. »

Elle lui tendit une orchidée, Madeleine avança la main…

Et se réveilla brusquement.

Il faisait nuit. La sueur collait sa chemise de nuit à sa peau. Elle se leva, se dirigea vers la cuisine pour prendre un verre d'eau fraîche, et contempla le désastre : le dîner intact sur la table, les bougies consumées… Pieds nus, elle rejoignit la fenêtre pour contempler le spectacle féerique des étoiles.

Elle s'appelle Rebecca.

Puis elle se recoucha et poursuivit son rêve.

La sonnette de l'entrée retentit.

Madeleine Wallemberg se leva, reprenant peu à peu conscience du lieu et de l'époque où elle vivait.

Une voix lui parvenait de derrière la porte.

– Ouvre, Mado ! Je voudrais m'excuser pour hier soir.

Elle s'approcha de l'œilleton et reconnut Kevin. Il brandissait un bouquet de fleurs.

– Je t'en supplie, Mado. Je ne sais pas ce qui m'a pris. Je te jure que plus jamais ça ne se reproduira, je vais m'inscrire aux Alcooliques anonymes…

La jeune femme resta figée.

Kevin se remit à sonner. Elle se recroquevilla au bas de la porte alors que la poignée s'agitait désespérément. Elle ferma les yeux.

Il doit bien exister un moyen de faire évoluer l'humanité pour lui permettre de se surpasser. De ne plus se conduire comme des animaux. Ça doit exister. J'ai l'impression d'être si près du but. Si près.

Puis pour ne plus entendre Kevin elle bondit vers la radio dont elle mit le volume à fond.

« … Ce nouvel attentat qui a fait une cinquantaine de morts a été revendiqué par deux organisations terroristes qui se disputent la gloire de cette atrocité. Un des groupes a menacé l'autre de représailles s'il ne cessait pas de le revendiquer à sa place. Bourse : montée soudaine des actions liées au domaine de l'armement. Sport : le match de football qui opposait l'Angleterre à l'Italie a tourné à la bataille rangée, des supporters n'ont pas hésité à exhiber des armes aussi étonnantes que des épées, des haches ou des lances. On se demande comment ils ont pu passer les systèmes de sécurité. Météo… »

Les coups de sonnette cessèrent, Kevin avait-il enfin renoncé à faire le siège de son paillasson ?

Elle coupa la radio.

Le téléphone sonna. Après une hésitation Madeleine décrocha.

– Je t'en supplie. Au moins parle-moi ! clama le jeune homme.

– C'est fini, Kevin. Tu as eu ta chance, tu l'as gâchée, maintenant ma vie c'est sans toi.

– Pourquoi me traites-tu comme ça ? Pour qui tu te prends !

Elle raccrocha.

La pince attrapa la souris par la peau du dos. Madeleine Wallemberg plaça l'animal cobaye dans l'aquarium, régla les potentiomètres et déclencha le rayon vert. Derrière ses lunettes teintées elle observait la réaction du rongeur. Celui-ci, d'abord surpris, devint nerveux. Il fonça contre la vitre et se mit à la gratter de toutes ses griffes.

C'était le moment qu'elle détestait. Elle ferma les yeux.

Pardonne-moi, petit être. Je n'ai pas le choix. J'espère seulement que je ne fais pas ça pour rien.

Sur l'écran les chiffres défilaient lentement. 1, 2, 3, 4, 5, 6, 7, 8, 9 puis se stabilisèrent à 9 sur 20.

La souris, les yeux exorbités, les griffes raidies, s'effondra. La lumière rouge se mit à clignoter dans un bruit d'alarme. Madeleine poussa un soupir. Elle dégagea une fois de plus la souris morte et l'enterra à côté des autres dans le petit cimetière prévu à cet effet. Elle inscrivit « PYTHAGORE ».

Le professeur Michel Raynouard campait déjà derrière elle.

– Encore en retard, hein ?

– Panne de réveil.

– Et toujours pas de montre ? Tsss… Dites donc, mademoiselle Wallemberg, ça ne s'améliore pas vraiment, vos petites expériences.

Elle ne releva pas.

– J'ai l'impression que vous tournez en rond. Si vous n'avez pas d'idées, laissez tomber. Personne ne vous en voudra. Parfois mieux vaut renoncer que s'acharner dans l'erreur.

Elle lui tourna le dos, et entreprit de noter une liste de chiffres.

– Tsss… Pythagore. Qui sera le suivant ? À qui de nos nobles savants, ferez-vous la peau ? À Lavoisier ? Celui qui a dit « Rien ne se crée, rien ne meurt tout se transforme ? »

Madeleine ne releva pas davantage.

– Je suis sérieux, mademoiselle Wallemberg. Si vous persistez dans cette voie je pense que nous devrons nous passer de vos services. Vous arrivez systématiquement en retard, vous travaillez sans communiquer avec vos collègues, ça ne peut pas durer. Si vous n'y voyez pas d'objection, je me permettrai de remettre ces innocents animaux en liberté. Tant qu'à mourir autant qu'ils aient le plaisir de gambader un peu, même si c'est pour se faire dévorer par un chat.

Cette fois, Madeleine préféra quitter le laboratoire.

« Qu'est-ce qu'il est bête ! Qu'est-ce qu'il est bête ! » répétait le perroquet.

Karine Wallemberg alluma son cigarillo au bout de son long fume-cigarette et réfléchit, visiblement préoccupée.

Madeleine se servit une tequila-pamplemousse et vint se lover dans le fauteuil en forme d'œuf suspendu à sa potence.

Karine lâcha un ruban de fumée en forme d'anneau.

– Tu devrais essayer des femelles.

– Pardon ?

– Pour tes expériences. Des souris femelles. Je suis convaincue qu'elles sont plus résistantes aux radiations que les mâles. Tu dis que tu n'arrives pas à franchir le cap des 9 sur 20. En passant aux femelles tu pourrais atteindre 12, si ce n'est 13 ou 14. J'en suis pratiquement sûre.

– Qu'est-ce qui te fait dire ça ?

– Les femelles du monde animal vivent en général plus longtemps. Ne serait-ce que parce qu'elles ont un sang purifié par le cycle menstruel.

La jeune femme donna une impulsion des pieds et son fauteuil-œuf tourna sur son axe. Elle réapparaissait ainsi par intermittence, les jambes croisées dans le capitonnage rouge.

– Pour que l'expérience soit concluante il me faut 18 sur 20, maman. C'est ça ou rien.

Karine aspira doucement la fumée de son cigarillo, comme pour donner appui à ses pensées.

– Je suis persuadée qu'il existe une solution dans la nature. Et que cette solution passe par les femelles.

– Maman, je t'en prie, arrête de ne voir le monde qu'à travers le prisme du sexe.

– C'est pourtant ce qui fait marcher le monde.

– Tu ne m'aides pas !

– Regarde les sociétés animales les plus anciennes. Les guêpes, les abeilles, les fourmis. Ce sont des sociétés de femelles. Dans leurs nids, les mâles, les faux bourdons ou les princes, ne servent qu'un jour à la reproduction, après quoi ils meurent.

– Des insectes, maman ! Ce ne sont pas des mammifères !

– Ce sont des êtres sociaux c'est-à-dire grégaires, comme nous. Leurs cités sont nos mégapoles. Avec leurs rues, leurs avenues, leurs individus spécialisés, leurs armées, leur agriculture.

– De minuscules insectes, maman !

– Non. Des êtres habitant les villes. Ne juge jamais les animaux sur leur taille. Ces insectes sont des individus intelligents qui ont des problèmes comme les nôtres. À leur échelle, bien sûr. Des ruches. Des fourmilières. Des nids contenant des millions d'individus organisés et capables de vivre ensemble. Et à la longue ils évoluent pour choisir une stratégie de survie qui se résume à une formule : rien que des femelles.

– Je… crois que ça ne prouve rien.

– Oh que si. Les fourmis sont sur Terre depuis 100 millions d'années. Tu le savais ? L'humanité, elle, n'est datée que de 3 millions d'années. Au début elles étaient bisexuées, et sont devenues peu à peu uniquement femelles.

– Comment le sait-on ?

– Il existe encore des fourmis primitives qui vivent par groupes d'une vingtaine d'individus. Comme des familles. Et elles sont composées à parts égales de mâles et de femelles. Or elles sont très archaïques.

Elles ne connaissent ni l'agriculture, ni l'élevage comme dans les grandes cités. Ce sont des chasseuses-cueilleuses. Des fourmis préhistoriques en somme !

— Maman !

— Ce qui signifie que le « tout femelle » est le choix raisonnable, la solution la plus « moderne » choisie par la nature pour assurer l'évolution d'une espèce.

— Tu ne peux en aucun cas comparer l'humanité aux insectes !

— Et pourquoi donc ? Je te rappelle que ce sont des sociétés de femelles qui se sont adaptées à tous les climats, à toutes les maladies et à tous les prédateurs. À Hiroshima, seules les fourmis ont résisté aux rayonnements. C'est une information intéressante pour toi, la spécialiste en résistance nucléaire, non ?

Cette fois, Madeleine bloqua son œuf qui tournait.

— Tu en es vraiment sûre, maman ?

— Certaine. Je suis étonnée que tu n'aies pas eu connaissance des rapports des entomologistes à ce propos.

Ce fut à ce moment que le perroquet décida d'attirer l'attention.

« Rien que des femmes ! Rien que des femmes ! »

Madeleine Wallemberg avala d'un trait son verre de tequila-pamplemousse.

Karine Wallemberg se leva, posa son fume-cigarette et se dirigea vers une bibliothèque où s'alignaient de gros classeurs numérotés. Elle chercha méthodiquement puis s'empara de l'un des plus volumineux. D'un geste, elle invita sa fille à venir s'asseoir près d'elle, devant la grande table du salon.

— C'est ma thèse de doctorat.

Madeleine ouvrit la première page et lut le titre du document relié :

Thèse de mademoiselle Karine Wallemberg, Le *Lepidodactylus lugubris* : une solution à l'évolution.

– Tu vas me dire que tu l'as déjà lue, mais je sais parfaitement que tu l'as seulement parcourue. Je vais donc t'en faire le résumé. À 23 ans, je suis partie aux Philippines pour révéler au monde le miracle de ce charmant petit lézard.

– Le *Lepidodactylus lugubris* ?

– En personne.

Karine tourna la page et apparut le portrait d'un lézard au museau pointu et aux yeux sphériques.

– On dirait un gecko, remarqua Madeleine Wallemberg.

– Bravo. Le *Lepidodactylus lugubris* est en effet un petit lézard de la famille des geckos qu'on trouve aux Philippines, en Australie et dans les îles du Pacifique.

– Il est moche.

– Je le trouve très beau.

– Je ne me suis jamais intéressée aux reptiles.

– Celui-là est vraiment spécial. Très spécial. Il arrive que cet animal soit aspiré par des typhons et retombe sur des îles désertes comme il en existe des milliers dans l'océan Pacifique. Lorsqu'il s'agit d'un mâle, cela n'entraîne aucune répercussion. Il crève. Mais lorsqu'il s'agit d'une femelle…

– Eh bien ?

– Écoute bien.

Karine prit soin d'articuler clairement.

– Une femelle *Lepidodactylus* perdue seule sur une île déserte va connaître une modification de son mode de reproduction. Tout son organisme se métamorphose pour pouvoir pondre des œufs malgré tout.

– Des œufs non fécondés ? Ça n'a rien d'extraordinaire. Les poules pondent aussi des œufs non fécondés.

– Oui. Mais les œufs non fécondés des *Lepidodactylus* vont, tiens-toi bien, donner naissance à des êtres viables.

– C'est…

– C'est extraordinaire. C'est la magie de la nature. Elle trouve des issues à toutes les situations.

Karine tourna les pages et s'arrêta sur des clichés en gros plan.

– Regarde ces photos, ce sont les utérus avant et après adaptation au milieu « île déserte sans mâle ».

Madeleine feuilleta nerveusement l'ouvrage.

– Une « machine à donner de la vie » qui a muté pour s'adapter à un milieu hostile, déclara sa mère.

– Je ne comprends pas, comment une telle métamorphose est-elle possible ?

– Et encore, tu ne sais pas le plus fort. À l'état normal, la femelle est… vivipare. Mais sans fécondation… elle devient ovipare !

Du doigt, elle indiquait les clichés où l'on voyait des nouveau-nés et en face des œufs.

– La nature n'a qu'une logique : faire survivre l'espèce. Les petits lézards issus de cette mère sont tous viables, et ce sont des… femelles.

Le perroquet reprit : « Des femelles, des femelles ! »

À nouveau la mère tourna les pages et montra des photos de lézards pris sous plusieurs angles.

Madeleine s'empara cette fois de la thèse maternelle.

– Et ces filles lézardes, continua Karine, auront toutes la capacité de se reproduire de la même manière. Toutes seules et sans l'aide de la fertilisation du mâle.

– Elles doivent donc toutes ressembler à la mère ! C'est de la parthénogenèse ! Elles doivent être dotées des mêmes caractéristiques génétiques. Ce sont des clones !

– Là encore Mère Nature a bien fait les choses. Il se passe durant la ponte de ces lézardes un phénomène de méiose qui permet un brassage génétique assurant des caractères différents pour chaque fille. Si bien qu'au bout de quelques années, l'île déserte du Pacifique se retrouve colonisée par une population de *Lepidodactylus* uniquement féminine, mais parfaitement saine et diversifiée, et capable de se reproduire sans la présence du moindre mâle. Je l'ai vu de mes yeux sur le terrain, dans plusieurs îles de l'archipel des Philippines. Tu as ici toutes les preuves.

« Toutes les preuves ! Toutes les preuves ! » répéta le perroquet.

Madeleine se leva, et arpenta le salon, déstabilisée.

Karine Wallemberg revint près d'elle, tenant en main un écrin de protection, au centre duquel était posé un petit œuf.

– Si tu veux une preuve encore plus tangible, voici un œuf de ce charmant lézard. Tu vois, Mère Nature a choisi son camp. Sur Terre la plupart des espèces, si on compte les insectes, sont féminines, uniquement féminines.

Karine Wallemberg dégagea l'œuf de sa coque de velours et entreprit de le manipuler avec beaucoup de délicatesse.

– Nous sommes plus fortes. Nos orgasmes sont dix fois plus puissants que ceux des hommes. Notre peau comprend plus de capteurs sensitifs au centimètre carré. C'est pour cela que tout notre épiderme est zone érogène, alors que chez les hommes c'est… concentré au même endroit.

– Maman…

– Mado, je suis sérieuse. Nous percevons le monde plus fort, plus vite, de manière plus intense. Nous sommes plus adaptées, plus évoluées, plus réceptives.

La jeune femme observait l'œuf, profondément troublée.

– D'ailleurs nous sommes les seules capables d'aimer vraiment.

Madeleine ferma les yeux, et le beau visage de Rebecca vint lui murmurer :

« Un jour il n'y aura que des femmes sur Terre et les hommes ne seront plus qu'une légende. »

Elle rouvrit les yeux sur la réalité.

Dans sa main, l'œuf était blanc, rond, plein de lumière…

Neuf mois plus tard.

La lune éclairait le toit rond de l'Opéra-Garnier, au centre de Paris.

Une musique douce montait progressivement. Puis des crépitements de flashes d'appareils photo.

Une voix retentit dans les haut-parleurs de la grande salle de l'Opéra.

– … on l'applaudit bien fort ! clama le présentateur.

Le professeur Michel Raynouard, en smoking noir et nœud papillon gris, monta sur la scène. À nouveau les flashes entrèrent en action. Le présentateur lui tendit un trophée représentant un cerveau ailé.

Le scientifique prit la pose, puis, d'une voix suave :

– Je tiens à dire que j'ai toujours su que notre laboratoire parviendrait à obtenir le prestigieux prix Feldman, notre objectif majeur. Car ce trophée est la voie privilégiée menant à toutes les recherches fondamentales sur l'avenir de l'humanité.

Nouveaux flashes.

– Cependant cette réussite est celle de toute une équipe qui a toujours travaillé en parfaite harmonie. Et je voudrais tout particulièrement remercier… Madeleine Wallemberg qui a été la première à trouver l'idée de… l'œuf. Je vous demande de l'applaudir bien fort.

Chevelure rousse et yeux émeraude étincelants, Madeleine surgit des coulisses. Elle portait une robe du soir en satin rouge foncé qui mettait en valeur sa plastique naturelle et ses épaules nues. Elle était très émue.

– Mesdames et messieurs je vous présente la scientifique du futur : Madeleine Wallemberg ! Au travail elle était parfois en retard, mais j'ai compris que c'était parce que dans sa tête elle était toujours… en avance.

Les joues empourprées, Madeleine salua la foule qui s'était levée pour lui offrir une *standing ovation*. L'émotion monta encore d'un cran.

Elle reconnut dans l'assistance sa mère, mais aussi Kevin qui, debout au premier rang, lançait des « Bravo ! Bravo ! Mado ! Bravo ! Mado ! Tu es la meilleure ! »

Le professeur Michel Raynouard lui transmit le trophée en forme de cerveau ailé. Elle le saisit, constata qu'il était lourd puis le serra contre elle.

Enfin, quand les applaudissements cessèrent, elle s'approcha du pupitre équipé de deux longs micros.

Elle voulut parler mais l'émotion était si forte qu'elle n'y parvint pas. La salle se rassit progressivement. Raynouard vint à son secours.

– Madeleine, je me souviens, quand tu m'as proposé la première fois, il y a de cela quelques mois, de faire muter une espèce vivipare pour la rendre ovipare. J'ai… j'ai cru que c'était une blague. Surtout que, excusez-moi de rappeler ce détail, Madeleine avait déjà tué beaucoup de cobayes. (Petit rire confus.) Enfin pas des humains, rassurez-vous, mais des souris. Elle avait même créé dans le laboratoire un petit cimetière pour les enterrer en affirmant que c'était là des martyrs de la science ! Et elle les avait baptisés des noms de scientifiques célèbres… N'est-ce pas, Mado ?

Rires dans la salle. La biologiste s'approcha à nouveau des micros.

– Pour ma part, je voudrais tout d'abord remercier ma mère, Karine Wallemberg, une grande pionnière, qui outre le goût de la biologie m'a montré, avec ses recherches, notamment sur le *Lepidodactylus*, que la nature trouvait parfois des solutions compliquées pour résoudre des problèmes simples.

Karine lui adressa un signe complice. Puis voyant que sa fille insistait pour qu'elle se lève, elle se dressa et salua la salle.

– N'ayons pas peur d'innover. La nature, elle, n'a pas peur de tester des formes et des solutions qui semblent a priori complètement… délirantes ! poursuivit Madeleine.

La salle retenait son souffle.

– Il y a encore huit mois je croyais que je n'arriverais jamais à dépasser le stade fatidique de résistance aux radiations de 9 sur 20. Et puis ma mère m'a inspiré une idée. L'œuf. Pour paraphraser Christophe Colomb : « C'était simple, mais il suffisait d'y penser. » La solution pour faire qu'un organisme naissant résiste aux radiations c'est de lui offrir comme bouclier naturel : une coquille. Et…

Elle s'imposa silence. La salle attendait.

– Et c'est ainsi que j'ai pu faire naître ma première souris ovipare, c'est-à-dire un petit mammifère qui naît dans un œuf et peut ainsi résister à un taux de radiations de… 19 sur 20 !

Applaudissements.

Le professeur Michel Raynouard était visiblement très fier de sa collègue. Le présentateur s'avança vers les micros.

– Et je rappelle que la résistance aux radiations est un enjeu colossal, il conditionne les voyages dans l'espace. En effet, sans la protection de l'atmosphère, l'humain est soumis à des rayons mortels, n'est-ce pas,

Madeleine ? Maintenant si vous avez des questions, c'est le moment. Monsieur à droite ?

Un journaliste brun à lunettes saisit le micro mobile.

– Une question pour le professeur Raynouard. Pourquoi avez-vous lancé ces recherches sur la résistance des mammifères aux radiations ?

– Heu… je préfère laisser Madeleine Wallemberg répondre, étant donné qu'il s'agit de sa spécialité.

La jeune femme rajusta sa robe rouge.

– Pour la première fois dans l'histoire de l'humanité, nous disposons d'armes capables de générer des millions de morts en quelques secondes. Cela nous donne à nous, membres de la grande confrérie des scientifiques qui avons mis au point ces armes de destruction, le devoir de trouver des solutions de sauvegarde.

Un second journaliste leva la main.

– Mademoiselle Wallemberg. Pourquoi l'œuf ?

– L'œuf résiste à la pression, au froid et au chaud. La plupart des êtres vivants sont ovipares. Et si l'on se souvient des explosions atomiques d'Hiroshima et Nagasaki, seules les espèces ovipares ont survécu. Précisément grâce à la protection de leurs coquilles. Même s'ils sont pour la plupart reptiles ou insectes.

– Mais nous ne sommes ni des insectes ni des reptiles. Nous sommes des mammifères ! reprit le second journaliste.

Rumeur dans la salle. La jeune scientifique ne se laissa pas décontenancer.

– Il existe cependant un mammifère de transition qui pond des œufs. Je veux évidemment parler de l'ornithorynque. Pour ceux qui l'ignorent c'est une sorte de marmotte d'Océanie qui pond des œufs et allaite ses petits lorsqu'ils sont éclos. C'est l'exception qui confirme la règle et c'est grâce à cet accident de la nature que j'ai pu trouver le chaînon manquant entre le mammifère vivipare et le mammifère ovipare.

Elle laissa la salle digérer cette première révélation, puis poursuivit.

– Après les lézards *Lepidodactylus* j'ai donc orienté mes recherches vers l'ornithorynque comme parfait animal de transition. Bien m'en a pris. Ses œufs résistent déjà naturellement à des radiations de 16 sur 20. Je tenais ma solution. Et c'est ainsi que j'ai obtenu des « œufs de souris ».

La rumeur enfla dans la salle. Les gens répétaient : « Des œufs de souris » comme s'ils cherchaient à se convaincre qu'une telle étrangeté pouvait être possible.

Un troisième journaliste demanda le micro.

– Quand même… Comment obtenir un œuf qui éclôt d'une souris ? On ne peut pas changer un codage génétique aussi simplement.

– Jadis tous les êtres naissaient dans des œufs. Nous avons tous des ancêtres poissons puisque l'eau recouvrait la Terre avant l'émergence des continents. Tous les mammifères possèdent donc au plus profond de leurs cellules le petit bout de programme génétique autorisant ce mode de reproduction. Il suffisait de trouver l'adresse enfouie dans un coin du codage des mères souris et de la réactiver artificiellement.

Le second journaliste reprit le micro.

– Mais, chère mademoiselle Wallemberg, vous êtes consciente que contraindre une mère vivipare à devenir ovipare c'est… monstrueux.

– Je ne sais pas si vous avez écouté les actualités récemment mais… il se peut que nous n'ayons déjà plus le choix. Cher monsieur, j'ai envie de vous poser une question. Qui est le plus monstrueux, le militaire qui menace d'utiliser la bombe nucléaire pour détruire des millions d'individus ou le scientifique qui fait muter des souris pour leur faire pondre des œufs ?

Vagues de huées dans la salle. Certains sifflaient, d'autres applaudissaient pour l'encourager.

Le présentateur, voyant l'embarras de la scientifique, intervint :

– Maintenant je crois que Madeleine Wallemberg a besoin de repos. Elle a beaucoup travaillé ces derniers mois.

Elle recula.

Michel Raynouard saisit le trophée et le leva bien haut.

– Merci à tous et tout particulièrement au jury.

Puis il confia le cerveau ailé à Madeleine qui, perturbée, descendit de l'estrade et fila dans la travée latérale sans lâcher la sculpture de métal doré. Elle fut suivie par Kevin et par sa mère, mais elle les repoussa tous les deux, prétextant l'envie de rester seule.

Déjà des photographes couraient à sa rencontre pour lui demander des photos. Elle enleva ses chaussures à hauts talons et se mit à courir dans les longs couloirs de l'Opéra-Garnier. Arrivée devant le monumental escalier de pierre, elle trouva toutes les portes d'entrée fermées. Elle bifurqua vers les portes latérales à la recherche d'une sortie d'urgence, qu'elle finit par repérer. Elle se précipita dans un couloir qui semblait surtout destiné à la circulation des pompiers. Soudain, au détour d'un virage, elle se retrouva face à un homme en smoking qui semblait l'attendre.

– Bonsoir, mademoiselle Wallemberg.

– Laissez-moi passer, dit-elle en brandissant le cerveau doré comme si elle s'apprêtait à le frapper avec.

Il ne broncha pas.

– Je ne suis pas là par hasard. J'ai quelque chose de très important à vous dire, à vous en particulier, mademoiselle Wallemberg.

Le ton était ferme. L'homme ne ressemblait ni à un journaliste, ni à un photographe, ni à un admirateur. Il avait une quarantaine d'années, une silhouette sportive et athlétique, plutôt sympathique. Une barbe très finement taillée au reflet argenté lui donnait une allure distinguée.

Elle fit un pas en avant.

Mais elle ne pouvait pas passer, la carrure de l'homme barrait l'étroit couloir.

– Vous êtes en danger, mademoiselle Wallemberg. Je crois que vous allez avoir besoin d'aide dans les jours qui viennent. Vous pourrez m'appeler.

Il lui tendit une carte de visite, qu'elle ignora.

– Dégagez le passage !

Il insista pour qu'elle prenne la carte. Elle consentit à la saisir.

– Mon numéro de portable y figure, confia-t-il.

Madeleine Wallemberg l'examina.

– Vous êtes militaire ?

– Colonel Pantel, pour vous servir.

– Vous voulez que je travaille pour l'armée ? demanda-t-elle avec ironie.

Elle déchira la carte devant lui.

– Même pas en rêve…

– Vous avez tort, mademoiselle Wallemberg. Il ne faut jamais dire « Fontaine je ne boirai pas de ton eau ».

– Poussez-vous !

– Surtout, prenez bien garde à vous dans les jours qui viennent.

– C'est une menace ?

– Non, seulement un conseil. Ne vous trompez pas, nous sommes dans le même camp.

Puis il consentit enfin à s'écarter pour la laisser passer.

À 23 heures, pieds nus, ses escarpins à la main et en robe du soir, Madeleine Wallemberg était assise dans le métro parisien. Elle tenait posé sur ses genoux le trophée Feldman, le fameux cerveau ailé.

Elle regrettait d'avoir oublié de prendre sa pochette, qui contenait son porte-monnaie. Sans argent, pas question d'arrêter un taxi. Et pas question non plus de faire de l'auto-stop à cette heure et dans cette tenue.

La jeune femme s'était donc résolue à prendre le métro en sautant le tourniquet.

Autour d'elle, personne ne semblait s'étonner de son accoutrement.

J'ai gagné. Mais ils n'ont rien compris. Ils ne comprennent rien à ce que j'ai entrepris. Ils ne voient que des chiffres et des noms. Alors que je leur parle de l'avenir de l'espèce, bon sang !

La colère lui serrait les mâchoires.

Ils me prennent pour une petite biologiste qui fait joujou avec ses expériences alors que je leur parle de notre survie à tous !

Elle avait eu mal aux pieds dans ses chaussures neuves, et elle se massa les orteils.

Puis elle ferma les yeux et laissa venir des images qui l'apaisaient.

Rebecca.

Rebecca était juchée sur une autruche, et tenait fermement la bride dont le mors passait par le bec du grand oiseau. Elle galopait sur le périphérique recouvert d'herbes… au centre s'écoulait une petite rivière. Tout comme si elle était à moto, la belle amazone brune doublait des carrioles tirées par des casoars.

Des hérons, les pattes enfoncées dans la rivière, la regardaient passer.

Rebecca… Se pourrait-il qu'un jour cette femme existe vraiment ?

Voitures qui démarrent en trombe. Bruits de mobylettes et phares qui percent la nuit. Les panneaux publicitaires envahissant chaque espace visuel lui apparurent soudain obscènes. Tous semblaient hurler « Achetez ! Consommez ! Voilà ce qui vous rendra heureux ! »

La jeune femme courait dans la ville, et découvrait le plaisir du contact de ses pieds nus touchant le sol.

Enfin parvenue à son appartement, elle introduisit la clef dans la serrure et ouvrit. Aussitôt un homme claqua la porte derrière elle et la tint en joue avec un automatique prolongé d'un silencieux.

Madeleine eut le temps de voir que tout son appartement avait été saccagé.

L'intrus éteignit la lumière, si bien qu'elle ne distinguait que sa silhouette dessinée par le réverbère de la rue.

– Où est-il ? questionna l'homme avec un fort accent.

– De quoi parlez-vous ? articula-t-elle en respirant amplement pour calmer sa panique.

– Vous le savez très bien.

– Sortez ou j'appelle la police ! bégaya-t-elle en posant la main sur son téléphone portable.

L'homme saisit l'appareil et d'un coup de talon le pulvérisa.

– Nous sommes prêts à vous payer cher, mademoiselle Wallemberg. Très cher.

– Je ne sais pas de quoi vous parlez ! Je ne sais pas comment vous vous êtes introduit chez moi. Sortez tout de suite ! essaya-t-elle d'ordonner avec le maximum de fermeté dans la voix.

– J'aurais tellement préféré que cela se passe gentiment.

– Qui êtes-vous à la fin ?

Sans lâcher son pistolet il tourna autour d'elle.

– Disons que je suis l'agent d'une nation qui préfère être résistante aux radiations. C'est… humain.

– Je ne fais des expériences que sur des souris et…

L'homme passa derrière elle, lui tordit le bras et plaqua le canon de l'arme contre sa nuque. La jeune femme sursauta. Le contact de mort fit courir un frisson glacé le long de son dos.

– Pas à nous, mademoiselle Wallemberg, nous suivons vos expériences minute par minute. Nous connaissons le niveau d'avancée réelle de vos recherches.

Madeleine tenta de se dégager.

– Sortez !

Soudain son pied heurta quelque chose de mou. De mou et de chaud.

– Vous avez tué Marie Curie ! s'exclama-t-elle.

– J'ai cru que c'était un chien enragé qui voulait me mordre.

Madeleine se précipita, souleva le petits corps de l'animal et le serra contre son cœur.

Marie Curie était une femelle ornithorynque qu'elle était arrivée à apprivoiser et à faire vivre dans son appartement. Elle nageait dans sa baignoire aménagée en espace lacustre. C'était Marie Curie qui lui avait fourni ses premières cellules expérimentales et elle avait fini par s'attacher à elle au point de l'installer dans son appartement.

Par la lumière filtrant de la rue elle vit que l'homme arborait une épaisse moustache noire.

– Pourquoi l'avez-vous tuée ? Ce n'était qu'un ornithorynque inoffensif !

Il lui arracha la dépouille de l'animal et la projeta dans la pièce.

– Je ne plaisante pas, mademoiselle Wallemberg. Nous voulons savoir où « il » se trouve.

La jeune femme pâlit.

– De quoi parlez-vous ?

– Vous le savez très bien.

À ce moment la sonnette d'entrée retentit, et la voix de Kevin résonna.

– Mado ! Je t'en prie, laisse-moi te parler. Écoute-moi. J'ai changé. Je ne bois plus. Laisse-moi encore une chance. Juste une.

Profitant de cette diversion, Madeleine empoigna le trophée Feldman et en frappa l'intrus en plein visage. Il lâcha son arme et vacilla sous le choc.

– Qu'est-ce que tu fais ? C'est quoi ce bruit ? demanda Kevin.

L'homme s'était déjà précipité pour ramasser le pistolet, mais Madeleine souleva sa robe longue pour libérer ses jambes et shoota dans l'arme qui partit comme un palet sous le canapé. L'homme se releva, le visage en sang, pour foncer sur elle avec un couteau qu'il venait de dégainer d'un étui de mollet. Elle esquiva et lui flanqua au passage un grand coup de genoux dans l'entrejambe. L'homme lâcha un « han ! » et se mit à tituber, il s'accrocha à la bibliothèque qui du coup s'écroula sur lui.

– Mado ! Mado ! Tu t'es fait mal ? s'alarma Kevin derrière la porte.

Madeleine n'attendit pas que l'homme se relève. Elle retroussa sa robe pour déguerpir, saisit son portefeuille posé dans l'entrée, et ouvrit la porte à Kevin qui brandissait un bouquet de fleurs.

– Mado ! Ah ! Je te jure que plus jamais je ne toucherai une goutte d'alcool. Je regrette. Si tu savais comme je regrette. C'est du passé tu comprends, rien que du passé !

Il fut surpris de la voir couverte de sang, mais Madeleine ne lui laissa pas le temps d'ouvrir la bouche. Elle saisit les fleurs, les jeta sur le moustachu, puis fonça dans l'escalier. Cependant deux hommes venaient d'apparaître en bas et montaient à toute vitesse l'escalier. Elle hésita, puis remonta quatre à quatre les marches. Kevin eut un instant d'espoir en la voyant revenir.

– Mado ! Je pense qu'il serait temps que nous ayons une explication et…

– Désolée, Kevin. Vraiment pas le moment.

Elle poursuivit son ascension vers les étages supérieurs et parvint sur la terrasse qui servait de toit, les hommes en armes toujours à ses trousses.

Parvenue au bord de la terrasse, hors d'haleine, et voyant ses poursuivants surgir, elle se sentit perdue. Ne lui restait plus qu'à tenter l'impossible.

Elle recula, prit son élan, et s'élança au-dessus de la ruelle pour atteindre le toit de l'immeuble voisin.

Elle étendit ses bras et regretta qu'ils ne soient pas des ailes.

Une fraction de seconde, elle se sentit comme en suspension dans les airs.

Face à elle ce toit lisse avec sa gouttière qui brillait.

Pourvu que j'arrive à l'atteindre.

Enfin ce fut le choc de ses pieds nus sur les ardoises… elle finit par se rattraper à la gouttière et se laissa choir sur le balcon du dessous. Une fenêtre était ouverte, elle s'y engouffra.

Elle franchit la porte sans prêter attention aux gens étonnés qui la regardaient passer, descendit rapidement l'escalier et se retrouva dans la rue, en robe déchirée, couverte de sang, pieds nus et juste un portefeuille glissé dans son soutien-gorge. Elle se mit en travers de la route pour arrêter un taxi qui freina sec dans un bruit de pneus.

– Désolé, ma petite dame, j'ai fini ma nuit. Je ne vous prends que si vous allez dans ma direction.

À ce moment ses trois poursuivants surgirent. Ils la repérèrent et s'élancèrent. Elle se rua dans la voiture.

– Démarrez ! On va n'importe où mais démarrez vite !

Le chauffeur lorgna les taches pourpres sur sa robe.

– Oh, mais vous êtes blessée ? Allez c'est mon jour de bonté. On va où ?

Il ajusta son rétroviseur.

– Roulez ! Dans n'importe quelle direction mais roulez ! Par pitié !

– Bon, j'expliquerai à ma femme que c'était un cas spécial. Elle me fait une scène si je suis en retard.

– Finalement, je sais où vous allez me conduire.

Le véhicule s'enfonça dans la nuit laissant les poursuivants fourbus sur place.

« Nous sommes en grrrrrand danger ! Nous sommes en grrrrrand danger ! »

Le perroquet roulait les « r » avec délectation.

– Ta gueule, Winston ! Ou tu vas finir en dinde de Noël ! Bon, tu me dis quoi exactement, Mado ? Qu'*ils* savent tout. Mais c'est qui « ils » ?

– Pas le temps de t'expliquer, maman, il faut LE récupérer et LE planquer dans un endroit sûr. Vite ! Filons ! Il faut le sauver !

« Vite ! Filons ! Il faut le sauver ! Vite ! Filons ! Il faut le sauver ! » répéta le perroquet, les plumes ébouriffées d'excitation.

– Calme-toi, Mado ! Et c'est quoi tout ce sang, tu es blessée ? Et toi, Winston, je ne te le redirai pas : tais-toi ou je te prive de graines.

Madeleine saisit sa mère par le bras.

– Maman, il faut faire vite. Écoute-moi, des hommes sont à ma poursuite, ils ont l'air de tout savoir.

– Impossible.

– Ce sont des agents d'un pays étranger. Ils me surveillent probablement depuis longtemps. Il faut vite LE cacher. Ils ne devraient pas tarder à débarquer ici.

– Mais qu'est-ce que tu racontes ?

– C'est grave, maman !

Karine entrebâilla la porte et aperçut des hommes armés qui se coulaient dans l'escalier, silencieux et menaçants.

Les deux femmes se précipitèrent dans la cuisine. Karine ouvrit le congélateur et s'empara d'une caisse cubique équipée de cadrans et de thermomètres.

Elles grimpèrent à l'étage au-dessus et attendirent que les hommes eurent sonné puis défoncé la porte, pour déguerpir au plus vite. La dernière chose qu'elles entendirent fut Winston qui répétait :

« C'est grave ! C'est grave ! »

Le chauffeur, flegmatique, se contenta de déclencher l'ouverture automatique du coffre pour que les deux femmes y déposent leur fardeau.

– Ma femme va me tuer. Je suis vraiment trop en retard.

Elles étaient à peine assises que le chauffeur démarrait sur les chapeaux de roue.

– Comme d'habitude je vais n'importe où mais loin d'ici et en chemin vous réfléchissez ? C'est ça ?

Il afficha un air navré puis accéléra, en jetant un regard dans son rétroviseur intérieur.

– Madame votre mère, je présume. Enchanté. Vous avez un air de famille. Ma femme, elle, ne ressemble pas du tout à sa mère. À quoi ça tient, allez savoir… probablement des trucs génétiques. Ah ! depuis qu'ils ont chamboulé le trou dans la couche d'ozone, on ne comprend plus rien à rien. Et la vache folle. Moi à mon avis quand on fait consommer de la viande à une vache et qu'on la mange après, ça vous change des trucs à l'intérieur. C'est comme ces porcs qu'on nourrit avec les déchets des autres porcs. Le cannibalisme ça ne peut pas être bon pour la santé.

Madeleine se retourna avec inquiétude, et se contenta de lâcher :

– Foncez s'il vous plaît !

– Vous allez encore me dire que c'est une question de vie ou de mort ?

À ce moment un coup de feu traversa le pare-brise. Une voiture venait de surgir derrière eux.

– Mon auto ! hurla le chauffeur.

Mais comprenant qu'il risquait bien pire il enfonça l'accélérateur. Ils déboulèrent sur les quais de Seine, poursuivis par la voiture noire.

Tout en zigzaguant le chauffeur de taxi n'arrêtait pas de grommeler.

– Bon sang pourvu que l'assurance marche ! Qu'est-ce qui m'a pris de charger des gens à cette heure ! Ma femme va me tuer !

Ils quittèrent les bords du fleuve et empruntèrent une rue adjacente. Mais c'était une impasse. Ils entendirent l'autre voiture piler net, les portières claquer.

Madeleine, sa mère et le chauffeur sortirent, mains en l'air.

Le moustachu les tenait en joue. Une large plaie sanglante barrait son front.

– Croyez bien que j'aurais préféré vous éviter ces petits désagréments, mademoiselle Wallemberg. Alors je réitère ma demande : voulez-vous coopérer ?

Il fit signe à son comparse d'ouvrir le coffre du taxi. L'autre obéit, puis revint bientôt, tenant dans ses mains, avec une prudence mêlée d'effroi, la caisse isotherme, ses cadrans et ses thermomètres.

Le troisième homme entreprit de libérer les charnières. Lorsqu'il souleva le couvercle, une lueur diffuse jaillit, qui illumina son visage.

Le chauffeur de taxi se pencha à l'oreille de Madeleine :

– C'est quoi au juste ?

Les hommes se relayaient devant le caisson pour contempler chacun leur tour son précieux contenu.

– Serait-il possible que ce soit…? demanda le second, émerveillé.

– Si c'est vraiment ça, c'est quand même très…, poursuivit le troisième.

Le second cracha par terre nerveusement.

– Moi je n'arrive même pas à croire que ça puisse exister.

Le troisième désigna les deux femmes et le chauffeur.

– Bon, on n'a plus besoin d'eux. On les descend ?

Mais le moustachu, qui semblait leur chef, restait imperturbable. Il caressa les cheveux roux de Madeleine, puis ceux, beaucoup plus sombres, de sa mère.

– On a l'objet. Mais pas le savoir-faire qui va avec. Imaginez que ça ne donne pas les résultats espérés. Il faudra en faire d'autres. Alors mieux vaut les garder vivantes. Descends seulement le taxi, qu'on n'ait pas de témoin gênant.

– C'est-à-dire, maintenant que vous m'en faites la remarque, cher monsieur, il s'avère que je ne suis là que par un regrettable concours de circonstances, normalement ce n'est déjà plus dans mes heures de travail. Notre syndicat est formel là-dessus. En dehors des heures, ça ne compte plus. Ma femme m'attend et je risque de me faire fortement engueuler si j'arrive plus en retard. Vous savez comment elles sont et…

Le second braqua l'arme sur la tempe du chauffeur mais il n'eut pas le temps d'appuyer sur la détente. Un autre canon était venu se poser avec délicatesse sur sa nuque.

– Lâche ton arme, ordonna une voix familière.

Ils se retournèrent et virent leur sauveur armé d'une grosse pétoire.

– Kevin ! s'exclama Madeleine.

– Fuyez ! Je les retiens.

Les trois hommes, après s'être consultés du regard, s'écartèrent imperceptiblement de manière à ce que Kevin ne puisse leur faire face en même temps.

– Non, restez là !

Les trois hommes s'immobilisèrent, essayant d'évaluer si le nouvel arrivant était aussi dangereux qu'il en avait l'air.

Madeleine ramassa la caisse isotherme et, entraînant sa mère, s'engouffra dans le taxi. Sans un mot cette fois, le chauffeur effectua une longue marche arrière, passa de justesse entre la voiture noire et le mur, et s'éloigna dans un crissement de pneus.

Madeleine baissa la vitre et hurla :

– Merci, Kevin ! Je ne l'oublierai pas !

Ils n'avaient pas couvert cent mètres qu'ils entendirent une série de coups de feu et le cri d'agonie du jeune homme.

– Bon. Je me suis peut-être trompé sur ce garçon, murmura Karine en guise d'épitaphe. Finalement, c'était quelqu'un de bien.

Ils roulèrent en silence. Ce fut le chauffeur qui, après avoir une fois de plus rajusté son rétroviseur, demanda :

– À présent je pense que ma femme a dû se rendormir, alors vous voulez aller où, mesdames ?

– Ces types ont l'air sacrément organisés. Ils doivent nous attendre chez toi, chez moi, au labo. Nous n'avons nulle part où aller, reconnut Karine.

– À l'hôtel alors ? proposa le chauffeur. Si vous voulez j'en connais un bon : « Le Pou qui chante », c'est un ami qui tient ça.

– Ils finiraient par nous trouver là aussi. Non, il nous faut une planque sûre. Vraiment sûre.

Le jour se levait sur la colline de Montmartre, dévoilant le Sacré-Cœur.

– Ça y est, je sais. Elle seule pourra nous tirer de là, dit Karine.

Et elle communiqua une adresse au chauffeur.

La porte de la grille s'ouvrit sur une femme d'une soixantaine d'années en peignoir rose, les cheveux pris dans des bigoudis recouverts d'un filet, le visage enduit de crème. Une cigarette maïs pendait au coin de sa lèvre inférieure.

– Toi ! Ah çà ! Après tout ce temps !

– Marie-Jo !

– Ma Karinette ! Ah çà ! Si je m'attendais à te voir ici à six heures du matin !

Les deux femmes s'étreignirent longuement.

– Ce sont des circonstances un peu exceptionnelles.

– Ça tombe bien, j'avais une insomnie et j'étais en train de me débiliser devant la télé, je sais tout sur la chasse et la pêche !

– Marie-Jo ! Marie-Jo !

Nouvelles embrassades.

– Ah, ça fait chaud au cœur de te revoir ! Ça fait combien ? Vingt ans ?

– Trente peut-être.

Marie-Jo recula.

– Et ça c'est ta fille et ton fils ? demanda-t-elle en désignant Madeleine et le chauffeur de taxi.

– Ma fille. Je t'expliquerai plus tard, pour l'instant mieux vaudrait rentrer chez toi, nous avons des problèmes urgents. J'ai vraiment besoin de ton aide, Marie-Jo.

– Rien de grave au moins ?

– Non. Penses-tu. Juste une bande de types qui veut nous occire. Rien de plus.

Le chauffeur secoua la tête.

– Bon, eh bien, c'est pas tout ça, mais il se fait tard, moi je dois rentrer. Ma femme a dû se réveiller, je sais pas si je vous l'ai dit, mais elle n'est pas facile.

Karine regarda le compteur, et paya la somme exorbitante qui s'affichait.

Le taxi compta les billets.

– Bon sang ! Quelle soirée ! Ah ! on ne m'y reprendra plus à faire des heures sup ! lança-t-il en guise d'adieu.

Marie-Joséphine avait déjà saisi une batte de baseball et s'était placée en sentinelle à l'entrée de sa villa de Meudon.

– C'est qui les nuisibles qui te veulent des embrouilles ? Des voyous ? Des barbares ? Des violeurs ?

– Pas des violeurs, plutôt des voleurs. Mais très déterminés, si tu vois ce que je veux dire. Sans toi nous sommes fichues.

– Des voleurs qui travaillent dans la rue à six heures du matin ?

Karine Wallemberg tenait le caisson isotherme serré contre sa poitrine.

– Ils veulent voler ça. C'est précieux… Peut-être l'objet, enfin la chose, la plus précieuse au monde.

La cuillère brisa d'un coup la coquille.

Aussitôt Marie-Joséphine arracha l'œuf du coquetier et le goba avec un bruit liquide.

Elle réserva le même sort au second, puis au troisième œuf, qu'elle recouvrit de gros sel de Guérande.

– Quelle histoire ! Et donc ce serait ça le fameux…

Elle désigna la caisse isotherme.

– Je peux le mettre dans le congélateur ? demanda Madeleine. À température ambiante, il est comme en couvaison et ça pourrait provoquer le processus d'éclosion.

– Fais comme chez toi.

Marie-Joséphine avait préparé un copieux petit déjeuner. Elles étaient toutes les trois trop nerveuses pour avoir envie de dormir. Karine se servit une tasse de café fort.

Madeleine trouva dans la cuisine le congélateur et, après avoir dégagé plusieurs plats surgelés, installa le petit caisson en vérifiant les cadrans de contrôle.

Elle hésita, souleva le couvercle, la lumière intérieure l'éclaira, elle embrassa ce que contenait l'écrin.

Quand elle les rejoignit dans la cuisine, Karine et son amie semblaient très complices.

– Attends, laisse-moi me souvenir, Marie-Jo. La dernière fois que je t'ai vue tu étais pilote de chasse dans l'armée de l'air. L'une des toutes premières.

– N'exagère pas. J'étais pas la première. Ta mère a toujours été un peu mythomane, hein ? Sacrée Karinette. Et toi, attends, si je me souviens bien, tu étais étudiante en biologie. Tu es restée longtemps à l'université. À la fin tu étudiais les lézards il me semble. Comment ils… forniquaient. Et tu m'avais dit que tu avais trouvé une « lézarde lesbienne ».

Elle lui donna une tape amicale dans le dos.

– Pas exactement, mais pour répondre à ta question, oui j'ai continué dans la biologie.

Madeleine écarta les rideaux de la fenêtre pour surveiller les alentours de la villa.

– Nous pouvons rester combien de temps, ici ? demanda-t-elle.

– Autant que vous le souhaitez bien sûr !

Marie-Joséphine goba un nouvel œuf. Elle affichait un petit air déçu en regardant Madeleine.

– Alors c'est ta fille. Je savais qu'un jour tu me tromperais avec un homme. En fait tu n'étais pas vraiment des nôtres, tu as toujours été « bi ».

– C'est un reproche ?

– Non, un regret.

Karine beurra une tartine qu'elle recouvrit ensuite de marmelade.

– Après la période des manifs j'ai rencontré un homme, qui allait devenir son père. Tu sais pourquoi j'ai appelé notre fille Madeleine ? Parce qu'un jour je lui ai dit : « J'ai fait cet enfant pour ne pas t'oublier. » Et il m'a répondu : « Comme la madeleine de Proust. »

– Elle est superbe. Tu peux être fière d'avoir une fille comme ça.

– Madeleine est biologiste elle aussi. Mais elle est allée plus loin que moi. Elle a remporté le prix Feldman, tu t'imagines ! Ma petite Madeleine ! Même moi je n'ai jamais été sélectionnée. Et toi, tu n'as jamais essayé de... tester autre chose ?

– Si. Bien sûr. Moi aussi j'ai rencontré un homme. Pas « après », mais « durant » les manif. En fait un CRS. Il m'a coincée et... on s'est mariés. Et j'ai eu un fils. D'ailleurs il dort à cette heure, il ne devrait pas tarder à se réveiller.

– Il vit avec toi ?

– Quoi de plus merveilleux qu'un fils aimant qui reste avec sa maman ? Ça me réconcilie presque avec les hommes.

– Le père est mort ?

– Non, c'était un homme, tu sais comment ils sont. Il était incapable de supporter que j'aie un grade plus élevé que le sien dans l'armée. Complexe d'infériorité. Du coup il est parti avec une femme en uniforme qui lui semblait à son niveau : une contractuelle !

Elles éclatèrent de rire.

Madeleine restait près de la fenêtre, vigilante.

– Et le père de la petite ?

– Je n'ai pas fait dans l'originalité non plus, toi les uniformes militaires, moi les blouses blanches. Il est gynécologue.

– Au moins lui devait connaître la mécanique féminine.

– Tu parles ! Toujours les cordonniers les plus mal chaussés. Le sexe des femmes, c'était son métier et son objet d'étude, alors le soir, tu sais pas ce qu'il faisait il…

Marie-Joséphine fit un signe de discrétion : Madeleine entendait leur conversation.

– Bon, ton père avait beaucoup de charme mais disons que lui aussi faisait un complexe d'infériorité. Alors il… il m'a larguée pour une infirmière.

– Toujours l'uniforme de la tribu, soupira Marie-Jo.

– C'est peut-être ça qui m'a fait retourner vers les femmes : le manque d'imagination des mecs. Et après ? Raconte !

– La dernière fois que je l'ai vu, c'était en photo sur un site de rencontre sur internet et il se faisait appeler « Docteur point G ». Le vantard ! Alors qu'il ne l'a jamais trouvé chez moi.

Les deux femmes s'esclaffèrent. Madeleine, de plus en plus gênée, revenait vers la table du petit déjeuner.

À ce moment, une voix grave résonna derrière elle.

– J'espère que vous au moins, mademoiselle Wallemberg, vous n'êtes pas le genre de personne qui fonctionne sur des généralités.

Madeleine se retourna et eut un sursaut.

– Je vous présente Gérard, mon fils ! annonça Marie-Joséphine.

L'homme à la barbe finement taillée portait un uniforme militaire avec casquette, et de nombreux galons. Madeleine ne le reconnut pas tout de suite, puis brusquement son visage et sa voix ne lui laissèrent plus de doute.

Le colonel de l'Opéra !

– Je vous avais dit qu'on finirait par se revoir, mademoiselle Wallemberg.

Il lui tendit la main, mais elle ne la serra pas.

– Ah ! s'exclama Marie-Jo, j'ai oublié de vous préciser que le père étant dans les CRS… le fils a choisi l'armée. Personnellement j'ai tout fait pour l'en empêcher.

Une heure plus tard, tandis que Marie-Joséphine et Karine échangeaient des photos de jeunesse, Madeleine et le colonel sirotaient leurs cafés, à distance l'un de l'autre.

Après une hésitation, le jeune homme finit par rompre le silence.

– J'ai des informations du ministère. Les types qui vous ont agressée sont des agents étrangers.

Madeleine ne quitta pas sa tasse du regard.

– Merci pour l'information.

– Le problème, c'est qu'ils ne sont pas seuls. Plusieurs autres pays ont envoyé des agents à vos trousses pour récupérer… votre… trésor.

– Je croyais pourtant avoir été discrète. Je pensais qu'en le déposant chez ma mère tous les soirs, personne ne se douterait de rien.

– Vous pouvez rester ici. Il est peu probable qu'ils remontent jusqu'à cette villa, mais nous avons un autre souci. Quand je vous ai contactée officiellement, au nom du gouvernement français, c'était pour vous aider à poursuivre vos recherches dans un laboratoire secret et sécurisé.

La jeune femme rétorqua, narquoise :

– Pour sauver la vie des militaires je présume !

– Nous n'en sommes plus là. La situation est grave.

Il se leva, saisit la cafetière, et d'un geste proposa de la servir. Elle fit non de la tête.

– Je vais vous brosser la situation. La vraie. Pas celle qu'on vous donne à la télévision.

Il emplit sa tasse.

– Des erreurs ont été commises dans le passé. Les États-Unis ont surarmé le Pakistan pour s'en faire un allié contre la Russie, puis contre les talibans, puis contre la Chine. À l'époque, les présidents pakistanais étaient disons « fréquentables ». Leurs savants militaires n'ont pas cessé d'améliorer leurs infrastructures.

Ils ont mis au point une bombe monstrueuse baptisée « Big Crunch ». Le professeur Kahn, qui a supervisé les recherches, a fini par fuir leur centre de recherches nucléaires et par révéler l'ampleur de cette nouvelle arme de destruction massive. Big-Bang, c'était la création de l'univers. Big Crunch, c'est la destruction de notre monde.

– Quel intérêt aurait un pays à tout détruire ?

Il haussa les épaules.

– Le pire, c'est que pratiquement tous les pays qui possédaient la technologie nucléaire les ont aidés à fabriquer cette abomination.

– Juste pour l'argent ?

– Bien sûr. Chacun partait de l'argument selon lequel « si ce n'est pas nous qui acceptons de les aider – sous-entendu : qui en profitons –, un autre pays le fera ».

– Ils ont tressé la corde pour se faire pendre.

– Simple vision à court terme. Ils ont visé le profit immédiat, sans se préoccuper du reste. Tout allait bien tant qu'un président plus ou moins raisonnable était aux commandes mais il y a eu l'attentat contre le Premier ministre Ali Peshnawar.

– La voiture qui a explosé ?

– Exact. Il a été remplacé par son responsable des services secrets, le général Ahmed Hassan, qui est un ancien taliban retourné. Il n'en est pas moins fanatique. Il a trahi les talibans parce qu'il les trouvait… trop modérés. Et du coup, les connaissant parfaitement, il a décroché un poste important au sein des services secrets pakistanais. Puis de complot en complot, de trahisons en coups montés, Hassan s'est hissé jusqu'au sommet du système politique pakistanais.

– C'est lui le nouveau chef du gouvernement de crise ?

– C'est surtout lui l'auteur de l'attentat qui a tué son prédécesseur. Pas en personne bien sûr.

Madeleine commençait à comprendre.

– Ce que le grand public ignore, c'est que cet Ahmed Hassan est condamné, il a un cancer généralisé et il s'est fixé un but personnel cauchemardesque. Cet ancien taliban est demeuré un intégriste fondamenta-liste, il n'a jamais renoncé à ses croyances. Il est convaincu que toute l'humanité doit se purifier en montant au paradis... Avec lui. Il s'est donc pro-posé... d'orchestrer le suicide planétaire. C'est la triste réalité.

La jeune femme avala sa salive.

– Pourquoi ne l'avez-vous pas arrêté avant ?

– C'était un génie politique. Au début nous l'esti-mions manipulable. À l'arrivée c'est lui qui nous a manipulés.

– Fomentez-lui un attentat comme pour sa victime. Après tout c'est une tradition locale.

– Impossible. Il vit enfermé dans son bunker. Il est paranoïaque à l'extrême.

– Faites-le tuer par un de ses généraux.

– Il a suffisamment verrouillé le système pour que personne ne puisse le renverser.

– Il veut vraiment que tout s'effondre ?

– Les attentats en Inde se multiplient d'heure en heure. Et personne n'en parle, parce que cette fois c'est trop grave.

– Je ne comprends pas.

– Staline disait : « Une personne de tuée, c'est un drame, un million de personnes tuées c'est une statistique. » Nous n'en sommes déjà plus aux drames. Ce général Ahmed Hassan, pour des raisons bizarres, aime... la mort. La sienne et celle de tous.

Madeleine se leva, se posta à nouveau près de la fenêtre.

– J'ignorais qu'on en était là, dit-elle d'une voix sourde.

– Même si nous parvenions à contenir les militaires indiens pour qu'ils ne s'énervent pas, les militaires pakistanais sous la férule de Hassan sont lancés dans une surenchère incontrôlable. Et il n'a rien à perdre. Il se sait de toute façon condamné.

– Des millions d'hommes ne peuvent pas suivre un seul fou suicidaire !

Il esquissa un sourire résigné.

– L'Histoire nous a prouvé le contraire.

Derrière eux, les deux femmes se tenaient par la main.

– Tu m'as tellement manqué. Mais je n'osais pas partir à ta recherche.

Le colonel détourna la tête.

– Je m'appelle Gérard, dit-il en tendant la main à Madeleine.

Cette fois, la jeune femme la serra avec chaleur.

– Madeleine. Je suis désolée pour ma mère. Elle a toujours été très... comment dire ?... très « jeune d'esprit ».

– Elles paraissent bien ensemble. L'adaptation aux circonstances exceptionnelles, je crois que c'est l'un de vos thèmes de recherche, n'est-ce pas ?

Ils migrèrent vers la cuisine, qui communiquait avec le salon. Madeleine rechargea la machine à café.

– Je suis sérieux, Madeleine. L'enjeu est trop important. Il faut que vous rejoigniez le labo sécurisé. Là vous serez protégée et vous pourrez travailler avec des moyens conséquents.

Elle releva lentement la tête et le fixa.

– Vous savez ce que contient réellement le caisson ?

– Je m'en doute.

– Non. Je pense que vous ne pouvez même pas l'imaginer.

Elle le guida vers le congélateur.

– Le général Ahmed Hassan possède « Big Crunch », mais moi j'ai ça.

Elle saisit le caisson, déverrouilla avec précaution les charnières, puis souleva le couvercle. Une vapeur lumineuse se dégagea.

Le colonel Pantel se pencha, et découvrit un œuf de la taille d'un œuf d'autruche, simplement étiqueté « Eve 001 ».

Le militaire ne put retenir un frémissement. Il cligna les yeux et se mit à déglutir.

– Vous voulez dire que ce serait…?

Elle hocha la tête.

– Le prototype d'une nouvelle humanité.

Flambée de bois résineux.

Les flammes montaient dans le soir, et teintaient d'ambre les pavés de la cour du château de Versailles.

Les murs historiques étaient envahis de lierres et de fleurs. Tout autour du grand feu, des femmes étaient assemblées, vêtues de vestes longues en soie. Certaines portaient des bijoux argentés incrustés de coquillages ou de pierres translucides.

Rebecca s'était levée. Elle s'adressait aux autres femmes et leur disait : « Vous devez me croire, ils ont réellement existé. Ce n'est pas une légende. Jadis il y avait des mâles humains sur Terre. »

Une grande blonde se leva : « Et c'était quoi tes mâles humains, Rebecca ? » La brune montra un étui de plastique dont elle dégagea avec précaution une couverture de magazine. « Ceci est une pièce fossile. Ces feuillets immortalisent des scènes de vie de l'époque. Vous voyez bien la femme placée à droite n'est pas pareille à sa voisine. Elle a des touffes de poils au menton, elle n'a pas de seins, elle a les épaules plus larges, et elle ne se tient pas de la même façon. – Et alors ? répondit la grande blonde, c'est juste une femme au style différent, ça ne prouve rien. » Et les amazones se mirent à rire. Rebecca répéta : « J'en suis sûre. Ce n'est pas une légende. Un jour il a existé un "deuxième sexe". Il existait des femelles et des mâles humains. – Et alors, comment se reproduisaient les mâles ? demanda la blonde. – Comme les animaux, comme les espèces sexuées, soutint la brune. – Tu veux dire les espèces primitives ? » gronda la blonde.

La rumeur devint hostile.

Madeleine ouvrit doucement le rideau de ses paupières.

Elle se leva, cueillit son Cahier à rêves et nota avec le maximum de détails ce souvenir légèrement différent, suivi d'une réflexion.

Pour qu'une réalité puisse exister dans le futur, il faut que quelqu'un la rêve aujourd'hui. De même, ce qui existe de formidable de nos jours a été rêvé par nos ancêtres. Et tout ce qui adviendra de bien à nos enfants peut être rêvé par l'un d'entre nous maintenant.

Encore faut-il se le rappeler.

Sous la douche qui rinçait ses cheveux roux, elle laissait venir à elle les pensées.

Et s'il existait une sorte d'arbre des futurs possibles, dont les branches, au fur et à mesure que le temps passe, se prolongeraient ? Ça expliquerait que ce qui n'était alors qu'une hypothèse, un « futur uniquement habité de femmes », ait tellement évolué qu'elles en soient maintenant à la problématique inverse : « l'hypothèse d'un passé avec l'existence des... hommes ».

L'idée la fit sourire. Elle se dirigea vers la fenêtre. Derrière les rideaux, elle ne rencontra une fois de plus que la vitre donnant sur un tableau : une vue aérienne de Paris, avec la tour Eiffel et la tour Montparnasse qui émergeaient, peintes en trompe-l'œil.

Elle alluma la radio.

« Nouvel attentat en Inde, dans la gare de Jaïpur, qui aurait provoqué plus de deux cents morts et le triple de blessés. Une fois de plus le gouvernement indien et tout particulièrement le Premier ministre Vasundhara Raja ont pointé du doigt les mouvements terroristes soutenus en sous-main par le nouveau gouvernement pakistanais et… »

Madeleine coupa nerveusement le son. Elle leva la tête. Au plafond étaient peintes, toujours en trompe-l'œil, toutes les constellations d'une nuit de 15 août au-dessus de Paris.

Elle circula pour rejoindre la cuisine dont les fenêtres donnaient sur un autre trompe-l'œil, vision panoramique de Montmartre surmonté du Sacré-Cœur.

Elle déjeuna de céréales et de lait de soja. Puis elle se tourna vers un calendrier dont elle arracha une feuille.

Déjà trois ans que je suis ici… Trois ans.

Elle fit la vaisselle et, après avoir laissé son bol et son assiette sécher, elle franchit une porte qui ressemblait à celle de son ancien appartement. Mais derrière, au lieu de l'escalier, s'étendait un vaste laboratoire.

Elle longea un rang d'ordinateurs, puis se dirigea vers une sorte de cimetière de cinq mètres carrés environ recouvert de terre et dont dépassaient plusieurs stèles.

Elle se pencha sur l'une d'elles. Un œuf était gravé, suivi d'un numéro : « Eve 001 ».

Dans les mois qui avaient suivi son prix Feldman et sa fuite, Eve 001 avait été mise en sécurité, puis en couvaison. Mais contrairement aux espérances, ce premier œuf avait donné un enfant mort-né.

J'avais tué beaucoup de souris. J'ai tué beaucoup de fœtus humains. Pour chacun de ces œufs j'ai pleuré. Pour chacun j'ai ragé. Mais je n'avais plus le choix. Ce sont les « sacrifiés de la science ».

Elle poursuivit son chemin vers une autre zone jon-chée d'œufs intacts. Un écriteau indiquait : COQUILLES VIDES.

Dans la salle de congélation, elle ouvrit une porte, et du placard dégagea des tubes étiquetés. Avec une pipette, elle aspira un peu de liquide qu'elle déposa sur une lamelle à microscope.

L'armée, finalement, ce n'est pas plus désagréable qu'autre chose. C'est vrai, je suis dans un bunker à vingt mètres sous la surface du sol, mais au moins on me fiche la paix et on m'a octroyé les moyens de tra-vailler comme je le souhaitais. Bon, c'est vrai, l'incon-vénient, c'est la solitude. Je n'arrête pas de penser, de rêver et de parler toute seule. J'en viens même à regretter le professeur Raynouard. Là, il serait déjà derrière mon épaule à me surveiller et à me dire...

– Bonjour Madeleine, vous allez bien ?

Elle se retourna, et reconnut le colonel en uniforme impeccable, avec ses décorations sur la poitrine et sa casquette à la main.

– Vous auriez pu sonner avant d'entrer, reprocha-t-elle.

Il lui tendit des fleurs.

– Excusez-moi, je ne savais pas si vous étiez réveillée. Dans le doute, je voulais juste déposer ces quelques fleurs pour vous. Je suis désolé.

Il semblait vraiment confus.

Le colonel Gérard Pantel est aux petits soins pour moi. Je lui ai demandé ovules et spermatozoïdes en quantité pour élaborer des œufs humains. Il a eu la délicatesse de tout me fournir sans délai. Il a même poussé le zèle jusqu'à, sans me le dire, mais je l'avais découvert par la suite, me fournir un stock d'ovules de... miss France qui avait été mis de côté, et n'avait jamais été utilisé pour des raisons d'éthique. Sans doute les gens de la banque ont-ils eu peur que ces « jolis » ovules aient trop de succès. Cela m'amusait de créer finalement un monde avec des filles physiquement « mignonnes ».

Surtout que je les croisais avec du sperme issu de prix Nobel et non utilisé pour les mêmes raisons. Évidemment j'entends d'ici les ligues de morale crier à l'eugénisme. Peut-être que Gérard Pantel l'avait fait exprès. Il m'avait dit une fois que pour lui le monde idéal c'étaient des « gens beaux et intelligents »... C'était bien une idée de militaire. Je lui avais expliqué que ces caractères n'étaient pas forcément héréditaires. Il m'avait juste répondu : « Quand même cela doit être plus propice. » Pour ma part je n'en avais rien à faire, du moment que je réussissais à inventer une forme de vie qui résiste aux radiations nucléaires... Jolie fille ou pas... J'aurais même utilisé des ovules de femmes hideuses ou du sperme de prisonniers de droit commun brutaux et débiles.

Madeleine accepta les fleurs et remercia le jeune homme, tout en remplissant d'eau un bocal transparent.

– Vous avez écouté les actualités ? demanda-t-il.

– L'attentat en Inde ? Vous pensez que c'est grave ?

– Pas encore. Une provocation de plus. L'Inde est comme un gros éléphant qui se ferait mordre par une petite souris. Avec leur milliard d'habitants les Indiens peuvent supporter pas mal d'attentats avant de bouger. Leur philosophie millénaire leur a enseigné la non-violence. Ils ne feront rien.

– Mais les militaires se tiennent prêts à toute éventualité, je présume ?

– Les militaires dépendent des politiques. Officiellement, il ne se passe rien. Et vous, vous en êtes où dans vos recherches ?

Elle le guida vers la pièce où des œufs étaient disposés dans de grands coquetiers éclairés par une lumière orange.

Il se tourna vers elle.

– Vous n'avez pas bonne mine, Madeleine. Votre teint… Il faudrait remonter prendre un peu l'air en surface.

– Ça ira.

– Vous ne pouvez pas rester indéfiniment cloîtrée. Vous allez y perdre la santé et deviendrez inefficace. Ce n'est pas ce que vous souhaitez, n'est-ce pas ?

– Avez-vous déjà connu une passion qui vous dévore, colonel ?

– Certes. La sécurité de mon pays est ma passion.

– Moi, c'est la survie de notre espèce. Alors mon confort personnel n'a pas la moindre importance.

– Vous vous trompez. Il faut s'aérer pour bien travailler.

– Sortir, c'est prendre le risque de mourir et de ne pas terminer mon travail. Ma vie désormais ne m'appartient plus.

– Si je reste près de vous, vous serez en sécurité. Avec moi vous ne risquez rien.

– Et si les types qui m'ont agressée dans mon appartement me retrouvaient ?

– Je vous protégerais. Faites-moi confiance, votre sécurité est ma priorité. Mais votre santé aussi.

– Et moi je crois que je dois rester loin de la surface et loin de la foule. Je considère désormais l'humanité comme un troupeau aveugle qui a pris le chemin de la falaise, comme les lemmings. Un seul se jette à l'eau et il entraîne tous les autres. Je dois rester loin de ce troupeau pour l'aider.

Le colonel s'approcha des œufs alignés sous la lumière orange, étiquetés EVE et numérotés à trois chiffres.

– En fait, aujourd'hui est un jour particulier, Madeleine.

– Ah oui ?

– C'est votre anniversaire…

– Ah ? J'avais complètement oublié.

– Ma mère et la vôtre ont décidé de vous organiser une petite fête surprise.

– Tiens donc ?

– Sans demander votre avis, je sais. Mais je crois que c'est bien. Elles ont déjà réservé un restaurant chic pour ce soir…

Elle secoua vivement la tête.

– Pas question ! Je suis sur le point d'obtenir ma première éclosion. Je ne veux rater ça pour rien au monde.

Elle l'entraîna vers une pièce vitrée fortement éclairée par la lumière orange. Un œuf isolé, posé dans un écrin, était enveloppé de vapeurs en longues volutes.

Le thermomètre indiquait 37°2.

– « Eve 103 » aura bientôt dix-huit mois de couvaison. À la radiographie, le fœtus est pratiquement à terme. Il est prêt à éclore. C'est le premier œuf humain qui arrive à maturité sans la moindre tare.

Elle alluma un écran et il distingua une vague forme fœtale qui semblait nager au ralenti dans un liquide visqueux.

– Dix-huit mois ? la gestation de l'homme était de neuf mois…

– Erreur. Dix-huit mois est le temps de gestation normale de l'être humain. Sous forme vivipare nous sommes expulsés à neuf mois parce que le bassin féminin est trop étroit et n'autorise pas le passage d'un fœtus parvenu totalement à maturité.

– Vous voulez dire que nous sommes tous des prématurés ? demanda le colonel Pantel, perplexe.

– Bien sûr. Parce que le canon est trop étroit pour laisser passer l'obus, pour reprendre un langage militaire. Rappelez-vous le grand nombre de femmes qui jadis mouraient d'hémorragie en couches. Parce que les bébés trop volumineux déchiraient le col en sortant.

L'officier ne semblait pas convaincu.

– Si vous en doutez, il suffit de vous comparer aux chevaux. Ils ont dix-huit mois de gestation et dans les minutes qui suivent l'accouchement les poulains sont capables de gambader et de se nourrir sans aide. Alors qu'un petit humain, accouché à neuf mois, ne sait ni marcher ni se nourrir seul.

– En effet, c'est un argument probant. Donc votre « Eve 103 », après dix-huit mois, serait prête à éclore d'un instant à l'autre ?

Elle approuva.

– « Eve 103 »… Elle est mithridatisée.

Madeleine tourna un bouton et les haut-parleurs résonnèrent des battements de cœur du fœtus.

– Comme le roi Mithridate avalait chaque jour sa petite dose de poison afin que son corps s'y habitue.

– Vous habituez « Eve 103 »… aux radiations nucléaires, pour que ce poison ne lui fasse plus rien.

– Exact. L'œuf est soumis en permanence à un rayonnement nucléaire, dont j'augmente les doses progressivement.

Elle pianota sur un clavier et des flashes de lumière verte baignèrent par intermittence la coquille blanche.

– Et quand elle naîtra, grâce à cette accoutumance elle sera complètement résistante.

– Madeleine, vous êtes un génie ! Mais un génie bien pâle et dont c'est l'anniversaire aujourd'hui. Allons, je ne crois pas qu'une petite heure passée en dehors de ce laboratoire soit préjudiciable à vos recherches. Même les poules ne couvent pas leurs œufs en permanence.

Le convoi de voitures blindées s'arrêta devant la tour Eiffel.

Un groupe de gardes du corps équipés d'oreillettes sortit rapidement, suivi du colonel Pantel tenant Madeleine Wallemberg par le bras.

Madeleine respira avec délices l'air frais en surface. Durant quelques secondes, elle contempla le ciel étoilé. Le vrai.

Elle avait oublié combien la vie au grand air était agréable, les odeurs, le vent sur sa peau, tout l'émerveillait.

Une haie de policiers et un groupe de photographes étaient déjà là, prouvant s'il en était besoin que l'information avait déjà filtré. On l'attendait. Madeleine eut l'impression d'être prise dans un traquenard, mais la présence du colonel à son bras la rassurait. Les photographes mitraillèrent le cortège jusqu'à ce qu'il rejoigne l'ascenseur menant au restaurant Le Jules Verne, au premier étage de la tour Eiffel.

À la table réservée, Karine et Marie-Joséphine étaient déjà en train d'emplir des coupes de champagne.

– Joyeux anniversaire, Madeleine ! s'écrièrent-elles en chœur.

La jeune femme s'assit, ravie de reprendre contact avec le monde. Gérard Pantel prit place à son côté, toujours vigilant.

Un maître d'hôtel apporta un plateau alourdi de petites coupes remplies de grains noirs.

Madeleine demanda :

– C'est quoi ?

– Du caviar.

– Désolée, mais depuis que j'en produis je n'arrive plus à manger des œufs. Ni des œufs de poisson ni des œufs de poule, ni tarama ni œufs de caille. J'ai l'impression que tout être a le droit de connaître un âge mûr.

– Zut, dit Gérard Pantel. J'aurais dû y penser. Vous ne mangez pas les… enfants, donc plus de veau, plus d'agneau… ?

– Ni porcelet ni marcassin…

Il lui versa à boire et commanda de la nourriture végétarienne.

Karine leva son verre.

– Aux œufs !

– Aux enfants qui grandissent ! appuya Marie-Joséphine.

– À la vie qui perdure malgré tous les obstacles ! enchaîna Madeleine.

– Aux femmes ! s'écria joyeusement le colonel. Je crois, comme dit le poète, que « La femme est l'avenir de l'homme ».

– Aux femmes ! lancèrent en chœur les deux mères.

Madeleine s'immobilisa. Comme si tout à coup on venait de lui annoncer une catastrophe.

– Qu'est-ce qui ne va pas, j'ai dit une bêtise ? demanda-t-il.

Elle hésita puis finit par avouer :

– Tous mes œufs masculins meurent dès les premières semaines de couvaison. Seules les femmes tiennent plus de dix mois.

Il lui servit du champagne.

– Cela veut dire que… en cas de guerre, si « Big Crunch » est utilisé par votre fou pakistanais, si mes œufs les protègent, s'ils éclosent et résistent parce qu'ils sont mithridatisés, eh bien la Terre ne sera peuplée que de femmes.

– Ah… l'humanité s'arrêtera donc.

– Non. Car c'est la grande découverte de ma mère… Il est possible qu'elles puissent se reproduire par parthénogenèse…

– Comme son lézard *Lepidodactylus* ? (Le colonel posa sa coupe de champagne.) Cela donnera donc des clones ?

– C'est bien le plus étonnant, intervint Karine. Elles présenteront toutes des programmes génétiques différents. Elles seront toutes diversifiées en forme et en caractère.

Un silence tomba.

– Aujourd'hui nous fêtons ton anniversaire, dit enfin Marie-Joséphine, mais nous célébrons aussi autre chose, Madeleine. Ta mère et moi… nous allons nous pacser.

– Pour les impôts ce sera plus pratique, ajouta Karine, un peu gênée.

Les deux femmes se prirent par la main.

Madeleine retrouva aussitôt son sourire.

– Bon pacs !

– À « Eve 103 ! » lança Gérard en se levant.

– À « Eve 103 », reprirent les autres en se dressant à leur tour pour porter un toast.

Ils se rassirent. Le maître d'hôtel apportait d'autres plats.

Madeleine se pencha pour chuchoter à l'oreille de son voisin :

– Beaucoup de mes œufs ont péri. Pourquoi « Eve 103 » est-elle la première à survivre jusqu'au bout ? À moins que… (Elle le scruta avec intensité.) Pour créer « Eve 103 » j'ai utilisé les dernières réserves de sperme que vous m'aviez transmises l'année dernière… Même dans l'azote liquide elles me semblaient plus « jeunes et plus fraîches ». Je sais reconnaître du sperme jeune. Et étant donné que vous êtes attentif à la qualité des matières que vous me fournissez, je me pose des questions.

Le colonel s'intéressa brusquement au contenu de son assiette.

– … C'était moi, murmura-t-il.

– Vous voulez dire : votre sperme ?

Madeleine éclata de rire. Le colonel leva un sourcil, décontenancé.

– Pourquoi riez-vous ?

– Parce que j'ai eu la même idée, chuchota Madeleine. J'ai utilisé mon ovule. « Eve 103 » est donc… notre enfant. Enfin je veux dire « notre œuf ». Pas un top model, pas un prix Nobel. Juste un fœtus issu de nous deux.

– Alors nous sommes… parents sans avoir fait l'amour ?

– Je le crois.

Il rajusta sa cravate pour se donner une contenance. Madeleine restait réservée.

– … Si elle survit, elle ne pourra accoucher que de filles. Et probablement que celles-ci ne pourront donner encore que des filles.

– Un monde de femmes ? intervint Marie-Joséphine. Au moins elles seront moins tentées de faire la guerre. Parce qu'elles peuvent donner la vie, les femmes ont tendance à la respecter davantage.

– Pour ma part, je me sens une ressemblance avec le docteur Frankenstein en train de fabriquer son monstre, confia Madeleine.

– C'est vous-même qui avez signalé que le monde des insectes fonctionnait déjà ainsi. Or les insectes sont sur Terre depuis bien plus longtemps que nous. C'est peut-être l'évolution normale de toutes les espèces sociales : la féminisation.

– Peut-être avez-vous raison. Cela nous semble horrible parce que nous pouvons comparer avec notre société actuelle, mais si nos filles n'ont pas le choix…

elles finiront même par oublier que les hommes ont existé.

— Un peu comme ces lézardes qui ne cherchent plus les mâles.

Le colonel sourit, songeur.

— Un jour il n'y aura plus que des femmes sur Terre, et les hommes seront une légende.

— Qu'avez-vous dit ? demanda Madeleine avec un petit sursaut.

— Un jour la Terre appartiendra aux femmes, et les hommes seront en toute logique… oubliés. Et celles qui évoqueront leur existence ne seront pas crues. Ils deviendront donc une sorte de mythe.

— C'est exactement la phrase de mon rêve, annonça-t-elle.

Elle ferma les yeux et vint à elle le doux visage de Rebecca.

1 : Le minéral.

2 : Le végétal.

3 : L'animal.

4 : L'homme.

Et après, quoi ?

5 : La femme ?

À ce moment, on entendit une voix véhémente près de l'entrée.

Un homme aux cheveux blancs se faisait stopper par les gardes.

Karine intervint aussitôt pour qu'on le laisse approcher.

— C'est ton collègue de travail, Madeleine. Il a si bien parlé de toi au moment de la remise du prix Feldman que j'ai pensé te faire plaisir en l'autorisant à te voir le jour de ton anniversaire. Il me supplie depuis si longtemps.

Le professeur Michel Raynouart semblait intimidé.

– Madeleine… Je sais que vous poursuivez en secret les recherches que nous avions entreprises ensemble. Je voulais vous demander si vous n'auriez pas besoin de moi comme assistant.

La jeune femme observa un instant son ancien supérieur hiérarchique.

– Merci, Michel. Je me débrouille très bien toute seule désormais.

– Depuis votre départ, notre centre a perdu la plus grande partie de ses subventions. J'ai été licencié.

Elle le considéra avec une pointe de pitié. Dire que cet homme, il y a peu encore, la faisait trembler. Il lui tendit un petit paquet enrubanné.

– Quoi qu'il en soit : joyeux anniversaire, Madeleine.

Elle ouvrit le paquet. À l'intérieur, dans un écrin de cuir mauve, scintillait une petite montre sertie de pierres précieuses.

– Elle est magnifique. Vraiment. Merci, Michel.

– Mettez-la, s'il vous plaît. Je veux savoir si elle vous va.

Elle consentit à ajuster le bijou à son poignet.

– Je sais que vous n'en portez pas d'habitude, mais il n'est jamais trop tard pour commencer.

L'ancien chef du service de prospective biologique semblait avoir énormément vieilli.

– Et puis, voyez-vous, je crois que chaque seconde est importante dorénavant. (Il reculait déjà, confus.) Mais je ne vais pas vous déranger plus longtemps.

C'est très aimable à vous, madame Wallemberg, de m'avoir autorisé à revoir votre fille.

Le maître d'hôtel, profitant de l'instant de flottement qui suivait, s'avança :

– Puis-je vous proposer la carte des desserts ?

Le téléphone portable du colonel sonna avec un bruit de vieux combiné. Après avoir consulté l'origine de l'appel, Gérard Pantel porta l'appareil à son oreille.

Son visage devint livide.

– Qu'est-ce qui se passe, Gérard ? demanda sa mère.

Il se leva d'un bond et tira Madeleine par le bras.

– Une urgence ! Excusez-nous !

Sur ces mots, ils filèrent tous deux vers l'ascenseur de la tour Eiffel.

Parvenu au rez-de-chaussée il poussa la jeune femme dans une voiture militaire, demanda au chauffeur de lui laisser la place, puis fonça dans une avenue.

– Allez-vous me dire ce qu'il se passe à la fin ? demanda Madeleine.

En guise de réponse le colonel se contenta d'allumer la radio.

« … incroyable qui s'est déroulé depuis quelques minutes. Cette surenchère inattendue a déjà fait plusieurs millions de morts à New Delhi et à Islamabad, mais on me signale… que de nouveaux missiles ont été détectés et… »

Le colonel coupa la radio pour se concentrer sur la conduite.

Il prenait les couloirs de bus à vive allure, montait sur les trottoirs, semant la panique chez les piétons.

– J'aurais jamais dû sortir du labo ! ragea Madeleine.

Tout à coup, sortie de nulle part, une Land-Rover tout-terrain les percuta par le flanc. Madeleine reconnut les trois hommes qui l'avaient jadis pourchassée. Le moustachu était au volant.

Déjà le colonel avait sorti son arme de poing et tirait par la portière. Il accéléra et les distança suffisamment pour obtenir un répit.

– Comment ont-ils pu nous retrouver ? s'exclama Madeleine.

– La montre ! Enlevez-la ! Votre gentil collègue a visiblement trouvé de nouveaux employeurs ! Elle contient une balise.

Madeleine jeta prestement le bijou par la fenêtre.

La voiture les rattrapait peu à peu et finit par les éperonner à plusieurs reprises. Gérard prenait tous les risques, roulant à contresens, grillant les feux rouges, les pneus crissant à chaque virage.

Ils se retrouvèrent sur une route départementale en direction du laboratoire militaire. La Land-Rover à leurs trousses. Mais brusquement un camion surgit d'une petite route. Gérard eut le réflexe de donner un violent coup de volant pour l'éviter mais la voiture s'éjecta dans le décor où elle fit plusieurs tonneaux avant de se stabiliser en percutant un arbre. Madeleine, depuis quelques secondes, avait perdu connaissance.

Rebecca plongea au ralenti. Sa tête disparut dans l'eau transparente de la Seine, puis son corps tout entier. Sous la surface, elle se dilua en une tache mauve et rose, puis en gouttelettes, puis disparut totalement. Dans le fleuve, ses compagnes se diluèrent à leur tour.

Le temps s'accéléra.

L'eau perdit sa transparence, devint trouble, puis opaque, puis couleur de la boue. Dans le ciel se succédaient à toute vitesse de longues écharpes de nuages qui s'effilochaient, le soleil réapparaissait, tournait et disparaissait à nouveau sous les nuages avant de revenir, en un cycle emballé, de plus en plus rapide. L'Arc de triomphe perdit au même rythme sa luxuriance végétale. Les vieilles pierres blanches réapparaissaient une à une comme un squelette se dépouillant de son épaisse chair vivante.

Le temps s'accéléra encore.

Sur les Champs-Élysées, les pavés étouffaient les herbes. Sur le Champ de Mars, la tour Eiffel tomba sa fourrure pour dévoiler sa ferraille rouillée. Sur le périphérique les carrosses et les charrettes tirés par les autruches et les casoars s'évaporèrent avec leurs conductrices. Dans les rues de Paris, resurgissaient comme des verrues les carcasses de voitures déchiquetées et les squelettes humains disloqués. Partout le sable et la roche reprenaient possession du territoire, ultime victoire du monde minéral sur le monde végétal et animal.

Bientôt apparut une nuée qui peu à peu se transforma en un nuage plus compact. Le nuage s'éclaira d'une lueur rouge, qui vira à l'orange. La lueur s'étira en colonne de lumière intense veinée de jaune.

Un champignon atomique explosait à l'envers. Le champignon se réduisit pour devenir boule de feu puis simple déflagration de pétard.

Madeleine Wallemberg frémit. Une autre explosion parvint à sa conscience. Puis une autre encore.

– Madeleine ! Madeleine !

Elle souleva les paupières avec difficulté. Un visage sans nez et sans bouche lui faisait face. Et une main tendue. Elle reconnut le visage à l'envers de Gérard Pantel.

– Tu peux bouger ? demanda-t-il, inquiet.

Elle essayait de rétablir l'image dans le bon sens.

Un aiguillon de douleur vrilla ses tempes. La ceinture de sécurité la retenait encore la tête en bas. Gérard la libéra de son siège et la tira avec délicatesse.

Le monde redevint à l'endroit.

– Ça va ?

– Je ne sais pas.

– Vite, il faut partir d'ici.

Il l'aida à se tenir debout. Elle sentit un liquide chaud chatouiller son front. Elle y porta la main, c'était du sang. Elle avait dû se cogner quelque part.

C'est alors qu'elle distingua les cadavres des trois poursuivants et d'un inconnu, peut-être le chauffeur du camion.

Gérard tenait encore son automatique à la main.

Elle comprit que l'arme avait produit les détonations qu'elle avait entendues dans son rêve.

– Il faut vite rejoindre le laboratoire !

Déjà le jeune colonel s'installait au volant de la Land-Rover de ses poursuivants.

Il fit vrombir le moteur.

En vacillant, elle s'installa à la place du passager et boucla sa ceinture. Elle alluma la radio.

« … des tirs de représailles se sont mis automatiquement en marche et… quoi ? Les radars de l'OTAN viennent de détecter le lancement d'un missile inconnu en provenance de la région d'Islamabad, et il aurait franchi tous les systèmes de sécurité… »

Le colonel coupa la radio d'un geste sec.

– Au point où nous en sommes, mieux vaut agir d'abord et s'informer ensuite.

Le compteur de la Land-Rover indiquait plus de 200 kilomètres-heure. Ils fonçaient dans la nuit inquiétante.

Madeleine ferma les yeux et se retrouva à nouveau dans le futur.

Elle vit les carcasses de voitures et les squelettes disparaître, et les plantes et les fleurs revenir. À nouveau des lierres surgirent du sol et commencèrent à recouvrir la tour Eiffel, le Sacré-Cœur, le Louvre, l'Arc de triomphe. La Seine s'éclaircit.

Rebecca sortit de l'eau, se sécha et s'avança vers une autruche. Elle hésitait à poser une selle sur son destrier emplumé.

Ainsi le futur n'est pas encore décidé. Il va se déterminer dans les secondes qui viennent. Tout est encore possible.

Le colonel zigzaguait entre les voitures, pied au plancher.

Ils déboulèrent devant le laboratoire de l'armée et sans ralentir devant la guérite de la sentinelle il fracassa la barrière. Écrasa les freins, ouvrit la portière et bondit en tirant Madeleine par le bras.

Avec leurs cartes magnétiques ils passèrent tous les systèmes de sécurité pour rejoindre l'ascenseur qui descendait dans les profondeurs du bâtiment, sous le béton et l'acier.

La jeune femme savait qu'il faudrait encore plusieurs minutes pour rejoindre l'étage le plus profond, celui de son laboratoire secret.

L'avenir de la Terre dépend... de ce que je vais accomplir dans les secondes qui viennent.

Elle se répétait la phrase pour se donner du courage. Mais pour quelques instants encore, elle ne pouvait agir. Elle ferma les yeux pour savoir où en était son rêve de futur.

Rebecca galopait, juchée sur son autruche. Elle s'arrêtait devant une bouche de métro, face à la tour Montparnasse recouverte de verdure. Elle attacha sa monture à un poteau. L'entrée était obstruée par les plantes. Rebecca alluma une torche, dégagea les lianes pour s'enfoncer dans les couloirs et descendre un escalier mécanique immobile. Elle marcha le long du quai, et s'éclairant toujours de sa torche fumante, approcha d'un kiosque à journaux miraculeusement intact. Un seul magazine occupait la vitrine. Celui qui affichait le couple de célébrités en couverture.

Madeleine reconnut la photo. La Rebecca du futur contemplait une couverture sur papier glacé qui la représentait... elle, Madeleine Wallemberg, et le colonel Pantel se tenant par la main à la descente de la limousine blindée pour se rendre au restaurant Jules Verne au premier étage de la tour Eiffel. Un gros titre en lettres blanches annonçait : « La grande scientifique Madeleine Wallemberg, prix Feldman de l'année, et le colonel Pantel, en sortie exceptionnelle pour son anniversaire. »

Ce futur est donc possible. Il revient...

Elle ressentit même à travers son rêve la surprise de Rebecca découvrant la photo et essayant de la comprendre. Elle perçut que Rebecca se disait :

« *Ce passé est donc possible... »*

Et toutes deux pensaient :

Comment avertir les autres ?

Soudain l'ascenseur se bloqua d'un coup. Sous le choc ils se heurtèrent aux parois.

Des lumières rouges clignotèrent et une alarme se mit à mugir.

– Que se passe-t-il ? demanda la jeune femme.

En réponse, une gigantesque secousse tel un tremblement de terre se déclencha. Pendant près d'une demi-heure, la nacelle fut secouée au bout de son câble et, pris de nausée, ils vomirent tour à tour. Lorsque le séisme cessa enfin, le haut-parleur de l'ascenseur émit un message répétitif :

« Procédure d'alerte phase IV enclenchée. Taux de radiations en surface : létal. Blocage des issues. Filtrage de l'air enclenché. Évacuation immédiate de toutes les personnes en surface. Je répète, procédure d'alerte phase IV enclenchée... »

Déjà, Gérard Pantel avait utilisé son pistolet pour faire sauter la charnière de la trappe du plafond, et il hissait Madeleine hors de la cage de métal. Ils étaient debout sur la cabine. Il l'encouragea à continuer de descendre le long des câbles afin de parvenir aux étages inférieurs.

Madeleine avait les mains en sang, mais elle serrait les dents et progressait, mètre après mètre.

L'avenir de la Terre dépend de ce que je vais accomplir dans les secondes qui viennent.

Parvenu le premier à l'étage le plus profond, Gérard utilisa à nouveau son arme pour libérer une petite trappe. Puis il tripota les fils électriques jusqu'à ce que la porte de l'ascenseur s'ouvre. Enfin à l'intérieur, il agit de même pour que le sas se referme.

Maintenant ils étaient en sécurité dans le laboratoire.

Ils soupirèrent longuement en se regardant. Ils savaient qu'ils étaient sauvés, mais les autres, leurs familles ?

Autour d'eux, tous les voyants clignotaient, les sirènes retentissaient de partout :

« Alerte phase IV, alerte phase IV ! »

Le colonel se précipita vers le pupitre de communication externe du laboratoire. Sur la plupart des écrans de télévision apparaissait de la neige électronique. Sur ceux qui étaient reliés à des caméras vidéo de surface on distinguait clairement des lignes de feu et de fumée.

Gérard Pantel saisit le combiné téléphonique et composa plusieurs numéros sans obtenir de réponse.

Les haut-parleurs résonnaient derrière les alarmes : « Fermeture automatique. Issues verrouillées. Mise en marche du système de ventilation interne. Filtrage opérationnel. Alerte phase IV. »

Il tenta de déclencher les mécanismes de communication de secours. Vainement. Il lutta longtemps avant de s'effondrer dans un fauteuil. Résigné.

– Nous sommes hors de danger, mais totalement isolés, Madeleine.

Elle hésita, puis murmura :

– Embrasse-moi.

Il crut avoir mal entendu. Mais elle insistait.

– Nous serons peut-être les derniers à faire l'amour, je veux qu'encore une fois deux humains pratiquent ce qui paraîtra aberrant à nos descendants : un acte reproductif vivipare entre un homme et une femme.

Il la serra contre lui et l'embrassa avec une fougue désespérée.

L'avenir de la Terre dépend de ce que je vais accomplir dans les secondes qui viennent.

Jamais elle n'avait aussi bien compris cette phrase.

À droite de la pièce vitrée, provenant de l'œuf étiqueté « Eve 103 », se produisit un petit bruit. Le sommet arrondi, éclairé par la lumière rouge, se mit à vibrer, puis un choc fracassa la coquille de l'intérieur. Un éclat s'en détacha. Puis un autre. Les plaques se soulevèrent, dévoilant une membrane transparente et élastique.

Une minuscule main poussa la membrane qui s'étirait. La main finit par se libérer, laissant suinter un liquide huileux, puis le petit poing fermé frappa pour élargir l'issue. Le bras apparut tout entier hors de la coquille, une deuxième main vint à son tour dégager la sortie, puis un deuxième bras…

« Un jour il n'y aura que des femmes sur Terre et les hommes ne seront plus qu'une légende. »

8. Paradis sur mesure

(FUTUR POSSIBLE)

Ami,

Depuis le temps que tu voulais de mes nouvelles, je profite de ce messager pour te les transmettre.

Je me souviens de nos jours heureux, ensemble, à la campagne. Nous avions, à peine adolescents, couru insouciants dans les champs aux herbes hautes. Une période qui dans ma mémoire est restée intacte, légère, frivole, traversée d'intenses moments jubilatoires.

Nous caressions l'un et l'autre des désirs de carrière flamboyante, hantés que nous étions par la crainte d'une vie terne et sans passion.

Nous nous disions : « Nous ne sommes pas nés pour rien, chacun de nous doit marquer notre époque par son talent. » C'étaient des idées à l'aube de la vie, des mots d'espoir diffus.

Lorsqu'ils sont venus, ils ont hésité entre toi et moi.

Te souviens-tu, ils nous montraient du doigt et n'étaient pas d'accord sur lequel choisir. Finalement ce fut moi. Ç'aurait pu être toi.

À quoi tient un destin…

Je sais que lorsque je suis parti, toi et les autres vous vous êtes inquiétés pour moi. Vous deviez vous demander si j'étais prêt, si j'aurais le détachement nécessaire pour gérer une carrière.

Certains d'entre vous ont même dû imaginer que j'étais en danger.

Mais non. J'ai été présenté à un homme très élégant, vêtu d'un smoking noir à bandes de satin brodé, chemise blanche à jabot de dentelle et nœud papillon. Sa fine barbichette taillée en pointe était drôle. Il avait les mains très propres et une chevalière à l'auriculaire qui représentait une licorne cabrée. Je pense que c'était un imprésario, mais pas du genre « petits artistes », non, un imprésario de stars. Il m'a regardé, a hoché la tête, puis en souriant m'a emmené chez lui.

Là-bas il m'a tout de suite enfermé dans une cave sombre, qui sentait le bois et la poussière.

Les premiers jours, l'homme en smoking venait me parler à travers les barreaux. Du peu que j'ai compris, il me disait de ne pas m'affoler, que tout irait bien et qu'il croyait en moi.

Je peux te l'avouer aujourd'hui, j'éprouvais beaucoup d'appréhension, mon futur s'annonçait incertain, confié à des mains inconnues.

Un soir, cet homme m'a emprisonné dans un habitacle encore plus étroit. Et il m'y a laissé, comme s'il voulait que je m'habitue à vivre en des lieux de plus en plus obscurs et exigus. Parfois il me battait pour me faire tenir tranquille. Il m'a frappé sur la tête et le dos. Il m'a électrocuté avec un bâton, jusqu'à ce que je comprenne ce qu'il attendait de moi : une soumission absolue. Il voulait ni que je bouge, ni que je fasse un bruit. C'est alors qu'il m'a accordé en récompense un peu de nourriture. Et je peux te dire que j'avais faim. Cette première bouchée extraordinaire, mes dents en gardent un souvenir impérissable.

Puis un jour, il a semblé croire que j'étais prêt. Alors tout s'est passé très vite. Il m'a enfermé dans un lieu tellement étroit que j'étais obligé de me tasser. Le plafond écrasait mon crâne.

Et là, plus de barreaux, mais des murs arrondis, opaques et un peu mous. Je ne voyais rien de ce qu'il se passait à l'extérieur. J'ai été secoué longtemps, puis j'ai eu l'impression qu'on me montait, qu'on me déplaçait et qu'on redescendait mon lieu de réclusion.

Tout à coup une odeur m'a surpris. Comme des relents de parfums doucereux. Elle imprégnait les murs. Cette odeur, crois-moi, je ne l'oublierai jamais.

Et puis ma prison ronde et sans fenêtre s'est immobilisée. Plus rien ne bougeait. J'ai attendu. À l'extérieur il se passait des choses. Tout d'abord il faisait chaud. Puis des échos, des résonances me sont parvenus, comme si une foule de gens s'agitait. Je ne sais plus ce qui dominait en moi, de ma curiosité ou de ma panique. Je me demandais ce qu'il pouvait bien se passer dehors, et en même temps je redoutais de le savoir.

Très vite, d'autres bruits ont éclaté : une musique. Des claquements. Des voix.

Et moi j'étais aplati comme une crêpe. Le cou tordu, les ongles tassés sous le ventre. Le plafond m'écrasait toujours et j'avais à peine assez d'air pour respirer. Pourtant la curiosité prenait le dessus. J'en oubliais ma peur.

J'attendais. J'écoutais.

Interminable instant de solitude et d'inconfort.

Soudain j'ai reconnu sa voix.

L'homme au smoking parlait, et à intervalles réguliers des applaudissements couvraient ses paroles.

Et puis ma prison s'est retournée d'un coup, oui, tu as bien compris : retournée ! Le plafond s'est transformé en plancher et vice versa. J'ai eu envie de vomir, mais je me suis retenu. Là, j'ai encore attendu, je sentais qu'une sorte d'excitation avait gagné l'homme. Et le plafond de ma prison s'est soulevé d'un coup. La main à la chevalière m'a attrapé et m'a hissé très haut.

J'ai battu des paupières, j'avais le vertige, tu penses. Mais je n'en revenais pas du spectacle qui s'offrait à mes yeux. Devant moi des centaines de gens étaient assis. Et tous me regardaient et applaudissaient, probablement pour me féliciter de ma résistance et de ma patience, pour avoir attendu si longtemps dans un lieu aussi exigu.

C'était assourdissant.

Mon imprésario me tenait toujours et me gardait en suspension au-dessus de lui.

J'ai pédalé un peu, pour me dégourdir, par pur réflexe.

Passé la première douleur au niveau du cou et des oreilles, j'ai éprouvé un sentiment étrange et nouveau.

Les gens m'accueillaient comme si j'étais l'individu le plus beau et le plus important qu'ils aient jamais contemplé.

Ils me fixaient et leurs yeux brillaient de plaisir.

J'ai eu un doute, mais ce n'était pas l'homme au smoking noir qu'ils applaudissaient, c'était bien moi, c'était moi qu'ils découvraient et c'était moi qui les émerveillais.

Du coup, tous les inconforts et les humiliations se sont effacés de ma mémoire.

Tout confirmait ma première impression, c'était bien un imprésario de stars, il savait vraiment mettre en valeur les artistes dont il avait la carrière en charge. Un imprésario qui sait vous hisser dans la lumière des projecteurs afin que le public émerveillé puisse vous admirer.

Et puis il m'a remis dans une prison plus spacieuse, avec un grillage qui laissait passer l'air, et nous sommes rentrés. Il m'a aussitôt donné à manger, en me disant des choses dans son langage. Des choses gentilles, comme des encouragements ou des félicitations.

Je crois que lui non plus ne s'attendait pas à ce que je plaise autant.

Ce rituel étrange s'est reproduit le lendemain. Et encore et encore. Toujours le soir. L'homme au smoking noir m'attrapait, me déposait dans la prison ronde aux murs opaques à l'odeur doucereuse. Je restais écrasé à attendre, sans voir ce qui se passait à l'extérieur, et puis soudain je jaillissais dans la lumière, le vacarme et les applaudissements déchaînés. Tous les jours. Une gloire incompréhensible. Pour moi tout seul. Rien que pour moi.

Parfois la salle était plus vaste. Et le public plus nombreux.

Tu sais, sans vouloir me vanter, je crois que pour des raisons mystérieuses l'homme au smoking a fait de moi une… star de tout premier plan.

Peut-être même une star internationale.

Évidemment, au niveau des oreilles ça faisait mal. Une douleur qui continuait à me tarauder pendant longtemps.

Parce que, je ne te l'ai pas dit, mais au lieu de me prendre sous les aisselles ou de m'asseoir sur ses mains, l'homme au smoking avait la curieuse habitude de me soulever par les oreilles.

J'ai d'abord pensé que cet homme était complètement fou. Mais le public ne semblait pas surpris. Et le plaisir d'être applaudi, admiré et même aimé à ce point, je dis bien aimé, laisse-moi te dire, compense bien des petites misères. Si tu les avais vus ! Ils se levaient et poussaient des cris de joie ! De joie, tu m'entends !... rien qu'en me voyant. Te dire l'effet que je leur produisais !

C'est vrai, il m'est arrivé d'attendre parfois plusieurs heures, compressé dans ma prison. Mais chaque fois les applaudissements étaient au rendez-vous. Et l'instant magique où je me sentais admiré me faisait oublier le côté intrigant de cette situation qui, tu le reconnaîtras, n'était pas banale. J'étais au paradis.

Côté nourriture, ça n'a pas cessé de s'améliorer. Côté confort, j'avais fini par trouver une position qui me permettait de supporter l'écrasement prolongé sans trop de courbatures. Finalement, on s'habitue à tout.

Ce cérémonial énigmatique s'est reproduit pendant des années.

Je crois que même mon squelette avait fini par s'adapter. J'avais acquis une sorte de souplesse pour cet exercice quotidien dont je n'étais pas peu fier.

Mais un problème est survenu.

Mon imprésario buvait de plus en plus. Un soir, alors qu'il me tenait par les oreilles, il a mal assuré sa prise et j'ai glissé.

Je suis tombé. Je me suis rattrapé de justesse après avoir effectué un petit saut carpé. La foule, un instant méduseée, s'est mise à siffler.

J'ai songé à m'enfuir, et puis non j'ai préféré attendre. L'homme au smoking noir m'a récupéré, mais il semblait très énervé.

À partir de là, il s'est mis à boire et à trembler toujours plus, et de moins en moins de gens venaient m'applaudir dans les salles.

Et puis un jour, est arrivé ce que je redoutais. Il a renoncé.

Je ne connaîtrai plus jamais cette gloire incompréhensible qui m'a un temps plongé dans la lumière aveuglante des projecteurs.

J'ai vieilli moi aussi.

Je tremble parfois. Mes os sont devenus moins souples, j'ai même pris un peu de poids.

Mon imprésario a voulu se « débarrasser » de moi.

Un autre type, un très gros, avec un tablier blanc maculé de taches rouges, probablement un producteur indépendant, est venu, et ils ont parlé en me regardant. Je savais que ma carrière allait prendre un virage.

Mais ma curiosité, si longtemps affûtée, avait surdé-veloppé mes sens. J'ai eu un mauvais pressentiment, la sensation qu'étaient finies non seulement ma carrière, mais également ma vie. J'ai voulu comprendre le sens de mon aventure si exceptionnelle dans le monde du show-business.

Pourquoi m'enfermer dans une prison ronde qui sentait le parfum ? Pourquoi me compresser ? Pourquoi me soulever par les oreilles et m'exhiber à tous ces gens qui applaudissaient ? Pourquoi ?

Je crois que la fonction crée l'organe, et mon envie de savoir a décuplé la capacité de compréhension de mon cerveau.

Profitant des dernières secondes juste avant de passer des mains de l'homme au smoking à celles de l'homme au tablier blanc, j'ai surdéveloppé ma vue, mon ouïe, mon odorat.

Il fallait que je comprenne à la fois la raison de ma gloire et celle qui ferait ma déchéance.

Je peux te dire, ami, que j'ai dû me livrer à des efforts cérébraux considérables pour me hisser à un niveau de conscience que tu ne peux toi-même imaginer. J'ai aperçu de loin une affiche colorée. On y voyait l'homme au smoking noir qui tenait quelqu'un comme moi par les oreilles au-dessus d'un chapeau haut de forme en feutre noir.

Maintenant je sais. Figure-toi que je faisais partie d'un spectacle de « prestidigitation », et l'homme au smoking noir n'était pas un imprésario mais un « magicien ». Le tour consistait à me faire surgir par surprise de son chapeau haut de forme. Comme personne ne savait que j'étais là, ils avaient l'impression que je surgissais du néant et ils pensaient donc que j'avais le pouvoir d'apparaître et de disparaître à volonté.

Un tour de magie !

Ce qu'on peut être naïf quand on est jeune et qu'on met les pieds dans le dur métier du showbiz international.

Crois-moi, ami, le choc de cette révélation fut violent autant pour mon ego que pour mon amour-propre. Ce n'était pas moi la vedette, c'était lui ! Je n'étais qu'un « faire-valoir », au même titre que son chapeau et son smoking.

Je n'étais qu'une péripétie de « son » spectacle de magie.

Cependant, passé ma première vexation, je me souvins que, au-delà de tout, ils ont été des milliers, que dis-je des dizaines, des centaines de milliers à me contempler, à m'admirer, à m'applaudir. Et c'était moi qu'ils applaudissaient, pas son chapeau.

Ils m'ont ovationné, et ils m'ont à leur manière réellement aimé.

Tout le reste n'a aucune importance.

Voilà.

Ce bon temps est maintenant révolu. Je sais ce qui m'attend. Le gros homme au tablier taché de rouge me regarde, lui, d'une manière très différente.

Je crains que ce ne soit ni un imprésario, ni un producteur, ni même un prestidigitateur.

Pire : il a l'air d'ignorer complètement les aléas de ma carrière ou le simple fait que je sois une star internationale. Il me regarde comme un simple « intermittent du spectacle » !

Peut-être même… Tu veux que je te dise ? Je crois qu'il me regarde comme un « tas de viande ».

Non, ne ris pas, avec ma conscience aiguë, je sens son intention profonde à mon égard. Tu te rappelles ? Tu disais, quand nous vivions ensemble à la campagne : « De toute façon nous serons tous sacrifiés, et le plus tôt sera le mieux, ainsi nos souffrances seront abrégées. »

Bon, j'en ai pris mon parti. Plutôt que de craindre le futur je vis dans la nostalgie de ce passé exceptionnel.

C'était cela que je voulais te raconter par l'entremise de ce moustique qui, je le sais, va venir te rejoindre pour te transmettre mon message.

D'ailleurs, à entendre le dernier que tu m'as envoyé, pour toi la vie n'est pas désagréable non plus puisque, si j'ai bien compris, dans le nouveau clapier moderne tu officies comme « géniteur officiel » auprès d'une cinquantaine de femelles. C'est moins prestigieux, certes, mais au moins tu dois faire des « rencontres sentimentales » de qualité.

J'espère de tout mon cœur que toi aussi tu connaîtras un jour la gloire dont j'ai été gratifié par le destin.

Je crois que nous avons tous droit à notre petit quart d'heure de célébrité.

Enfin, il me semble que c'est ce qu'on peut souhaiter de mieux dans une existence :

La Gloire…

Sinon, à quoi sert de vivre ?

9. Le Maître de Cinéma

(FUTUR POSSIBLE)

« *Plus jamais ça.* »

Après la Troisième Guerre mondiale, les chefs d'État se réunirent d'urgence et lancèrent ce mot d'ordre simple.

Le conflit avait été particulièrement destructeur. La planète totalement ravagée.

Brumes et vapeurs.

Cinq milliards de morts. Deux milliards de survivants. Ce qu'il restait d'hôpitaux regorgeait de blessés et de malades.

Moscou, Pékin, Paris, Londres, New York, Tokyo, New Delhi, Pyonj Yang, Téhéran, Rio de Janeiro, Los Angeles, Marseille, Rome, Madrid. Les grandes mégapoles n'existaient plus.

À leur place, des champs de ruines irradiées. L'eau potable était rationnée. Des territoires immenses étaient interdits aux humains, tant l'air y était devenu irrespirable. Des ombres rampaient dans les gravats, hommes ou rats, l'un cherchant à dévorer l'autre.

« *Plus jamais ça.* »

Charniers et incendies.

Buildings éventrés exhibant leurs armatures de métal comme des squelettes.

Bétons calcinés rapidement recouverts de moisissures.

Métal tordu dévoré de rouille.

Routes éventrées trouées de flaques nauséabondes.

Escadrilles de mouches dansant et sifflant leur victoire finale.

Il avait été nécessaire d'aller au bout des erreurs pour comprendre que c'étaient des... erreurs.

Il avait fallu aller au bout de la haine pour comprendre qu'elle n'aboutissait qu'à l'autodestruction de l'espèce.

« Plus jamais ça »...

Les dirigeants des grandes nations se regroupèrent dans un profond bunker et commencèrent enfin à réfléchir à des mesures d'urgence pour la sauvegarde générale de l'humanité.

Ils avaient fini par comprendre que les demi-mesures, les compromis, le souci de l'électorat n'étaient plus de mise. Pour préserver ce qu'il restait de l'espèce humaine, il fallait désormais imposer l'entente mutuelle.

Comme le nationalisme et l'intégrisme avaient été à l'origine de la Troisième Guerre mondiale, les chefs d'État décidèrent des mesures draconiennes.

La fin des religions fut le premier principe de l'Accord précisément baptisé : *« Plus Jamais Ça. »*

Le second principe fut tout aussi radical : la fin des nations.

Selon les signataires de l'Accord, sans foi et sans frontières, les humains du monde n'auraient plus de raisons de s'entre-déchirer. Plus de territoires à voler ou à récupérer, plus d'infidèles à convertir de force.

Mais un des chefs d'État, un grand blond barbu, aux allures de viking, répondant au nom d'Olaf Gustavson, signala que le nationalisme et la religion, comme les mauvaises herbes, finiraient toujours par repousser, du fait de l'amnésie cyclique de l'humanité. Viendrait toujours un moment où les nouvelles générations, ignorantes ou ayant tout oublié des causes de la catastrophe, finiraient par vouloir à leur tour goûter aux « joies » de la guerre et au plaisir de massacrer son voisin.

– Les jeunes générations, expliqua-t-il, ont une mémoire sélective. Elles se souviennent des grands enjeux du pouvoir mais oublient le prix à payer. C'est hormonal, c'est la testostérone.

Il rappela qu'après la Première Guerre mondiale, puis la Seconde on avait déjà dit « *Plus jamais ça* » et pourtant « ça » était revenu… jusqu'à ce que, de nouveau, on se souvienne que les mêmes causes engendrent les mêmes effets.

– À chaque génération, c'est pire, affirma-t-il. On entre dans une surenchère permanente de destruction. Comme un retour de balancier.

Les chefs d'État réunis dans le bunker cherchèrent donc comment éradiquer une fois pour toutes le mal. Ils finirent par convenir qu'il fallait « sectionner » plus profondément.

Un autre dirigeant, Paul Charabouska, un petit homme brun et frisé, lança une idée. À son avis il fallait supprimer le terreau même du nationalisme, du fanatisme et de l'intégrisme, à savoir… l'enseignement même de l'Histoire.

L'idée parut tout d'abord totalement saugrenue aux participants de la réunion au sommet. Gommer la mémoire pour ne pas répéter les erreurs semblait un véritable contresens.

Pourtant…

– L'Histoire, telle qu'elle est étudiée dans les écoles, développa-t-il, transporte essentiellement la valorisation des victoires, donc des guerres, des massacres et leurs listes de martyrs, de vengeances nécessaires, de représailles logiques, de rancœurs entre peuples, de trahisons entre alliés, d'enjeux territoriaux mesquins, de traités non respectés, de rivalités de princes, de rois abusifs, et au final une glorification des atrocités qui parlent d'héroïsme, et dont on se transmet les noms et les dates de génération en génération.

L'enseignement de l'Histoire n'était pas l'enseignement de l'amour, mais la glorification des nationalismes.

Vue sous cet angle, l'idée paraissait soudain faire sens.

Ainsi fut voté à l'unanimité par l'assemblée des dirigeants du monde réunis dans le bunker souterrain, le troisième principe de stabilisation du futur : « l'arrêt de l'enseignement du passé ».

À l'issue de ces décisions, les membres de l'assemblée de survie éprouvèrent un sentiment étrange et grisant, celui de bâtir une société neuve sur des bases complètement « propres ».

Et ils en ressentirent une émotion toute de fraîcheur et de virginité.

« Du passé faisons table rase », avait clamé l'un des membres de l'assemblée, en référence à un texte ancien dont il avait oublié l'origine.

Ils nommèrent la Nation, la Religion, l'Histoire : « Les trois fruits défendus. »

Ils avaient été goûtés, ils avaient empoisonné, ils devaient donc être recrachés et mis hors de portée des enfants. Comme des aliments toxiques.

Les membres de l'assemblée n'étaient pas dupes, ils savaient que ces trois fruits resteraient tentants, mais ils étaient bien déterminés à les tenir sous bonne garde. Restait à découvrir la réaction du public face à ces mesures.

Mais la sauvagerie de la Troisième Guerre mondiale avait été telle, que les trois principes du « *Plus Jamais Ça* » furent facilement acceptés par les deux milliards de survivants.

Les chefs d'État n'ignoraient pas qu'il faudrait deux générations pour éliminer toutes les « mauvaises herbes qui voudraient repousser ». Ils savaient aussi que le seul fait d'interdire générerait la tentation. Cependant, le temps jouait en leur faveur.

Comme le déclara Olaf Gustavson : « Ils finiront par oublier. » Et comme répliqua Paul Charabouska : « Ils finiront par oublier qu'ils doivent oublier. »

Dès que les trois lois d'interdiction furent votées et promulguées, l'assemblée des chefs d'État décida d'appliquer des mesures radicales : transformer les temples en hôpitaux, reconvertir les prêtres en infirmiers, brûler les drapeaux, interdire les hymnes et chants patriotiques, détruire les livres historiques, mais aussi les photos, les documentaires, même les chansons, les contes, les œuvres d'art : sculptures, films, peintures, portant en eux émotions ou traces du passé.

On changea le nom des rues, plus question de conserver ceux des généraux, des maréchaux, des saints. Sur les billets de banque on remplaça les portraits des conquérants ou des héros par de beaux paysages naturels… La Terre avant le désastre. Surtout aucun visage, aucun monument.

Le changement ne se fit pas sans difficultés. Des manifestations éclatèrent, organisées par ceux qu'on appela les « nostalgiques » (le mot devint une insulte), laissant sur place morts et blessés. Mais pour la grande majorité des survivants de la Troisième Guerre mondiale, l'idée était admise, ces tensions n'étaient que les derniers hoquets d'un monde obsolète qu'il fallait oublier. L'assemblée des chefs d'État se rebaptisa elle-même le « Conseil des Sages » (le mot « assemblée » contenait des traces historiques) et parvint à prendre les mesures nécessaires – même les plus coercitives – pour imposer définitivement l'interdiction des trois fruits défendus.

Et c'est ainsi que peu à peu une nouvelle humanité sans souvenirs et sans différenciation des individus vit le jour.

Tout le monde se mit à parler la langue unique. Les mots à caractère « identitaire » ou « historique » avaient disparu du vocabulaire.

Le calendrier, pour ne faire référence à aucune culture, fut remis à zéro.

Le Conseil des Sages gomma également l'expression « Troisième Guerre mondiale », désormais remplacée par l'Apocalypse, afin d'oblitérer du même coup le souvenir des deux autres guerres mondiales qui l'avaient précédée.

Il n'entretint plus d'armée mais une police aussi puissante que présente, chargée d'empêcher la résurgence de tout particularisme.

Dans les écoles on enseignait qu'avant l'an zéro l'humanité vivait dans l'erreur, ce qui l'avait conduite à l'Apocalypse, et avait failli faire disparaître l'espèce humaine tout entière.

Les gens délaissèrent les grandes villes pour rejoindre les villages puis les maisons isolées en rase campagne. Plusieurs siècles après l'exode rural on assistait à l'exode citadin : des grandes cités vers les campagnes et la nature.

La technologie informatique et les liaisons ultrarapides par satellites permettaient à tous de communiquer sur l'ensemble de la planète avec fluidité.

Le désengorgement des villes permit une baisse de la pollution. L'accroissement de l'espace vital de chaque citoyen de la Terre favorisa sa détente, et un ergonomiste en tira une loi dite de « décontraction » : « Pour que les humains n'aient plus envie de se chamailler il suffit de leur donner à chacun un minimum de $50\,m^2$ d'espace vital personnel, et de $500\,m^2$ d'espace de promenade. »

Les scientifiques mirent au point des techniques d'autonomisation des habitations, tant au point de vue énergétique qu'agricole. L'énergie solaire remplaça progressivement le pétrole. De toute façon, les gens n'utilisaient plus les voitures, préférant le vélo ou la marche.

La disparition du passé entraîna de multiples conséquences imprévisibles.

Entre autres la gestion des morts. Imitant en cela certaines cultures amérindiennes, la loi stipula que les morts devaient être enterrés dans des lieux inconnus afin que leurs descendants ne soient pas tentés d'aller prier sur leurs tombes. Ce fut la fin des cimetières.

Cependant la vie au grand air et l'absence de stress ne suffisaient pas à rendre les gens heureux. S'ils n'avaient plus le droit de connaître la Grande Histoire du passé, il leur restait encore le besoin d'entendre des histoires tout court.

Le Conseil des Sages comprit très vite que le besoin de divertissement était une priorité politique.

Ce fut donc le cinéma qui se chargea de combler le grand vide laissé par la disparition des religions, des nationalismes et de l'histoire des ancêtres.

Le cinéma bénéficiait des dernières découvertes technologiques. Chacun pouvait recevoir par internet les nouveaux films diffusés sur l'ensemble de la planète. Le home-cinéma avait beaucoup évolué. Souvent situé dans une pièce spécialement dédiée à cet usage, équipée d'un mur-écran, il bénéficiait d'une définition si fine et d'effets sonores si intenses qu'on pouvait confondre l'illusion et la réalité.

L'Après-Apocalypse n'avait fait que décupler le phénomène cinématographique et son industrie.

C'était comme un rituel. Tous les soirs à 20 h 30, après le dîner dans leur salle à manger, les gens se rendaient en famille dans la « pièce de cinéma ». Ils s'asseyaient côte à côte sur les divans pour regarder et commenter ensemble les dernières nouveautés proposées par les grands studios de production.

Le culte des politiciens ayant disparu, les acteurs devinrent les nouvelles idoles planétaires, supplantant dans les journaux d'actualités les sujets les plus brûlants.

Tout le monde se passionnait pour leur carrière, leur vie privée, leurs aléas sentimentaux.

Ainsi la vie post-apocalyptique s'organisa dans l'amnésie « obligatoire mais nécessaire » et le sacre du Septième Art, considéré comme le lieu privilégié d'expression de l'intelligence, de la beauté, de la créativité.

La compétition entre les grands studios de production devint d'autant plus virulente que le marché était énorme. Les scénaristes testaient de nouvelles manières de raconter, les réalisateurs des effets spéciaux qui cherchaient à tout prix l'originalité, et les acteurs-rois rivalisaient de performances.

De cette foire d'empoigne surgissaient parfois des artistes surdoués que les studios s'arrachaient à des prix vertigineux.

Cependant, si les acteurs préférés du public mondial changeaient chaque année, apparurent peu à peu cinq réalisateurs qui déchaînaient les suffrages quels que soient leurs acteurs.

Tous les cinq avaient élaboré des univers visuels très personnels, facilement reconnaissables. Et parmi eux, un certain David Kubrick finit par susciter un engouement particulier. Son audace et son originalité étaient indéniables. Ses sujets qui au début semblaient ésotériques devinrent cultes. David Kubrick parlait de la violence, de la folie, de la mort, du plaisir des femmes, de la communication des couples, de la peur, de l'envie. Des thèmes dont il parvenait à tirer des situations et des images bouleversantes.

N'importe quel scénario entre ses mains devenait subtil à plusieurs niveaux de compréhension. On pouvait revoir et revoir ses films et leur trouver chaque fois un sens différent.

David Kubrick entretenait un certain mystère autour de son personnage. Il ne voyageait pas, n'acceptait aucune interview, aucune photo.

Ses acteurs le définissaient comme un homme de grand charisme, colérique, parfois tyrannique, mais surtout très exigeant. Ils témoignaient des dizaines de prises nécessaires avant que le Maître ne se déclare satisfait. Nombre d'entre eux avaient été victimes de dépressions durant les tournages. Ceux-là mêmes qui le disaient dur reconnaissaient pourtant son goût de la perfection. À la suite de ces quelques déclarations, David Kubrick interdit à ses acteurs de donner des interviews, expliquant que « le fait qu'ils se révèlent dans la réalité moins intelligents que les personnages qu'ils incarnent peut nuire à la crédibilité du film ». Ce à quoi il ajoutait : « Qu'est-ce qu'on en a à foutre de l'avis d'un acteur sur le film dans lequel il joue ! Autant demander à un soldat d'infanterie ce qu'il pense du déroulement de la guerre, ou à une marionnette ce qu'elle pense du spectacle. »

David Kubrick vivait dans un vieux château qu'il avait restauré. On ne lui connaissait ni femme, ni enfant, ni ami.

Les dernières personnes qui l'entr'aperçurent décrivirent un homme au visage mangé par une barbe. À coup sûr, David Kubrick pouvait se promener dans la foule sans craindre d'être assailli par les paparazzis.

Loin de nuire à sa popularité, son côté autoritaire et secret ne faisait qu'ajouter à sa légende. Bien vite il fut baptisé « Le Maître de Cinéma ». Les journaux spécialisés le vénéraient. Les chroniqueurs le décrivaient en quête du film « absolu ».

David Kubrick créa sa propre major de cinéma, les studios DIK (le I pour son deuxième prénom : Ingmar), sur un terrain de plusieurs centaines d'hectares. Au centre était érigé son château personnel.

Il prit l'habitude d'acheter les acteurs en « exclusivité à vie ». Chaque acteur engagé par lui devait signer un contrat dans lequel il promettait de ne plus jouer pour aucun autre réalisateur. Même si cette mesure leur semblait radicale, les acteurs, rêvant tous de se produire au moins une fois dans un film du Maître, acceptaient sans hésitation.

Bientôt, David Kubrick interdit à ses acteurs de sortir de l'enceinte de ses studios. Pour satisfaire cette exigence drastique, il créa au sein de son territoire un village, dans lequel les acteurs devaient trouver femme et se reproduire, leurs enfants étant éduqués dans ses propres écoles de cinéma. La boucle était bouclée. Tout acteur entrant dans les studios DIK vivait dans les studios DIK, constituait un couple avec une personne des studios DIK, s'y reproduisait et y mourait. Et ses enfants y subissaient un sort similaire.

Certains journalistes s'offusquèrent de cet « élevage humain » que les lois, pourtant, autorisaient. Les films des studios DIK étant de plus en plus populaires, aucun politicien, fût-il membre du Conseil des Sages, ne pensait sérieusement à prendre le risque d'entraver la créativité du Maître.

Le sacrifice des acteurs et de leurs enfants sur l'autel du Septième Art semblait un modeste prix à payer au vu des splendides résultats artistiques obtenus.

Son style fut copié, les quatre autres grands réalisateurs finirent même par reconnaître que David Kubrick les avait tellement devancés qu'il était devenu leur propre phare.

David Kubrick écrivait lui-même ses scénarios, et ne se donnait même plus la peine de se déplacer sur les plateaux.

Il dirigeait tout depuis une salle de contrôle installée dans le plus haut donjon de son château. De là, grâce à un simple micro, il donnait les directives à ses assistants, vérifiait sur ses écrans les cadrages des cameramen, dirigeait à distance le jeu des acteurs. Son premier mot de la journée était toujours : « Silence plateau. » Son dernier mot était : « Coupez ! »

Le tournage achevé, toujours sans quitter son bureau du donjon, il montait les plans sur les bancs numériques installés dans la même pièce, et ajoutait lui-même la bande-son et la musique.

C'est ainsi, au moyen de ses écrans, ses claviers, ses micros et ses caméras dirigées à distance, que David Kubrick parvenait à créer un film sans un seul contact avec son équipe de tournage.

Lorsqu'il reçut l'oscar du meilleur réalisateur et du meilleur film de l'année, il ne se déplaça pas davantage pour recevoir son trophée. Il se contenta d'envoyer un mot expliquant qu'il avait trop de travail pour « perdre son temps dans ce genre de mondanités inutiles ».

Le temps passant, la qualité et l'audace de son œuvre, de l'avis de tous, ne faisaient que croître.

La sortie de chacun des films du « Maître de Cinéma » était un événement attendu sur toute la planète. Plusieurs jours avant, les actualités annonçaient un décompte. Et chaque fois la surprise et l'émerveillement étaient au rendez-vous.

Les critiques les plus en vue s'évertuaient ensuite à analyser l'art du Maître pour en découvrir les sous-entendus, les prolongements, les symboliques cachées.

La planète tout entière pleurait et riait à l'unisson avant d'applaudir à tout rompre. On parlait de « communion de l'humanité par l'image kubrikienne ».

Grâce aux fortunes engrangées par tant de succès, les studios DIK s'agrandirent encore, un laboratoire d'effets spéciaux de nouvelle génération fut construit. Des scientifiques de haut vol vinrent y mettre au point des machines futuristes permettant des innovations visuelles époustouflantes.

On déposa des brevets, afin qu'aucun autre réalisateur ne puisse les copier. Tout ce qui se passait à l'intérieur de l'enceinte des studios DIK restait absolument secret.

Et les années passèrent.

Un jour, une rumeur incroyable fut lancée sur internet : David Kubrick serait mort. Et les films présentés ne seraient qu'une réserve d'œuvres qu'il aurait tournées par avance.

Comme souvent sur la toile, ce qui n'était que simple supposition devint bientôt certitude.

Un communiqué officiel des studios DIK démentit l'information, sans apporter toutefois la preuve de la survie du Maître.

Les portes du château restant fermées à tous, et les films continuant de sortir à un rythme régulier, la rumeur finit par se dégonfler aussi vite qu'elle était apparue. Quelques personnes pensaient pourtant que si David Kubrick avait préparé des films à l'avance pour donner le change, il devait en avoir tourné beaucoup.

Dans les bureaux d'un grand journal de cinéma, le rédacteur en chef, Jack Cummings, était lui aussi persuadé que David Kubrick était mort, et qu'il avait mis au point un système, probablement informatique, capable de perpétuer son activité artistique.

Il imaginait qu'un « réalisateur-robot » équipé d'intelligence artificielle avait pris le relais du réalisateur humain. Vu le nombre de scientifiques de haut niveau qui avaient effectué un séjour aux studios DIK, l'hypothèse paraissait vraisemblable.

Jack Cummings voulut en avoir le cœur net. Il décida d'envoyer sur place l'une de ses meilleures journalistes, Victoria Peel, pour tenter de pénétrer dans les studios et rencontrer le Maître.

Son choix n'était pas anodin. Victoria Peel avait été une réalisatrice de cinéma prometteuse, tournant des films avant-gardistes remarqués. Elle avait stoppé net sa carrière, fascinée par un film de David Kubrick qu'elle jugeait inégalable.

« Je me sens comme un moineau qui voudrait imiter le vol d'un albatros », avait-elle déclaré à l'époque avant de renoncer à créer et de ranger sa caméra.

Elle s'était dès lors recyclée dans la critique, et devint la meilleure spécialiste, au sein du journal, de l'œuvre de David Kubrick. De plus, ce qui ne gâchait rien, elle était très sportive, avait longuement pratiqué l'acrobatie, ce qui pouvait se révéler utile pour pénétrer dans les enceintes protégées des studios DIK.

Le rédacteur en chef espérait qu'en la voyant David Kubrick tomberait sous le charme. Et même si certaines mauvaises langues prétendaient que le Maître de Cinéma était asexué, sa réaction face à Victoria Peel apporterait à coup sûr une information intéressante. Si toutefois il vivait encore.

Éclairée par une pleine lune argentée, l'intrépide reporter en justaucorps noir examina l'enceinte de l'extérieur.

Le mur circulaire, qui avoisinait les cinq mètres de hauteur, était couronné de tessons de verre, puis surmonté par trois lignes barbelées électrifiées. Des caméras de détection placées tous les vingt mètres balayaient mécaniquement le pied du mur éclairé par des projecteurs électriques.

Des panneaux « STUDIOS DIK DÉFENSE ABSOLUE D'ENTRER » frappés d'une tête de mort complétaient l'effet dissuasif.

Victoria Peel dégagea son sac à dos.

Elle repéra les fils électriques alimentant les caméras, sortit une arbalète et des flèches terminées par des plaques coupantes. Elle visa et appuya sur la détente. Ses tirs précis tranchèrent les fils des caméras de surveillance. Elle opéra de même pour ceux qui alimentaient les barbelés électrifiés.

Elle enfila des chaussons de sport à haute capacité d'adhérence, et enduisit ses mains de talc. Elle arma son arbalète d'une flèche coiffée d'un grappin qu'elle éjecta au sommet du mur.

Il trouva une prise solide. Ne restait plus qu'à grimper.

Arrivée au sommet, elle utilisa la crosse de son arbalète pour ôter les tessons de verre, et s'installa à califourchon. Deux autres murs de protection se faisaient face, en parallèle.

Elle lança le grappin pour franchir les deux obstacles. Du haut du dernier mur elle put enfin scruter l'intérieur des studios.

Elle repéra des chiens qui, en reniflant bruyamment, commençaient à trotter dans sa direction.

Victoria Peel avait prévu cette éventualité. Elle sortit de son sac de la viande enduite d'un soporifique et les lança à la meute qui hurlait maintenant au bas du mur.

Les chiens se précipitèrent et dévorèrent la chair imbibée. Leurs aboiements cessèrent et, au bout de quelques minutes, ils tombèrent inanimés, l'un après l'autre.

Elle examina les alentours.

Contact des chaussons avec l'herbe. Elle prit une grande inspiration. Elle était désormais dans la place. Elle se repéra avec une lampe de poche et une boussole sur un plan satellite fourni par son journal, puis avança à pas de chat.

Derrière une première rangée d'arbres, elle aperçut de grands hangars.

Son rossignol entra en action. Très vite la serrure obéit.

Elle éclaira l'intérieur du bâtiment avec sa lampe-torche. C'était un studio. Caméras, décors, costumes, tout était en place, mais recouvert d'une épaisse couche de poussière. Comme s'ils avaient été abandonnés depuis des décennies.

Elle sortit son appareil photo et commença à prendre des clichés. Puis elle quitta ce premier édifice, et en visita trois autres, encore des studios, tout aussi déserts et poussiéreux.

Victoria Peel, un peu étonnée, décida d'aller vers l'école des acteurs qu'elle avait repérée sur le plan satellite. Là encore le bâtiment était vide de toute présence humaine. Dans les salles de classe, on distinguait des chaises, des bureaux recouverts de la même couche de poussière.

La journaliste se dirigea ensuite vers le village censé héberger les familles d'acteurs et de techniciens des studios DIK. Des habitations aux meubles intacts, mais tout aussi abandonnées.

Elle passa un doigt sur une table, et une mousse grise s'aggloméra sur sa peau, comme de la neige sombre.

On aurait pu croire qu'une maladie fulgurante avait ravagé l'endroit et désintégré d'un coup tous ceux qui y habitaient. Elle eut une sensation de vertige. La veille encore elle avait visionné le dernier film fraîchement sorti des studios DIK… Comment pouvait-on produire des films dans ces studios fantômes ?

Elle partit à la recherche du château du Maître.

Après avoir traversé longtemps les immenses parcs qui avaient servi de décors aux films les plus anciens, elle distingua soudain, sur une proéminence rocheuse, la demeure de Kubrick.

Une reproduction de château de conte de fées.

Le large donjon central surplombait l'ensemble de l'édifice.

Une lumière brillait à la plus haute fenêtre.

Victoria Peel eut un frisson d'excitation.

Après une hésitation, comme si elle craignait de commettre un sacrilège, elle se décida à lancer son grappin pour franchir le muret qui protégeait le château. Elle passa ensuite le large fossé rempli d'eau froide, de grenouilles et de nénuphars.

Elle se tenait enfin face au mur du château.

Elle l'escalada pour rejoindre la première fenêtre. Là, à l'aide d'un diamant, elle découpa un cercle de verre, passa la main et actionna la poignée. Le battant s'ouvrit sans un soupir.

Enfin elle était à l'intérieur.

Dans le faisceau de sa lampe-torche, se révéla un décor insolite.

Elle trouva l'escalier en colimaçon qui menait au sommet du donjon.

Elle gravit les marches.

L'émotion la faisait trembler, mais la conscience de l'importance de sa mission lui donna la force d'arriver jusqu'à un portail de chêne à armature de cuivre.

Elle le poussa, et ce qu'elle vit la fit reculer de surprise.

Sur cinq écrans géants s'affichait… son propre visage.

Face à elle, une main décharnée aux ongles interminables dépassait de l'accoudoir d'un fauteuil en cuir bleu.

– Je vous attendais, mademoiselle Peel, prononça une voix chevrotante.

Entre le siège et les écrans, plusieurs consoles de montage, des claviers, des écrans plus petits, des ordinateurs portables branchés en réseau.

– Approchez, reprit la voix.

Elle fit quelques pas, le fauteuil en cuir bleu tournoya et enfin elle le vit.

– Je savais que je ne pourrais éternellement garder mon secret, soupira David Kubrick.

L'homme était malingre, sa barbe grisonnante et ses longs cheveux blancs balayaient sa poitrine et ses épaules. Son visage raviné était jaune. Sa bouche tremblait d'un tic nerveux. Des gouttes de sueur perlaient à son front. Il semblait épuisé.

Son fauteuil était pourvu de gros coussins sur les accoudoirs et de tablettes garnies de nourriture et de boissons.

Le maître des lieux examina longuement sa visiteuse, comme s'il observait une œuvre d'art. Il fit un geste vague pour désigner la fenêtre qui surplombait les studios.

– Il y a eu jadis beaucoup de gens ici. Des foules entières. Mais progressivement je me suis autoréduit à l'indispensable jusqu'à m'apercevoir que… (il eut un sourire désabusé) personne n'était réellement indispensable.

Victoria Peel fut soudain prise d'un immense sentiment de pitié envers cet homme.

– Si vous êtes ici c'est que vous êtes curieuse. J'aime les gens curieux. Pour moi c'est la première qualité d'un humain éveillé : s'intéresser à ce qui est en avance sur son époque. Et puis vouloir connaître ce qui est caché.

Elle ne savait plus que faire. Il lui sembla soudain avoir pénétré dans un sanctuaire sacré. Elle sentait confusément qu'il y aurait un prix terrible à payer pour cette transgression.

– Je regrette de vous avoir dérangé, murmura-t-elle.

Il haussa les épaules, puis se rejeta en arrière.

– Nous passons les deux tiers de notre temps de vie en moyenne dans des mondes imaginaires. Entre le cinéma, les livres, la télévision, les jeux informatiques, les rêves... il nous reste pour le réel tout au plus quelques heures par jour.

Il se lissa la barbe.

– Pour vous, je dois d'ailleurs être un personnage imaginaire qui vient de basculer dans le réel, n'est-ce pas ?

Elle ne répondit pas. Il eut un geste désinvolte.

– Je pense que vous êtes venue pour connaître le « Grand Secret du Mystère du Maître de Cinéma ».

Un large sourire accompagnait sa grandiloquence.

– Vous voulez savoir, eh bien vous allez savoir, mais... (il essuya son front luisant) je ne suis pas sûr que cela vous plaise.

Il lui tendit un verre empli d'une boisson gris clair, à l'odeur d'amande.

– Du lait d'ânesse. Je ne bois que ça.

Elle goûta, trouva cela infect, mais afficha un air ravi.

– Pour que vous compreniez, il faut tout d'abord savoir que mon nom n'est pas anodin. Kubrick. Est-ce que cela vous dit quelque chose ?

Victoria Peel fit un signe de dénégation.

– Je suis l'arrière-arrière-petit-neveu d'un très grand cinéaste d'avant l'Apocalypse. Il se nommait Stanley, Stanley Kubrick.

À nouveau elle marqua son ignorance.

– Quand j'ai découvert son existence par hasard, au fond d'une caisse de photos et d'articles dans le grenier de mon propre grand-père, j'étais âgé de 11 ans, je me suis senti investi d'une mission : connaître et prolonger son œuvre.

Il lui désigna un siège voisin et elle s'assit en tailleur.

– J'ai donc demandé à mes parents de m'offrir une petite caméra vidéo et j'ai commencé à filmer. Je filmais tout : les animaux du jardin, les nuages, les feuilles, les limaces, les fourmis, ma famille, des jouets que je faisais parler en voix off, les gens qui passaient dans la rue. Je filmais des batailles navales dans ma baignoire. Je filmais des tremblements de terre au ras du sol avec des jouets. Je me filmais moi-même en train de faire le pitre. Ensuite j'ai suivi les cours d'une école de cinéma et j'ai appris de manière plus académique le métier de réalisateur. Plus tard, devenu adulte, j'ai lancé des détectives privés sur les traces des documents concernant mon illustre ancêtre.

Il appuya sur un bouton.

– Je vous présente Stanley Kubrick…

Victoria Peel découvrit le visage d'un homme barbu, aux longs cheveux noirs, le nez surmonté de lunettes, assez ressemblant à son descendant aux cheveux blancs, si ce n'était que ses joues étaient plus rondes et ses traits plus épais.

Le Maître de Cinéma esquissa un salut respectueux au portrait qui s'affichait, comme s'il était vivant.

– Il est beau, non ? Vous avez vu la profondeur de ce regard ? C'était un pionnier, un visionnaire, un inventeur. Assurément un homme en avance sur son époque. Dans un premier temps j'ai essayé de le comprendre. Un de mes détectives a fini par trouver cela.

David Kubrick déclencha une commande et un lever de soleil apparut sur l'écran central de la pièce.

– Ce film s'intitule *2001 : l'Odyssée de l'espace*. Je l'ai vu 144 fois. La première je n'ai rien compris et je me suis endormi. La seconde et la troisième aussi. À la quatrième j'ai commencé à saisir un sens. À la cinquième cela a été la révélation. Ce film est plus qu'un simple divertissement. Bien plus que ça. Il raconte toute l'évolution de l'espèce humaine et son avenir… dans l'espace.

David Kubrick effleura quelques boutons de sa télécommande.

Le film débuta et Victoria Peel regarda défiler les images avec curiosité. La qualité visuelle était très grossière et les effets spéciaux (des dessins peints sur du verre) à la limite du ridicule, mais il émanait de certaines scènes une magie étrange, à laquelle elle n'était pas insensible.

– En fait, sans le savoir, avec *2001 : l'Odyssée de l'espace*, mon ancêtre a fait bien plus que créer une

simple œuvre cinématographique, il a émis une prophétie. Il suggère par ses images une nouvelle spiritualité où l'homme est affranchi de sa peur maladive de la
mort. Il a vaincu les machines, et se tourne vers
d'autres horizons… au milieu des étoiles pour renaître
autrement.

Victoria Peel, à cette seconde, pensa que le Maître
de Cinéma n'était qu'un délinquant bravant les interdits concernant les fossiles pré-apocalyptiques. Un
« nostalgique » ! Rien que pour posséder un objet
aussi tabou que ce vieux film, David Kubrick risquait
si elle le dénonçait plusieurs années de prison.

L'homme semblait pourtant peu inquiet de ce
qu'impliquaient ses révélations.

Elle se dit que c'était peut-être bien plus grave
qu'elle ne l'avait cru tout d'abord. Après tout il ne lui
avait pas expliqué comment il avait rendu ce lieu
désert… Il avait peut-être assassiné tous ses employés.
Peut-être se tenait-elle près d'un génie qui avait basculé dans la folie destructrice.

– *2001* à sa sortie n'a pas reçu l'accueil escompté
par mon arrière-arrière-grand-oncle. Ironie du sort :
alors que les critiques l'ont tous méprisé, il a été sauvé
par les drogués qui s'asseyaient au premier rang pour
se gorger du passage de la plongée dans l'espace avec
la musique de Ligeti qui l'accompagne. C'était pour
eux un « trip ».

David Kubrick eut à nouveau son sourire gêné, puis
il accéléra le film jusqu'au passage évoqué, et son
regard s'éclaira.

– Mon arrière-arrière-grand-oncle a tourné d'autres
films, aucun n'a connu un grand succès, mais il est

devenu un auteur culte parmi les réalisateurs de son époque. Tous avaient inconsciemment perçu la dimension hautement avant-gardiste de son œuvre.

David Kubrick manipula sa télécommande et revint au début du film.

Victoria observa le singe qui lançait l'os, et ce dernier se transforma en vaisseau spatial.

– Ce plan constitue la plus grande ellipse de l'histoire du cinéma. En un seul plan on passe de l'homme des cavernes à l'astronaute. J'ai retrouvé par la suite tous ses autres films. *Barry Lyndon*, *Orange mécanique*, *Shining*, *Docteur Folamour*, *Full metal jacket*…

Il sourit avec émotion.

– Et vous savez quels sont les derniers mots de la dernière scène de son dernier film qui clôt l'ensemble de son œuvre ?

– Non.

Il ferma les yeux pour mieux se remémorer la phrase exacte.

– C'est dans *Eyes Wide Shut*. Le personnage, Alice Harford, dit : « *I do love you and you know there is something very important we need to do as soon as possible.* » Le Dr Bill Harford répond : « *What's that ?* » et Alice répond : « *Fuck.* »

Il l'observa avec curiosité pour voir si elle saisissait la portée de la phrase. Elle se sentait face à un examen. Rapidement elle suggéra :

– Cela peut vouloir dire deux choses…

– En effet.

– Au sens littéral « *fuck* » c'est baiser. Mais en argot cela veut dire aussi « aller se faire foutre ».

– Bravo. Quelle ironie n'est-ce pas ? Au final de sa prophétie il s'en tire avec une double ellipse. « Allez vous faire voir » ou « faites l'amour ».

Il tendit le bras.

– Donnez-moi la main, mademoiselle.

Elle l'aida à se lever. Et elle sentit aussitôt une immense énergie électrique émaner du vieil homme à travers l'épiderme de sa main moite.

– Mon arrière-arrière-grand-oncle me montrait la voie. Pouvais-je être sourd à son héritage spirituel ? Éclairé par son esprit j'ai à mon tour œuvré. Pour copier, égaler et même tenter de le surpasser. Maintenant suivez-moi.

Il effectua quelques pas. Elle se demandait pourquoi il avait autant de difficulté à se mouvoir, mais voyant les coussins accumulés dans son fauteuil, elle comprit que le Maître ne se déplaçait pratiquement jamais. Il travaillait et dormait dans son fauteuil pour rentabiliser probablement chaque seconde. Elle distingua même un trou sous le siège, relié à un système de chasse d'eau. Pour gagner quelques secondes le Maître de Cinéma ne se levait même plus pour aller aux toilettes. Il avait aménagé ce fauteuil avec système d'évacuation de ses déchets organiques.

Sa main tremblait, il la saisit avec son autre main.

– Je suis insomniaque… je dois dormir tout au plus une heure par nuit. Ça permet de disposer de plus de temps pour travailler. Ce fauteuil est mon cocon. Le seul problème est que, bougeant peu, je finis par m'ankyloser et avoir des escarres.

Il saisit une canne pour s'aider à marcher. À petits pas ils traversèrent la pièce circulaire pour rejoindre l'escalier du donjon.

David Kubrick actionna une manette qui abaissa le pont-levis au-dessus du fossé, et entraîna Victoria Peel hors du château.

– Avouez-le. Vous pensiez que j'étais mort, n'est-ce pas ?

– Je voulais vérifier ce que prétendait la rumeur sur internet, répondit-elle.

– Je ne suis pas mort, mais… je vais bientôt mourir.

Il déclencha un système d'allumage et partout des réverbères éclairèrent les décors extérieurs. Elle put ainsi distinguer un lac, des jardins, des rails, des petits monuments imitant la pierre.

Ils marchèrent longtemps dans les vastes avenues des studios DIK.

Le vieux réalisateur repéra les chiens endormis et la regarda avec étonnement, puis il haussa les épaules, comme pour montrer que cela n'avait pas de réelle importance.

– Par là, insista-t-il en désignant une petite colline, surmontée d'une bâtisse ronde.

Elle le soutint alors qu'il trébuchait.

– J'aime le cinéma, mademoiselle. J'aime vraiment beaucoup le cinéma. Le mot passion est faible. Je suis obnubilé par le concept du film parfait. Pour comprendre ce que vous allez voir, n'oubliez jamais que je recherche la perfection dans mon art. Et que cela est bien plus important que ma propre vie…

Il ralentit, demandant à la jeune femme un petit répit pour reprendre son souffle, afin de pouvoir gravir la colline.

– Ce que j'aime par-dessus tout, dans vos films, s'aventura enfin Victoria Peel, c'est que je suis chaque fois emportée par les émotions des personnages. Je vis avec eux. C'est… fantastique. Je pleure et je ris aux endroits que vous avez probablement prévus. Je suis estomaquée par votre virtuosité…, Maître. Je peux vous appeler Maître ?

Il hocha la tête, indifférent.

– Chaque fois, on se dit que ce ne sont pas des acteurs mais de vrais gens qui vivent et parlent devant nous. On n'arrive pas à imaginer comment ils pourraient être autre chose que leur personnage. Comment réussissez-vous à obtenir autant de sincérité de vos acteurs ? Quelle est votre technique de direction de jeu ?

Victoria Peel reconnut une lueur d'amusement sur le visage du Maître, qui se déplaçait de plus en plus vite en direction de la colline. Comme si son corps se débloquait.

Elle sortit son ordinateur portable et l'enclencha en mode enregistrement.

– Je peux ?

– Non. Prenez plutôt des notes par écrit. Tenez.

Il chercha dans sa poche et lui tendit un carnet et un stylo. Étonnée, elle saisit les objets antiques.

– Les acteurs sont tous des crétins. Ils sont narcissiques, stupides, incultes. Pour moi le choix du métier d'acteur est déjà une forme de pathologie. Cela signifie qu'ils ont un besoin anormal de reconnaissance et d'amour. Ce n'est pas à moi de les leur fournir. Ils sont exhibitionnistes et manipulateurs. Je méprise les acteurs. C'est seulement lorsqu'ils souffrent qu'ils me semblent parfois un peu touchants. Mais même alors, la plupart sont simplement ridicules. Je vous ai dit que je recherchais la perfection sans la moindre concession à la médiocrité. Les acteurs sont le point faible du système. Ils se croient importants parce que les médias les gonflent comme des baudruches. En plus beaucoup prennent de la cocaïne ce qui les rend mégalomanes.

– Hum, j'ai aussi été actrice, reconnut Victoria en baissant les yeux.

– Ça ne m'étonne pas, vous êtes belle. Si je vous avais rencontrée plus tôt je vous aurais proposé de jouer pour moi. Remarquez il n'est peut-être pas trop tard. Suivez-moi.

– Je ne suis pas exhibitionniste, et je ne crois pas souffrir d'une « pathologie narcissique ».

– Le fait que vous soyez devenue réalisatrice, puis critique de cinéma, prouve que vous avez su vous… soigner.

Victoria Peel enclencha un magnétophone dissimulé dans sa manche.

– Vous disiez que vous allez bientôt mourir ? rappela-t-elle.

Il secoua la tête.

– En fait je peux même vous dire : je vous attendais pour ça.

– Pour mourir devant moi ?

David Kubrick s'arrêta et lui serra la main très fort. Son regard se fit malicieux. Il compléta en articulant exagérément :

– Non. Pour que vous m'« assassiniez ».

– Pardon ?

– Vous allez me tuer tout à l'heure. C'est pour cela que vous êtes là. C'est moi qui me suis débrouillé pour que vous veniez. C'est moi qui, indirectement, ai inspiré à votre rédacteur en chef, Jack Cummings, de vous choisir pour venir ici. Je vous ai choisie, comme un condamné choisit son bourreau.

Il caressa ses longs cheveux soyeux.

– Splendide bourreau au demeurant. Éros et Thanatos. L'énergie érotique et l'énergie mortelle incarnées par une jeune femme admirable aux grands yeux noirs. Vous.

– Et si je refuse de vous tuer ?

– Quand vous verrez ce que je vais vous montrer, vous ne refuserez pas.

Ils gravirent le chemin qui menait au grand bâtiment rond surplombant la colline. David Kubrick marchait presque allègrement.

Il sortit une grosse clef et ouvrit une serrure ancienne.

La porte grinça en s'ouvrant.

Dès l'entrée, Victoria fut assaillie par une odeur d'air ionisé et de machines en surchauffe.

Ils empruntèrent un ascenseur en direction du sous-sol. La descente dura si longtemps que Victoria s'en inquiéta. Lorsque la cabine s'immobilisa enfin, ils prirent pied dans un univers de serrures, de systèmes de sécurité à codes, à clefs et à cartes.

Puis ils débouchèrent dans une pièce qui semblait particulièrement importante pour le cinéaste.

David Kubrick alluma un projecteur-plafonnier dirigé sur un ensemble d'ordinateurs eux-mêmes reliés à des claviers, des écrans, des bocaux en verre. À gauche, un tunnel ouvert laissait voir des tubes de plusieurs centimètres de section. Au centre un gros tube transparent.

– Savez-vous où nous nous trouvons, géographiquement ? Avant l'Apocalypse cette région s'appelait l'Europe, et ce pays la Suisse. La plus proche grande ville était Genève. Mon château et mes studios ont été construits ici, près de Genève.

Ces noms n'étaient pour elle que des sonorités. Il lui aurait dit que Genève était un chef d'État, la Suisse son épouse et Europe son chien, cela aurait eu autant de sens pour les gens de sa génération.

– Cet endroit, mademoiselle Peel, était un laboratoire de pointe. L'un des plus grands laboratoires scientifiques du monde.

Son instinct de journaliste entra en éveil.

– Cela s'appelait plus exactement le « LHC », initiales pour « Large Hadron Collider », ce qui signifie Grand Collisionneur de Hadrons. Les hadrons étant un terme générique pour toutes les particules. Il a été construit par une organisation européenne qui s'appelait le CERN, Centre européen de recherche nucléaire. Mais ce que vous avez à retenir c'est que ceci est un « accélérateur de particules ». Un bijou de très haute technologie. Ce tunnel, dont vous ne voyez qu'un segment, mesure 8,5 kilomètres de diamètre.

Elle hocha lentement la tête.

– C'est donc à cela que travaillaient les scientifiques qui sont venus ici ?

– Exact. Il fallait réparer la machine la plus complexe qu'a jamais créée l'homme avant l'Apocalypse. La majeure partie de l'argent que j'ai gagné avec le cinéma, je l'ai investi dans la réparation et l'amélioration de cette merveille.

– Quel intérêt ?

Il lui sourit avant de répondre.

– Cet accélérateur est capable de projeter une particule à la vitesse de la lumière. À cette vitesse, la matière se transforme selon la loi de la relativité d'Einstein $E = mc^2$. Mais cela devient vertigineux lorsqu'on sait que ce tunnel de 8,5 kilomètres de diamètre est si puissant qu'il parvient à projeter la matière au-delà de la vitesse de la lumière !

Il marqua un temps d'arrêt pour guetter sa réaction, mais la jeune femme ne paraissait pas impressionnée. À vrai dire, les sciences, tout comme les autres sujets en dehors du cinéma, lui semblaient une forme d'abstraction.

– Vous m'avez bien entendu ? Au-delà de la vitesse de la lumière !

Elle répondit en haussant les épaules :

– Je ne suis pas physicienne.

– Voyons ! À la vitesse de la lumière le temps s'arrête ! Et comme mon accélérateur va au-delà de la vitesse de la lumière…

Victoria Peel n'osa prononcer le mot.

– Le temps « recule » ?

– En effet.

Cette fois, il avait réussi à capter son attention.

– Vous voulez dire que c'est une machine à remonter le temps !

David Kubrick approuva avec jubilation.

– Au début j'ai envoyé des particules : photons, protons, neutrons. Mes scientifiques ont beaucoup travaillé à faire grossir le « projectile ». Ils ont enfin réussi à envoyer des atomes complets, puis des molécules. L'aventure commençait. Nous faisions voyager la matière. Après les molécules nous avons envoyé des minuscules grains, puis des billes pas plus grosses que des lentilles.

– Des lentilles qui remontent le temps…, reprit Victoria, émerveillée.

– Elles arrivaient à remonter des dixièmes de seconde, puis des secondes, puis des minutes, puis des heures, puis des jours. Il m'a fallu longtemps pour franchir l'échelle de la semaine.

Victoria Peel eut l'intuition qu'une sorte de puzzle s'assemblait dans son esprit pour aboutir à une révélation, mais elle n'en voyait rien encore.

– Après les semaines, c'est devenu plus facile. Je remontais les mois, je suis arrivé à remonter les années.

Elle eut soudain un sursaut.

– Vous avez passé la barrière de l'Apocalypse, c'est bien cela ?

David Kubrick ouvrit un placard et sortit une cloche de verre dans laquelle voletaient une dizaine de mouches.

– Voilà mes projectiles de dernière génération. Ils sont plus gros que des lentilles mais beaucoup plus discrets que des cameramen.

– Des mouches !

– On dirait de vrais insectes, n'est-ce pas ?

Il lui tendit la cloche. Victoria approcha de ses yeux les minuscules sondes spatio-temporelles. En observant un insecte de près elle finit par distinguer à la place de la tête un objectif doté de plusieurs bagues.

– Leurs têtes… ce sont des caméras !

– Et leurs bouches des micros. Mes laboratoires ont mis des années à les perfectionner. Il a été plus facile de construire la machine à remonter le temps que ces mouches capables de résister à la pression de l'accélérateur de particules.

Victoria, fascinée, ne pouvait quitter des yeux le contenu de la cloche.

– C'est avec ces mouches que j'ai franchi la barrière du temps. C'est avec ces mouches que je me suis retrouvé à voir et à entendre l'Apocalypse.

Victoria se retourna, considéra les écrans et les claviers. Dans son esprit le secret de David Kubrick commençait à prendre corps.

– J'ai assisté à la fin d'un monde. Avec plusieurs caméras-sondes j'ai pu le filmer sous différents angles et avec différentes valeurs d'optiques. J'ai filmé les semaines qui ont précédé la catastrophe. Je filmais les gens en train de vaquer à leurs occupations quotidiennes, je filmais le sport, les voyages, les querelles, la vie… Vous vous en souvenez peut-être, mes premiers films avaient pour thème récurrent un monde qui sombrait doucement, sans que mes personnages s'en aperçoivent…

Elle chercha un siège pour s'asseoir.

– Et les gens du passé ne voyaient pas vos caméras parce qu'ils pensaient que c'étaient juste des… mouches !

Il approuva.

– Alors tous vos films… ? questionna-t-elle.

– Seulement les derniers. Ceux que j'ai réalisés dans les quinze dernières années.

– Ce n'étaient pas des acteurs, mais des gens bien réels !

David Kubrick acquiesça.

– Maintenant vous savez.

Une certaine fébrilité gagna soudain la jeune femme.

– Mais alors, ce qui leur arrive dans le film…

– Leur est arrivé dans leur vie.

Victoria Peel se figea.

– Vous n'allez pas me dire que les morts qu'on voit dans vos films étaient vrais ?

Victoria semblait se parler à elle-même.

– Ces massacres étaient de vrais massacres ?

– Les histoires d'amour étaient de vraies histoires d'amour, les naissances de vraies naissances.

– Ces salauds, ces tortionnaires, ces tyrans…

– Plus le méchant est crédible, plus le spectateur est touché par le courage du héros. Le public ne s'y est pas trompé, avoua-t-il.

– Et bien sûr, ces explosions, ces destructions ne devaient rien aux effets spéciaux ? demanda-t-elle.

– C'est ainsi que nos ancêtres faisaient la guerre, reconnut-il.

Elle était abasourdie. Toute la filmographie de David Kubrick lui apparaissait désormais comme une… obscénité. Elle repensait au choc esthétique qu'elle avait reçu, à la beauté des images, à l'émotion transmise par les personnages. Elle s'était toujours

protégée des drames qu'elle observait en se disant
« C'est du cinéma » ou « Les acteurs sont vraiment
excellents ». Mais si tout était… vrai, cela changeait
tout. Ce n'était pas touchant, c'était horrible.

David Kubrick se contenta de hausser les épaules.

– Par moments, la vérité semble moins crédible que
le cinéma. C'est cela le paradoxe.

David Kubrick lui caressa le visage du bout des
doigts, recueillit une larme, la posa sur sa langue.

– De l'« émotion liquide », murmura-t-il. C'est
peut-être ce qui m'a le plus manqué dans mon donjon.

Elle pleurait en silence. De fins sillons nacrés
brillaient sur ses joues.

– C'est épouvantable. Ainsi ils mouraient vraiment,
répéta-t-elle, comme hallucinée.

– Et ils s'aimaient vraiment, compléta-t-il.

– Et ils se sont infligé tout ce qui existe dans vos
scénarios…

Un torrent d'images des films qu'elle avait adorés
se déversa dans sa mémoire.

– Ce n'étaient pas des scénarios, rectifia-t-il doucement. Aucune fiction. Seulement des documentaires.

La pensée qu'elle avait osé donner un avis de critique de cinéma sur des événements réels la remplit
soudain de honte.

– Ce n'est pas moi le meilleur scénariste, c'est…
Dieu, dit-il.

David Kubrick eut ce petit sourire modeste qui lui
donnait un air d'enfant surpris le doigt dans la confiture.

– Mon seul mérite aura été de révéler quelques instants merveilleux ou tragiques de la vie de nos

ancêtres, tels que le Grand Scénariste Céleste les a écrits.

Le Maître de Cinéma ouvrit un album de photos, et Victoria reconnut aussitôt des scènes de ses films.

– Je n'ai respecté qu'une seule règle : choisir des instants pas trop reconnaissables, afin de ne pas attirer l'attention du Conseil des Sages. Heureusement, les plus beaux moments du passé sont les moins connus. Je n'ai fait que les découvrir et les révéler. Comme on choisirait des fleurs dans une jungle pour composer un bouquet. Je n'ai pas inventé ces fleurs, mon seul mérite aura été de les présenter à ma manière au public.

Victoria Peel continuait de pleurer doucement, tout en écoutant. Elle resta longtemps muette, comme prostrée devant la révélation du grand secret des studios DIK.

Le Maître de Cinéma lissa sa longue barbe blanche avec maladresse.

– Une part du passé de l'humanité reste inscrite en nous, au plus profond de nos gènes. C'est la raison pour laquelle mes films touchent autant de monde. Ils font vibrer au fond de nos cellules l'histoire de nos aïeux. Aucun gouvernement ne pourra gratter nos codes ADN au point de nous faire oublier les passions de nos ancêtres.

– L'histoire de l'humanité serait gravée en nous ? reprit-elle, intriguée.

– Je ne sais pas expliquer cela scientifiquement, mais le succès de mes films en est la preuve. Les gens « se souviennent ». Ils ne découvrent pas mes images… ils se les rappellent !

– Cela n'a pas de sens. Nous ne pouvons pas porter l'histoire de nos ancêtres en nous. Nous ne pouvons pas connaître des péripéties qui se sont déroulées avant notre naissance et dont personne ne nous a parlé.

David Kubrick caressa le globe contenant les insectes-robots.

– Vous comprenez maintenant ma discrétion. Depuis que l'idée du projet a surgi dans mon esprit, et elle a germé depuis longtemps, je peux vous le dire, je n'ai fait que lui donner les moyens d'exister.

Il fixa les mouches, cameramen excités attendant qu'on leur lance le fameux « Moteur, ça tourne, action ! » pour s'élancer parmi les hommes du passé.

– Vous voulez savoir le plus ironique ? En explorant le passé j'ai découvert que dans les débuts du théâtre, après la représentation les spectateurs agressaient les acteurs qui jouaient les méchants, parce qu'ils pensaient qu'ils étaient réellement les mauvais dans la vie ! Certains ont même été lynchés. Les pauvres. En fait, mieux ils jouaient, plus ils risquaient d'être tués à la fin du spectacle.

– Et maintenant tout s'est inversé, ils croient que c'est faux alors que c'est vrai.

Le Maître de Cinéma fronça un sourcil.

– Vous allez me dénoncer au gouvernement ?

– Où sont passés les acteurs, les techniciens, tous ces gens qui travaillaient dans vos studios ?

– Repartis avec l'obligation par contrat de ne rien révéler de ce qu'ils avaient vu. Tout s'est fait peu à peu. Personne n'a vu une foule quitter les lieux.

– Et pas un seul n'a trahi ?

– Chacun croyait que les autres restaient. Personne n'a vraiment su ce qu'il se passait. Je n'ai jamais eu de bras droit, de confident, ou de premier assistant au courant de mon « secret ». Sauf vous, maintenant.

– Et les scientifiques qui ont construit la machine ?

– Ceux qui ont fabriqué l'accélérateur n'ont jamais rencontré ceux qui ont créé les mouches-robots. Aucun d'eux n'a même imaginé l'association des deux technologies. Il suffit de bien compartimenter et d'être seul à connaître les liens. Dès lors plus personne ne peut vous trahir.

– Quelle machination !

– Pour un noble but. Restaurer la mémoire de nos ancêtres. Qu'ils n'aient pas vécu et souffert pour rien.

– Pourquoi moi ? Pourquoi me révéler tout ça ?

– Ma fin approche, je veux faire confiance à quelqu'un, au moins une fois dans ma vie avant de mourir.

– Pourquoi moi ? répéta-t-elle.

Il lissa sa barbe comme s'il n'avait pas entendu la question.

– Alors, que décidez-vous ?

– Je ne sais pas. Je dois réfléchir.

– Désormais vous êtes seule à savoir. Si vous me dénoncez, tout s'arrêtera.

Victoria Peel arrêta son magnétophone caché. Elle essuya ses joues.

Un long silence s'installa entre eux. Puis, dans un souffle :

– Non. Je ne vous dénoncerai pas, déclara-t-elle enfin.

Elle fixa David Kubrick dans les yeux.

– Vous disiez que je devais vous assassiner, qu'est-ce que cela signifie ?

– J'ai un cancer généralisé. La morphine ne me fait plus d'effet. À force de travailler seul, je n'ai eu ni enfant ni héritier.

Il lui saisit la main et la force du vieillard la surprit.

– Je vous l'ai dit, je vous surveille depuis longtemps. Vous avez été actrice. Vous avez été réalisatrice. Vous avez arrêté d'œuvrer par admiration pour moi. Si vous le souhaitez vous pourriez être… mon héritière.

Elle se dégagea.

– Dans le scénario que j'ai écrit pour nous… vous m'administrerez un cocktail létal que j'ai déjà préparé, puis vous enterrerez mon corps dans une tombe. Une vraie tombe que j'ai fait creuser dans le parc des studios, près du château. J'y ai déjà disposé le cercueil, bien en évidence, m'enterrer devrait vous prendre à peine une petite heure. Puis vous vous installerez dans mon poste de contrôle en haut du donjon. Des réserves de nourriture sont stockées pour des siècles, le fauteuil est moelleux, les écrans et les claviers permettent de tout diriger à distance. J'ai même prévu un manuel « mode d'emploi » au cas où vous auriez des doutes sur l'utilisation d'un matériel.

La jeune femme n'en croyait pas ses oreilles.

– Vous me demandez de tourner des films à votre place !

– Vous envoyez les mouches dans les scènes du passé de votre choix, vous les dirigez comme des cameramen, vous montez les images. Je ne vous apprends pas que le montage est déterminant. Vous pourrez ensuite ajouter le bruitage et la musique de fond, mais dans mon style, je préfère rester le plus sobre possible… Plus c'est vrai plus c'est magique. Enfin, étant donné tous les articles que vous avez déjà écrits sur mes films, vous connaissez mon style. Je vous propose de devenir la « nouvelle David Kubrick ».

Elle baissa les yeux.

– Désolée. Je ne m'en sens pas capable. Trouvez quelqu'un d'autre.

– C'est vous… ou personne.

– Et si je refuse ?

– Il n'y aura plus de films des studios DIK.

– Mais filmer le passé est formellement interdit !

– « Ce qui fait plaisir est toujours illégal, immoral ou fait grossir. »

Elle secoua sa chevelure brune.

– Les erreurs de nos ancêtres ont été la cause de l'Apocalypse. S'en souvenir c'est leur redonner la possibilité d'exister. Et donc de provoquer une nouvelle Apocalypse.

– Peut-être qu'il ne fallait pas jeter le bébé avec l'eau du bain. Trop d'émotion sur le passé tue, mais un peu d'Histoire est malgré tout nécessaire.

– Et puis on ne peut pas prévoir les retombées négatives ou positives sur chaque individu.

– Les blessures sont cicatrisées. Les gens ont changé. Ils sont plus « conscients ». Maintenant ils peuvent progressivement redécouvrir d'où ils viennent sans que cela ait des conséquences dramatiques.

– C'est vous qui le dites.

– C'est mon intuition profonde.

– Et si vous vous trompez ?

– Seuls ceux qui n'agissent pas ne se trompent pas.

Elle secoua sa chevelure sombre comme si elle refusait une idée insupportable.

– C'est si dangereux.

– C'est si excitant.

– C'est passible de prison.

– C'est de l'art.

– L'art du risque !

– L'art véritable représente toujours une prise de risques.

Elle pivota sur elle-même pour examiner le laboratoire ultramoderne. Dire qu'il avait fallu construire un tel monument pour revenir dans le passé…

– Vous me proposez de vivre seule dans ces studios vides et dans ce château désert ?

– Je vous propose de vivre dans des milliers de décors fabuleux avec nos millions d'ancêtres. Je vous propose de leur rendre justice. Qu'ils n'aient pas vécu pour rien.

– Ce sont des fantômes du passé.

– Ils sont pourtant les fondateurs de notre présent. Comment se construire sans connaître nos racines ? Vous aviez des parents. Et ces parents avaient des parents. Et c'est parce qu'ils se sont rencontrés et qu'ils ont fait l'amour que vous existez aujourd'hui.

– Ils se sont trompés. Ils vivaient dans la violence, la haine, le fanatisme, le racisme. Ils ont failli détruire la planète. Si on les fait exister à nouveau, ils peuvent nous contaminer.

– Comment imaginer un monde meilleur si on ne sait plus où s'est située l'erreur ? Après cette période d'arrêt et de réflexion, nous sommes prêts à affronter « intelligemment » notre douloureux passé. Pour mieux bâtir notre futur. Mes films doivent servir à ça. Leur succès prouve que les gens sont prêts, et qu'ils le souhaitent au fond d'eux-mêmes.

– Non, ils ne savent pas. Ils croient que c'est juste du divertissement.

David Kubrick laissa passer un temps, avant d'ajouter :

– N'est-ce pas cela la vraie fonction du cinéma de qualité ? Instruire les gens sans qu'ils s'en aperçoivent, avec des histoires utilisant la beauté, l'humour, l'amour, ou le spectaculaire pour les intéresser.

– Les intéresser à quoi ?

– À la vérité. Aussi difficile et pénible soit-elle.

Elle battit des paupières. Jamais elle n'avait ressenti une impression aussi pesante. Elle se sentait déchirée. Le poids de la responsabilité l'écrasait.

– Je ne sais que dire…

– Alors ne dites rien. Poursuivez seulement mon œuvre de réhabilitation progressive du passé. Et puis laissez-vous porter par les images que vous enverront les mouches. Vous verrez, la réalité, quel que soit son impact émotionnel, est le plus beau de tous les films.

Dans les jours qui suivirent, Jack Cummings, le rédacteur en chef du magazine de cinéma, n'eut plus aucune nouvelle de sa journaliste. Il en fut inquiet, troublé, se mit à regretter son initiative.

Les semaines s'écoulèrent. Vides de toute nouvelle.

La mort dans l'âme, le rédacteur en chef en vint à la conclusion que Victoria Peel avait été tuée par les systèmes de sécurité des studios DIK, qu'on prétendait particulièrement dangereux. Il hésita tout d'abord à avertir la police, puis, le temps passant, la peur d'être lui-même incriminé lui conseilla de n'en rien faire. La jeune critique n'avait pas de famille, personne ne s'inquiéta de sa disparition.

Durant soixante et un ans, les studios DIK produisirent régulièrement des films. Durant soixante et un ans le public continua de s'émerveiller des productions DIK.

Quelques critiques signalèrent que la bande-son devenait de plus en plus présente, mais les puristes attribuèrent cela à une évolution stylistique. Peut-être même à un début de surdité du Maître. Les plans-séquences, de plus en plus longs, donnaient l'impression que le cinéaste vieillissant (on le disait plus que centenaire) voulait ralentir le temps.

Enfin, lorsque la production des films DIK cessa d'un coup, et que plus le moindre signal ne fut émis des célébrissimes studios, un autre journal de cinéma se résolut à envoyer un journaliste intrépide à l'assaut de l'enceinte interdite.

Il découvrit alors des studios déserts et un cadavre de vieille dame assis dans le donjon, face à des écrans.

Il rapporta des photos et révéla au monde ce qui devait devenir « Le scandale des studios DIK ».

La police força les portes.

La tombe de David Kubrick fut découverte. Son corps exhumé et enterré en cachette, quelque part où l'on ne pourrait plus le vénérer. Près de lui, reposa le corps de Victoria Peel, la fameuse vieille dame, morte d'une crise cardiaque.

L'affaire fit grand bruit.

Le « scandale des studios DIK » eut un tel retentissement que le Conseil des Sages, qui gouvernait le monde, lança sur cette affaire une commission d'enquête, qui remit très vite ses conclusions. Incriminant en tout premier lieu le nom de « Kubrick ». Les enquêteurs signalèrent en effet que tous les noms de famille comportaient des points d'ancrage émotionnel du passé.

Le Conseil des Sages, réuni en session extraordinaire, décida alors de supprimer purement et simplement l'usage du nom de famille.

Désormais, les individus ne garderaient que leur prénom. Les noms de famille seraient remplacés par une suite de chiffres, à la manière des plaques d'immatriculation des voitures.

C'était là le prix à payer pour éviter tout risque de rechute.

Ainsi fut voté le quatrième fruit défendu : « L'interdiction de porter un nom de famille. »

Parallèlement, tous les films de David Kubrick et Victoria Peel furent interdits, récupérés et brûlés.

Une nouvelle génération de réalisateurs surgit, caractérisée surtout par son style très formaté. Les thèmes des films étaient soit des comédies romantiques soit des drames psychologiques.

Plus de scénarios compliqués, plus de caméras mobiles offrant au spectateur l'impression de voler au-dessus des personnages, plus de scènes dans la pénombre, plus d'acteurs inconnus. Et bien sûr, interdiction de faire référence au passé pré-apocalyptique.

Les scénarios, les décors, les effets de réalisation étant réduits à leur plus simple expression, les acteurs retrouvèrent leur toute-puissance. C'étaient eux qui décidaient de la production, eux qui communiquaient sur le sens de l'intrigue, eux qui à nouveau devenaient les personnes les plus importantes de la planète.

Progressivement, les plus populaires se mirent à faire de la politique et à entrer au Conseil des Sages. À chaque élection ils raflaient plus de suffrages. On avait oublié que s'ils avaient l'air aussi intelligents et passionnants dans leurs films, c'était parce que des scénaristes besogneux leur avaient écrit des dialogues sur mesure.

Brumes et vapeurs.

Cependant, certains spectateurs gardaient intact dans leur mémoire le souvenir des films des studios DIK. Ils frissonnaient à cette seule évocation et affirmaient qu'avoir vu un film DIK était une expérience irremplaçable, à la fois émouvante et magnifique, qui ne se comparait à aucun film récent.

Quelques admirateurs finirent par retrouver des enregistrements du Maître de Cinéma qui avaient échappé aux autodafés. Bien que le simple fait d'en posséder une copie soit passible de peine de prison, des copies pirates se transmirent sous le manteau, de plus en plus nombreuses.

10. Le moineau destructeur

(SOUVENIR PROBABLE)

Paris, 24 ans

C'était un oiseau tombé du nid. Avec tout ce que cela a de touchant, d'attendrissant et de… dangereux.

À l'époque où je l'ai rencontrée, nous avions tous deux 24 ans. Elle était petite, avec de longs cheveux noirs, un nez retroussé et de grands yeux noirs qui semblaient toujours perdus au loin. Elle était ravissante, mais d'une beauté froide et un peu triste.

Sibylline.

Elle disait : « Ne t'occupe pas de moi. »

Et j'ai eu envie de m'occuper d'elle.

Elle disait : « Je suis morbide, je tire vers le bas, et je vais t'entraîner vers le fond avec moi. »

J'ai pris cela pour un défi personnel.

Nous avons dîné dans mon petit studio sous les toits de la rue d'Hauteville, à Paris. Nous avons mangé des coquilles Saint-Jacques à la poêle accompagnées d'oignons frits, une recette de mon invention que je ne conseillerais à personne. Elle a dit qu'elle

trouvait ce plat très bon, après avoir mangé machinalement.

Puis je l'ai photographiée. Elle prenait des poses de
poupée désarticulée. Je suis tombé amoureux d'une
photo où l'on percevait son air mélancolique derrière
son sourire mystérieux.

Elle parlait beaucoup.

Obsédée par sa mère, elle me raconta cette malédiction familiale : elle détestait sa mère, sa mère détestait
sa grand-mère, sa grand-mère détestait son arrière-
grand-mère. Et peut-être plus loin encore.

Les hommes, les pères, les frères n'étaient que les
figurants de cette dynastie féminine de la haine.

Elle me raconta qu'après cinquante ans d'aversion
pure, un jour, sa mère et sa grand-mère avaient décidé
de se retrouver au restaurant pour mettre à plat leurs
griefs mutuels et trouver un terrain de pardon.

Elles y étaient parvenues. Difficilement mais elles
avaient réussi. Cependant, après le dessert et l'addition, au moment de renfiler son manteau pour rentrer
chez elle, sa grand-mère avait eu un sursaut de
conscience, et la violente sensation de s'être fait ber-
ner. Alors toute sa rage ancienne resurgie d'un coup,
elle avait frappé sa fille par surprise dans le dos, ses
deux poings réunis comme une masse.

Elle me racontait le parcours de sa mère, arrière-
petite-fille d'un banquier italien génial assassiné par sa
femme. Elle avait toujours été impressionnée par les
titres de noblesse, et avait épousé son père qui possédait un blason et un château (bien qu'hypothéqué) et
était le dernier héritier d'une des plus grandes familles
françaises.

Sa mère... L'obsession de Sibylline. Elle trouvait dans cette hantise l'inspiration d'une poésie d'écorchée vive qui lui permettait de mettre en mots sa douleur.

Sibylline réveilla en moi un instinct protecteur. Cet oiseau tombé du nid je voulais le recueillir, le rassurer et, pour tout dire, le sauver.

Ainsi commença une histoire sentimentale étrange qui devait durer trois ans.

Sibylline s'habillait toujours en noir. Elle possédait peu de vêtements et ne faisait aucun effort d'élégance.

« À quoi bon, disait-elle, de toute façon je ne suis pas importante. »

À l'époque j'étais journaliste au *Guetteur Moderne*.

Elle voulait faire le même métier que moi et me demanda de le lui apprendre.

Je le lui appris.

Puis elle me demanda de lui trouver du travail.

Je lui trouvai une place de journaliste portraitiste dans un magazine hebdomadaire.

Parallèlement, j'écrivais mon premier grand roman et lui en parlais.

« Toi, évidemment, tu vas réussir. Mais moi je n'y arriverai jamais », décréta-t-elle.

Chaque fois que je connaissais une satisfaction professionnelle elle soupirait : « Ah ! ce n'est pas à moi que cela arriverait. »

Je pris donc l'habitude de ne lui parler que des choses désagréables qui m'arrivaient.

Et puis elle commença à souffrir de problèmes d'évanouissement. Elle s'effondrait partout, dans la rue, dans les ascenseurs, dans le métro.

« Je fais de la spasmophilie », me confia-t-elle comme s'il s'agissait d'une maladie mystérieuse et honteuse.

Je questionnai un ami médecin, Loïc. Il me dit :

– La spasmophilie ça n'existe pas. C'est une fausse maladie inventée de toutes pièces. Les gens croient qu'ils ont ça mais en fait ils n'ont rien. Pour soigner une femme (en général elle touche plutôt les femmes) qui s'évanouit parce qu'elle se croit en crise de spasmophilie, je lui murmure juste à l'oreille : « Je sais que tu n'as rien et si tu n'arrêtes pas ton cinéma je te ridiculise devant tout le monde. » C'est radical, la fille dit qu'elle va mieux et elle se relève en me remerciant comme si je lui avais donné un médicament miracle.

Loïc rigole. En tant que médecin de nuit, il est comme un combattant revenu de toutes les guerres de la santé. « La nuit, m'a-t-il confié, 70 % des gens qui appellent n'ont que des problèmes de solitude, ils ne sont pas malades, ils veulent seulement rencontrer un être humain qui leur parle. Tout le monde est en quête d'amour. Même un simple regard de médecin peut beaucoup pour certains. »

Je transmis l'information à Sibylline.

Elle m'écouta, rit un peu par politesse de cette maladie inexistante qui la frappait, mais continua de s'évanouir sur les places et les avenues.

Un soir, en rentrant d'une interview pour un de ses portraits, elle me dit avoir rencontré un type étonnant : le docteur Maximilien von Schwartz, psychiatre et auteur de plusieurs livres sur la chimie de l'amour.

– À la fin de l'interview, tu sais pas ce qu'il m'a dit ?

– Non.

– « Mademoiselle, je vous aime. »

– Au culot comme ça ?

– Je lui ai répondu que j'avais déjà un compagnon. Toi en l'occurrence. (Elle rit.) Il m'a dit qu'il s'en fichait, quand il voulait quelqu'un il finissait toujours par l'avoir. « De toute façon : je vous veux, je vous aurai ! »

Nous nous étions bien amusés de l'effronterie du spécialiste de l'amour.

Au fil du temps, Sibylline eut de plus en plus de problèmes de santé, ses crises d'évanouissement se firent plus fréquentes. J'allais la récupérer dans les hôpitaux ou chez les pompiers. Quand j'ai obtenu mon premier dossier en couverture du *Guetteur Moderne* : « Dieu et la science », elle n'a pu cacher son exaspération. Après une période de méchante humeur chronique, elle finit par retourner s'installer dans son petit studio du 16e arrondissement. Deux fois par semaine, à nos rendez-vous, elle arrivait en retard ou pas du tout.

« Excuse-moi, j'avais oublié, disait-elle. Je suis très tête en l'air ces temps-ci. »

La situation ne fit qu'empirer. Ma vie amoureuse transformée en une totale déconfiture, je me réfugiais dans le travail, et du coup je réussis quelques jolis reportages cités dans les autres médias. Elle s'en trouva affectée. Je me sentais entraîné dans une étrange spirale… avec la certitude qu'elle me demandait d'arrêter de réussir, voire d'échouer, pour demeurer au même niveau qu'elle.

Nos rendez-vous s'espacèrent encore. Une fois par semaine. Puis une fois tous les quinze jours.

– Tu as rencontré quelqu'un d'autre ? demandai-je un soir.

– Non, non, c'est juste un passage comme ça, j'ai envie d'être seule.

– Je pense que tu as rencontré quelqu'un d'autre. C'est ton choix et je peux le comprendre. Mais ne mens plus. Si tu n'es pas là demain soir je considérerai que notre couple est terminé.

Elle ne vint pas le lendemain soir.

Je passai toute la nuit à écouter le groupe Marilion en fumant des biddies et en m'habituant à l'idée que j'étais à nouveau célibataire.

Elle m'appela quinze jours plus tard et insista pour que nous nous retrouvions dans un café près de la place de l'Opéra.

– Tu avais raison, avoua-t-elle, j'ai rencontré quelqu'un d'autre.

– Attends, laisse-moi deviner… ce ne serait pas le psychiatre spécialiste de la chimie de l'amour, « Je vous veux et je vous aurai » ? Maximilien von truc ?

– Si. C'est lui. Comment as-tu deviné ? C'est un type très important, tu sais, il est considéré comme le spécialiste mondial de la spasmophilie. Il dirige un service spécialisé dans un hôpital psychiatrique. Et en plus il fait de la politique, c'est un grand ami du maire de Paris et il va être sur la liste électorale comme conseiller municipal !

– Bravo.

– Il a aussi plein d'amis dans le show-business et dans la presse. Il va me trouver une place de journa-liste dans un grand journal. Il est copain avec ton rédacteur en chef du *Guetteur Moderne*. Il paraît qu'ils jouent au tennis ensemble.

– Parfait.

– Tu vois, Maximilien c'est l'homme qu'il me fallait. Pour ma maladie il est très optimiste. Il dit qu'il me sauvera. Il a déjà sauvé des tas de filles comme moi. Il dit qu'il est prêt à me soigner et aussi à soigner ma mère. La pauvre, elle a encore plus besoin que moi de soins psychiatriques.

Articuler cette dernière phrase semblait la ravir.

– Tu vas voir, en plus il est très beau. Il m'aime tellement si tu savais ! Jamais je n'ai eu l'impression d'être à ce point comprise et aimée. Je peux te le montrer ?

Tout en me posant la question, elle avait déjà dégainé son portefeuille et exhibé une photo où je découvrais un éphèbe blond aux yeux bleus en polo, tenant une raquette de tennis. Il avait une allure de sportif bronzé, décontracté, un grand sourire conquérant et une mèche dorée qui lui barrait le front, lui donnant une distinction certaine.

– On dirait Robert Redford, non ? Tout le monde dit qu'il ressemble à Robert Redford.

– En effet. C'est vraiment frappant. Enfin je veux dire la ressemblance. Bravo, je te souhaite d'être heureuse.

Son visage s'assombrit et elle murmura :

– Il m'a interdit de te revoir, mais moi je veux qu'on se rencontre régulièrement. (Elle pencha la tête sur mon épaule, câline.) Tu sais, tu es important pour moi, nous pourrions nous voir en cachette, tu es d'accord ? S'il te plaît, dis-moi oui, s'il te plaît !

Nous avons continué à nous voir. Elle me parlait de son bonheur.

– Maximilien est tellement attentionné et pourtant si fragile. Il a vraiment besoin de moi. Je me sens utile. En même temps il me protège. C'est simple je ne suis plus obsédée par maman. Il dit même qu'il va la rencontrer et la soigner. Tu sais ma mère est vraiment folle. Il faut la soigner comme une personne malade, c'est tout. Enfin c'est ce qu'il dit. Il a bien compris le problème.

Sibylline paraissait satisfaite, si ce n'était que, par moments elle surveillait les alentours comme si elle redoutait de le voir surgir.

Pendant trois mois, nous nous sommes vus dans des cafés, à l'heure du goûter, comme de vieux amis.

Puis un jour, elle m'a appelé, affolée.

– Je ne sais pas comment il a fait, mais Maximilien a appris que je continuais à te rencontrer et ça l'a mis très en colère. Il ne veut plus que je te voie. Il me l'a interdit !

– Je comprends. Aucun problème.

– Non, tu ne comprends pas. Tu es très important pour moi. Je veux que nous restions en contact. Alors je te téléphonerai. Je peux te téléphoner de temps en temps ? Dis-moi oui, s'il te plaît !

Nous avons donc continué à nous parler, une sorte de rendez-vous téléphonique hebdomadaire.

Un jour, à brûle-pourpoint, elle m'interrogea :

– Toi qui as fait du droit, c'est grave le faux témoignage ?

– Oui. C'est un délit pénal, répondis-je. Pourquoi ?

– Maximilien n'a pas fait exprès… enfin il a écrasé quelqu'un.

– Un accident ?

– Le problème c'est que… c'est un enfant. Onze ans. Et c'est la deuxième fois.

– Pardon ?

– Il a des amis à la mairie, mais pas dans la justice. Il a besoin de mon témoignage pour faire croire que l'enfant s'est suicidé.

– Deux accidents d'enfants ? Comment ça ?

– Sur la photo que je t'ai montrée, tu ne t'en es peut-être pas rendu compte mais il est de petite taille. Plus petit que moi. Or il a une très grosse voiture, une de ces grosses berlines BMW. Quand il s'assied sur le siège, malgré les coussins il est trop enfoncé. Il est vraiment très petit tu sais. Alors il ne voit pas bien ce qu'il se passe au niveau de ses pare-chocs.

Elle prit un temps, respira amplement.

– Il devait y avoir un enfant qui jouait au ballon et il ne l'a pas vu.

– Et c'est la deuxième fois qu'il ne voit pas un enfant qui joue au ballon devant le pare-chocs de sa BMW ?

– Oui. Je sais, ça peut paraître surprenant, mais c'est la vérité. Enfin c'est ce qu'il m'a dit et c'est pour ça qu'il m'a demandé mon témoignage.

– Mais toi tu n'étais pas là au moment de l'accident ?

– Non, bien sûr que non.

– Tu te rends compte de ce que tu dis ? Ton type a écrasé deux fois de suite des enfants et il demande ton faux témoignage. Il s'en est sorti comment pour l'accident précédent ?

Elle hésita puis lâcha :

– C'est son ex qui a fait un faux témoignage. Il m'a affirmé que tout s'était bien passé.

Je lui transmis le numéro d'un ami avocat.

– Encore une chose…, soupira-t-elle. Il a appris que je t'appelais et il a piqué une colère noire. Cela va m'être de plus en plus difficile de te parler. Dès que ce sera possible, je le ferai.

– Il est jaloux à ce point ?

– Oui, mais c'est parce qu'il m'aime. Si tu savais, il me le répète toute la journée, il m'adore à un point que tu ne peux pas imaginer.

Sibylline continua de m'appeler, en chuchotant comme si elle avait peur qu'il écoute derrière les portes. Elle complétait chaque fois un peu plus le tableau du personnage.

– En fait, Maximilien s'amuse avec ses malades. Comme il dit, c'est pour « ne pas tomber dans la routine ». Enfin, quand je dis qu'il s'amuse… il abuse peut-être un peu. Les gens viennent pour des dépressions et il leur file des laxatifs. Tu vois, une blague de potache. Et il rigole le soir : « Ils me font chier, je vais les faire chier ! »

Elle rit elle-même, comme pour se rassurer.

– Tu ne peux pas savoir comme Maximilien est sensible. En fait il est très déprimé. Tous les matins il veut se suicider et je passe une heure à le convaincre de vivre malgré tout. Tu sais, je crois que je le sauve avec mon amour. Il a tellement besoin de moi. Après, quand il est rassuré, grâce à moi, il part au travail avec entrain.

— Et il rentre le soir, rigolard, en te parlant de laxatifs et en se moquant de ses malades.

— Il me raconte leurs perversions, leurs névroses, comme il dit : « Ce sont tous des tarés ! »

— Et pour l'affaire des enfants accidentés ?

— Tout s'est arrangé. Il a trouvé des copains de son club de tennis qui sont dans la justice, ils lui ont arrangé le coup. Il n'a même pas à payer d'indemnités aux parents. Zut, il faut que je raccroche, j'entends la clef dans la serrure, il arrive !

Je perçus une voix lointaine.

— Qu'est-ce que tu fais ? À qui tu parles ? J'espère que ce n'est pas encore au même ! Sinon tu vas te prendre une…

L'appareil fut raccroché d'un coup.

Plus de nouvelles de Sibylline pendant deux mois. Entre-temps, j'ai déménagé, quitté mon petit studio pour un appartement plus spacieux sur les bords du canal de l'Ourcq près de la place Stalingrad, dans le 19e arrondissement. En me levant le matin, je voyais les péniches, les mouettes, un vrai port en plein Paris.

Et puis, un soir, je découvris Sibylline étendue devant la porte de mon nouvel appartement. À côté d'elle, rien d'autre qu'un sac plastique.

Elle se précipita contre moi et me serra fort dans ses bras. Je sentais son cœur de petit moineau tombé du nid s'affoler contre ma poitrine.

— J'en peux plus. Maximilien est fou ! À cause de notre dernier coup de fil, il m'a enfermée plusieurs jours dans ma chambre. Et puis… il m'a rappelé qu'il était ami avec ton rédacteur en chef du *Guetteur Moderne* et qu'il allait te faire virer du journal. J'ai dû lui promettre de ne plus t'appeler. Mais il a continué à me frapper.

Sibylline me montra des marques de coups sur les bras, sur le dos.

– Avec quoi il a fait ça ?

– Avec les poings, mais il monte en rage et ne se maîtrise plus. Alors il attrape tout ce qui lui tombe sous la main, une chaussure, mon sac, et il me frappe avec.

Je l'invitai à entrer, à prendre un bain chaud.

Je préparai des coquilles Saint-Jacques aux oignons frits et lui proposai de se détendre et de tout raconter.

– Il a eu trois femmes avant moi. Elles sont toutes à l'asile de fous. Il les a fait enfermer de force et il les maintient là-bas grâce à ses copains psychiatres. Il dit en rigolant que « comme ça il n'a pas à payer de pension ».

– Je vois.

– Avec chacune il a eu un enfant. Il s'est débrouillé pour les couper de leurs mères et récupérer la garde, du fait de leur irresponsabilité mentale. Mais tu ne sais pas le pire.

Cette fois, elle s'effondra en larmes.

– Ses femmes précédentes... Elles se ressemblent toutes. Elles sont pratiquement toutes les trois mes... sosies !

Je me demandai un instant si elle n'était pas mytho-mane, mais le nombre de détails qui affluèrent ensuite et qui se recoupaient me semblaient difficiles à inven-ter. Même pour une poétesse écorchée vive.

– En fait, il déteste tout le monde. Surtout les femmes. S'il pouvait toutes les assassiner il le ferait, il n'est qu'une pulsion de haine et de destruction envers l'humanité.

– Et c'est lui qui écrit des livres sur l'amour…

– Il en parle d'autant mieux que c'est le sentiment qui lui est le plus étranger. Il est profondément méchant. Il déteste ses femmes. Il me détestait moi aussi. Je comprends maintenant qu'il voulait seulement le pouvoir sur moi ! Il déteste même ses propres parents !

– Ses parents ?

– Je te disais qu'il a des pulsions suicidaires. Il se déteste et il en veut à ses géniteurs de lui avoir donné la vie. Alors il essaie de les détruire. Il les a fait eux aussi interner dans des hôpitaux psychiatriques. Il s'est même débrouillé pour qu'ils ne soient pas ensemble. Son père lui a demandé de revoir sa mère. Il a refusé. Il dit que ses parents s'aiment toujours mais il ne veut plus qu'ils se retrouvent. Et pour en être sûr, il a fait déplacer sa mère dans un hôpital de province…

Elle fut à nouveau parcourue de frissons, comme un animal battu revoyant les coups.

Puis son regard revint vers moi.

– Je n'ai plus mon studio dans le 16ᵉ. Ma mère l'a mis en location quand je me suis installée « officiellement » chez Maximilien. Du coup, je n'ai nulle part où dormir. Je peux revenir chez toi ? C'est beaucoup plus grand, ici. Tu as bien fait de déménager.

– D'accord, mais juste en amis. Je ne veux pas recommencer une histoire avec toi.

– Tu as une autre fiancée ?

– Ces temps-ci je veux mettre toute mon énergie dans mon travail. Je sens que j'approche de la titularisation.

Quelque chose était définitivement cassé entre nous. Je le sentais. Mais pas question de l'abandonner dans une situation aussi périlleuse.

– Tu peux rester ici quelques jours, le temps de retrouver tes repères.

Elle afficha un sourire satisfait.

– Je dormirai où ?

– Dans la chambre d'amis, à côté.

– Je ne peux pas dormir près de toi ? La nuit j'aime me blottir contre toi, tu le sais bien.

– Je ne le souhaite pas. Reconstruis-toi d'abord, remets-toi de cette épreuve, et après je t'aiderai à trouver un autre studio. Mais je pense que tu devrais recontacter ta mère pour qu'elle t'aide elle aussi.

– Ah ça jamais !

Cette nuit-là, à deux heures du matin, le répondeur se mit en marche. Une voix lugubre se mit à égrener :

« Je… Je… Je sais qu'elle est chez vous ! Oui je le sais, je le sens, elle est chez vous ! Elle doit rentrer. ELLE DOIT RENTRER TOUT DE SUITE ! Et si elle ne rentre pas je la tuerai et je vous tuerai après ! Vous m'entendez ? Je vous tuerai tous les deux. Je vous tuerai ! »

– C'est… lui ! murmura Sibylline en entrant dans ma chambre, comme si elle craignait que Maximilien l'entende derrière le répondeur.

Elle se pelotonna contre moi. Je m'empressai de récupérer l'enregistrement comme pièce à conviction, au cas où l'affaire tournerait à l'aigre.

Le lendemain, à deux heures du matin, le téléphone se mit de nouveau à sonner. Le haut-parleur résonnait.

« Je sais qu'elle est chez vous et je vais vous tuer tous les d… »

Cette fois, j'empoignai le combiné :

– Allô, von Schwartz, vous voulez peut-être me parler ?

Aussitôt l'autre raccrocha.

Quelques jours plus tard, il appela mon bureau au *Guetteur Moderne* et je reconnus aussitôt sa voix.

– Passez-moi le rédacteur en chef, dit la voix sinistre que j'avais déjà entendue deux fois.

– Ah ! bonjour docteur von Schwartz, vous tombez bien. Je préfère que vous m'appeliez à des heures décentes plutôt que chez moi la nuit, et…

À nouveau il raccrocha.

Je me demandai si la standardiste me l'avait vraiment transmis par erreur.

Sibylline, de son côté, recommençait progressivement à manger et à dormir normalement. Ses marques de coups s'effaçaient peu à peu.

Depuis un mois, elle cherchait vainement un studio.

Un matin, elle me dit qu'elle avait besoin de récupérer ses affaires, et notamment ses papiers administratifs, ses vêtements et son ordinateur portable (le premier cadeau que je lui avais fait) qui étaient encore chez le « grand spécialiste en chimie de l'amour ». Je lui ai rappelé que lorsque la maison prend feu il ne faut pas essayer de plonger au milieu des flammes pour récupérer des objets. Tout contact avec cet individu me semblait dangereux. Mais elle m'assura qu'elle l'avait eu au téléphone et qu'il était d'accord pour lui laisser tout reprendre.

– N'y va pas ! insistai-je.

Elle me regarda de ses grands yeux noirs mouillés et haussa les épaules, fataliste.

– Du temps a passé. Et puis je l'ai entendu, sa voix est différente. Il a l'air de s'être calmé.

Elle est allée plonger au milieu des flammes.

Le soir même, elle m'appelait chez moi.

– Nous avons parlé. Nous avons même beaucoup parlé. Des heures durant. Il a reconnu qu'il s'était mal comporté à mon égard. Il a dit que c'était parce qu'il m'aimait trop. Mais il est malheureux. Il m'a expliqué que sans moi sa vie n'avait plus de sens et qu'il préférait mourir que de me perdre. Il m'a demandé de lui pardonner. Il m'a promis qu'il se tiendrait bien. Il m'a imploré de lui laisser une chance de racheter tout le mal qu'il m'avait fait…

– Et alors ?

– Je crois que je dois lui laisser cette chance. Tout le monde a droit à une deuxième chance.

– Conclusion : tu retournes avec lui ?

Un silence, puis la petite voix se fit déterminée.

– Tu dois comprendre, il est vraiment désemparé. Sans moi il va se laisser mourir. Il a besoin de mon aide.

– Je comprends, en effet. Eh bien bonne chance. Sois heureuse, Sibylline.

Quatre mois passèrent, je ne pensais plus à elle.

Pour moi, elle avait enfin trouvé l'équilibre avec son spécialiste en chimie de l'amour.

Une nuit, à quatre heures du matin, j'entendis des coups de klaxon dans la rue devant le canal. Je me levai et aperçus un taxi qui avait mis son warning. Au début je crus qu'il était vide, mais en regardant mieux je distinguai une petite silhouette à l'arrière.

Je descendis. Sibylline, pieds nus et en chemise de nuit, était recroquevillée sur la banquette. Le chauffeur du taxi me demanda de régler la course, elle lui avait donné l'adresse en affirmant qu'un homme descendrait pour le payer.

Je l'aidai à descendre. Elle tremblait, claquait des dents alors que la nuit était douce.

Sous l'étoffe transparente sa silhouette semblait avoir diminué de moitié, comme si on l'avait privée de nourriture. Elle se tenait voûtée. Ses bras pâles luisaient d'une fine pellicule de sueur. Son visage lui-même avait changé, ses pommettes saillaient, sous des orbites enfoncées, ses yeux ne cillaient pas.

J'avais l'impression de me trouver devant la rescapée d'une prise d'otage. Ou un fantôme. Je l'enveloppai dans ma veste et la portai presque jusqu'à mon appartement.

Sans un mot, elle s'assit devant l'armoire à même le sol, ramena ses genoux contre sa poitrine et les serra, comme pour se protéger. Elle continuait de trembler, de claquer des dents, et je dus attendre avant qu'elle réussisse à prononcer quelques mots.

– Il... il... il m'a donné des pilules. Je ne sais pas ce que c'est et maintenant je suis en manque... Il me les faut... Il... il... fait ça à ses patients, pour qu'ils reviennent.

– C'était quoi ? Tu as vu les boîtes ?

– … des pilules blanches, rouges et jaunes. Il me les posait dans la main, je n'ai jamais vu les boîtes. Les rouges étaient rondes.

Elle me regarda, la mine hallucinée, comme si elle espérait que je puisse lui dire enfin : « Ah, je vois de quel médicament il s'agit. »

– Il m'a empoisonnée, chuchota-t-elle. Il préfère me voir morte… Il ne me laissera jamais partir.

– Tu as mangé ?

– Quand il m'enferme il me donne peu à manger. Et avec ces médicaments je n'ai plus faim, je ne dors plus. Il dit qu'il aime les femmes maigres. C'est la mode des magazines.

Je serrai les dents.

– Ça doit être des amphétamines…

– Quand je les prends, je suis calme.

– … avec un anxiolytique.

– Je me sens mal…

Elle me montra sa main qui tremblait, puis se tordit les poignets, au bord de la crise.

– Que s'est-il passé après ton retour ? demandai-je.

– Au début tout allait bien. Il n'arrêtait pas de s'excuser. Il disait que j'étais tout pour lui.

– Ben voyons.

– Les premiers jours il était très attentionné. Il m'a offert une chaîne en or.

– Une chaîne, c'est révélateur…

– Il n'arrêtait pas de me dire qu'il m'aimait, qu'il était prêt à mourir pour moi. Il m'a offert plein de bijoux. Un bracelet à gros maillons en or qui a dû lui coûter une fortune.

Elle se mordit la lèvre, et son visage s'altéra.

– Après, il a oublié toutes ses promesses. Tout a recommencé. Sa jalousie. Au nom de l'amour il me privait de sortie. Quand ses enfants venaient, il m'humiliait devant eux, il devenait cruel envers moi comme pour leur faire plaisir. Et ça marchait, ça avait l'air de les ravir. Il disait que j'étais bête, que j'étais folle et que ma mère était une débile. Et il riait méchamment quand il voyait ma peine. (Son menton tremblait, elle ferma les yeux.) Après il s'excusait. Et tout recommençait. Quand il s'apercevait que j'avais utilisé le téléphone il piquait des crises. Des accès de rage incroyable. Il me battait puis il m'enfermait dans le placard à produits ménagers. Ou dans ma chambre.

– Et tu ne t'es jamais défendue ?

– Il est fort. Et puis… il s'excusait, et il répétait qu'il m'aimait.

Ce matin-là, elle s'installa dans ma baignoire, fit couler un bain très chaud et y resta des heures. Son corps était couvert de marques de coups, parfois très profondes.

Le lendemain, à l'hôpital, on lui fit une prise de sang pour identifier les molécules qu'il lui avait fait prendre.

Le médecin vint me voir.

– Ce sont en effet des produits à très forte accoutumance. Il va falloir continuer à lui en donner, puis baisser les doses progressivement. On ne peut pas la sevrer d'un coup.

Ils l'ont gardée quelques jours en observation. Puis je l'ai ramenée chez moi.

Quand je quittais la maison, le matin, elle était recroquevillée à même le sol, dos au miroir et regard perdu au loin. Quand je revenais, le soir, elle n'avait pas bougé. Elle ne mangeait rien. Ne dormait pas.

Je finissais par lui parler comme à un bébé. J'essayais de plaisanter : « Allez il faut manger, un pour papa, un pour (non pas maman)… un pour moi.

– Je veux bien manger, mais c'est uniquement pour te faire plaisir tu sais, je n'ai pas faim. Vraiment pas faim.

Elle ne dormait pas. Les quelques fois où je me relevais dans la nuit je la voyais assise sur son lit les yeux grands ouverts.

– Bonne nuit, Sibylline.

– Bonne nuit.

Le soir elle s'asseyait face à moi et me parlait encore et encore de lui.

– Tu sais, il n'y a pas que les femmes, il éprouve de la haine pour l'humanité entière, s'il pouvait tuer tous les gens ce serait son bonheur total.

Je finis par ne plus avoir envie de rentrer à la maison, auprès de ma zombie prostrée. Je restais tard au journal, travaillant parfois jusqu'à minuit. Quelques collègues commencèrent à s'inquiéter. J'essayais de m'expliquer.

– Il faut comprendre, elle n'a plus personne, si je ne l'aide pas elle est à la rue.

– Vouloir aider les autres est ta névrose à toi, me dit Bastien, mon collègue de bureau. Tu devrais la larguer. Comme dit le proverbe hindou : « Chacun sa merde. »

J'avais de plus en plus de mal à dormir. Pour tout arranger, les appels du spécialiste de l'amour resurgirent dans la nuit, la voix chargée.

« Je vais vous tuer… Je sais que vous m'entendez, je vais vous tuer, et je sais qu'elle est chez vous… Je vais vous tuer. »

Un jour, à deux doigts de craquer, je me résolus à appeler la mère de Sibylline qui vivait en Normandie.

– Chère madame, je crois qu'il est temps pour vous de vous occuper de votre fille. Elle est en danger et elle a besoin d'aide. Je suis son ex-petit ami, jusqu'à présent j'ai fait ce que j'ai pu pour l'aider, mais je crois que c'est à vous qu'il incombe désormais d'agir.

Et je lui racontai dans le détail toute l'histoire, sans omettre le portrait du médecin-joueur-de-tennis-ami-du-maire-de-Paris.

Sa mère tombait des nues et, d'une voix douce et plutôt sympathique, me jura qu'elle n'était au courant de rien.

Dès le lendemain, elle vint chercher sa fille, et je pus, enfin, retrouver ma sérénité. Mon appartement. Mon sommeil.

Sibylline resta trois mois en Normandie chez ses parents. Le fait d'être éloignée de Paris lui fit beaucoup de bien. Von Schwartz, lui, continuait à abreuver mon répondeur mais j'avais pris l'habitude de couper le son dans la nuit, je ne l'entendais plus.

Sibylline m'appelait régulièrement, elle allait mieux, elle reprenait du poids, retrouvait l'appétit et le sommeil, et surtout elle me remerciait de lui avoir sauvé la vie.

– Sans toi j'étais fichue, répétait-elle.

– Comment ça va avec ta mère ? demandai-je ce jour-là à brûle-pourpoint.

– On parle, on parle. Pour une fois elle s'adresse à
moi autrement qu'avec des reproches, c'est un énorme
progrès.

– Tu devrais écrire ce qui t'est arrivé, c'est suffisamment hors du commun pour en faire un roman,
assurai-je. Je crois à la métabolisation, l'art transforme
le fumier en fleur.

– C'est toi le poète, maintenant ?

– Et toi deviens romancière.

– Je ne crois pas en être capable.

Dans son intonation, pourtant, je perçus un éveil
nouveau. J'ai insisté.

– Il suffit de se jeter à l'eau et on apprend à nager.
Écris juste ce qui t'est arrivé, les faits dans leur chro-
nologie réelle, n'essaie pas de faire joli, raconte seulement l'histoire et ce que tu as ressenti. Tu sais,
Hitchock disait : « Une bonne intrigue tient par la qualité de son méchant. Car c'est lui qui va donner du
mérite au héros. » Avec Maximilien tu as un méchant
fantastique. Et en plus, comme il est vrai, il sera toujours plus complexe et plus profond que tous les
méchants nés de l'imagination humaine.

– Tu as peut-être raison. Mais je ne me sens pas
encore prête à parler de lui. Et puis la réalité est si surprenante que les gens n'y croiront jamais.

– Peu importe qu'ils y croient ou non. L'important
est que ton expérience ne soit pas perdue. Elle doit
mettre en garde. Les gens se diront : « Tiens, ce qui
m'arrive avec mon psy amoureux ressemble à l'histoire cauchemardesque de Sibylline », et alors ils sau-
ront se méfier. Tu sauveras peut-être des vies. Pense à

toutes ces pauvres filles qui se croient spasmophiles et qui tombent entre ses mains.

– Je veux bien essayer, mais je suis sûre de ne pas réussir.

Cette fois le ton était catégorique.

– Je crois que tu as la capacité d'être romancière. Et aussi que cette expérience peut te grandir. Tu connais le fameux principe : « Ce qui ne te tue pas te rend plus fort. » Tu as passé un cap, utilise le mal pour faire du bien.

Trois mois passent ainsi, sans nouvelles d'elle. Puis, un jour, elle m'appelle. La voix est douce, le ton ferme.

– Je suis de nouveau à Paris, mais ne t'inquiète pas, je ne m'incruste plus chez toi, j'ai trouvé un studio à louer.

Elle a l'air d'hésiter à prononcer la suite.

– En revanche il reste un petit détail, un dernier service à te demander…

– Au point où j'en suis.

– … Je dois à tout prix récupérer mes affaires chez Maximilien.

– Quoi ? Tu plaisantes ? Tu n'as donc toujours rien compris ? Tout contact avec ce type est dangereux.

– J'ai mon passeport, chez lui, et tous mes papiers, mon ordinateur portable. J'ai vraiment besoin de récupérer mes affaires.

– Quand la maison prend feu…

– Je sais… mais j'ai changé, je suis forte désormais. Et puis pour renouer le contact je suis passée par un de mes meilleurs amis qui le connaît. Il m'a servi d'intermédiaire pour tout arranger. Demain, je suis sûre qu'il ne sera pas chez lui c'est son jour de garde à l'hôpital. J'ai bien vérifié. J'ai encore la clef, je rentre, je récupère mes affaires, et je les entasse dans des sacs de sport. Ça ne prendra pas longtemps. J'ai juste besoin de toi et de ta voiture pour transporter les sacs. Je ne peux pas circuler avec ça dans le métro, ni aller prendre un taxi. C'est trop encombrant.

J'essayais de trouver les mots.

– C'est une erreur. Une énorme erreur.

– S'il te plaît. Ne me laisse pas tomber. Je ne te demanderai plus rien après, jamais. Mais là j'ai vraiment besoin de toi.

Le lendemain, je me retrouvai avec ma petite Ford Fiesta devant l'immeuble haussmannien du spécialiste mondial de la spasmophilie.

– Je fais vite, affirma-t-elle, attends-moi là, je redescends avec les sacs. Tu n'as pas besoin de couper le contact, je serai rapide.

Au bout d'une demi-heure, voyant qu'elle ne redescendait pas, je me décidai à couper le contact et à garer ma voiture sur le trottoir.

Avec un mauvais pressentiment.

J'ai demandé au concierge l'appartement du docteur von Schwartz. Au sixième à droite.

Je gravis quatre à quatre les marches de bois ciré recouvertes d'un tapis de velours rouge. L'escalier sentait le vieux bois et l'encaustique.

Arrivé à l'étage, j'ai repéré la porte et entendu aussitôt des cris étouffés et des coups.

– Sibylline ! m'écriai-je.

À nouveau des bruits étouffés et une petite voix qui articulait difficilement à travers le tumulte :

– Va-t'en. C'était un piège. Il est là !

Le bruit sec d'une gifle ponctua la phrase, suivi d'un nouveau cri.

– Laissez-la ! hurlai-je à travers la porte.

Et brusquement m'est venue une idée stupide : cogner un grand coup dans la porte pour la défoncer. À ce détail près que la porte était blindée et que je n'arriverais même pas à la gondoler. Mais je comptais sur le choc pour déconcentrer le cogneur.

J'obtins l'effet escompté car dès le second choc (douloureux) de mon épaule il se mit à hurler :

– C'est lui, hein ? C'est l'autre gugusse, hein ?

Le mot « gugusse » en cet instant avait quelque chose de surréaliste.

– Hein, c'est toi, gugusse ?

– Laisse-le, je t'en prie, ne lui fais pas de mal ! Il n'y est pour rien.

– Tu parles si je ne vais pas lui faire de mal ! ricana la voix.

Cette fois je pris mon élan depuis la porte d'en face, traversai le palier et m'abattis contre le lourd panneau. Ce qui produisit une explosion retentissante du meilleur effet.

– Hé ! sale gugusse ! Je te préviens si tu continues j'appelle la police !

– Non, non, ne lui fais pas de mal, il n'y est pour rien, lâcha Sibylline entre deux sanglots.

– C'est ça ! Appelle la police ! Cette scène devrait les intéresser ! lançai-je.

Je me mis à frapper la porte avec une sorte de rage régulière, l'épaule endolorie. Les vibrations répétées sont censées venir à bout des structures les plus solides. C'était l'une de mes idoles, l'ingénieur Nicolas Tesla, qui en avait posé l'équation.

Les bruits finirent par alerter les voisins qui entrouvrirent leurs portes pour guetter, apeurés.

À ce moment un groupe de trois voyous en blouson de cuir grimpa jusqu'au sixième. Ils se calèrent et m'observèrent. Imperturbable je continuais à frapper la porte en cadence.

Soudain l'un des voyous s'approcha par-derrière, me tapota l'épaule du doigt et me demanda d'un ton détaché :

– Vous faites quoi, là, au juste ?

Il était très grand et très costaud, avec un visage hirsute, et une boucle d'oreille en forme d'anneau.

– Écoutez, la situation est déjà assez compliquée comme ça, ne venez pas en rajouter, répondis-je.

C'est alors que le voyou exhiba une carte barrée d'une bande tricolore et prononça d'un ton neutre :

– Police ! Vous avez vos papiers, s'il vous plaît ?

J'examinai la carte tendue et, rassuré, je lui tendis ma propre carte d'identité.

– À l'intérieur de cet appartement un type est en train de tabasser une fille, j'essaie de la tirer de là, expliquai-je.

Le policier me jaugea et, après une hésitation, hocha la tête comme s'il était habitué à voir ça tous les jours, un type qui essaie de défoncer une porte pour sauver une fille battue.

Il appuya sur la sonnette.

– Police, ouvrez !

Enfin une réponse fusa derrière la porte.

– Parfait, je vous attendais ! Je suis le docteur von Schwartz. Je suis un ami personnel du maire. Mettez-moi vite ce type en prison, je porte plainte !

Puis une voix féminine, haletante :

– Non, c'est faux ! Ne lui faites pas de mal, il n'y est pour rien !

– Si, si, tu vas voir ton gugusse ce qui va lui arriver ! Arrêtez-le, messieurs. Je viendrai remplir les papiers plus tard au commissariat.

– Ouvrez, police ! répéta l'homme en blouson de cuir noir, imperturbable.

– Je porte plainte, c'est un cambrioleur. Il était en train de défoncer ma porte pour m'agresser.

Je haussai les épaules d'un air modeste, soulignant que je n'avais pas causé grand dommage à l'épaisse porte blindée.

– Ouvrez, police !

– Je suis un ami PERSONNEL du maire, répéta la voix, agacée. Arrêtez-moi ce gugusse !

– Ouvrez.

Finalement, et après une longue attente, on entendit des bruits de serrure, et le pêne qui se libérait. La porte s'ouvrit sur l'épaisse chaîne de sécurité. Je vis passer le visage du fameux Dr Maximilien von Schwartz, révulsé de rage, la respiration sifflante.

– Je suis au conseil municipal et je suis un ami personnel de votre patron, répéta-t-il.

– Enlevez la chaîne.

Le spécialiste de l'amour me désigna d'un doigt tremblant. Il semblait en proie à une sorte de fièvre, et je songeai qu'il avait dû prendre de la cocaïne.

– Dans ce cas vous retenez le gugusse, il est TRÈS dangereux ! TRÈS DANGEREUX !

– Ne vous inquiétez pas, on le maîtrise, affirma le policier, posant mollement sa main sur mon coude.

– Vous l'arrêterez, hein ! Et mettez-lui des menottes, il est dangereux. Jetez-le vite en prison, hein ? Je vous rappelle que je suis un ami personnel du maire. Il vous en sera reconnaissant !

– Enlevez la chaîne !

Maximilien von Schwartz consentit enfin à dégager la chaîne et je pus le contempler en pied pour la première fois. Il ne ressemblait plus du tout à Robert Redford. C'était juste un… très petit homme. Et c'est probablement cela qui le rendait fou. La détestation des gens plus grands. Je me dis qu'assurément ce type avait dû avoir une enfance difficile dans laquelle avait macéré sa haine pour cette humanité qui lui regardait le sommet du crâne pendant que lui ne voyait que des trous de nez et des mentons. Devenu médecin, il avait dès lors cherché le pouvoir, sur les malades, puis sur les femmes. Et sa vie n'était plus qu'une quête avide de vengeance.

Barbe-Bleue en modèle réduit.

Derrière lui, Sibylline, les cheveux en bataille et à quatre pattes, tentait de se relever, dans ses vêtements déchirés.

Je me sentais de plus en plus mal dans ce film dont les personnages ne me semblaient pas crédibles. Il me tardait d'être au lendemain, comme lorsqu'on va chez le dentiste.

« Ton envie d'aider les autres est ta névrose. »

Bastien avait probablement raison.

– Que se passe-t-il ici ? demanda le policier avec flegme.

– Il se passe que mademoiselle est venue récupérer ses affaires mais qu'elle ignorait que monsieur l'attendait à l'intérieur, expliquai-je. Il l'a rouée de coups. Et j'ai essayé de défoncer la porte pour la tirer de là.

Le policier se tourna vers Sibylline d'un air interrogateur.

– Oui, c'est ce qui s'est passé, dit-elle. C'est vrai. Je suis entrée et il m'a sauté dessus il…

C'est alors que le petit homme à mèche blonde se tourna vers Sibylline et la prit fermement par les épaules. Il se mit à la fixer et à articuler :

– NON ! Dis-leur la vérité ! Dis-leur que c'est ton ancien amant et que tu l'as quitté pour moi, parce que tu ne l'aimes plus. Et lui, ce « gugusse », il n'a pas supporté que tu le quittes et que nous nous aimions. Et il est venu ici pour essayer de te récupérer en défonçant ma porte. Mais toi tu n'aimes que moi. RIEN QUE MOI. JE SUIS LE SEUL AMOUR DE TA VIE !

– Mais…

– Dis-leur que tu n'aimes que moi et que notre amour est plus fort que tout et que lui tu ne veux plus jamais le revoir. Et tu veux qu'il soit jeté en prison et qu'il ne nous dérange plus jamais. PARCE QUE TU M'AIMES, hein ? Dis-leur combien tu m'aimes. Rien que moi. Que moi. Et personne d'autre !

– C'est-à-dire que…, sanglota-t-elle.

– Dis-leur que tu m'aimes ! DIS-LEUR QUE TU N'AIMES QUE MOI. QUE MOI ! QUE MOI ! QUE MOI !

Elle s'effondra en larmes.

Le policier s'avança.

– Mademoiselle, il n'y a que vous qui puissiez trancher. Alors lequel de ces messieurs dit la vérité ?

Je vis dans les jolis yeux noirs de la jeune femme une sorte de confusion. Elle regardait Von Schwartz, elle me regardait.

– Je ne sais plus, reconnut-elle enfin en baissant les paupières.

– Comment ça « vous ne savez plus » ? demanda le policier. Un des deux ment forcément.

– Dis-leur que je dis la vérité ! lui intima le psychiatre en la secouant.

– Oui, oui… Oui.

– Oui quoi ? demanda le policier.

– C'est lui qui dit la vérité, se résigna-t-elle enfin à articuler.

– Dis-leur que tu n'aimes « QUE » moi, insista-t-il.

– Oui, je n'aime « QUE » toi.

J'éprouvai, en cet instant, un pur sentiment d'indifférence par rapport à Sibylline. J'avais juste envie d'être loin. Ailleurs. Que cette seconde soit déjà un souvenir, une histoire à raconter plus tard. Une anecdote du passé que moi-même je mettrais en doute…

Ai-je réellement été assez stupide pour me mettre dans une telle situation ?

Sibylline, les joues ruisselantes de larmes, n'en finissait pas de balbutier son « Oui, je n'aime que toi ». C'était comme si le film était en pause. Le policier qui ne semblait préoccupé que par des questions administratives, les deux autres derrière lui, impassibles, ma possible incarcération pour avoir voulu l'aider, le visage révulsé, bave aux lèvres, du Barbe-Bleue modèle réduit.

Un grand sentiment de solitude m'envahit.

Ainsi dans la vraie vie, on ne peut pas être le héros qui sauve les jeunes filles en péril. Le Prince Charmant que je croyais incarner n'avait plus qu'à aller se rhabiller, la princesse préférait Barbe-Bleue, même si elle savait que sa cave était emplie de cadavres de jeunes filles naïves suspendus à des crochets de boucher. Je m'étais trompé. On ne peut pas aider les autres, on peut juste être le témoin de leur parcours de douleur et les encourager à tenir bon. Si on intervient on est emporté.

Surtout n'attendre aucune gratitude. Peut-être même s'excuser de cette prétention d'avoir voulu porter secours.

Et puis le film se remit en marche quand le policier annonça :

– Vous aussi je veux vos papiers, s'il vous plaît.

Le psychiatre le regarda, interloqué.

– Mais je vous ai déjà expliqué que je suis un ami personnel du maire. Vous n'avez qu'à l'appeler, il vous le confirmera.

– Vos papiers, c'est la consigne, monsieur. Pour tout le monde pareil.

Von Schwartz toisa le policier, hésita, puis haussa les épaules, conscient d'avoir de toute façon remporté la bataille dès lors que Sibylline lui avait cédé devant témoins.

– Vous surveillez le gugusse, hein ? insista-t-il comme s'il avait peur que je m'enfuie.

Le psychiatre s'éloigna dans son long couloir pour gagner la pièce où il devait ranger ses papiers.

Aussitôt, le policier, qui semblait jusque-là indifférent à toutes ces turpitudes, tira Sibylline par le bras et la poussa dans les miens.

– Filez vite. Nous essaierons de le retenir !

Sans chercher à comprendre, nous avons dévalé les six étages. Sur les paliers, les portes s'entrouvraient et l'on voyait passer des nez.

Nous avons déboulé dans ma Ford Fiesta et j'ai mis la clef de contact pour déguerpir. Mais l'auto n'a rien voulu savoir. Je tournais et retournais la clef et tout ce que j'arrivais à faire était de noyer le moteur.

Je me rappelai alors les consignes de mon père : « Si ça ne démarre pas, attends un peu avant de tourner à nouveau la clef. »

Je vis dans le rétroviseur s'encadrer von Schwartz, hors de lui. Je n'eus que le temps d'actionner la sécurité des portières. Déjà il essayait d'ouvrir pour tirer Sibylline. Elle se mit à hurler, pendant qu'il tapait sur la tôle malheureusement plus fine que sa porte blindée.

Je m'arrêtai une seconde, fermai les yeux.

Dans ma tête je coupai le son, et j'inspirai profondément.

« Il faut lâcher prise », pensai-je.

Puis, sans regarder ni Sibylline ni le gnome cocaïné qui s'agrippait férocement à la poignée de ma portière, je tournai lentement la clef de contact. Le moteur s'enclencha avec un petit ronronnement régulier.

La Fiesta fit une embardée et le psychiatre lâcha la portière qui prenait le large. Il se mit à courir derrière la voiture, espérant que je m'arrêterais au feu rouge, mais par chance il était à l'orange et je fonçai.

Je roulai vite, je roulai loin. Sans un mot.

Arrivé aux Champs-Élysées, j'ouvris la portière et je dis à Sibylline :

– Mon service après-vente s'arrête à cette seconde. Ce n'est plus la peine de me rappeler. Quoi qu'il t'arrive. Je te souhaite d'être heureuse. Et je te conseille de ne plus tenter de récupérer tes affaires. Je crois qu'aucun objet n'est vraiment indispensable. Ni aucune personne, d'ailleurs. Peut-être devrais-tu retrouver ta mère en Normandie.

Elle baissa les yeux.

– Je sais, j'ai été stupide. Mais je t'avais averti. Je ne peux qu'entraîner ceux qui m'aident vers les abîmes. C'est ma malédiction.

Le silence s'éternisa. Qu'elle rompit.

– Jamais je n'oublierai ce que tu as fait pour moi. Tu m'as sauvé la vie. Je voudrais te revoir, mais je comprends que tu n'en aies plus tellement envie.

J'ouvris la portière et elle descendit, puis resta immobile sur le trottoir. Je démarrai sans regarder dans le rétroviseur.

Cinq ans plus tard, j'appris que Sibylline s'était mariée avec un journaliste qui avait plusieurs titres de noblesse, un château et un blason. Encore plus écorché vif qu'elle, l'homme qu'elle avait choisi avait réveillé son instinct maternel. N'osant plus se plaindre de ses états d'âme, elle avait renoncé à son côté « poétesse » et consacré sa vie à sauver son mari de ses démons.

Un soir dans une émission télévisée je vis apparaître le Dr Maximilien von Schwartz. Il était invité en tant que spécialiste de la sexualité et des maladies psychologiques des jeunes filles. Souriant, affable, il plaisantait. Il devint grave en évoquant les cas dramatiques de ses patientes en souffrance. Certaines anecdotes vécues ravissaient l'animateur. Tous l'écoutaient avec admiration.

Moi, je voyais un visage révulsé de rage, une bouche bavante qui hurlait : « Mettez en prison ce gugusse ! Je suis un ami personnel du maire, vous m'entendez ! »

Et revenaient en moi les mots de Sibylline : « Il éprouve de la haine pour l'humanité tout entière, s'il pouvait tuer tout le monde ce serait son bonheur total. »

Sous son visage, un bandeau en petits caractères blancs informait le public : DOCTEUR MAXIMILIEN VON SCHWARTZ, SPÉCIALISTE EN CHIMIE DE L'AMOUR.

11. Là où naissent les blagues

(FUTUR POSSIBLE)

« ... et il répondit : mais bien sûr, très cher, c'est la raison pour laquelle il préfère garder cela secret, tu le comprendras aisément ! »

Tonnerre de rires. Applaudissements et ovation générale de toute la salle de l'Olympia. La foule debout se mit à scander « Tristan ! Tristan ! » Puis : « Une autre ! Une autre ! »

Le comique recula modestement, s'essuya le front, salua d'une courbette, puis leva les bras en signe de victoire. La foule hurlait toujours « Une autre ! Une autre ! » Il continua de saluer et d'envoyer des baisers, avant de reculer vers les coulisses.

Un journaliste s'avança pour réclamer une interview.

Tristan Magnard ne lui prêta même pas attention. Des jeunes fans réclamèrent des autographes, il les dépassa en hâte. Il entra dans sa loge emplie de fleurs et ferma la porte au nez d'un reporter qui le filmait.

Tristan se démaquilla nerveusement face au miroir cerné de lampes jaunes. Jean-Michel Petrossian, son imprésario et producteur, vint le rejoindre.

304   *Paradis sur mesure*

– Tu as été formidable ! FOR-MI-DABLE ! Mais tu devrais revenir, ils sont déchaînés, ils exigent un rappel ! Fais-leur le sketch de la concierge amnésique. Ça marche toujours. Ils adoreront.

– Qu'ils aillent se faire foutre.

– Tu ne les entends pas ? C'est un triomphe ! Il paraît qu'il y a même le ministre de la Culture dans la salle.

– Je m'en fiche.

Un grondement sourd résonnait au loin, émis par des centaines de bouches qui comme une seule scandaient le même mantra tribal : « Une autre ! »

– Ils vont tout casser ! Tu les as chauffés à blanc ! Tu es un seigneur, Tristan ! Ils t'adulent.

– Je les méprise.

– Pense à ta carrière. Pense à eux. Pense à la piscine de ta nouvelle villa.

– Rien ne résume mieux ce que je pense que cette phrase : « Je m'en fous. » Je m'en fous de ma carrière. Je m'en fous du public. Je m'en fous de la piscine.

Jean-Michel Petrossian marqua un temps de silence et d'incompréhension. Cependant que Tristan, déterminé, répétait :

– Je m'en fous du ministre. Je m'en fous du public. Je m'en fous du triomphe. Je m'en fous de la gloire, de la richesse, de ces fleurs qui puent le patchouli. Je me fous de tout.

– Tristan, qu'est-ce qui ne va pas ?

Jean-Michel Petrossian alluma une cigarette qu'il lui tendit mais le comique la repoussa. Il lui proposa alors un rail de cocaïne mais Tristan souffla dessus, ce

qui dispersa la poudre en un nuage qui retomba doucement et fit éternuer le manager.

– Attends ! Tu te rends compte de ce que tu viens de
foutre en l'air ! C'était de la pure !

– Désolé, Jimmy. Je crois que tu n'as pas compris.
J'arrête tout. Vraiment. J'en ai marre. Ça fait sept ans
que je fais ce métier et j'en ai assez. Marre !

– Sept ans de gloire !

– Sept ans de duperie.

Les deux hommes se jaugèrent. Jean-Michel Petrossian était un peu corpulent, ses tempes grisonnaient,
près de ses sourcils épais. Sa chemise noire largement
ouverte laissait voir les poils frisés de son torse.

Tristan Magnard, lui, était maigre, pourvu d'un long
nez pointu et d'une houppe enduite de gel pour le
spectacle.

– Qu'est-ce qu'il y a, Tristan ? insista Petrossian en
s'asseyant près de lui. Tu peux me parler, je suis dans
ton camp.

– Tu veux vraiment savoir ce qui ne va pas ? Tu
veux le savoir, Jimmy ?

Le comique afficha un rictus. Il pointa du doigt la
poitrine de son producteur.

– Je vais te le dire moi ce qui ne va pas. Ces blagues
que je sors en sketches tous les soirs depuis sept ans,
eh bien ce n'est pas moi qui les ai inventées ! Voilà ce
qui ne va pas !

– Je ne te comprends pas, Tristan. Ce sont juste
des... blagues !

– Je vends quelque chose dont je ne connais même
pas l'origine. Je fais rire avec des gags qui ne
m'appartiennent pas et je les présente comme s'ils

venaient de moi ! J'ai l'impression d'être un escroc.
Voilà ce qui ne va pas. Ils croient tous que c'est moi le
virtuose, mais c'est quelqu'un d'autre qui a composé
ces petites symphonies ! Pas moi !

Le producteur lui donna une bourrade.

– Allons, allons. Ce sont tes auteurs qui les ont
écrites. Et alors ? Ils sont bien contents, tu leur rap-
portes un max de royalties. Tout le monde rêve de
devenir un de tes auteurs.

– Faux ! Ce n'est même pas eux ! Eux aussi les ont
récupérées. Ils n'ont rien inventé du tout. Eux aussi
sont des escrocs !

– Tristan, tous les comiques font ça ! Et depuis toujours. Même les plus grands, tu le sais bien, ils ont
piqué toutes les blagues qui traînaient dans l'air.

– Mais bon sang ! Qui les a inventées ces blagues
« qui traînent dans l'air » ? QUI !

– Je ne sais pas moi… des gens.

– Quels gens ? Je veux des noms !

Jean-Michel Petrossian chercha une formule
capable d'apaiser son poulain. Il risqua :

– Eh bien, on les « glane ». C'est comme les fruits
sur les arbres. Les auteurs les cueillent et te les apportent en sacs. Et toi tu en fais des confitures. Et les gens
aiment tes confitures. Et sur le pot, l'étiquette indique
« confiture Tristan ». Ton talent c'est de préparer et de
servir ces sacrées confitures à ta manière, celles que
les gens achètent et apprécient. Ne te sous-estime pas.

Le comique frappa du poing sur la tablette de
maquillage.

– Je ne me sous-estime pas ! Je suis lucide sur la
réalité des choses dans ce monde de paillettes et de

faux-semblants. Certaines blagues sont déjà des confitures. Et je n'ai rien préparé du tout. Inventer demande un savoir-faire et j'en sais quelque chose. Il y a forcément un type quelque part qui a imaginé ces enchaînements, ces personnages, ces situations.

– Oui, comme les tours de magie.

– Justement ! Pour les tours de magie il existe des copyrights. On connaît les inventeurs et en général ils sont très riches. Alors que pour les blagues, c'est gratuit et anonyme, on ne connaît jamais qui a fabriqué ces petits trésors. Ni pourquoi l'auteur ne les a pas signées. Je me sens un… voleur.

Il empoigna la boîte de démaquillant et en étala une couche sur le fond de teint. Le producteur lui tendit distraitement des lingettes. Il cherchait comment formuler sa pensée.

– Souvent, les blagues apparaissent spontanément. Comme de la vapeur d'eau qui se transforme en neige, qui en roulant sur elle-même finit par former une grosse boule blanche. Personne n'a vraiment voulu ou décidé le texte final. Personne n'a inventé ni la neige ni la boule. Ça s'est fait tout seul. C'était dans l'air. C'est empirique.

– La blague du « Présentateur de télévision » un phénomène empirique ? Il y a des personnages, des décors, du suspense, des coups de théâtre, une chute extraordinaire. C'est mon plus grand succès et c'est « empirique » ?

– C'est toi qui…

– Arrête, je t'en prie. On ne joue plus. On ne ment plus. Non, Jimmy, ce n'est pas moi qui l'ai créée, ni aucun de mes auteurs. Cette blague a été volée à quelqu'un. Et ce n'est pas parce que ce quelqu'un ne s'est pas fait connaître que ce vol est acceptable. Ce type qui a inventé la blague du « Présentateur de télévision » est un génie. Aucun de mes auteurs n'est capable de monter un scénario aussi fort, aussi complexe et aussi rapide. Cette blague est parfaite, c'est de l'horlogerie de précision, rien ne manque, chaque mot est indispensable. C'est un monument. Je veux savoir qui l'a bâtie.

Jean-Michel Petrossian, cette fois dépassé, ne savait plus quoi répondre. L'autre ne décolérait pas.

– Pour les fruits qui servent à confectionner des confitures je dis merci aux arbres. Mais pour les blagues qui m'ont apporté la gloire je dis merci à qui ? À qui, Jimmy ? À QUI ?

Au loin on percevait toujours la rumeur du public qui dans la salle de l'Olympia hurlait : « Une autre ! Une autre ! »

Le producteur se décida à empoigner son téléphone portable, puis murmura d'une voix morne :

– OK, Fred, tu peux rallumer la salle. Tristan ne reviendra plus.

Tristan Magnard, triomphant, pointa son doigt vers son manager.

– Je prends une année sabbatique. Je vais consacrer tout mon temps à cette seule activité : résoudre le mystère de l'existence des blagues anonymes. Et crois-moi, Jimmy, je ne remonterai pas sur scène tant que je n'aurai pas trouvé une réponse satisfaisante.

– Tu joues demain soir ici même à l'Olympia, je te le rappelle au cas où tu l'aurais oublié. On a même évoqué la possibilité que le président de la Répu-

blique en personne soit dans la salle. Tu imagines ?
Le Président !

– M'en fiche.

– De toute façon les réservations sont déjà payées.
Tu es tenu par contrat, mon vieux. Tu n'as pas le
choix.

– Je m'en fous de ton contrat.

Tristan Magnard se leva, essuya hâtivement son
visage mal démaquillé et se rua vers la porte, qu'il claqua au visage de son imprésario, repoussa le reporter
qui voulait le filmer, la foule des jeunes fans qui
s'étaient agglutinés, et bouscula le journaliste qui voulait l'interviewer.

Dehors il retrouva une autre foule d'admirateurs
derrière les barrières de sécurité et qui scandaient
« Tri-stan ! Tri-stan ! ».

Il enfourcha sa moto et se dirigea droit sur un terrain
vague. Là, il déposa à terre son costume de scène et à
l'aide de son briquet, l'enflamma, afin de ne pas être
tenté de revenir. Il observa longuement les flammes
qui montaient dans le ciel et, tel un phœnix incertain,
se demanda s'il allait un jour renaître de ses cendres.

Nuage noir.

Son spectacle de l'Olympia avait été sa dernière
apparition publique.

Suite à cette soirée mémorable, Tristan Magnard
disparut bel et bien. Certains évoquèrent la possibilité
d'un suicide, mais dans ce cas on aurait retrouvé son
corps. D'autres supposèrent qu'il serait parti seul sur
un bateau et se serait fait exploser en haute mer, là où

aucun sous-marin ne pourrait le rechercher. Hypothèses aussi hasardeuses l'une que l'autre… En fait, ce
qui demeurait troublant pour le grand public, c'était
que Tristan Magnard avait quitté la scène au zénith de
sa carrière.

La disparition de Tristan Magnard, orphelin et sans
attaches, demeura un mystère. Un jour, quelqu'un prétendit l'avoir repéré sur une île isolée proche de
l'archipel des Vanuatus. On imagina aussitôt qu'il
avait voulu tenter une expérience à la Robinson Cru-
soé, en phase de misanthropie aiguë.

Les hélicoptères débarquèrent sur l'île et y dénichè-
rent un sosie qui reconnut qu'on le confondait souvent
avec le célèbre humoriste français.

Sur internet les hypothèses les plus délirantes se
multiplièrent. Selon certains, Tristan Magnard se serait
fait kidnapper par des extraterrestres avides de comprendre les mécanismes du rire terrien. Pour d'autres il
aurait voyagé dans le triangle des Bermudes et se
serait fait aspirer dans un trou d'espace-temps qui
l'aurait projeté dans le futur. D'autres enfin assuraient
qu'un comique concurrent l'aurait enlevé pour lui
prendre sa place et le détiendrait dans une cache
secrète.

Et puis les recherches cessèrent. Peu à peu, on se
contenta de le regretter. Les émissions d'hommages et
de souvenirs fleurirent.

Finalement, de nouveaux humoristes apparurent,
qui le remplacèrent dans le cœur du grand public.

Pourtant Tristan Magnard était toujours vivant.

Il enquêtait pour répondre à la question métaphysique qui le hantait : « D'où viennent les blagues ? »

Afin d'être tranquille il avait commencé par dissimuler son identité.

Il s'était rasé le crâne, portait d'épaisses lunettes et une barbe qu'il avait laissée pousser abondamment. Autres vêtements, autre voiture, autres papiers d'identité.

Tristan s'était souvenu que son principal auteur de sketches lui avait confié un jour : « Tu sais, moi les blagues je les trouve en grande partie au café, le Rendez-Vous des Copains, juste au bas de mon immeuble. »

C'était un début de piste.

Il s'y risqua d'abord avec prudence.

Après avoir longuement observé la salle, il s'aventura jusqu'au zinc. Là il écouta quelques ivrognes groupés autour du truculent patron. Ce dernier arborait un nœud papillon rouge et des pommettes rebondies striées de veines éclatées, comme s'il avait tellement ri qu'il en avait fait exploser ses joues. Tous parlaient très fort comme s'ils souhaitaient transformer leur entourage en public attentif.

— Et celles des deux grosses paysannes qui partent en vacances en Roumanie le jour de la fête des oies, tu la connais ?

Tristan Magnard observait le patron : fiches bristol en main, l'homme notait à l'aide d'une plume et d'un encrier toutes les blagues qu'on lui racontait. Les rires en bourrasques formaient comme un ressac qui éclatait sur un rythme régulier. Seule la distribution de bière apportait une pause entre les histoires.

Tristan Magnard resta toute la journée dans le bar, à observer, fasciné, notant scrupuleusement tout ce qu'il se passait dans ce lieu ouvert.

Des heures durant, il attendit que la salle se vide, puis, aux derniers coups de minuit, alors que le patron annonçait la fermeture, il s'approcha de l'homme qui se méprit :

– Et pour vous, mon petit monsieur, ce sera quoi ? Encore un café ? Le dernier car je dois fermer.

Tristan se présenta sous un faux nom et prétendit être journaliste pour un quotidien. Il enquêtait sur les lieux de vie conviviaux de ce quartier.

L'heureux propriétaire des lieux déclina son identité. Il se nommait Alphonse Robicquet et se dit flatté qu'un journal lui fasse de la publicité gratuite. Il offrit le verre de l'amitié, kir-groseille, et expliqua que ce lieu était en effet un centre névralgique du pâté de maisons.

– J'ai entendu que vous vous racontiez des blagues avec les clients, commença Tristan Magnard.

– En effet, les blagues sont une sorte de spécialité de la maison.

Alphonse Robicquet expliqua que son père, petit commerçant, tenancier d'un magasin de farces et attrapes, était déjà très féru d'effets comiques. Il lui mettait du fluide glacial dans sa poussette, et avant de s'asseoir l'enfant qu'il était devait vérifier qu'il n'y avait pas de coussin péteur. L'ouverture du moindre pot de moutarde s'accompagnait souvent d'un bondissement de diable à ressort.

Tristan, un peu surpris, hochait la tête pour encourager son vis-à-vis.

– Et je ne vous parle pas du camembert qui klaxonne ou des fausses souris dans mon lit. Mon père disait : « Le rire ça devrait être obligatoire ! »

Et l'homme semblait réjoui de ses évocations d'enfance.

Il pensait que ce talent procédait d'une fibre héréditaire, car sa mère elle aussi était ce qu'on appelle communément une « joyeuse drille », donnant plutôt dans le calembour.

– Maman plutôt dans l'humour *nonsense* à l'anglaise. Papa dans l'humour gras politique, ethnique ou sexuel. Les deux écoles sont complémentaires, non ?

Alphonse Robicquet évoqua sa jeunesse idyllique. Tôt le matin son père commençait par un mot d'esprit sur lequel sa mère se sentait obligée de renchérir. Le soir, avant de se coucher, son père lui livrait toujours ce qu'il appelait son meilleur somnifère pour faire de beaux rêves : une « bien-bonne » qui vous épuise de rire. Car comme il le répétait : « Un bon rire vaut un steak, et ça ne fait pas grossir. »

Ce fut vers 35 ans, suite à un enchaînement de déboires professionnels et sentimentaux, qu'Alphonse décida de consacrer sa vie à ses deux hobbies préférés : le débit de boisson et le débit de blagues.

Après avoir bu un verre, le patron du bistrot reconnut qu'il n'avait jamais trouvé sa complémentaire féminine et que la plupart de ses compagnes de vie marquaient des signes de désolation dès qu'il annonçait : « Et maintenant, qui a une bonne blague à raconter ? »

Il n'avait donc pas de progéniture et enviait son père qui avait su trouver selon lui « la seule femme qui avait vraiment de l'humour ».

Tristan Magnard prenait des notes sur un calepin pour donner le change.

Alphonse Robicquet expliqua qu'il regroupait dans des cartons à chaussures les bristols contenant les blagues classées par thème, par date, et surtout par « saison ». Parce que chaque époque possédait une « mode de blagues particulières ». Par exemple les blondes : « Qu'est-ce qu'une blonde teinte en brune ? De l'intelligence artificielle ! » ou encore : les éléphants : « Comment un éléphant descend du haut d'un arbre ? Il se met sur une feuille et il attend le printemps ! »

Il poursuivit sans reprendre son souffle :

– C'est un type qui rentre dans un magasin d'animaux et qui réclame un perroquet qui parle. « J'en ai un qui pond des œufs carrés, répond le commerçant.

– Mais moi j'en veux un qui parle, pas qui pond des œufs.

– Oh, répond l'autre, quand il pond il dit : Aïe ! »

Cette fois Tristan ne put s'empêcher de faire un signe de reddition, pour indiquer qu'il avait compris, pas besoin d'illustrer chaque époque… Mais Alphonse se voulait exact. Il continua donc d'énumérer les saisons. Selon lui il y avait eu les Hongrois. Et avant eux les Belges. Et avant eux les Écossais. Et avant eux…

Alphonse Robicquet exhiba les boîtes à chaussures rangées sur plusieurs étagères derrière lui au-dessus des bouteilles d'alcool.

– La spiritualité à côté des spiritueux, résuma-t-il.

Il saisit une boîte, l'ouvrit, et exhiba l'intérieur : des fiches numérotées et datées.

– J'inscris aussi le nom de la personne qui me la raconte, précisa-t-il. Et je mets une note. Par exemple ici : « Blague des lapins qui jouent au poker. » (Oh zut ! dit un lapin, tu as mangé tous les trèfles !) Le type qui me l'a racontée, c'est donc (il examina le nom avec ses lunettes) Gégène, enfin Eugène Chaffanel, c'est le coiffeur du coin. Je lui ai mis une note : 13 sur 20.

– Vous pouvez me retrouver l'origine de la blague du « Présentateur de télévision » ? demanda soudain Tristan.

Alphonse Robicquet releva ses lunettes et fronça le sourcil.

– Le « Présentateur de télévision » ? Hum… il y en a plusieurs sur ce thème.

Tristan inspira profondément. Puis il articula pour bien se faire comprendre.

– Celle avec le coup de théâtre final, quand le présentateur s'avère être en réalité un…

– Ah oui. Celle qui a fait connaître Tristan Magnard ?

– Heu oui…

Un instant il eut peur d'être reconnu, mais le tenancier du Rendez-Vous était déjà en train de fouiller dans une boîte qu'il avait récupérée tout en haut de ses étagères.

– Ah ! Ce Tristan ! Quand même. Quelle tragédie ! Pauvre type. Le summum de la gloire et puis pfuiit. Disparu. Saura-t-on jamais ce qui lui est arrivé à celui-là ? À mon avis il a dû partir avec une fille. Il est tombé amoureux et il s'est aperçu qu'il ne supportait plus la célébrité. Il a découvert la clef du bonheur. Pour vivre heureux vivons cachés. Il doit être terré dans un chalet quelque part en haute montagne avec la fille, en train de s'éclater du matin au soir.

– Vous croyez vraiment ?

– Bien sûr. C'est l'amour qui vous fait accomplir toutes les bêtises. Je l'ai vérifié. Moi aussi j'ai voulu disparaître par amour. Pour une petite brune trop jeune pour moi. Ah, elle m'en a fait voir la coquine. Elle était devenue ma drogue. L'amour c'est juste avant la mort. Et… c'est juste après l'humour.

Ravi de sa repartie, le patron du bistrot s'empressa de la noter. Puis il fouilla à nouveau dans la boîte à chaussures des fiches bristol, en trouva une qu'il brandit.

– Ah… La voilà. Le « présentateur de télévision ». Je l'ai entendue pour la première fois il y a sept ans. Et c'est Félix Janicot, l'informaticien qui vient le matin prendre son grand-crème-pain-aux-raisins-jus-d'orange qui me l'a racontée.

– Vous avez son adresse, s'il vous plaît ?

Félix Janicot était un grand escogriffe aux cheveux longs ébouriffés. Il parlait lentement, comme s'il dormait à moitié. Son appartement était un capharnaüm de pièces électroniques, d'écrans, de claviers, et de piles de disques laser.

Des boîtes à pizza vides s'empilaient à côté des huit ordinateurs allumés.

L'informaticien consentit à expliquer à Tristan Magnard qu'il trouvait la plupart de ses blagues sur des sites spécialisés d'internet. Et que la blague du présentateur, tout comme les autres, il l'avait trouvée sur un site dédié aux blagues qu'il consultait tous les matins : « blagues.com ».

– J'adore les blagues, vous savez, et pour moi blagues.com est le site le mieux fourni. Ils en ont toujours des fraîches qui viennent juste de sortir. Grâce à ce site je peux suivre l'actualité de la production humoristique planétaire. J'ai même branché un flux informatique RSS, qui m'informe à la seconde des blagues qui sortent partout dans le monde.

Tristan Magnard sentit l'inquiétude le gagner. Internet c'était trop vaste, il avait peur de s'y noyer.

Le propriétaire du site « blagues.com » se nommait Nicolas Samson, un jeune homme aux cheveux courts, en costume-cravate, qui l'accueillit dans un bureau très moderne. Le site « blagues.com » était l'un des nombreux sites de sa nébuleuse internet regroupée sous l'appellation de CDPD « Compagnie Digitale Parisienne de Développement ».

– Malgré notre sigle il y a beaucoup d'hétérosexuels parmi nous, plaisanta-t-il.

Il avoua à Tristan que personnellement il ne s'en occupait pas car il venait juste de racheter la société qui gérait le groupe CDPD. Cependant il pouvait le mettre en contact avec son webmaster historique… Un petit homme rondouillard aux cheveux frisés, habillé en rasta jamaïcain, chemise hawaïenne et fumant des cigarettes coniques très parfumées. Il se nommait Richard Abecassis. Il consentit à chercher le nom de la

personne qui lui avait envoyé la blague du « Présentateur de télévision ».

– Ah, ça vient de Carnac. D'un type qui m'envoie
depuis longtemps des blagues. En fait… c'est même
l'un de mes principaux pourvoyeurs. Je crois que c'est
l'instituteur du village.

– Vous pouvez me donner son nom ?

– Bien sûr. Il s'appelle Ghislain Lefebvre.

Ghislain Lefebvre avoua qu'il tenait ses blagues de
son beau-frère, Bertrand.

– À chaque fin de dîner, le samedi, Bertrand se lève
et nous sort un chapelet de blagues. Il a énormément
de mémoire. Il les retient toutes sans difficulté. Moi je
ne m'en souviens pas alors je les note sur mon ordinateur. Après je les raconte à mes élèves pour les
détendre durant les cours. Ils sont beaucoup moins
agressifs. C'est bien simple, depuis que je leur sers des
blagues ils ne me crèvent plus les pneus de ma voiture ! Vous dire le pouvoir de « pacification » de
l'humour.

Ghislain semblait ravi de partager sa trouvaille.

– Alors je me suis dit qu'il fallait que d'autres pro-
fesseurs profitent de ce « truc » pour tenir leurs élèves.
C'est pour cela que je les envoie à blagues.com.

– C'est vous qui avez envoyé celle du « Présentateur de télévision », n'est-ce pas ?

– Oui, maintenant que vous me le dites, c'est une
que Bertrand m'a racontée. C'est pas récent mais je
m'en souviens, elle nous avait vraiment fait rire à
l'époque. Ce n'est que bien plus tard que le comique

Tristan l'a rendue populaire. Nous étions les premiers à la connaître, mon beau-frère Bertrand et moi. D'ailleurs sur le coup il a dit : « Tiens, celle-là il me l'a piquée, la grande vedette parisienne, mais je ne lui en veux pas, il me fait tellement rire. »

Tristan posa négligemment la main sur sa bouche pour dissimuler une partie de son visage.

Bertrand Leguern ressemblait à un grand héron, qui de temps en temps pouffait sans raison.

– Entre nous : les blagues c'est la fin de la conversation personnelle. Quand je commence à entrer en action cela veut dire que tous les sujets de discussion ont été épuisés. En fait je suis la défaite du dialogue interindividus. En général, dans l'ordre, on parle : 1) des plats qu'on sert. Comment cela a été préparé, et puis les variantes. Du vin qui les accompagne. 2) Des cancans : qui couche avec qui, qui divorce, qui trompe qui, qui vient d'avoir un enfant. 3) De football : quelle équipe mène au championnat national et où en est notre équipe locale. 4) La conversation globale glisse vers la politique. Parfois liée au football pour le niveau local. Puis on monte au national avec qui couche notre président de la République et les nouvelles lois débiles qu'ils vont voter, « là-haut », à Paris. 5) Des problèmes d'insécurité, qui s'est fait voler sa voiture ou cambrioler récemment. Ensuite on passe à 6) la culture. Quelle émission on a vue à la télé, ou pour les plus cultivés : les films nouveaux en DVD voire au cinéma. Et quand on a fini avec les films, quelques-uns parlent des livres, mais vu que cela ennuie tout le monde, ils finissent tous par se tourner vers moi et me demandent : « Bertrand, une blague, Bertrand une blague ! » C'est mon quart d'heure de gloire. Je fais en général tinter mon verre pour réclamer le silence, et je vois les enfants qui commencent à avoir les yeux qui brillent, et puis Ghislain qui sort son carnet et son stylo. Et là je fais mon petit spectacle. Avec le temps j'ai amélioré le show, et je modifie ma voix pour montrer les changements de personnages, et puis je fais des mimiques. Je crois que c'est l'origine même du cinéma, du théâtre et même de la télévision : la blague mimée avec changement de voix.

Bertrand Leguern se mit à ricaner en enfonçant la tête dans ses épaules, par secousses, ce qui lui donna l'allure d'un géant maigre qui glousse.

– Et vous les tenez d'où vos blagues ? demanda l'humoriste.

– Moi ? Eh bien je vais vous donner mon grand secret. Je les tiens du curé de la paroisse qui est juste à côté.

– Même celle du « Présentateur de télévision » ?

– Oui, parfaitement. Celle-là je me la rappelle très bien. C'est le curé qui me l'a racontée à l'époque. C'était bien avant que Tristan la popularise. Ici à Carnac on est comme ça : on a les blagues en « avant-première », bien avant Paris et même avant le monde entier.

– Comment expliquez-vous ça ?

– Je pense que c'est dans l'air. La Bretagne est la terre de toutes les fantasmagories. La forêt de Brocéliande n'est pas loin. Les druides sont nos chamans. Nos traditions orales ont survécu à la télévision et à internet. Ici on raconte encore des histoires aux enfants avant qu'ils s'endorment. Vous savez, les fées et les lutins font partie de cette lande. La nuit, on les entend qui dansent sur des ritournelles celtiques. Nous sommes la terre d'Europe la plus avancée à l'ouest, nous sommes donc en toute logique la plus avancée tout court.

Tristan commençait à se demander s'il n'existait pas réellement une dimension magique dans l'apparition des blagues.

– Donc c'est le curé qui vous l'a racontée. Comment s'appelle-t-il ?

– Le père Labreuvois, Franck Labreuvois. Vous en voulez une petite avant de partir ? Vous la connaissez celle des deux vampires lesbiennes ?

Tristan battit en retraite.

– Euh non, merci, ça ira.

Mais Bertrand était déjà dans sa jubilation de conteur. Il poursuivit comme s'il n'avait rien entendu, avec une sorte de gourmandise :

– Eh bien au moment de se quitter elles se disent : « À dans 28 jours » !

Bertrand Leguern se mit à rire tout seul. Tristan était atterré. Peut-être, songea-t-il, que les blagues étaient comme le reste, il ne fallait pas en abuser. Ou peut-être était-il devenu, lui le professionnel, trop exigeant, voire perfectionniste. Plus proche du gastronome que de la nourriture industrielle. Et là il recevait du fast-food en pleine figure.

– Elle est bonne, non ? insista le beau-frère.

Il se mit à glousser en rentrant la tête dans ses épaules maigres.

Tristan Magnard se dit qu'indirectement il était redevable à cet homme du lancement de sa carrière.

— Merci beaucoup, au revoir.

— C'est cela… à dans 28 jours ! conclut l'autre gaiement.

Dans l'église romane de Carnac, éclairée par d'étroits vitraux, le curé, Franck Labreuvois, en soutane noire, guida Tristan Magnard vers le confessionnal.

— Je vous écoute, mon fils. Vous avez péché ?

— Je viens vous voir, mon père, non parce que j'ai péché, mais pour poser une question.

— Sur le paradis ?

— Non, sur la télévision. Ou plus précisément sur une blague qui se passe à la télévision et je crois savoir que c'est vous qui l'avez lancée.

— Ah ! celle où l'on découvre qui était vraiment le bonhomme parce qu'il y a un micro branché et…

Franck Labreuvois étouffa un petit rire entendu.

— Elle est bonne, hein ? ajouta-t-il.

— Excellente en vérité.

— Je crois qu'à Paris, un comique l'a reprise et rendue célèbre. Elle a même lancé sa carrière.

— Justement. On m'a dit qu'elle est apparue ici pour la première fois. Êtes-vous l'inventeur de cette blague, mon père ?

— Oh ! non, mon fils. Tout ce qui existe ici-bas n'est que le fruit de SA volonté.

— Vous voulez dire que c'est Dieu en personne qui vous l'aurait inspirée ?

Nouveau rire étouffé du prêtre.

– Dieu est certes à l'origine de l'apparition de celui qui l'a inventée. C'est-à-dire un être humain de chair et de sang. Comme pour toutes les blagues d'ailleurs.

Le père Franck Labreuvois avoua qu'il la tenait de son bedeau qui semblait en recevoir régulièrement.

– C'est à la fin des chorales que Pascal me les raconte. Et nous nous marrons bien. Cela détend après le chant.

– Des blagues de quel type ?

– De tout. Tenez, vous voulez que je vous raconte la dernière ?

– Heu… c'est-à-dire…

À travers le grillage du confessionnal Tristan discerna la mine amusée du prêtre.

– C'est une petite souris qui trotte avec sa maman dans la rue. Soudain elle voit passer une chauve-souris. Alors la petite souris dit : « Maman, je crois que j'ai vu passer un… ange. »

Un instant, Tristan se demanda si finalement raconter des blagues n'était pas une forme de pathologie. Comme le hoquet. Quand on commence on ne peut plus s'arrêter. Et l'on ne se rend pas compte combien l'effet peut être usant sur l'entourage. Alors qu'il en avait fait son métier et avait ainsi accédé à la gloire, la rencontre avec ces « fous » des blagues apportait à Tristan une sorte d'écœurement.

Franck Labreuvois, toujours assis sur son siège de confessionnal, gloussait. Tristan se força à rire, par politesse.

– Il me semble que ces temps-ci la mode est aux blagues chauves-souris, concéda-t-il.

Puis il marmonna machinalement, comme pour le remercier.

– Ah bon, vous en avez une autre ? Je ne vois pas très bien ce que l'on peut raconter sur des… chauves-souris.

– Bien sûr. Bien sûr. J'en ai une autre. Fabuleuse. Vous allez adorer. Elle va vous faire rire.

Tristan Magnard se rappela avoir expliqué un jour à un débutant qui lui demandait son secret pour bien raconter les blagues, « surtout ne jamais dire la phrase : cela va vous faire rire, qui déclenche à coup sûr l'effet contraire ».

Déjà le prêtre s'agitait sur son siège.

– Cela se passe dans un bar à chauves-souris. Elles ont soif. L'une prend son envol et part. Elle vole de ses longues ailes membraneuses. Flap ! flap ! Au bout d'un moment elle revient avec un peu de sang à la commissure des lèvres. Les autres veulent savoir où elle a trouvé à boire. La voyageuse explique alors : « Vous voyez le banc, là-bas ? Eh bien un couple d'amoureux y était assis. J'ai mordu la jeune fille et c'était vraiment délicieux. » La deuxième chauve-souris décolle aussitôt. Flap ! Flap ! (je vous fais le bruit des ailes). Elle revient avec du sang sur tout le museau. « Où as-tu trouvé ça ? » demandent les autres. « Vous voyez l'abribus là-bas ? Eh bien un groupe de touristes anglais attendait tout à l'heure. J'ai mordu le plus grand et il avait des veines très fines. Ça a bien giclé. » Alors la troisième chauve-souris décolle. Flap ! flap ! Quelques minutes plus tard elle revient avec du sang partout, sur le museau, le thorax, sur les épaules. Elle en est recouverte. « Où as-tu trouvé ça ? » demandent les autres, admiratives. « Vous voyez le grand arbre là-bas ? » Les chauves-souris regardent dans la direction indiquée et approuvent. « Eh bien, dit la chauve-souris ensanglantée, moi… je ne l'ai pas vu. »

Nouveau gloussement du prêtre.

Tristan Magnard émit un petit rire poli, il en fallait bien davantage pour le dérider.

– Merci, père Labreuvois. Donc il s'appelle comment déjà votre bedeau ?

Grand, gros, chauve, Pascal Delgado semblait un peu maladroit avec ses deux longs bras qui lui pendaient des épaules. À 45 ans, le bedeau avoua après plusieurs verres de chouchen qu'il était toujours vierge et que sa passion pour les blagues suffisait à remplir sa vie.

Pressé par Tristan Magnard, il finit par chuchoter qu'il recueillait depuis trente ans ces « blagues extra-ordinaires » tous les samedis matin dans une boîte en fer située sous une grande pierre de l'alignement mégalithique de Carnac. Il ne se fit pas trop prier pour accepter de guider Tristan Magnard vers le lieu de réception des blagues.

Ils marchaient dans la lande balayée par les vents fortement iodés.

Les arbres bruissaient au loin.

Pascal Delgado, qui semblait porter un manteau beaucoup trop large pour lui, avançait, le front en avant. Il compta les grandes pierres de granit posées verticalement.

Après le treizième menhir il désigna un dolmen, trois immenses rochers posés en angle, pour former une table. Là il chercha une petite anfractuosité dans la roche, comme une étagère. Si on ne savait pas la chercher il était assurément impossible de la détecter.

Au fond de ce petit abri se trouvait une boîte à biscuits en fer, peinte d'un motif représentant un bateau dans la tempête.

– Samedi matin je sais qu'il y aura une blague dans cette boîte, affirma le bedeau.

– Qui les dépose là ?

– Je l'ignore. Alors que j'avais 15 ans, mon père m'a dit un jour : « Tu verras, tous les samedis matin une blague vient sous ce dolmen. Il te faudra venir la chercher et la donner au prêtre. » C'est tout. J'ai fait ce que m'a dit mon père. Et depuis je me marre bien.

Tristan Magnard observa les alentours. Aucune maison, aucun château d'eau, aucun édifice. Même la route la plus proche semblait déserte. Les nuages violets et noirs s'irisaient de reflets dorés sous les rayons du soleil qui perçait, donnant à la scène une lumière de tableau anglais à la Turner.

– Et vous n'avez jamais eu envie de savoir qui les déposait ?

– Non. Il faudrait rester toute la nuit. Il fait froid et je n'ai pas que ça à faire. Vous connaissez celle du bar à chauves-souris ?

– Oui, oui, le prêtre me l'a déjà racontée.

Pascal Delgado afficha un air sceptique. Alors, comme s'il voulait en donner une preuve, Tristan récita la chute : « Vous voyez l'arbre ? Eh bien moi... je ne l'ai pas vu ! »

Aussitôt l'autre s'esclaffa.

– Elle est géniale, hein ?

L'humoriste se contenta d'articuler, sans la moindre émotion :

– Très savoureuse, en effet.

Cela faisait maintenant six heures que Tristan Magnard, enveloppé dans une couverture, une Thermos de café à la main et des jumelles infrarouges collées aux yeux, guettait l'alignement mégalithique qui jadis avait dû être un lieu sacré pour les druides. Il s'était placé à cinquante mètres du dolmen désigné par Pascal Delgado. Une chouette lui tenait compagnie et semblait se moquer de lui en ululant.

De longs nuages, qui s'étiraient comme des fils emmêlés, striaient la surface de la lune.

Les menhirs dressés semblaient une armée menaçante de soldats immobiles, issus du fond des âges, venus pour garder un trésor. Le comique parisien commençait à claquer des dents et, ayant vidé sa Thermos de café, il commença à attaquer un alcool local à base d'artichaut, que lui avait offert le bedeau avant de le quitter.

Et puis soudain, il vit une ombre.

Une silhouette juchée sur un vélo, éclairée uniquement par la lampe à dynamo de la roue avant, glissait vers l'endroit que lui avait désigné Pascal Delgado.

Tristan Magnard se cacha. « Ainsi, songea-t-il, quelqu'un livre bien des blagues dans la boîte en fer du dolmen. Et ce quelqu'un tient à ce que son action reste secrète. Sinon il ne viendrait pas si tard et si discrètement. »

L'homme portait un grand chapeau noir qui dissimulait son visage à la faible clarté de la lune. Un instant, Tristan eut envie de sauter sur lui pour le forcer à
avouer d'où il tenait ses blagues. Mais il préféra le
suivre à distance, en se dissimulant pour ne pas se
faire repérer. Heureusement le cycliste ne pédalait pas
trop vite.

Le mouvement des nuages révélait la silhouette,
plus ou moins proche.

Il arriva ainsi au bord de la plage de Carnac.

L'homme au chapeau noir abandonna son vélo en
l'attachant à un arbre avec une grosse chaîne. Puis il
rejoignit l'école de voile de Carnac Plage. Tristan était
toujours derrière lui, dans le vacarme des vagues.

L'homme poussa un catamaran à l'eau et embarqua.
Puis il fila vers le large.

Tristan Magnard n'avait pas prévu cela. Il hésita
puis, comprenant que s'il n'agissait pas il devrait
attendre une semaine de plus, il décida de l'imiter. Il
poussa lui aussi un catamaran à l'eau. Il avait jadis
appris à border un foc et à tenir un gouvernail.

Laissant une distance suffisante pour ne pas être
repéré et s'aidant de ses jumelles à infrarouges, il put
suivre le vaisseau de l'homme au chapeau noir.

Cet étrange événement ne faisait que le conforter
dans sa démarche. Il y avait là un mystère à découvrir.

Des vagues de plus en plus hautes semblaient vouloir l'empêcher d'avancer. Mais il savait que s'il aban-
donnait il ne connaîtrait jamais la réponse à la question
qui désormais occupait toute sa vie.

« D'où viennent les blagues ? »

La lune ne s'éclaircit pas et le vent ne fit que mugir plus fort. Les vagues formaient des crêtes de plusieurs mètres. Ce qui permit à Tristan de ne pas être détecté mais lui donna rapidement le mal de mer.

Son voilier montait et descendait au gré des flots. Le ressac frappant la coque de plastique l'assourdissait.

À force de serrer et de tirer sur les cordages, ses mains se couvrirent de cloques douloureuses. Il se sentait trempé de sueur et d'eau salée.

Soudain, une lueur blanche qu'il prit au début pour une étoile basse, apparut. Elle clignotait.

C'était assurément le phare d'une île.

Le catamaran de l'homme au chapeau noir semblait foncer droit dans cette direction.

Le voilier approcha de l'île rocheuse, et Tristan put contempler la haute tour illuminée qui surplombait l'océan furieux.

L'homme au chapeau noir rejoignit une anse protégée des vagues, amarra son catamaran, puis se dirigea vers un chemin escarpé qui menait au phare.

Tristan avait caché son propre vaisseau et ne perdait pas de vue l'homme qui évoluait rapidement sur le granit.

La silhouette parvint au bas de l'édifice et s'y engouffra, Tristan Magnard à ses trousses. Il n'était plus qu'à quelques mètres du phare. À sa grande surprise, non seulement la porte était hermétiquement close, mais aucune serrure n'était visible, aucun gond. Juste une grande plaque de métal, sans poignée.

Tristan songea à un système d'ouverture dissimulé, peut-être une reconnaissance d'iris ou d'empreinte digitale.

Autour de lui les premiers rayons du soleil commençaient à poindre.

L'aurore risquait de révéler sa présence sur cette île déserte.

Et tout à coup, l'homme au chapeau noir disparut.

Un instant Tristan se demanda s'il n'avait pas rêvé, mais les traces de pas étaient encore fraîches. Et de là où il était il pouvait apercevoir les deux catamarans.

Tristan Magnard se souvint alors d'un conseil que lui avait jadis donné son père : « Si cela ne passe pas par-devant, passe par-derrière. Si cela ne passe pas par en bas, passe par en haut. »

Il fit le tour du phare, et n'ayant rien trouvé se mit en devoir d'escalader la paroi pour rejoindre la plus basse fenêtre. Par chance, la paroi était usée et offrait des anfractuosités où il pouvait poser le pied.

Il grimpa sur plusieurs mètres et, lorsqu'il se retourna, il vit en bas les vagues heurter la falaise comme des dragons aquatiques décidés à le faire chuter.

Il poursuivit son ascension.

Il pensait aux efforts déjà accomplis pour parvenir jusque-là et, malgré ses mains en sang, soutint son effort.

C'était beaucoup plus haut que prévu.

Enfin la fenêtre fut toute proche. Il voulut briser une vitre mais elle était sécurisée d'une double épaisseur. Il dut continuer de grimper en espérant trouver une ouverture moins protégée. Par chance la troisième était entrebâillée. Il n'eut qu'à la pousser pour déboucher sur l'escalier en colimaçon.

Après avoir repris son souffle, il entreprit de gravir les marches.

En haut, le projecteur du phare occupait le centre de la pièce. Un petit poste d'observation était installé, avec une table, des cartes, des compas, un sextant. Ces instruments devaient servir aux gardes-côtes lors des inspections.

Il trouva un placard avec quelques biscuits et du rhum.

Durant quelques secondes, il se laissa captiver par le spectacle extraordinaire qu'offrait la mer démontée au large des côtes bretonnes, puis il se décida à descendre l'escalier.

À un niveau qui devait être le rez-de-chaussée, Tristan Magnard découvrit un puits en pierre qui devait dater du siècle dernier…

Quel intérêt de creuser un puits dans un phare en plein océan ? se demanda-t-il. Un puits ouvert de deux mètres de circonférence et dont on ne voyait pas le fond. Il jeta une pierre et n'entendit le choc liquide qu'au bout de plusieurs secondes.

L'homme au chapeau noir ne pouvait être loin, il ne pouvait pas avoir pris d'autre chemin. En examinant la margelle recouverte de mousses, il vit des empreintes de mains, et aux alentours des marques de semelles. L'homme était passé par là. Mais comment ? où ? il n'existait ni escalier, ni passage visible.

Tristan Magnard, après avoir examiné attentivement les lieux, décida d'emprunter le chemin du seau. Il saisit la corde et la glissa dans la poulie de l'armature métallique. Puis il s'assit sur le seau et, s'agrippant à la corde, il descendit avec précaution. Le cercle de lumière au-dessus de lui se rétrécit rapidement, alors que le froid et l'humidité augmentaient. Il n'entendait plus le chahut des vagues et du vent autour de l'île.

Au fond du puits, il ne trouva qu'un bassin d'eau salée. Et rien d'autre.

Déçu, il entreprit de remonter, en scrutant la paroi à l'aide de ses jumelles infrarouges. Il finit par découvrir une porte sculptée. Il tâtonna autour, palpant et auscultant les pierres, et tout à coup un mécanisme se déclencha. La porte pivota et un couloir apparut dans un crissement de pierre.

À nouveau les traces de pas humides le guidèrent.

Le long couloir débouchait sur un escalier qui descendait vers un couloir plus large.

Soudain il entendit des pas. Un groupe survint, qui tournait dans un couloir perpendiculaire. Il se cacha. Puis suivit les hommes vers un vestibule où ils enfilèrent des capes roses et des masques semblables à ceux de la commedia dell'arte.

Tristan Magnard attendit qu'ils aient tous saisi leur déguisement et fit de même. Il remarqua qu'à l'intérieur du masque, au niveau de la bouche, se trouvait un tampon de caoutchouc. Puis, à petits pas, il rejoignit l'arrière du groupe.

La procession finit par déboucher dans une haute salle rectangulaire entourée de vitraux, eux-mêmes éclairés par des lampes imitant la lumière du soleil. Un temple situé à plusieurs mètres sous le niveau de la mer.

Jamais il n'aurait pu imaginer un tel spectacle, sur une petite île oubliée au large de la Bretagne.

Une cinquantaine de personnes formaient la procession. Elles s'installèrent sur les bancs latéraux. Face à elles, un autel surmonté d'un ring de boxe éclairé par des rampes. Deux proéminences couvertes d'une bâche étaient placées au centre.

Une musique symphonique se déclencha, majestueuse et ample, faisant résonner l'étrange cathédrale souterraine.

Un individu en cape blanche fit son entrée. Son masque blanc était celui de l'hilarité figée.

Il monta sur l'estrade, face au micro.

– Mes amis, lança-t-il d'une voix puissante. Aujourd'hui est un jour particulier. Nous allons sélectionner un nouveau membre.

Aussitôt les deux rangées de participants roses frappèrent des mains sur un rythme convenu.

– Qu'on introduise les deux postulants, annonça l'homme en blanc.

Deux personnages en cape et masque violets entrèrent de part et d'autre de l'estrade. Leurs masques affichaient une humeur neutre, lèvres closes. Tous deux saluèrent l'homme en blanc qui semblait le maître de cérémonie.

Deux assistants en rose ôtèrent les bâches du ring, dévoilant deux grands fauteuils équipés d'un matériel électronique.

Chaque siège était surmonté d'une lettre et d'un écran vidéo. Les deux challengers en cape violette prirent place. Le premier sous la lettre A. Le second sous la lettre B.

Les deux assistants fixèrent des lanières de cuir à boucle métallique autour de leurs poignets posés sur les accoudoirs, ainsi qu'à leurs chevilles. Puis ils placèrent un appareil qui coinçait leur tête entre deux étaux rembourrés, comme pour les forcer à regarder en face. Ils ajustèrent un bras métallique pointant un revolver contre la tempe de chacun des hommes ligotés.

Après quoi les assistants en rose relièrent un câble électrique à la détente, déposèrent des capteurs sur l'épiderme nu des joueurs, au niveau du cœur, de la gorge, du ventre. Enfin ils allumèrent les écrans vidéo au-dessus des fauteuils et reprirent leur place près du maître de cérémonie.

Une musique d'orgue résonna. Puis la lumière des vitraux baissa, cependant que deux gros spots dardaient un flot rose sur les fauteuils.

– Maintenant que le plus drôle gagne ! annonça le maître de cérémonie en levant la main.

Tristan Magnard comprit qu'il s'agissait d'une sorte de « Je te tiens tu me tiens par la barbichette, le premier qui rira aura une tape sur la joue. » Si ce n'est que le revolver posé sur la tempe des « joueurs » suggérait cette fois une issue plus définitive.

Après que le maître de cérémonie eut tiré à pile ou face, le coup d'envoi fut lancé par le joueur A.

Qui sous son masque raconta une blague.

Le joueur B frémit un peu mais sut se contenir.

Tristan Magnard ressentit une irrépressible envie de rire mais eut le réflexe de mordre très fort l'embout caoutchouté placé à l'intérieur de son masque. Il en comprit dès lors l'intérêt : grâce à eux le public pouvait assister à la finale sans influencer les joueurs.

Astucieux.

Tristan Magnard remarqua que sur l'écran B, étalonné comme l'autre de 0 à 100, la blague de A avait provoqué une poussée à 28.

Une fois que le compteur fut redescendu, B prit son tour. Sa blague fut à peine plus longue, mais sa chute plus inattendue.

Là encore Tristan n'eut que le temps de mordre le caoutchouc avant qu'un son ne le trahisse.

Il perçut des bruits chez ses voisins qui comme lui s'efforçaient d'étouffer leur hilarité.

La ligne de l'écran vidéo ne monta qu'à 19. Visiblement A avait des nerfs d'acier.

La deuxième blague déclencha chez B une montée à 15. Mais quand celui-ci contre-attaqua avec une blague très sophistiquée, l'effet fut immédiat : l'écran A grimpa d'un coup jusqu'à 57.

B avait trouvé le point faible.

Dans la salle, Tristan Magnard pouvait percevoir l'assistance en grand émoi.

Nouvelle attaque du joueur A. Il frappait en finesse et subtilité. Mais B restait bien stable sur son 15.

B décida alors de continuer sur le même thème, pour enfoncer le clou.

A émit soudain un petit cri douloureux. Les masques des joueurs, eux, n'étaient pas équipés pour étouffer les sons.

Tristan Magnard perçut que A bloquait, quelque chose montait progressivement, comme une digue qui cédait. Sur le tableau sa courbe électrique grimpa d'abord à 39 puis se stabilisa. On pouvait penser qu'il avait contenu le rire mais déjà la courbe remontait : 45, 72, 80 et 99, puis… 100 !

D'un coup le mécanisme électrique envoya une impulsion qui déclencha la détente. Le coup de revolver claqua, arrachant l'arrière de la boîte crânienne du sujet A.

Un soupir de soulagement s'échappa du masque de B. Il fut libéré de son siège alors que les deux assistants en cape rose emportaient le cadavre du perdant. Enfin dégagé, B enleva son masque et explosa du rire contenu depuis le début du match. Tristan Magnard put alors vérifier ce qu'il soupçonnait : B était une femme.

Une cérémonie d'intronisation se déroulait sous ses yeux. Le grand maître blanc demanda à la jeune femme victorieuse de mettre un genou à terre, de prêter serment, et de servir jusqu'à la mort la cause de… l'Humour.

Celle-ci jura, puis se lança dans un grand discours : fière de faire désormais partie de la confrérie, elle promit de n'être qu'une servante de la cause sacrée planétaire humoristique.

Alors le maître en blanc ôta la cape violette de la gagnante et lui remit une cape rose et un masque rose souriant.

À cet instant un homme s'avança, et murmura avec inquiétude quelque chose à l'oreille du grand maître. Celui-ci réclama aussitôt l'attention générale.

– Mes amis, un intrus s'est introduit dans notre sanctuaire. Il s'est glissé parmi nous et a dérobé une tenue et un masque.

Déjà Tristan Magnard commençait à reculer, mais d'un même élan, les hommes et femmes en rose se retournèrent vers lui.

Une main lui arracha son masque.

Face à lui la statue de marbre représentait Groucho Marx en toge, assis en tailleur tel un bouddha. À ce détail près qu'il tenait un demi-cigare au coin des lèvres, portait d'épaisses lunettes et manifestait un strabisme divergent prononcé. Au centre de la pièce un bureau ovale couvert de livres et de dossiers.

– Alors, cher visiteur, que faites-vous ici ?

Le grand maître n'avait pas ôté son masque hilare, d'où jaillissait sa voix grave et profonde.

– J'ai remonté le parcours d'une blague, reconnut Tristan. Cela fait plusieurs jours que je remonte un à un les intermédiaires pour retrouver la source. Et la source c'est vous.

– Comment vous appelez-vous ?

Le comique hésita, puis décida de jouer franc-jeu.

– Mon nom est Tristan, Tristan Magnard.

– Ah ? fit l'homme masqué. C'est vous ? Vous ne ressemblez pourtant pas beaucoup à l'artiste qui passe à la télévision.

– Remonter une blague exigeait un minimum de discrétion. J'ai changé d'aspect pour enquêter tranquillement.

L'homme en blanc tourna dans la pièce, nerveux.

– Et comment avez-vous pénétré ici ?

– Par une fenêtre du phare. Je pense que l'un de vos
« adeptes » a dû vouloir prendre l'air et oublié de la
refermer.

Le maître décrocha un téléphone et demanda de
vérifier l'information.

– Donc vous avez remonté une blague et vous êtes
arrivé ici… Mmmh… ce n'est pas courant, mais c'est
possible. À qui avez-vous signalé que vous veniez ?

– Personne.

Le grand maître se retourna brusquement et le
pointa du doigt.

– Ne me mentez pas.

– Je n'ai même pas emporté mon portable, afin
d'être sûr de ne pas être dérangé dans ma quête.

– Ce lieu est une propriété privée. Nous pourrions
vous faire arrêter par la police, savez-vous ?

– Ça m'étonnerait que vous le fassiez.

L'homme en blanc ne répondit pas. Il se plaça face
à la statue de Groucho Marx, comme s'il en attendait
une réponse.

– Le problème c'est que vous avez assisté à l'une de
nos séances d'intronisation, vous connaissez maintenant le prix terrible que nous payons pour réunir les
meilleurs.

– Je ne parlerai pas, affirma Tristan.

– Ah ça, c'est sûr. Mais étant donné les enjeux nous
ne pouvons prendre le risque que vous révéliez notre
existence à qui que ce soit.

Il continua de tourner en rond dans la pièce.

– Et donc : qu'allons-nous faire de vous ? Le plus
simple serait évidemment de vous éliminer. Après tout
vous ne seriez pas le premier disparu en mer… Et

d'ailleurs je crois me rappeler que vous vous êtes déjà éclipsé de la scène publique. En fait vous avez déjà disparu, alors…

– Ne me tuez pas maintenant. J'ai trop voulu savoir pour tout perdre au moment où… je gagne tout.

L'homme en blanc s'approcha de Tristan. Tout près. Son masque hilare n'était plus qu'à quelques centimètres du visage de son interlocuteur.

– Je veux être des vôtres, balbutia Tristan Magnard. Ma vie n'avait pour seul sens que d'arriver ici. Je le sais maintenant.

– « Pour celui qui n'est pas purifié les noces chimiques feront dommages. » Vous l'avez découvert tout à l'heure : notre système de sélection est assez radical.

– Il n'y a pas de grand gain sans grand risque. J'accepte vos règles.

Le grand maître tournait maintenant autour de Tristan.

– Ici vous n'êtes plus rien. Vous n'êtes plus une star. Vous n'êtes plus le type qui à la télévision faisait grimper l'audimat. Vous n'êtes plus l'idole des jeunes. Ici vous êtes un apprenti qui va apprendre à la dure. Car s'il y a une chose avec laquelle on ne plaisante pas chez nous… c'est bien l'humour.

– Je ferai tout ce que vous me direz pour être digne de rejoindre votre confrérie.

– Quel qu'en soit le prix ?

– Quel qu'en soit le prix.

Le grand maître finit par s'asseoir dans le large fauteuil du bureau.

– Nous considérons que faire rire est comme un art martial. Nous l'apprenons avec méthode, rigueur, à coups d'exercices, de tests, et pour finir... de duel à mort.

Tristan Magnard déglutit.

– Vous ne saviez pas pourquoi vous riiez et faisiez rire les autres ? Vous allez l'apprendre. À la dure, croyez-moi, mais vous saurez. Êtes-vous toujours déterminé à faire partie des nôtres ?

Pour la première phase de l'apprentissage, Tristan Magnard reçut une cape noire qu'il ne devait jamais quitter. Et un masque au visage triste qu'il devait porter lors de toutes les cérémonies. C'était son costume d'Apprenti GLH.

Tristan Magnard apprit également qu'il existait trois grades :

Apprenti GLH.

Compagnon GLH.

Maître GLH.

Plus quelques sous-grades.

L'apprenti était doté d'une cape noire. Masque triste.

L'apprenti challenger d'une cape violette, masque neutre.

Le compagnon portait cape rose et masque souriant.

Le maître cape rose clair et masque riant.

L'ensemble de la confrérie était chapeauté par le Grand Maître GLH qui lui possédait l'unique cape blanche et le seul masque hilare.

On consigna Tristan dans une chambrée qui ressemblait en tout point à celle qu'il avait connue au cours de son service militaire.

Il lui était interdit de quitter l'île.

De toute façon il n'en avait nullement l'intention. De temps à autre, il entendait le ressac frapper le phare, bien au-dessus du plafond.

On lui désigna pour parrain la seule personne dont il avait contemplé le visage, la gagnante du duel : la fameuse « B ». Une jeune femme brune de petite taille, au corps menu et au visage de chat siamois, éclairé de grands yeux bleus. Tout comme les chats elle semblait un étrange mélange de fourrure et de griffes.

— Durant les trois premiers mois de votre initiation d'apprenti GLH, il vous sera interdit de rire. Sous aucun prétexte. Si jamais vous êtes surpris en train de pouffer, voire de ricaner, je vous punirai moi-même, des châtiments corporels sont prévus par notre charte.

— Des « châtiments corporels » ? ironisa-t-il. Quoi, une fessée ?

— Des chatouilles, dit-elle gravement.

Il marqua la surprise.

— Ça tombe bien. J'ai toujours aimé les chatouilles. Ma mère m'en faisait avant de me coucher pour me détendre.

Elle prit son air de chat.

— Il y a d'abord un moment agréable, mais si l'on persiste elles tournent au désagréable. Et si l'on continue encore, la sensation devient très vite intolérable.

Il se demanda si elle se moquait de lui, mais elle avait prononcé ces mots sans sourire, comme un chirurgien évoquant les risques d'une opération périlleuse.

– Je sais… « on ne plaisante pas avec l'humour ».

– Je vous enseignerai ce que j'ai moi-même appris. Et je vous l'enseignerai jusqu'à ce que vous soyez prêt à être intronisé. Mais retenez bien d'abord les trois mois d'interdiction absolue de rire.

– Pourquoi ?

– C'est le silence qui nous apprend à aimer la musique, c'est l'obscurité qui nous apprend à aimer les couleurs, c'est la guerre qui nous apprend à aimer la paix, c'est l'absence de rire qui nous apprend à comprendre l'humour. Il y a tellement de gens qui rient à tout bout de champ pour n'importe quoi. Ils galvaudent leur capacité à vraiment rire. Et croyez-moi, dans trois mois, quand vous serez enfin autorisé à déclencher votre premier rire parmi nous, il sera vraiment « apprécié ».

Il la fixa et, dans son sérieux, la trouva impressionnante.

– La première phase d'enseignement est l'histoire de l'humour. Les cours auront lieu dans la salle d'Histoire au 1er étage de la zone ouest.

– Juste une question, comment vous appelez-vous ?

– Pour l'instant : « B » suffira amplement.

– Que faisais-tu avant de venir ici, B ?

Elle s'avança et se redressa, poitrine en avant.

– Je sais, monsieur Magnard, que vous étiez un « comique professionnel » riche et célèbre. Mais sachez que ça ne m'impressionne pas le moins du monde, répliqua-t-elle sèchement. Faire rire des foules est à la portée du premier venu. Faire rire en toute conscience est d'un tout autre niveau. Ici nous sommes dans quelque chose d'important. Pour commencer je vous interdis de me tutoyer.

– Je…

– Je crois que vous ne réalisez pas bien où vous vous trouvez, ni la chance que vous avez, monsieur Magnard. La spiritualité, dans le sens de spiritualité humoristique, est plus qu'une religion, c'est une ascèse. L'humour vous apportera ce que rien, ni votre famille, ni votre religion, ni votre fortune, ni votre célébrité ne vous ont apporté jusqu'ici.

– Je vous écoute.

– Rire et faire rire en pleine conscience.

Tristan ne put se retenir de hausser les épaules.

– Faut quand même pas exagérer, je…

À ce moment, B se tourna vers lui et le regarda intensément de ses grands yeux clairs.

– Le Grand Maître vous l'a dit : « Rire est un art martial. » Ce lieu est à l'humour ce que le temple Shaolin est au kung-fu. Jusqu'ici, vous vous battiez avec vos petits poings comme un voyou de quartier qui roulait les mécaniques. Dorénavant, nous vous transformerons en « Bruce Lee de l'humour ». Vos blagues seront comme des armes d'une précision totale. Vous apprendrez à mesurer chaque mot, chaque virgule, chaque point d'exclamation afin que votre art de faire rire devienne… parfait. Une blague parfaite est comme un sabre à l'acier plusieurs fois trempé. Elle fait mouche, elle tranche, elle s'enfonce. Et alors vous comprendrez, monsieur Magnard, ce qu'est le summum d'un art que vous n'aviez qu'à peine approché.

À cet instant Tristan la fixa et, comme par défi, voulut détendre l'atmosphère en riant. Aussitôt elle bondit, lui fit une clef au bras, faucha sa jambe et le renversa, s'assit sur son dos et lui coinça le cou sous sa cuisse. Puis elle entreprit de le chatouiller jusqu'à ce qu'il pleure. Elle continua jusqu'à ce que son diaphragme soit pris de spasmes, que ses pommettes virent au carmin et que sa respiration ne soit plus qu'une lente asphyxie. Il se débattit en vain, son visage enfla, ses tempes battirent à en exploser. Il n'avait plus même la force de la supplier d'arrêter.

À compter de cet instant, et durant les trois mois qui suivirent, Tristan Magnard ne rit plus une seule fois.

La jeune femme baptisée « B » lui révéla que le sigle GLH signifiait Grande Loge de l'Humour. Il s'agissait d'une des plus petites, des plus anciennes, et surtout des plus secrètes de toutes les obédiences hermétiques.

Lors de la première phase de son initiation Tristan reçut des cours d'histoire.

Il apprit ainsi comment était apparu le premier gag de l'humanité. Selon les enquêtes d'un groupe de chercheurs du GLH, un homme de Neandertal aurait été poursuivi par un tigre à dents de sabre. Le fauve, juste au moment de rattraper sa proie, se serait fait écraser par la chute d'un rocher qui dévalait une pente. La peur extrême suivie du soulagement soudain aurait déclenché le premier rire réflexe chez notre ancêtre.

Mais il aurait ensuite trébuché dans sa course, ce qui l'aurait envoyé plonger dans un marécage de boue collante. Et il s'était noyé là, sa mâchoire préhistorique figée à jamais dans le rire, non loin du tigre à dents de sabre pulvérisé, la marque du rocher ayant permis de reconstituer la scène, et donc le premier gag de l'humanité.

Les scientifiques de la GLH situaient l'étonnant événement à 80 000 ans avant J.-C. Pour eux, c'est à ce moment que serait ainsi apparue la civilisation humaine. Par l'humour. C'est par ce rire primal que l'humain se serait libéré de la peur. Car en riant il montrait que lui, et lui seul, était capable, par un jeu de ses mécanismes nerveux, de transformer l'angoisse en plaisir.

Par la suite, l'humour connut une grande période « scatologique », qui est d'ailleurs la base de l'humour enfantin et reste le tronc du rire de nombreuses civilisations primitives. Selon B la seule blague qui fait rire tous les peuples, quelle que soit leur culture, est : « un chien qui pète ».

Après l'humour scato, apparut l'humour sexiste. L'humour consistait alors pour les hommes à se moquer des femmes. Et pour les femmes, de leurs compagnons. Une manière de vaincre leur méfiance mutuelle. L'humour a encore muté lors de la création des premières villes en l'an 5 000 av. J.-C. Et apparurent les gags dits du « râteau dans la figure » ou « de l'homme qui regardant en l'air n'a pas vu le trou » ou de « celui qui ayant baissé la tête n'a pas vu le pot de fleurs tomber d'une fenêtre ».

Les nationalismes entraînèrent les premières dérives humoristiques racistes entre peuples. Les blagues sur les Hittites ou les Assyriens, considérés comme un peu débiles et brutaux par leurs voisins, apparurent rapidement, suivies par les blagues sur les Numides et les Parthes.

Plusieurs comiques célèbres en leur temps opéraient chez les pharaons sous forme de bouffons officiels. Et l'on en compta plus d'une dizaine à la Cour du roi Salomon, qui en était très friand.

Il faudra attendre le théâtre grec pour que des auteurs comme Aristophane, né en 445 av. J.-C., ou Ménandre, né en 342 av. J.-C., proposent des spectacles comiques ouverts au grand public. Ce sont en général des pièces en cinq actes mettant en scène des personnages ridicules, souvent stéréotypés. Chez les Romains ce fut Plaute, né en 254 av. J.-C., puis Terence, un auteur grec d'origine carthaginoise, qui feront évoluer en leur temps le sens comique pour le diversifier et lui trouver de nouvelles voies d'exploration.

Après trois mois d'enseignement de l'histoire de l'humour Tristan fut enfin autorisé à se laisser aller au rire.

L'événement se déroula dans une pièce vide entièrement blanche. Il n'y avait que deux chaises. B lui indiqua qu'il pouvait s'asseoir.

Elle se plaça face à lui et le tint sous son regard intense.

— Ainsi, c'est le grand jour. Vous êtes prêt, monsieur Magnard ?

— C'est vous qui allez me faire rire ? Quelle blague allez-vous me raconter ?

– Aucune blague.

– Même pas une grimace, une mimique, une petite chatouille « soft » ?

La jeune B battit des paupières en signe de dénégation.

– Rien. Quand je dirai « trois » vous pourrez rire.

Elle avait énoncé cela avec nonchalance. Comme s'il s'agissait d'une évidence.

– Sans raison ?

– Ça fait partie de l'apprentissage. Ne pas rire quand on en a envie. Rire quand on n'en a pas forcément envie. Comme une voiture. Il y a un accélérateur et un frein. Il faut maîtriser les deux pour conduire. Vous allez apprendre à « conduire » votre capacité de rire. En fait, jusque-là vous « subissiez » votre rire. Désormais vous allez le « maîtriser ».

À cet instant il remarqua qu'elle avait en fait les yeux légèrement bridés. Elle devait être à demi asiatique.

– Et si je ne ris pas ? demanda-t-il.

– Il vous suffira de penser à toutes les fois où vous vous êtes retenu depuis trois mois, ça ne devrait pas être difficile.

Elle ne se donna pas la peine de poursuivre ses explications. Et égrena d'une voix atone :

– Un… deux… trois.

Il resta impassible. Elle se contenta de hocher la tête comme si elle attendait un phénomène obligatoire. Il commença alors à rire. Puis à s'esclaffer. Le visage de la jeune femme ne frémissait toujours pas. Il trouva cette impassibilité irrésistible. Son rire s'amplifia tandis que B le fixait avec un total détachement. Il se tordit pendant dix minutes, à bout de souffle.

Puis il atterrit comme un avion et, après les derniers soubresauts, retrouva son calme.

– Ça y est, monsieur Magnard ? Ça va mieux ? On se sent soulagé ? Tant mieux. Nous allons pouvoir passer à la phase 2. Après l'histoire : la biologie.

À partir de ce jour, Tristan fut autorisé à voir les visages des autres pensionnaires sans leurs masques. Les frères et sœurs en « humour ».

Il y avait là des gens de toutes générations, certaines personnes, même, étaient très âgées. On ne lui portait pas plus d'attention qu'aux autres frères. Personne ne lui réclama d'autographe.

Il se demanda même si on le reconnaissait.

Seule B, telle une guide dans un musée, venait le chercher le matin pour le mener dans les salles de travaux.

Pour la deuxième phase d'apprentissage elle lui fit découvrir le deuxième sous-sol, la zone dite « des laboratoires ».

– Ici nous étudions l'humour scientifiquement. Cette machine, c'est un scanner à Rayons X, il permet de voir l'intérieur du corps humain.

Elle désigna une autre salle.

– Celle-ci, c'est un PETscan : Positron Emission Tomography. Avec ça on peut discerner les liquides, sang, eau, lymphe, etc.

Enfin ils arrivèrent dans une salle où s'activaient des hommes en blouse blanche.

– Mais pour vraiment comprendre l'humour scientifiquement, l'idéal c'est cette machine-là, l'IRM fonc-
tionnel, « IRMf », à ne pas confondre avec l'IRM tout
court. Avec l'« IRMf » on peut suivre les changements
de champs magnétiques et électriques dans le cerveau.

– Donc les pensées ?

– Du moins le trajet des informations dans les neu-
rones. Et ce, en relief dans la planète cérébrale. Disons
que, avec l'IRMf on peut observer… là où naissent et
meurent les idées.

Un homme en caleçon s'installa sur un lit coulis-
sant. Un assistant lui plaça des écouteurs qui recou-
vraient ses oreilles.

Un moteur fit avancer son corps dans une grosse
machine pourvue en son centre d'un trou qui formait
tunnel.

– Il ne faut pas être claustrophobe…, remarqua
Tristan.

B guida son apprenti dans une zone de pupitres et de
petits écrans devant lesquels s'affairaient plusieurs
hommes en blouse blanche. L'un d'eux, très grand et
le front barré d'une mèche, alluma l'écran central.
Puis il déclencha un mécanisme qui se mit à crépiter.
Le cerveau du sujet apparut dans l'espace, flottant
comme une planète.

– Voilà la prochaine frontière…, murmura B. Frère
Sylvain est notre spécialiste en étude du mécanisme
physiologique du rire.

L'homme se pencha sur le micro et après s'être
assuré que le sujet dans l'IRMf entendait bien, il
enclencha tous les appareils d'enregistrement puis, au
top, énonça une blague assez déconcertante.

Le sujet dans l'IRMf se mit à glousser et l'on vit des lignes de lumière surgir et se tordre comme des filaments chauds.

Le frère Sylvain, tout en réglant les appareils, expliqua :

— Le rire est un acte complet qui se déroule sur plusieurs niveaux. Au niveau cérébral c'est l'hémisphère gauche, le cerveau analytique qui, recevant une information inattendue et ne pouvant lui trouver de logique, la balance d'un coup au cerveau droit. Celui-ci, le cerveau poète, ne sachant pas non plus quoi faire de cette patate chaude, déclenche une impulsion nerveuse de rire qui lui permet de gagner du temps.

Sylvain désigna un petit écran sur lequel on remarquait des courbes face à des formules chimiques.

— Au niveau hormonal, le rire va lancer dans le sang des endorphines qui provoqueront une sensation de plaisir et d'excitation.

Il lui présenta ensuite une série de nouveaux écrans où ses assistants venaient glaner des mesures.

— Au niveau cardiaque, le cœur va d'un coup monter en rythme. Au niveau pulmonaire, le rire provoque une hyperventilation qui va d'un coup secouer le sac ventral, remettre les organes en place et détendre les tissus abdominaux. Lors d'un rire, c'est tout l'organisme qui entre en action. Ainsi, précisa Sylvain, on ne peut pas faire l'amour et rire en même temps. Les deux actions captent toute l'énergie de vie.

Tous les matins, Tristan Magnard dut se rendre au laboratoire où il put étudier les effets des blagues sur l'organisme.

B lui prodiguait en même temps des leçons sur la physiologie humaine par rapport à chaque type de blague. Il constata l'effet d'une blague légère, d'une blague sexuelle, d'une blague scatologique, d'une blague raciste, d'une blague *nonsense*. L'ordinateur pouvait restituer l'effet au ralenti. Chaque fois, un arbre lumineux s'épanouissait dans le cerveau.

Sylvain, tout en effectuant ses expériences, n'était pas avare d'explications techniques.

Tristan l'écoutait avec attention, mais il était de plus en plus fasciné par quelqu'un d'autre, cette femme rare qu'était B, son initiatrice. Chaque jour il la trouvait plus extraordinaire que la veille. Il avait tenté d'apprendre son prénom, son nom, son passé, ce qui l'avait guidée là, mais chaque fois, la jeune femme à tête de chat éludait, affirmant qu'elle le lui dirait au moment voulu.

Après la phase 1, tournée vers l'histoire, la phase 2, tournée vers la science, Tristan Magnard, dans la troisième phase qui dura encore trois mois, fut autorisé à créer ses propres blagues. Cela se passait dans une grande salle. Le plafond d'une hauteur de plus de sept mètres était une représentation des fonds sous-marins, probablement ceux qui vivaient au-dessus d'eux. Sur les murs : de gigantesques bibliothèques où s'alignaient des dossiers classés par date, par thème, par pays.

« Comme les boîtes à chaussures remplies de fiches bristol du bistrotier Alphonse, mais en plus grand », songea Tristan.

De longues tables vernies s'alignaient sur des tra-
vées comme dans une salle de classe.

B expliqua que les frères et les sœurs de la GLH
rédigeaient ici ces fameuses blagues anonymes que les
gens se raconteraient dans les bars, dans les cours de
récréation et dans les fins de dîners, lorsqu'ils auraient
épuisé tous les sujets de conversation. Ensuite des
émissaires partaient dans le monde entier pour les
transmettre et les faire circuler.

Alors qu'autour d'eux les hommes et les femmes en
cape rose s'affairaient, B lui apprit dans un premier
temps à créer très vite un décor et des personnages.

Puis le moteur de la blague.

Puis les chutes.

B était très didactique.

– La blague est le « haïku de la culture occiden-
tale », suggéra-t-elle. C'est l'art narratif ramené à sa
fonction la plus simple et la plus efficace.

Selon elle, la blague tout comme le haïku était basée
sur une structure ternaire. Premier temps : l'exposition
des personnages et le lieu. Deuxième temps : l'évolution de la dramaturgie. Troisième temps : la chute inattendue. Plus on réduit la matière dans chacun des trois
étages, plus la blague gagne en intensité.

– Le chiffre 3 revient aussi dans les listes d'événements : comme la blague des 3 hommes dans la jungle
avec la cabine téléphonique, la blague des 3 hommes
dans l'avion et un seul parachute, la blague des 3
blondes qui mangent des glaces sur la plage.

B ne souriait jamais durant l'énoncé d'une blague.
Elle semblait avoir pour principal souci d'être efficace
dans son enseignement.

– La blague est d'autant plus difficile à inventer qu'elle doit être déjà pensée pour pouvoir « circuler ». Car chacun va la raconter à sa manière. Il faut donc que son énoncé soit suffisamment clair pour que personne n'ait envie de la dénaturer. Il faut déjà prévoir à l'avance son voyage de bouche à oreille, et forcément sa dégradation.

La jeune femme le conduisit dans une pièce du troisième étage en sous-sol où l'on testait précisément le niveau de « fragilité » des blagues. Un homme énonçait une blague à un autre qui la racontait à un troisième. Et l'on mesurait le nombre de personnes capables de la raconter sans la dénaturer.

– Une blague racontée de bouche à oreille est une chaîne dont la solidarité dépend de ses maillons les plus faibles. Il suffit qu'une personne l'ait mal comprise pour qu'elle la dénature et lui fasse dire son contraire. Cette trahison doit être anticipée dès la fabrication…

Tristan Magnard commença à travailler sa discipline de créativité au rythme d'une blague par jour. B la décortiquait ensuite avec lui, pour découvrir ses forces et ses faiblesses.

Un jour, surprise par la chute, B ne put contenir un rire sincère. Elle en fut fortement gênée, et cette gêne donna à Tristan le frisson d'une grande victoire.

– Excusez-moi, monsieur Magnard, je ne sais pas ce qui m'a pris, c'est la fatigue, s'excusa-t-elle.

Il voulut s'approcher mais B se reprit vite et le repoussa.

– Ne pouvons-nous pas nous tutoyer ? demanda-t-il.

– Je suis votre maître. Un maître n'est pas tutoyé par son disciple.

– J'aurais préféré que vous soyez ma maîtresse, répondit-il.

– Je m'en doute. Mais il ne faut pas mélanger le travail et les sentiments, monsieur Magnard, sinon vous perdrez tout le bénéfice de mon enseignement.

– Vous pourriez au moins cesser de m'appeler « monsieur Magnard ». Appelez-moi Tristan, ou alors frère Tristan. Toute la France m'a toujours donné mon prénom, il n'y a que vous qui…

– Je crois que vous oubliez quelque chose, « Monsieur le célèbre comique qui fait rire la France entière », vous avez demandé une initiation. Et donc elle va avoir lieu. Mais cette initiation se déroulera comme s'est déroulée la mienne. Donc, au cas où vous l'auriez oublié, un duel vous attend et vous risquez de mourir.

Il ne cilla pas.

– Et ma disparition vous peinerait ?

– Bien sûr. Avec tout ce que j'ai investi comme temps dans votre éducation…

– Vous voulez dire que vous ne vous autorisez pas à éprouver un sentiment pour moi, de peur que je meure ?

Elle ne répondit pas.

– Si je réussis nous pourrions donc envisager vous et moi de…

– Je crois que vous n'avez pas compris, monsieur Magnard. Nous ne sommes pas ici dans un club de vacances ! L'humour est une arme. Son utilisation est un combat planétaire. Puisque vous voulez tout savoir, la GLH est en guerre depuis deux mille ans. J'ai bien dit « en guerre ».

Tristan Magnard afficha son incompréhension. Alors n'y tenant plus B le tira par la main vers une salle.

– Vous avez connu l'histoire de l'humour, des clowns, des comiques, voilà maintenant l'histoire de la GLH.

Et la jeune femme lui apprit que la GLH avait été fondée par un certain « Dov », comique de la Cour du roi Salomon qui, alors que son collègue architecte Hiram construisait le fameux temple du roi hébreu, eut l'idée de créer une confrérie dont l'objectif serait de lutter contre les fâcheux, les dictateurs, les pisse-vinaigre, les moralisateurs, les intégristes, les sectaires et les racistes.

– « Dov » a posé les règles de base de sa confrérie : « Lutter contre les tyrans par l'humour » et il a compris que pour être efficace il fallait être sérieux.

– Je sais, je sais : « On ne plaisante pas avec l'humour. »

Elle resta impassible.

– Dov a codifié les bases du pouvoir comique en posant 64 mécanismes drôles. Et ce sont ces 64 mécanismes qui sont à la base de toutes les blagues depuis deux mille ans, et personne n'en a découvert de nouveaux.

– Je sais. Vous m'en avez appris plusieurs. Il y a « la cassure », « le retournement », « le double langage », « le personnage caché », « le mensonge à retardement », « la surenchère impossible »…, récita-t-il pour lui montrer à quel point il était un élève attentif.

B expliqua que Dov avait été trahi par deux de ses disciples avides de lui extorquer le secret de la Blague Absolue.

– La « Blague Absolue ? » l'interrompit Tristan.

– Une blague qui fait rire tout le monde… jusqu'à la mort.

– Vous voulez dire dans vos fauteuils avec le revolver sur la tempe ?

– Non. Sans fauteuil. La Blague Absolue est une sorte de Graal de tous les humoristes. Une sorte de mécanisme d'horlogerie parfaite, universelle, et d'une puissance bien supérieure à toutes les autres blagues. Elle est construite en trois phases, et à la fin de la chute, le rire est si fort que le cœur s'arrête.

Des horizons nouveaux s'ouvrirent aussitôt dans son esprit.

– Incroyable !

– Justement. C'est incroyable parce que ce n'est pas vrai. Car l'humour est relatif. Il ne peut pas être absolu. Selon plusieurs d'entre nous la Blague Absolue n'existe pas.

– Et si elle existait vraiment ?

– Oubliez cela, monsieur Magnard. Je vous assure, c'est juste une légende. Je suis la première à rêver qu'elle existe. Mais c'est forcément impossible. Maintenant reste l'histoire de notre confrérie. Dov a été assassiné par ses disciples, mais son enseignement s'est perpétué. Les autres adeptes ont mis à mort les meurtriers de leur maître et ont poursuivi son héritage. Ils ont créé notre confrérie secrète qui lutte contre toutes les formes de totalitarisme depuis deux mille ans.

– Secrète à quel point ?

– En fait, lors de notre première séance, nous vous avons fait entendre certains noms célèbres appartenant à notre confrérie.

– Aristophane, Terence, Buster Keaton ?

B se contenta de hocher la tête.

– Charlie Chaplin ? Les Marx Brothers ? Pierre Dac ?

– Tous les noms que vous avez cités ont été en contact direct ou indirect avec nos frères. Ce n'est que parce qu'ils bénéficiaient de notre soutien et d'une partie de notre enseignement qu'ils ont pu sublimer leur art comique, se renouveler et toucher à un humour universel. Les autres humoristes n'ont fait que les copier sans savoir même que nous existions.

Tristan Magnard regarda les portraits des grands humoristes accrochés aux murs.

– Je comprends maintenant pourquoi j'avais toujours l'impression d'être un escroc.

– Vous l'étiez. Du moins vous n'étiez qu'un produit médiatique promu probablement par un producteur ou un imprésario. Et nourri indirectement par nous. Très indirectement. C'est bien que vous vous en soyez aperçu. La plupart des humoristes célèbres croient qu'ils sont « eux-mêmes » drôles de naissance ! Comme s'ils possédaient un don magique. Alors que ce ne sont que des acteurs qui interprètent « nos » textes !

B ne put s'empêcher d'afficher un air dur.

– Les pauvres… Ils finissent même par se convaincre qu'ils ont inventé « nos » blagues !

– Donc vous voulez sauver le monde par le rire ? demanda-t-il.

– Si le mot spiritualité définit en même temps la pensée mystique de haut niveau et le comique, ce n'est pas un hasard. Le rire peut détendre le monde en général, comme il détend le corps d'un individu.

– Comme la franc-maçonnerie ?

– En dehors de notre appellation « Grande Loge » nous n'avons aucun lien avec les francs-maçons. Nos combats sont différents, même s'ils sont censés agir eux aussi pour rehausser la spiritualité planétaire.

B le guida vers une carte mondiale qui occupait tout un mur. Chaque pays comportait une note et apparaissait dans sa couleur.

– Cela, monsieur Magnard, c'est le niveau d'humour planétaire, pays par pays. Ici vous pouvez voir notre action. Évidemment, dans les dictatures ou les pays dirigés par des potentats intégristes, notre action est plus réduite. Nous avons nos… martyrs.

– Pierre Desproges disait : « On peut rire de tout mais pas avec n'importe qui. »

Elle lui désigna sur la plaque de marbre qui recouvrait la paroi murale la liste des humoristes de la GLH morts pour la Cause.

– Beaucoup de ces gens ont été assassinés parce qu'ils s'étaient moqués d'un homme de pouvoir. Chef d'État, chef religieux, maffieux, ministre corrompu, etc. C'est une guerre mondiale contre la bêtise. Et nos ennemis sont nombreux et multiples.

– Vos ennemis ? demanda-t-il.

– Il y a les « sérieux », ceux qui veulent écraser le peuple par la peur. Et puis il y a des ennemis plus pernicieux.

– Les censeurs ?

– Pire. Les mauvais humoristes. L'humour est une énergie très puissante, elle peut soigner ou détruire.

– Comme dans *La Guerre des étoiles*, les guerriers Jedi peuvent être tentés de basculer du côté noir de la Force ?

– Exactement. Certains humoristes ont lutté du côté de la lumière, puis ont basculé du côté obscur. Le plus navrant, c'est le spectacle de ces soi-disant humoristes qui, au nom de la liberté de rire de tout, se permettent carrément de prôner la pédophilie, le racisme, l'attrait pour les dictatures, la moquerie des morts, le non-respect de la vie. Ils ne voient même pas où commence le mal. Ils se prennent pour des « rebelles » parce qu'ils se moquent de l'intelligence et de la générosité.

– Calmez-vous.

– Non. Ces gens-là nous discréditent. Ils ne connaissent plus de limite. Le pire c'est qu'ils utilisent nos arguments : « On doit pouvoir rire de tout », pour précisément installer la fin du pouvoir de rire de tout.

Une rage contenue la faisait frémir.

– Le mauvais humour envahissant tout, les gens finissent par se méfier de l'humour en général qu'ils prennent pour une forme de cynisme ou de moquerie. Voilà, monsieur Magnard, pourquoi nous sommes aussi « élitistes ».

Tristan attendit qu'elle s'apaise, puis tenta à nouveau de l'approcher, mais B recula, comme si ce geste la renvoyait à quelque douloureux souvenir.

Au bout d'un an d'instruction, l'apprenti Tristan Magnard avait complètement oublié sa vie précédente, avant sa descente sous le phare au large de Carnac.

Il restait fidèle à la discipline de création d'une blague par jour. Et, tel un muscle bien entretenu, sa capacité à inventer ne faisait que devenir plus fluide, plus souple de jour en jour. Plus il en écrivait, plus ses chutes étaient percutantes et maîtrisées. B lui avait appris l'art de la montgolfière qui se résume en une phrase : « Retirer tout ce qui n'est pas indispensable pour gagner en élévation. »

Grâce à l'enseignement de sa « maîtresse », Tristan découvrit qu'on pouvait soigner certaines maladies avec des blagues très ciblées. Des blagues qui agissent sur le cœur. D'autres sur les poumons. D'autres sur la gorge, la rate, le foie. D'autres sur le système immunitaire en général.

Les maîtres GLH en tenue rose soignaient aussi des afflictions psychologiques comme l'agoraphobie, la dépression ou le somnambulisme.

Tristan perfectionnait aussi son travail de mime, son travail de voix, sa respiration, le placement de son regard durant le récit. Toutes choses qu'il accomplissait jadis instinctivement et qu'il produisait désormais en toute conscience.

– L'impact d'une blague est un coup de sabre, expliquait B. On peut égratigner, on peut blesser, on peut amputer.

B ne livrait jamais une blague de son cru, se contentant de montrer comment perfectionner les chantiers de son élève.

Comme s'il s'agissait d'un sabre, elle lui permettait de frapper de ses blagues des cobayes qu'elle triait elle-même, pour lui apprendre à mesurer l'impact du tranchant.

« Voyons, essayez de faire rire celui-là », puis elle lui confiait : « Je voulais voir s'il allait rire car il a perdu toute sa famille dans les mêmes circonstances que celles de votre blague. »

Après quoi B invitait les cobayes à raconter la blague qu'ils avaient entendue pour vérifier s'ils l'avaient bien reçue et comprise.

– Vous voyez, monsieur Magnard, il croyait que c'était le nain qui était caché sous la pierre, il avait tout inversé. Soyez plus explicite…

Ou bien :

– Les blagues sur les bègues doivent être livrées avec parcimonie et le minimum d'effets. Elles doivent pouvoir faire rire un bègue.

Et joignant le geste à l'idée, elle amenait un bègue pour qu'il entende la blague. De même, Tristan racontait des blagues sur les aveugles aux aveugles, et des blagues sur les trous de mémoire aux amnésiques.

– Que faire si vous sentez à mi-blague que votre auditoire ne va pas rire ? demanda B.

– Quand j'étais comique je changeais de chute en chemin.

– Très bien, continuez avec cette technique. Ne renoncez jamais à obtenir l'éclat final. Même si ça a l'air fichu. On se bat jusqu'au dernier effet. Et en cas de ratage total ?

Il fit un geste désinvolte.

– Je me moque de moi-même ?

– Ou vous entrez dans une surenchère avec un deuxième effet.

Parfois B lui reparlait de la légende de la « Blague Absolue » qui tue. Ensemble ils essayaient d'imaginer ce que pouvait être un enchaînement de mots capable de provoquer de manière universelle un arrêt cardiaque chez celui qui l'entendait. B prétendait que les Monty Python avaient évoqué l'existence de cette ravageuse mécanique dans un de leurs sketches du Flying Circus.

Un jour, alors qu'il avait trouvé une blague particulièrement efficace, B ne put retenir un petit rire nerveux.

– Excusez-moi, ça m'a échappé, dit-elle.

Il se sentit très fier de lui.

– Si nous avions été en duel, je vous aurais vaincue avec cette blague, n'est-ce pas ?

– Peut-être. Bravo. Je ne m'attendais pas du tout à cette chute.

Leurs regards se croisèrent. Longuement.

– Je pense que vous êtes prêt à entreprendre votre chef-d'œuvre, annonça-t-elle.

– Mon « chef-d'œuvre » ?

– Avant de participer à un duel pour être initié, un apprenti doit produire son chef-d'œuvre, comme pour les Compagnons du Tour de France. Vous allez devoir trouver votre « grande blague ».

Une sensation qu'il ne connaissait pas l'assaillit soudain : le trac.

Elle le vit et eut pitié de lui.

– Mais tout d'abord dînons. Allez, je vous autorise ce soir à dîner en tête à tête avec moi.

La salle à manger, beaucoup plus confortable et intime que le grand réfectoire habituel, était remplie de membres de la confrérie qui, à toutes les tables, discutaient deux par deux. Tristan remarqua que nulle part on ne riait ou plaisantait. Ici, chacun connaissait trop bien l'importance de l'humour pour le galvauder en mangeant.

– Que faites-vous ici, dans cette confrérie, mademoiselle B ?

La jeune femme chercha son regard.

– Et vous, monsieur Magnard ?

– Moi ? Je commençais à devenir blasé. Je voulais donner un sens à ma vie. J'avais l'impression de ne pas être vraiment à ma place et de bénéficier d'une gloire que je ne méritais pas.

– C'était la vérité, il me semble. Votre honnêteté vous honore, elle est rare dans le milieu des comiques.

– On peut abuser les autres, mais on ne peut s'illusionner soi-même. Je ne suis pas stupide au point de ne me juger qu'à travers les réactions des journalistes ou du public.

Elle hocha la tête, admirative.

– Pas mal… pour un homme.

– Et vous, mademoiselle B, qu'est-ce qu'une jeune fille aussi intelligente que vous fait enfermée sous terre avec un océan au-dessus de la tête ?

– Vous voulez vraiment savoir pourquoi je suis là ? Je vais vous le dire. À cause de mon père.

– C'est le Grand Maître ?

– Non ! Mon père n'est jamais venu ici. Pourtant mon père était un grand comique. Gontran, vous connaissez ?

– Bien sûr. Gontran. Il est mort d'un cancer, n'est-ce pas ? il y a de cela une dizaine d'années ?

Le regard de la jeune femme se perdit au loin.

– ... C'était dans une grande salle parisienne, l'Olympia.

– Je connais.

– Mon père donnait son spectacle depuis une heure trente et il se passait quelque chose d'étrange et d'inattendu. Depuis le début il n'avait pas obtenu un seul rire d'un seul spectateur.

– Incroyable. Il me semble pourtant que Gontran avait eu du succès à son époque. Peut-être que la salle n'était pas pleine.

– La salle était bourrée à craquer... en plus il y avait la télévision qui transmettait l'événement en direct. Ça devait être son apothéose.

Tristan Magnard fit une grimace, s'imaginant lui-même dans cette difficile situation. Il se souvenait d'avoir eu à ses débuts quelques salles un peu « froides », mais jamais à ce point.

– Qu'a-t-il fait ?

– Il a décliné ses sketches les uns après les autres, imperturbable.

– Et personne ne riait.

– Pas même un soupir.

– J'ai du mal à l'imaginer. En général un fou rire jaillit toujours dans un coin. Simple question de probabilités.

Elle baissa les yeux.

– En fait c'était truqué. Pour une émission de type « caméra cachée ». La salle était remplie de figurants qui étaient payés pour ne pas rire. Au moindre début de rire, ils savaient qu'ils ne toucheraient plus leur cachet.

– Un silence permanent d'une heure pour des centaines de personnes… ça devait être effrayant.

Tristan en frissonna d'épouvante.

– À la fin, mon père était liquéfié. Après un salut sans un seul applaudissement, il est parti dans sa loge. Livide. La télé continuait de le filmer. On l'a interviewé, et à la fin de l'interview : surprise, on lui a révélé la « bonne blague ». Il a bien ri, et il est revenu dans la salle où cette fois enfin il a été applaudi, on lui demandait des autographes avec des « sans rancune hein ? »

– J'imagine le soulagement.

– Tout semblait rentré dans l'ordre, et l'animateur l'a félicité pour sa patience et son sang-froid.

– Et alors ?

Elle soupira.

– C'est moi qui l'ai découvert. Il s'était pendu dans la cuisine.

Tristan resta figé sous le choc.

– Eh oui, ça avait bien fait rire, le coup de la salle « qui ne rit pas ». C'était l'animateur qui avait eu l'idée. Un comique lui aussi. Le milieu des humoristes n'est pas composé que de braves gens. Les producteurs et les animateurs de l'émission savaient très bien que ce serait terrible pour lui, mais ils voulaient l'émotion forte… L'audimat. Un comique déconfit, c'est drôle, non ?

– C'est ignoble.

– Quand je vous parlais du côté obscur de la force humoristique. C'est une énergie qui peut être récupérée par de mauvaises personnes.

– Je dois reconnaître que c'est un milieu pas forcément drôle. La plupart des comiques que je connais sont dans le privé sinistres, colériques et jaloux. Ils ont des ego surdimensionnés.

Elle se servit un verre de vin.

– Au début je les ai détestés. J'ai eu la haine des blagues, des comiques, de l'humour. J'ai voulu tuer l'animateur principal de l'émission. Alors que j'étais à côté de lui, prête à l'abattre avec un revolver, j'ai soudain eu un flash.

Son regard bleu s'était obscurci.

– Tuer n'était pas la meilleure solution. Ça ne le punissait pas assez. Il ne s'en rendrait même pas compte. Ça ne durerait que quelques secondes et il ne saurait même pas pourquoi. Non, il fallait plus que tuer… il fallait le *ridiculiser*. L'animateur était célèbre, eh bien j'allais le ridiculiser dans son domaine.

– Thierry Baudrisson ! Le coup du micro resté ouvert, ça y est je me souviens ! c'était…

– Oui c'était moi. Ça m'avait demandé un peu de préparation. Je m'étais fait passer pour une personne du nettoyage, et j'avais placé un petit système de dérivation déclenché par une télécommande. C'est ainsi que j'ai pu agir.

– Je me souviens, on a entendu Baudrisson se lâcher en direct alors qu'il croyait le micro fermé.

– Rien n'est plus efficace pour ridiculiser quelqu'un que de révéler qui il est vraiment. À une heure de grande écoute, de préférence. La Vérité est l'arme absolue.

– Je me souviens du scandale, quand le public a compris quel mépris avait Baudrisson pour lui. Il a été limogé, il me semble ?

– À l'heure qu'il est, il fait des animations dans les supermarchés en province. C'est mieux que tuer non ?

Tristan la découvrait soudain extraordinaire de courage. Il imagina sa douleur, et celle de son père.

– Ç'a été vraiment une terrible épreuve !

– Après la mort de mon père, je n'avais plus goût à rien. J'avais déjà perdu ma mère d'un cancer. Je me suis arrangée pour qu'on cache le suicide de mon père, il était catholique et il n'aurait pas reçu l'extrême-onction. J'ai demandé au médecin de faire un diagnostic de cancer fulgurant. C'est devenu la version officielle de la mort du grand Gontran.

– Et vous êtes arrivée ici ?

– Beaucoup de gens viennent s'y réfugier, parce qu'ils ont l'impression que le monde normal ne peut plus rien leur apporter d'enrichissant. Moi j'étais écrasée. Il me fallait un combat. L'humour était le combat de mon père, j'ai pris le relais, mais autrement, auprès des gens qui ont une véritable éthique, loin de ces pseudo-humoristes prêts à vendre leur âme pour l'audimat et une célébrité à tout prix.

Tristan Magnard but à son tour, pensif.

– Vous êtes ici depuis longtemps ?

– Plus de sept ans.

– Pourquoi avez-vous été initiée aussi tard ?

Elle baissa les yeux.

– J'avais peur de mourir. Je suis moins courageuse que vous ne le pensez.

Il hocha la tête.

– Je peux comprendre.

– J'ai donc travaillé ici en apprentie, créant des blagues sans passer le grade de compagnon.

– La peur de sauter l'obstacle…

– Monsieur Magnard, je vous admire de ne pas avoir peur, de mettre si vite votre vie en jeu dans un duel.

– Avant de venir, j'étais un cadavre. C'est en partie grâce à vous, mademoiselle B, que ma vie a pris un sens.

Tristan Magnard travailla deux mois à son chef-d'œuvre. C'était une blague extraordinaire qu'il testa plusieurs fois sur des cobayes avant de la présenter à son maître.

B lui demanda de la retravailler de fond en comble en soignant chaque virgule, chaque mot, chaque sous-entendu.

Elle lui demanda de tester d'autres chutes, avec d'autres personnages. De la tester dans d'autres langues. Enfin, lorsqu'elle estima que le fil du sabre était suffisamment trempé, elle présenta son poulain au Grand Maître.

Celui-ci, portant toujours masque blanc hilare, lui demanda d'énoncer sa blague.

Lorsqu'il l'eut entendue, un long silence suivit, puis le Grand Maître lâcha un rire nerveux qui peu à peu s'amplifia.

– Chef-d'œuvre accepté, proclama-t-il enfin.

Tristan Magnard avait l'impression d'avoir réussi à nouveau son bac avec mention.

– Tu penses qu'il est prêt ? demanda le Grand Maître à B.

– Il m'a fait rire, répondit la jeune femme, comme si c'était la preuve absolue et nécessaire.

– Dans ce cas, aucune raison d'attendre. Il sera inscrit pour la prochaine cérémonie des grades, le mois prochain.

Puis il fit signe à la jeune femme de s'approcher et lui chuchota quelque chose à l'oreille. Elle se redressa vivement, parut tout d'abord inquiète, puis comme excitée.

– Vous paraissez plus contente que moi, signala Tristan en marchant à son côté dans le long couloir.

– Vous êtes mon premier disciple à tenter le passage. Je crois qu'on n'est vraiment maître de son art qu'au moment où l'on réussit à le transmettre. Mon père disait : « Le bon maître n'est pas celui qui est au-dessus du disciple, mais celui qui transforme le disciple en maître. »

– Jolie formule.

– Parlons du duel proprement dit. Vous serez opposé à un challenger, formé par une de mes amies. Lui je ne le connais pas, mais elle c'est une sœur vraiment très subtile. Contre elle vous ne tiendrez pas deux blagues. Reste à savoir si elle a su transmettre son talent à son disciple.

– Je ferai de mon mieux.

– Ça ne suffira pas. Je veux que vous soyez extrêmement motivé.

Elle s'arrêta et le saisit par les épaules.

– Si vous gagnez, monsieur Magnard, nous ferons l'amour.

Il sursauta.

– Pardon ? Vous voulez faire l'amour avec moi et vous ne me le dites que maintenant ?

– Je veux que vous gagniez. Et cette promesse doit être une motivation supplémentaire pour vous.

– Mais…

– Frôler la mort et survivre donnera à cet instant une dimension extraordinaire. Nous pourrons enfin réaliser mon plus grand fantasme.

– Lequel ?

Elle hésita, puis murmura :

– Faire l'amour et rire en même temps.

– Vous m'avez affirmé que c'était impossible !

– Il doit forcément y avoir un moyen de réussir. Vous connaissez la formule : « Ils ne savaient pas que c'était impossible alors ils l'ont fait. »

– Nous, nous savons que c'est impossible.

– Alors nous oublierons que nous savons. Et la circonstance à venir me semble propice à cet exploit.

Il battit des paupières nerveusement.

– Donc… je vous plais ?

Elle le scruta sans répondre.

Tristan, la bouche sèche, articula :

– Et je pourrais vous demander… votre prénom ?

– Tout de suite des exigences extravagantes ! Pourquoi ne pas vous contenter de ce que l'on vous offre ? Faire l'amour ne vous suffit pas ? Il faut aussi que vous connaissiez mon prénom ?

L'aube du grand jour se leva.

Guidé par B, Tristan Magnard, vêtu d'une cape et d'un masque violets, avançait dans les dédales menant à la salle de cérémonie.

Il s'arrêta devant une haute porte en chêne.

Il entendit la voix du Grand Maître prononcer la phrase rituelle.

– Mes amis, aujourd'hui est un jour particulier. Nous allons sélectionner un nouveau frère.

Aussitôt les mains de la foule se mirent à battre en cadence.

À son entrée, tous les membres de la confrérie en cape rose et masque souriant se levèrent. La lumière filtrant à travers les vitraux donnait l'illusion d'un matin ensolcillé.

L'autel surmonté du ring de boxe était devant lui, avec au centre les deux fauteuils recouverts de leur bâche.

Le Grand Maître GLH était debout, imposant sa haute stature enveloppée d'une cape blanche.

Face à Tristan, entra simultanément un homme, vêtu comme lui d'une cape et d'un masque violets.

Comme le lui avait indiqué B, Tristan salua d'abord le Grand Maître, puis son futur adversaire.

Deux assistantes en rose enlevèrent les bâches, dévoilant les deux fauteuils.

L'ancien comique ne put réprimer un frisson face à cette machinerie de mort.

Au-dessus d'eux, l'écran vidéo venait de s'éclairer, compteurs à zéro.

L'assistante rose lui indiqua qu'il devait prendre place dans le fauteuil surmonté de la lettre « A ». Le contact avec le cuir lui sembla glacé.

Son adversaire s'installa sous la lettre « B ».

L'assistante fixa les lanières de cuir à boucle métallique autour de ses poignets, posés sur les accoudoirs, et de ses chevilles. Puis elle lui plaça la tête entre les deux oreillettes rembourrées, pour l'obliger à garder la tête immobile.

Il eut le sentiment qu'on l'installait dans son cercueil.

Puis la femme en cape rose ajusta le bras métallique, afin que le canon du revolver touche sa tempe. Contact glacé qui le fit frissonner. C'est alors, dans un soudain accès de conscience, qu'il se demanda pourquoi il était allé aussi loin dans la prise de risques… pour une simple lubie ?

Savoir d'où viennent les blagues peut donc mener à la mort. L'ultime plaisanterie.

L'assistante déposa les capteurs sur sa peau.

Tout le monde attendait.

Du fauteuil qui lui faisait face, une voix lui parvint.

– Salut Tristan. Heureux de te retrouver.

Cette voix ! Il connaissait cette voix mieux que personne. Il balbutia sous son masque.

– Heu… Qu'est-ce que tu fais là, Jimmy ?

– Quand tu as disparu je t'ai fait suivre. Mon détective a collé une balise dans la semelle de ta chaussure.

– Et tu as découvert que j'étais ici ?

– J'ai débarqué avec un canot à moteur. Pour la suite je crois qu'il m'est arrivé la même chose qu'à toi. Ils m'ont attrapé. Ils m'ont expliqué où j'étais et j'ai décidé de recevoir l'enseignement GLH.

– Cela fait combien de temps que tu es là ?

– Le temps de régler mes affaires personnelles et je t'ai rejoint. Peut-être une semaine après toi.

Il serra ses poings dans les sangles.

– Tu sais que l'un de nous deux va mourir.

– Oui. Mais pour un producteur de comiques je trouve que c'est une mort extraordinaire.

– Je ne veux pas mourir, Jimmy, j'ai rencontré ici un grand amour.

– Moi aussi.

– Mon initiatrice.

– Moi aussi.

– Je l'aime, Jimmy.

– Comme je te comprends. Il n'y a rien de plus érotique que l'humour. Quand je pense que tu me disais : « Je me fous de tout. » Maintenant tu ne te fous plus de rien, n'est-ce pas ?

– Non. Tout me semble extrêmement important.

– Moi aussi, Tristan, moi aussi. Et c'est pour ça que je veux vaincre.

Les deux assistantes avaient réglé les appareillages. La musique d'orgue résonna. Puis la lumière des vitraux baissa, ne laissant de visibles que les deux challengers sous les spots.

Le Grand Maître GLH prononça la phrase rituelle.

– Et maintenant que le plus drôle gagne !

Il tira à pile ou face, et signala que le coup d'envoi serait donné par le joueur A.

Tristan Magnard improvisa rapidement une blague. Il l'articula clairement. Il se souvenait de l'enseignement de sa maîtresse :

« Une blague parfaite est comme un sabre à l'acier plusieurs fois trempé. Elle tranche, elle coupe, elle s'enfonce. En une seule fois. »

Il envoya les phrases dans le cerveau de son adversaire. « Son cerveau est du beurre, ma blague est un long sabre rougi au feu qui s'enfonce dans sa matière grise. »

Il avait lâché tous les mots, toutes les intonations, et bien sûr la chute inattendue. Il n'y avait plus qu'à attendre l'effet en face. Il ne pouvait voir le visage mais entendit un fort bruit de respiration sous le masque violet.

La blague entraîna l'apparition sur l'écran B d'une ligne qui monta, 2, 5, 6, 8, 10, 17, 24, 25. Puis la ligne se stabilisa à ce niveau, et redescendit.

Son sabre l'avait à peine égratigné, même pas blessé.

Tristan Magnard fut traversé d'un doute : peut-être que durant leur longue période de collaboration artistique, il ne l'avait jamais amusé. Son producteur avait peut-être ri par politesse, ou pire : par intérêt.

L'assistance parut soulagée. Il aurait été dommage que le duel s'arrête à la première touche.

À son tour de recevoir.

Jimmy ajusta son tir. Les mots de la blague furent égrenés avec une articulation parfaite et une petite intonation comique sur la dernière phrase qui servait de chute.

Tristan ne s'attendait pas à ce que son producteur en sorte une aussi drôle. Il avait sous-estimé son adversaire, il avait trop à l'esprit leur rapport ancien : lui, le comique officiel, l'autre simple producteur de ses spectacles. Puis il se souvint que Jean-Michel Petrossian avait subi le même enseignement que lui. Et qu'il était désormais aussi motivé que lui.

Et il put voir sur son écran la ligne qui grimpait : 15, 18, 23, 35…

Il savait que s'il parvenait à 100 le canon posé sur sa tempe lui délivrerait quelques grammes de plomb à grande vitesse.

Il se visualisa arrêtant avec la force de ses mains le sabre adverse projeté en direction de son front. Il serra ses doigts imaginaires qui bloquaient la lame.

… 39, 43, 44, 45, 46, 48…

Heureusement ses premiers mois d'initiation avec interdiction de rire lui avaient permis d'améliorer son contrôle des zygomatiques.

Il comprit que B lui avait vraiment appris à piloter son rire comme une voiture. Le premier mois elle lui avait appris à maîtriser le frein. Le second l'embrayage. Le troisième l'accélérateur. Il fallait maintenant tirer le frein à main d'un coup. La courbe monta jusqu'à 53 puis s'arrêta net.

Nouveau soupir de la salle.

Vite il devait trouver une contre-offensive. Il chercha dans leurs souvenirs communs. Il se rappela quand Petrossian avait subi les reproches de sa mère sur son métier. Il se dit qu'il allait ainsi le ramener à un stade infantile et qu'il serait plus facile à manipuler.

Il confectionna rapidement un sabre neuf à coups de mots trempés, il le dégaina et l'assena en visualisant une faille dans l'armure de son adversaire, au niveau du nombril.

La blague fendit l'air.

Il se retrouva à attendre une fraction de seconde, comme jadis les duellistes au pistolet devaient attendre que la silhouette au loin s'effondre.

L'écran fit apparaître la ligne de mort. 12, 15, 18, 25, 29, 32.

32 fut le résultat de son coup de sabre.

Jean-Michel Petrossian relançait déjà par une blague personnelle sur la famille de Tristan. Mais arrivant en deuxième position il perdait l'avantage de l'innovation. La ligne atteignit le nombre 14.

Le duel prenait une nouvelle tournure. Le comique sentait que son ancien producteur était à sa portée et que s'il ne l'achevait pas maintenant le combat deviendrait difficile.

Une nouvelle blague sur sa mère le fit monter à 42.

Mais le producteur répliqua avec une blague très surprenante qui de nouveau le prit de court.

« Coup de Jarnac, se dit-il. Il m'attaque en me contournant pour me frapper au jarret. » Et en même temps il sentit monter la pression du rire. Les hormones se réveillaient.

Il regretta de ne pas avoir un embout caoutchouté à serrer fort sous son masque. Il lui fallait freiner à fond. Il se raccrocha à des pensées noires… perte d'un être cher, trahison, abandon, humiliation.

La montée de sa ligne de rire ralentit à 58.

Il repensa à la perspective de faire l'amour avec B s'il gagnait. Il put se stabiliser de justesse à 63.

Le sabre était bloqué.

Pour être sûr que l'envie de rire ne le reprenne pas, il se remémora des images de massacres vues aux actualités, d'enfants affamés et de dictateurs à lunettes noires. Enfin le tumulte cérébral se calma. Il fallait vite relancer.

Le mot « dictateur » lui rappela un reportage montrant un tyran sanguinaire enfoncé dans son bunker pour se protéger des bombardements ennemis. Or les militaires avaient trouvé un moyen de l'atteindre malgré tout : une première bombe explosait et tout de suite après une seconde creusait plus profondément. Voilà la solution. Il fallait tenter une blague-surprise qui à peine lancée s'enchaînerait à une deuxième. Deux sabres. Un long de face, un plus court pour achever.

Tristan lança la première blague qui produisit un petit effet, et alors que Jean-Michel Petrossian commençait son travail de blocage, le comique enchaîna rapidement avec la deuxième.

À nouveau dans son esprit il visualisa le premier sabre qui tordait le casque et le second qui le fendait. La courbe de Jean-Michel Petrossian grimpa très vite 25, 28, 37, puis se stabilisa. Il essayait de contenir le barrage qui se fendillait. Le fendillement cependant se poursuivait. 38, 40, 42… nouveau palier de blocage. L'effet combiné des deux blagues était redoutable. 43, 45, 49 puis d'un seul coup tout en lui céda. 53, 82, 96 puis cent.

Déflagration.

La tête du producteur explosa comme un fruit mûr.

L'assistance poussa une exclamation.

« Ainsi donc il fallait payer ce prix sur l'autel de l'humour », songea Tristan Magnard.

Il prit conscience qu'il venait de tuer un homme, et que cet homme n'était pas n'importe qui. C'était non seulement son ancien meilleur ami, mais aussi le producteur qui l'avait porté à bout de bras des années durant.

– Qu'ai-je fait ? balbutia-t-il sous son masque violet.

Deux femmes en cape rose dégagèrent le corps du perdant. Déjà l'assistance applaudissait le gagnant.

Puis arriva l'instant de l'adoubement. B vint lui tenir l'épaule. Tristan Magnard mit un genou à terre.

Le Grand Maître GLH le couvrit d'une cape rose et en noua la lanière autour de son cou.

– Jures-tu de servir au péril de ta vie la cause de l'Humour ?

– Je le jure.

– Jures-tu de ne jamais trahir tes frères de la GLH ?

– Je le jure.

– Parfait. L'Humour est notre combat. Ensemble désormais, puisque tu as vaincu, je te propose de lutter avec nous pour que la spiritualité règne sur le monde.

Le grand maître toucha de son épée les deux épaules de Tristan, à la manière des chevaliers médiévaux.

– Désormais, tu fais partie de la GLH en tant que compagnon premier degré, annonça-t-il avec gravité. Tu pourras inventer des blagues qui circuleront dans le monde entier, sans que quiconque sache que c'est toi qui les as conçues. Mais tu sauras, et nous saurons que c'est à ton talent, et à nul autre, que nous les devrons, frère Magnard.

Suivit alors l'acclamation de toute l'assistance.

Jamais Tristan ne s'était senti aussi fier de faire réagir un public.

La jeune femme qu'il ne connaissait encore que sous le nom de B enleva lentement la cape rose qui l'enveloppait et dévoila qu'elle était nue. Elle avait parfumé son corps avec des essences de fleurs. Ses yeux de chat étincelaient.

– Je tiens mes promesses, murmura-t-elle. Vous avez gagné, vous avez donc droit à votre récompense.

Tristan Magnard et B firent l'amour, et au moment où elle sentit monter l'orgasme elle chuchota à l'oreille de son partenaire :

– Je vais te révéler mon prénom.

– Je t'écoute.

– C'est « Bée ». À l'origine : Béatrice, mais mes parents ont voulu faire plus court, et comme ils trouvaient que Béa ressemblait trop à béatitude, ils ont choisi de m'appeler « Bée ».

Tristan Magnard ne put se retenir, et son rire éclata, mélange sous pression des émotions accumulées, de l'excitation sensuelle et du gag que représentait cette révélation. Et tout en laissant exploser son rire, il la serra fort dans ses bras. Leurs corps exultèrent dans un spasme commun, de leurs lèvres s'échappa un même cri de plaisir et de rire profond. Et ce détonant mélange de deux émotions positives les porta tous deux vers un plaisir si extrême qu'il était à la lisière de la douleur.

Alors qu'épuisés, ils retombaient l'un près de l'autre, Bée prit la main de Tristan et la serra très fort.

– Nous avons réussi à avoir l'orgasme et le rire !

– Bravo. C'était un feu d'artifice !

Il eut un petit gloussement nerveux.

– Je repensais au tout début de mon enquête sur la source des blagues. Le premier type que j'ai rencontré, un certain Alphonse Robicquet, m'a dit : « Je sais ce qui lui est arrivé à Tristan. Il a dû partir avec une fille. Il a dû tomber amoureux et il s'est aperçu qu'il ne supportait plus la célébrité. Il a découvert la clef du bonheur. Pour vivre heureux vivons cachés. Il doit être terré dans un chalet de haute montagne avec la fille en train de s'éclater du matin au soir ! »

Elle sourit.

– Un médium à sa manière, ton Alphonse. Tu regrettes ?

– Non. S'il y a une chose dont je suis satisfait dans ma vie c'est bien de cet instant présent.

Elle le couvrit de baisers.

– Tu sais, ce qui se passe ici est un enjeu planétaire majeur pour le futur, insista-t-elle.

– Je l'espère, vu ce que j'ai dû supporter pour adhérer à cette cause.

Bée le considéra avec gravité.

– Les gens se sont trompés. Dieu n'est pas Amour. Il est mieux que ça. Dieu est Humour. Cet univers est placé sous le signe de la dérision. La première blague est la création du monde. La deuxième est la création de l'humanité.

– La troisième est la création des femmes ? suggéra-t-il.

Elle ne le quittait pas du regard.

– Tout part de l'humour et tout revient à l'humour.

Elle murmura, les lèvres effleurant son oreille :

– Tu m'as confié que tu avais lancé ta quête parce que tu recherchais l'origine de la blague du « Présentateur de télévision ». Eh bien, cette blague… c'est moi qui l'ai inventée. C'est même ma première blague créée ici.

Elle passa la main dans sa mèche en bataille.

– C'était ma façon à moi de continuer à ridiculiser le présentateur qui avait assassiné mon père. J'immortalisais à jamais son ignominie. Et toi tu as servi à répandre cette blague. Merci.

Pris de court par cette révélation, Tristan se sentit un instant la marionnette d'une machination dont Bée serait la source. Puis il se détendit. Pour la première fois de sa vie, il se sentait honnête. Il avait même le sentiment que sa vie avait un sens et qu'il était utile à l'humanité. Il ne regrettait plus du tout son ancienne existence de célébrité adulée des foules.

– Non, c'est moi qui te remercie. C'est à toi que je dois tout, Bée.

– Mais peut-être que j'ai aussi conçu cette blague… parce que mon âme savait qu'elle te conduirait jusqu'à moi.

Elle prit sa main et la serra très fort.

Il se sentait bien. Tout son corps frémissait encore d'un plaisir extrême, en vaguelettes frissonnantes qui avaient pris le contrôle de ses battements cardiaques. « Voilà l'effet du mélange nitro et glycérine, songea-t-il. L'humour et l'amour. » Son cerveau lui aussi était parcouru d'un frétillement très doux et très agréable. En cet instant de grâce, il voulait juste œuvrer pour la cause de la GLH. Et puis il avait désormais des projets nouveaux : découvrir par exemple qui était le Grand Maître GLH. Ou trouver une blague encore plus drôle que celle du « Présentateur de télévision » créée par Bée.

Il l'embrassa longuement.

– Tu crois vraiment qu'elle peut exister, la blague capable de tuer ?

– La « Blague Absolue » ?

– Oui, cette idée folle que tu avais évoquée. Le fameux Graal de tous les comiques…

Bée ne répondit pas tout de suite, mais son regard semblait sous-entendre mille choses. Il eut alors l'impression d'être en phase avec elle, au point de pouvoir communiquer par télépathie. Il poursuivit tout seul :

– Tu crois donc que le Grand Maître la détient quelque part, mais qu'il ne l'a lui-même jamais lue pour préserver sa propre vie ? Et qu'elle existerait sous forme de deux ou trois pièces à réunir pour obtenir l'effet létal ?

Elle continua de le fixer intensément de ses immenses yeux bleus de chat, avant d'articuler avec désinvolture :

– Mais bien sûr, très cher, c'est la raison pour laquelle il préfère garder cela secret, tu le comprendras aisément !

12. Les Dents de la Terre

(PASSÉ PROBABLE)

Afrique de l'Ouest, 21 ans

Ainsi elle était devant moi.

Je dégainai mon appareil photo et entrepris de l'immortaliser.

Qu'elle était belle.

Je disposais de peu de temps. Je le savais. Je n'ignorais pas non plus que je risquais la mort pour cette photo.

Je saisis une vingtaine de clichés à la hâte, avant de percevoir la réaction de ses gardes du corps. Déterminés à mettre fin à mes jours, ils approchaient, leurs lames tranchantes brandies. Je suspendis ma respiration, comme me l'avait appris le professeur Lebrun.

Je ne voulais pas mourir maintenant. Pas si proche du but. Pas devant elle.

La reine, étrangement placide, ne semblait pas étonnée de ma présence. Elle me contemplait sans trouble. Et un instant je me surpris même à penser qu'elle posait pour moi, qu'elle se sentait fière d'être à jamais fixée sur la pellicule.

Click. Tchack. Click. Tchack. Click. Tchack.

Déjà mes compagnons d'aventure me lançaient :

« Arrête, dégage maintenant ! »

Mais je ne les écoutais pas. Je rechargeai rapidement mon appareil, malgré la cohorte des gardiens qui avançaient toujours, visiblement décidés à mettre fin à cette séance.

Ne pas avoir peur.

Mon index en sueur glissait sur le déclencheur, ma main gauche, tout aussi moite, tournait prestement la bague de mise au point.

Cette fois, les gardes attaquaient.

Je fermai les yeux. Je me rappelais les paroles du professeur Lebrun : « Quand tu approcheras de la reine, les gardes chercheront à pénétrer en toi pour te détruire, ils repéreront vite tes sept orifices qui seront pour eux des objectifs stratégiques privilégiés. Alors serre les fesses et protège tes narines et tes oreilles. »

Il avait raison.

Cela piquait de plus en plus fort mais je n'osais fixer mes assaillants.

Comment en étais-je arrivé là ?

Tout avait commencé par une passion de jeunesse :
« Observer la nature pour comprendre. »

Dans le jardin de la villa de mes grands-parents, à Toulouse, ce qu'on pouvait épier sans crainte de les voir fuir, c'étaient… les fourmis.

Au ras du sol s'édifiaient des villes entières qu'on pouvait étudier de haut sans modifier le comportement des habitants.

On pouvait les inviter à grimper sur un doigt, et elles l'escaladaient, courageusement.

Fascinante expérience de rencontre entre deux animaux sociaux : une fourmi et un enfant. Entre les deux civilisations les plus puissantes de la planète. Et pour moi, ce contact était magique.

Je les avais d'abord observées dans le jardin, puis j'avais fini par les enfermer dans des pots en verre pour les garder près de moi en permanence. Après les pots de confiture : les aquariums. Des terrariums pour être précis. De plus en plus grands. Le dernier mesurait un mètre cinquante de longueur sur un mètre de largeur et de hauteur. Trois mille individus vivaient là sous mes yeux, dont une reine. C'étaient des fourmis rousses, une espèce somptueuse qu'on trouve dans les forêts. Je les nourrissais de pommes et de tarama. Je les photographiais. Je les filmais avec ma caméra super 8. Je notais leurs aventures tout en me donnant énormément de mal pour les faire survivre. Et ce n'était pas simple. Il fallait sans cesse surveiller leur nourriture, la température et l'humidité de l'air. Comble d'ironie elles exhibaient leur cimetière près de la vitre comme pour me culpabiliser d'être un mauvais « maître ». Par moments j'avais même l'impression qu'elles mouraient… exprès, rien que pour m'énerver.

J'ai assisté à des déplacements de couvains, à des édifications de villages. J'ai observé des guerres civiles dans mon terrarium (trois reines unies pour s'emparer d'une plus grosse et lui enfoncer la tête dans l'abreuvoir jusqu'à ce qu'elle ne bouge plus). À force je finissais par en reconnaître certaines. Je pus remarquer que contrairement à la croyance qui dit « travailleuse comme une fourmi » beaucoup ne faisaient rien. En fait leur population se divisait en trois groupes :

Le premier tiers se composait d'individus qui dormaient, se reposaient, se promenaient, sans rien faire d'utile à la communauté.

Le second tiers, d'individus qui s'activaient mais de manière maladroite. Ils tiraient sans fin des morceaux de bois, transportaient de la nourriture pour la ramener ensuite au même endroit. Ils construisaient des ponts de sable qui s'effondraient. Ils bâtissaient des salles inutiles, jamais habitées.

Enfin les individus du dernier tiers réparaient les bêtises du deuxième tiers et produisaient une activité constructive réellement efficace.

Plus tard, quand je suis devenu étudiant en journalisme à Paris, a eu lieu un concours de la meilleure idée de reportage, proposé par une marque de cigarettes qui voulait lier son image à celle des reporters en herbe.

Je suggérai une enquête sur les fourmis magnans, ces colonnes interminables de grosses fourmis carnivores des pays tropicaux qui détruisent tout sur leur passage au point de ruiner les paysans.

Sur plusieurs centaines de candidats qui présentèrent des sujets originaux, je fus sélectionné. Probablement parce que les jurés pensaient que j'allais me dégonfler au dernier moment.

Quinze jours plus tard, après avoir engouffré mes dernières économies dans l'achat d'un appareil très lourd – un Nikkormat avec téléobjectif macro – je débarquais en Afrique de l'Ouest.

Là, une équipe de scientifiques du CNRS s'était installée depuis quelques jours pour suivre les migrations
des fourmis magnans dans la jungle. Une opportunité
extraordinaire.

Une horde de fourmis magnans en déplacement
comprenait une cinquantaine de millions d'individus,
la plupart équipés de longues mandibules tranchantes.
Ils avançaient comme un fleuve d'acide noir, dévorant
toute vie animale sur leur chemin.

On prétendait qu'une colonne de fourmis magnans
pouvait dévaster des villages entiers et qu'en meutes
de chasseurs, ces insectes étaient capables d'attaquer
des animaux très volumineux comme des gazelles,
voire des éléphants. La chose m'avait semblé exagé-
rée.

J'allais enfin savoir.

À peine descendu d'avion, je découvris un autre
monde, où tout était plus coloré, plus joyeux.

Nous n'étions qu'en avril et le soleil tapait déjà très
fort.

Hors de la capitale des demi-buildings gisaient,
abandonnés, des premiers étages construits par des
promoteurs véreux partis sans achever les travaux.
Partout des enfants jouaient. Des meutes de chiens se
promenaient en se dandinant, des femmes vêtues de
boubous de toutes les couleurs transportaient des
vases, des pots, des paniers, des bébés. Une odeur de
poulet grillé à l'essence se mêlait à des parfums
d'épices et de fleurs opiacées.

Dans le « taxi de brousse » qui me conduisait à destination, une 504 break Peugeot, au plancher défoncé
qui permettait de voir défiler la route et de remplir la

voiture d'une poussière orange, s'entassaient huit passagers et une vingtaine de poules caquetantes.

Au-dessus du rétroviseur une affichette rouge : « Faites confiance au chauffeur, il connaît son métier. » La recommandation méritait d'être signalée.

En effet, après nous avoir laissé cuire une demi-heure en plein soleil pendant qu'il sirotait son alcool de palme avec des copains, notre chauffeur consentit à nous conduire au village où je devais retrouver l'équipe de scientifiques du CNRS.

Bientôt l'autoroute se transforma en nationale, la nationale en départementale, et la départementale en piste de brousse cahoteuse. Au bout, enfin, le village.

Sur le côté droit, la famille Lebrun, une famille d'entomologistes installée là depuis dix ans. Au centre l'équipe dc scientifiques de passage s'étaient installées dans une maison en hauteur posée sur les branches d'un arbre immense.

À l'entrée du village, les femmes pilaient le mil en chantant et en mâchant des graines.

Les antennes dépassaient des maisons en torchis et des génératrices à pétrole qui grondaient et fumaient alimentaient les téléviseurs.

Le sorcier servait de prêtre, de psychanalyste, d'herboriste, de conseiller conjugal, d'astrologue, de pharmacien, de dermatologue. Accroupi sur la place du village en terre battue, il expliquait aux jeunes qui l'entouraient comment reconnaître les différents esprits de la forêt, et comment savoir si quelqu'un leur avait jeté un sort. Le cours du jour était précisément les « antisorts », une technique de sécurité qui permet de retourner à l'envoyeur le sort dont vous étiez le destinataire. Technique bien connue de « l'arroseur arrosé ».

Ici ni la police ni une quelconque administration du pays n'avait de représentation.

Il pouvait se passer n'importe quoi sans qu'une autorité intervienne.

Le professeur Philippe Lebrun était un grand maigre musclé, la mâchoire adoucie par un collier de poils roux, le front barré par une mèche. En chemise bûcheron à carreaux rouges et verts, il portait de grandes bottes qui le protégeaient des scorpions. Sur son épaule, Napoléon, une mangouste, le protégeait des serpents.

Le professeur Lebrun me conseilla aussitôt de porter des chemises à manches longues.

– À cause des moustiques ?

– Non, à cause des simulis. Les moustiques c'est gentil parce que ça fait bzzz et que ça dépose un produit coagulant sur la piqûre, le même qui nous fait nous gratter. Alors que le simuli c'est silencieux et ça laisse des petites plaies béantes. En outre ça dépose des parasites dans le sang, qui génèrent la prolifération de petits vers, et on devient aveugle.

Je remarquai en effet que certains villageois avaient le fond des pupilles rempli de vers beige clair qui grouillaient. Je pris aussitôt la décision de ne pas quitter la chemise à manches longues.

Très vite, je repérai pourtant des petites taches de sang sur ma chemise blanche. Ce qui signifiait qu'un simuli était parvenu à passer sous l'étoffe.

Le professeur Lebrun m'expliqua également que je devais prendre un boy. Je refusai, ce genre de pratique « archaïque » me hérissait. Il me prit à part :

– Oublie tes préjugés. Attends, je vais le laisser te convaincre lui-même de la nécessité de son engagement.

Il appela un grand échalas rigolard, en short de sport et en tee-shirt publicitaire.

– Il se nomme en français Séraphin, mais dans son village on l'appelle Kouassi Kouassi, ça signifie le troisième enfant. Vas-y, dis-lui à quoi tu sers, Kouassi Kouassi.

– Je fais vos lacets.

– Je les noue moi-même très bien, répondis-je, étonné.

– Je ferme la porte derrière vous.

– A priori j'y arrive aussi.

– Je fais votre lit. Je range vos affaires pliées tous les jours.

– Pareil.

Finalement à bout d'arguments Kouassi Kouassi me confia qu'il avait dix femmes et qu'il avait besoin de l'argent que j'allais lui donner pour s'en acheter une onzième. Sa première femme était d'ailleurs d'accord sur son choix et il ne manquait plus que l'argent. 10 francs CFA (soit 5 francs français, soit un peu moins d'un euro).

Je lui dis que j'étais prêt à les lui donner sans rien en retour, mais il me répondit que les autres ne comprendraient pas, que ce n'était pas « la manière habituelle de faire ». Enfin il trouva l'argument décisif. Pour les fourmis magnans j'aurais besoin de lui car de toute façon chaque scientifique sur le terrain devait avoir son assistant.

Le professeur Lebrun m'adressa un clin d'œil. « Ici ce n'est pas comme dans les films ou à la télévision, oubliez votre pensée politiquement correcte, adaptez-vous à l'instant et aux gens qui sont en face de vous. » Ne voulant pas faire de vagues, j'acceptai donc cette aide bizarre, me demandant s'il ne servait pas aussi d'espion pour le reste du village.

Les jours suivants, j'appris à connaître Kouassi Kouassi et pris du plaisir à discuter avec lui. C'était rare que les scientifiques, les « toubabous », comme les villageois nous nommaient (les « toubibs blancs ») entrent en grande conversation (faire palabre, disait-il) avec leur boy. Ce comportement le dérouta d'ailleurs un peu au début. Quand il était gêné il devenait encore plus hilare. Il avait un rire qui terminait dans les gloussements. C'était réjouissant à voir.

Kouassi Kouassi riait tout le temps mais le seul sujet sur lequel il refusait de plaisanter était la sorcellerie.

Il disait : « Vous les Blancs vous ne pouvez pas comprendre notre magie. Elle vous dépasse. »

Kouassi Kouassi avait des dents remarquablement blanches, il les nettoyait en les frottant avec un morceau de bois qu'il suçotait en permanence.

Je lui signalai que je voulais le même bâton qui donne les dents étincelantes mais il me répondit : « Pour vous les Blancs ce bâton ça vous fait tomber les dents. » Et il se marrait tout en se grattant une excroissance parasite.

La vie du village s'organisait en vue de la grande expédition vers les fameuses fourmis magnans. Il fallait attendre que la chaleur monte, pour qu'elles deviennent très excitées et se lancent dans un voyage collectif.

Toute l'équipe des chercheurs du CNRS fourbissait les caméras et les appareils photo. Certains étaient là pour filmer, d'autres pour photographier, ou pour rédiger des thèses sur le sujet.

Le soir nous étions une dizaine autour de la table. Nous parlions politique, football international, anecdotes sur le gouvernement local et la sorcellerie du village. Nous buvions de l'eau du lac filtrée (il faut être patient car elle traverse une machine équipée d'un filtre en roche poreuse). Nous avalions notre nivaquine quotidienne pour éviter d'attraper le paludisme.

Le professeur Lebrun m'avait conseillé de ne pas m'approcher des abords marécageux du lac. Des enfants y avaient joué et s'étaient fait attraper par des crocodiles (les sauriens aimant la viande au goût faisandé ils coinçaient les corps sous les branches, ce qui faisait qu'on ne les retrouvait pas), il ne fallait pas chercher les ennuis.

Nous mangions des conserves plutôt bien préparées par Fetnat (ses parents avaient vu dans le calendrier « Fêt. nat. » l'abréviation de Fête nationale, le 14 Juillet, et ils pensaient que c'était un prénom), un gros costaud bouffi, dont les bras ressemblaient à des cuisses et qui avait tendance à mettre du piment partout « pour désinfecter. Le piquant ça tue les parasites », expliquait-il doctement. Fetnat avait cependant une excroissance dans le dos qui lui faisait comme un doigt, mais cela ne semblait pas le gêner le moins du monde.

À 21 ans je découvrais avec étonnement la vie d'un village africain, dans la jungle, complètement isolé de tout.

Un jour, Kouassi Kouassi me dit qu'il pouvait me fournir une « femme qui savait taper à la machine si je voulais ». Je répondis que je n'avais pas besoin de secrétaire mais il éclata de rire, et me dit : « Non pas pour faire la secrétaire mais pour faire l'amour. » Et il me confia que lui-même était grand consommateur de « femmes pour faire l'amour ». Sa technique personnelle de drague était simple. Il allait en ville, il se promenait, il repérait une fille qui lui plaisait, il traversait la rue pour la bousculer. Il s'excusait et pour parachever ses excuses il l'invitait à prendre une boisson puis ils faisaient l'amour (il appelait ça faire « zig-zig-pan-pan »). Il arrivait parfois à en honorer trois différentes dans la même journée. J'étais impressionné par la performance de ce Casanova. Lui multipliait les clins d'œil coquins et les gestes obscènes tout en rigolant de ses superbes dents blanches.

Je lui demandais s'il n'avait pas peur d'attraper des maladies sexuellement transmissibles. Il me répondit qu'il n'avait rien à craindre car il possédait un gri-gri spécial de protection composé par son marabout.

Il me le montra. Je distinguai en effet un petit tube attaché par une lanière de cuir autour de sa cheville.

– Et, comment dire, tu n'as jamais essayé les préservatifs ?

– Les quoi ?

– Les capotes…

– Ah ! ça ? me répondit-il, c'est de la magie des Blancs, ça marche sur les Blancs. Nous, nous sommes des Noirs alors nous prenons la magie des Noirs, elle fonctionne mieux pour nous. Notre sorcier nous dit que si on veut on peut aussi essayer la magie des Blancs pour comparer les résultats, mais il nous dit ça chaque fois en se moquant. C'est pour les inquiets qui veulent les deux magies. Il y a d'ailleurs une « capote » laissée par un Blanc l'année dernière qui sert à ceux qui veulent tester la magie des Blancs.

– Une seule ? demandai-je, étonné.

– Oui, elle sert à tout le monde, on la lave et puis on se la passe pour « ceux qui sont plutôt superstitieux à la manière des Blancs ».

– Tu n'as donc jamais essayé de mettre un préservatif ?

– Si, mais je trouve ça vraiment (il éclate de rire) pas pratique. Et puis on ne sent plus rien. De toute façon la fille aussi n'en voulait pas. Elle a refusé de continuer si je gardais cette chaussette en caoutchouc sur mon sexe !

Il éclate de rire à l'expression.

– Et si tu attrapes une maladie malgré ton gri-gri à la cheville ?

– Ah ? Alors je vais voir le marabout et je lui dis que ça n'a pas marché et il me change le texte de l'incantation. Car à l'intérieur il y a un vrai texte sacré écrit et roulé tout petit. Parfois il faut le personnaliser un peu pour que ça soit bien efficace.

J'approuvai mais déclinai sa proposition pour « la jeune femme qui tapait à la machine à écrire ».

Un autre jour, Kouassi Kouassi s'absenta pour cause de chasse aux « hommes-gazelles ».

Je demandai de quoi il s'agissait, et le professeur Philippe Lebrun m'expliqua que la tribu dans laquelle nous nous trouvions se nommait elle-même « hommes-lions » et qu'ils chassaient et mangeaient les « hommes-gazelles ».

– Les hommes-gazelles ce sont ceux de la tribu d'à côté ?

– Exactement. Et ils considèrent que c'est une prédation naturelle comme le lion est le prédateur naturel des gazelles.

– Et les hommes-gazelles ils en pensent quoi ?

Le professeur Lebrun lissa sa barbe en collier. Au loin on entendit des cris d'oiseaux.

– Ils ne penseraient pas à demander de l'aide à Amnesty International. Pour eux c'est normal d'être chassés. La tradition ancestrale. S'ils se font attraper ils regrettent seulement... de ne pas avoir couru assez vite.

– Tu plaisantes ?

– En fait les hommes-lions font ça pour leur cérémonie religieuse. Actuellement il y a une sorte de « Pâques », alors plutôt que de manger de l'agneau ils mangent de... l'homme-gazelle.

– Mais c'est du... cannibalisme.

– Tout de suite les grands mots ! Il faut s'adapter à leur vision locale, sans les juger avec nos grilles de lecture habituelles. Tu verras, c'est troublant quand on est ici, on finit par voir la différence. Ceux de notre tribu, les hommes-lions, possèdent des mâchoires plus carrées et les canines pointues, des petites oreilles rondes et ce petit regard malin, comme les félins. Les autres du village d'à côté, ils ont le visage allongé, les

oreilles plus longues aussi, ils ont l'air plus doux, ils
mâchent toujours des herbes, comme des ruminants.
En fait comme des gazelles.

– Mais enfin, tu te rends compte de ce que tu dis ?

Le professeur Lebrun regarda par notre balcon de
bois dans la direction des baobabs. « Napoléon », sa
mangouste, poursuivait un petit rongeur et les deux
animaux passèrent au grand galop en grattant de leurs
griffes le sol sec.

– Oh, quand on vit aussi loin de la civilisation il faut
cesser de raisonner comme à Paris. Ici, c'est le sorcier
qui fait la loi et qui décide de tout. Tu as vu comme ils
sont férus de leurs histoires d'esprits, de fantômes et
de sortilèges. Ils passent leur temps à gérer ça.

Tout à coup, un éclair, puis le tonnerre fit trembler
la forêt. Une pluie lourde suivit aussitôt.

– Avec les gris-gris ?

– Oui, et les talismans protecteurs. Ici, tout est
magie. Et la chasse aux hommes-gazelles fait partie de
leur religion. D'ailleurs… ils n'en prendront probablement qu'un seul.

Je le rejoignis pour regarder la pluie qui tambouri-
nait sur les larges feuilles.

– Ils vont vraiment le manger cet « homme-
gazelle » ?

– En fait ils ne le consomment pas pour se nourrir,
mais dans le cadre de leur rituel sacré. Ils se livrent à
une battue avec un grand filet et des casseroles. Ils
vont attraper celui qui court le moins vite, puis ils le
ramèneront et le tueront selon leurs coutumes ances-
trales. C'est une grande cérémonie. À chaque personne du village correspond un morceau du corps plus

ou moins noble. De ce que m'a dit mon boy, le foie est le morceau le plus recherché, après ils mangent les reins, les lèvres, les yeux, les oreilles, la langue… Les muscles des bras ou des jambes, ils les donnent aux chiens.

– Je ne te crois pas. Tu te moques de moi.

Le professeur Lebrun restait imperturbable, fixant l'horizon.

– Je n'ai jamais assisté à ces cérémonies évidemment interdites aux Blancs, mais j'ai vu une fois dans le journal local un article sur un procès. Une femme se plaignait de ne pas avoir eu un morceau d'homme-gazelle correspondant à son rang au sein de la hiérarchie du village. Un éditorial complétait le compte rendu du procès et le journaliste disait, si je me souviens bien : « Nous nous doutons que les Français nous traiteront de sauvages, parce que nous mangeons ce qu'ils considèrent comme des humains. C'est toujours compliqué de leur expliquer ces choses évidentes. Mais nous les voyons manger des aliments qui nous dégoûtent aussi, comme les grenouilles ou les escargots. Nous ne jugeons pas leurs coutumes locales alors qu'ils ne jugent pas les nôtres ! » Et il concluait par : « Les colonies c'est fini ! »

Il haussa les épaules en signe d'impuissance.

– Et ils n'ont jamais été tentés de manger des Blancs ? demandai-je dans le fil du dialogue.

Napoléon et le petit rongeur repassèrent dans le sens inverse.

Le professeur Lebrun fit une moue.

– Il paraît qu'ils trouvent que nous avons un goût très fade et un peu amer, mon boy m'a dit que pour eux les Blancs c'est vraiment pas bon. Comme s'ils avalaient de la viande malade.

Je restais malgré tout dubitatif.

Dans la nuit, j'entendis au loin les tam-tams qui battaient sur un rythme syncopé. Je me levai, soulevai la moustiquaire, et me mis au balcon de notre maison suspendue dans les branches du grand arbre. Je distinguai au loin la lueur d'un feu et des chants résonnèrent. Ce qui était certain, c'est que ce soir-là les gens de notre village organisèrent une fête.

Quand je demandai le lendemain à Kouassi Kouassi si c'était vrai qu'ils avaient mangé un homme-gazelle, il m'a juste regardé d'un air navré et m'a dit :

– Ah, zut, j'aurais dû te ramener un petit bout pour que tu goûtes. En général vous voulez toujours goûter pour savoir. « Ne pas mourir idiot », comme dit votre expression, hein ?

Puis voyant mon air dépité, il ajouta, rassurant :

– T'inquiète pas, on ne reconnaît rien, c'est cuit, c'est comme des brochettes de porc. Ça a d'ailleurs pratiquement le même goût. Tu veux que je voie s'il en reste un peu ?

Une fois de plus je fis un signe de dénégation et, je le vis dans son regard, il était déçu que je sois aussi peu curieux des expériences locales.

Enfin arriva le grand jour.

La température était encore plus élevée que d'habitude et les boys avaient repéré une colonne de fourmis magnans qui avait surgi des entrailles de la terre après des mois d'hibernation.

Elle avançait dans la brousse.

– Vous allez être content, toubabou. C'est un gros nid, très gros, ça forme une longue colonne sur la colline, annonça le boy d'un scientifique d'origine belge.

Nous nous préparâmes. Pour éviter qu'elles nous montent dessus, le professeur Lebrun m'expliqua qu'il fallait enfiler de grandes bottes en plastique, en fait des bottes d'égoutiers, enduites de surcroît d'un produit répulsif. Malheureusement, aucune paire n'était à ma taille.

Je dus me résoudre à garder mes chaussures montantes en toile, et sur les conseils du professeur Lebrun je me contentai de rentrer le bord du pantalon dans les chaussettes.

Puis nous nous sommes mis en route.

Nous les guettions de loin à la jumelle.

Un fleuve interminable s'écoulait, noir et effervescent, qui avançait à la vitesse d'un homme en marche. Environ cinq kilomètres à l'heure.

Nous avions donc le temps de nous éloigner en cas d'attaque.

La horde de mandibules déchaînées attaquait tous les petits animaux qu'elle pouvait encercler : lézards, serpents, oiseaux piégés au sol, araignées, rongeurs. À peine repérées, les victimes étaient recouvertes, puis submergées de soldates. Elles les pénétraient, les creusaient, les découpaient en menus morceaux, bientôt hissés au-dessus des têtes noires.

Les Dents de la Terre.

Le professeur Lebrun m'expliqua que, la nuit, les magnans formaient une sorte de grosse citrouille vivante, un bivouac, une boule au cœur de laquelle la reine était cachée. Le chien des Lebrun avait un jour touché un de ces fruits et son squelette était encore témoin de cet « instant d'incompréhension » entre deux espèces terriennes. Les mandibules des magnans sont si tranchantes qu'elles peuvent entailler le bois, si pointues que les autochtones s'en servent pour suturer les plaies. La fourmi magnan mord la peau et il n'y a plus qu'à lui arracher le corps. La tête reste plantée, les mandibules rapprochant les deux bords de la plaie.

Le professeur Lebrun m'expliqua que lorsqu'elles approchaient d'un village, les gens fuyaient en laissant les pieds de leurs meubles dans des bassines remplies de vinaigre. Les nouveau-nés pouvaient être dévorés s'ils n'étaient pas évacués très vite.

Nous suivîmes longtemps le fleuve en folie. Jusqu'à ce que le soleil de midi soit si brûlant qu'elles se décident à aménager un nid souterrain pour se protéger. Plusieurs dizaines de millions de mandibules se mirent à l'ouvrage, et en quelques minutes le nid fut creusé.

Dès lors, le professeur Lebrun, les chercheurs, les boys et moi-même nous mîmes en devoir de creuser un fossé d'un mètre de profondeur, encerclant leur bivouac…

Après quoi, au signal et armés de pelles, nous avons aménagé un tunnel, prudemment, qui devait nous mener à la loge de la reine.

– Respire le moins possible, m'a chuchoté le professeur Lebrun. L'odeur de ta respiration les attire, et l'odeur de ta peur les excite. Si tu le peux, quand tu seras près de la reine, mets-toi en apnée.

Lorsque nous sommes enfin entrés en contact avec les zones périphériques du nid, les fourmis se sont déversées comme du liquide par tous les couloirs de leur cité temporaire. Mais un liquide intelligent. Elles nous encerclaient. Elles nous attaquaient en essayant de nous grimper dessus. Elles n'y parvenaient que sur mes pieds, par mon absence de bottes protectrices.

Je fus pourtant le dernier à rester au fond du trou pour *la* photographier jusqu'au dernier instant.

L'important était de saisir la star.

La reine des fourmis magnans.

C'était une bête extraordinaire, vingt fois plus imposante que ses congénères. De la taille de mon doigt. Une tête étrange, triangulaire, avec deux yeux globuleux parfaitement sphériques. Un fin thorax de chitine cuivré et, au-dessous, un immense abdomen formant les trois quarts de son corps.

C'est de cet appendice surdéveloppé que cet individu unique dans la communauté pond tous les jours des milliers d'œufs.

Nulle part dans la nature on ne peut voir une telle machine à produire si vite de la vie.

Sa garde personnelle se jetait maintenant sur moi. Je sentais leurs pattes m'escalader, me palper. J'en étais recouvert. Un manteau noir et mouvant m'enveloppait.

Et puis l'une d'elles trouva un passage, un petit trou dans mon pantalon.

Aussitôt un groupe de chasseresses s'y engouffra. Elles étaient maintenant sous la toile de coton et commençaient à creuser entre les poils de mes mollets. D'autres remontaient ma chemise pour rejoindre mon cou et ayant trouvé un passage dans mon col descendaient le long de mon dos, en utilisant la vallée de ma colonne vertébrale comme un toboggan.

Quelle expérience étonnante. Gulliver chez les Lilliputiens.

La reine dodelinait de la tête sans me quitter des yeux, comme si elle n'était pas concernée par ce qui se jouait face à elle.

Je cessai de photographier quand je sentis les pattes dans mes oreilles et aux commissures de mes lèvres. Après m'être mis en apnée, comme me l'avait conseillé le professeur Lebrun, j'ai soufflé par les narines et craché pour dégager mon nez et ma bouche.

Et puis soudain deux bras m'ont empoigné. C'était Kouassi Kouassi qui, comprenant que je ne me rendais pas compte du danger mortel, avait pris sur lui de me sortir du fossé. Il me tira, me dégagea et me poussa le plus loin possible du bivouac. Nous roulâmes tous deux au sol.

Il venait de me sauver la vie.

– Les fourmis, elles allaient te manger, toubabou ! T'es fou de la tête toi ! s'exclama-t-il.

Je toussais, crachais.

– C'est comme avec les femmes, il y a un moment où il faut savoir partir ! Sinon elles te mangent, poursuivit-il.

Et il éclata de son grand rire joyeux qui dévoilait ses dents étincelantes.

Ce ne fut que lorsque je vis mon corps constellé de fourmis magnans plantées dans mon épiderme que je me rendis compte de ce à quoi j'avais échappé.

Avec un frisson désagréable, je me retrouvai en slip dans la savane en train de racler à la machette des centaines de corps, comme si je me rasais des poils grumeleux et épais.

Je me mouchai vivement, luttant contre la sensation d'être assailli de l'intérieur. Des magnans étaient même plantés dans les semelles de mes chaussures, sur les lacets.

Cependant j'avais ce que j'étais venu chercher. Deux pellicules de photos où l'on voyait la reine des magnans. En personne. À ma connaissance, il existait très peu de clichés de cette « star » d'une autre civilisation. Kouassi Kouassi me regardait, rigolard.

– Sacré toubabou ! Qu'est-ce qui t'a pris de rester quand les autres sont partis ! Je t'avais dit que tu aurais besoin de moi. De toute façon j'allais pas te laisser tomber avant que tu m'aies donné l'argent pour ma onzième femme, ça tu peux en être sûr. C'était ta garantie de survie !

À nouveau il était hilare.

Il me donna une large tape dans le dos puis il s'essuya une larme de rire et redevint plus grave.

– Bah. Tu voulais savoir, maintenant tu sais. C'est ça les terribles magnans. Il paraît que tu veux aussi écrire un livre dessus. Tu es fou de la tête !

Puis il me fixa intensément.

– Juste une question comme ça, toubabou : pour-quoi tu t'intéresses à ce point aux fourmis ? Après tout, ce ne sont que des… fourmis !

13. Ça va vous plaire

(FUTUR POSSIBLE)

– J'espère que ça va vous plaire, prononça-t-il humblement en tendant le dossier en carton contenant son scénario.

Une large baie vitrée éclairait le bureau de forme ovale. Derrière le fauteuil, s'étalait une vue panoramique vertigineuse de la capitale. Sur les murs latéraux, des couvertures de magazines sous verre rappelaient les grandes émissions de la chaîne. Sur une étagère, des coupes portaient l'inscription en lettres d'or : PRIX DE LA MEILLEURE SÉRIE DE L'ANNÉE.

Les fauteuils en cuir étaient rouges et profonds.

Une secrétaire à l'air vif apporta deux cafés et s'enquit du nombre de sucres qui devaient tomber dans sa tasse.

– Je pense que vous en voudrez deux ? chuchota-t-elle.

Olivier Rovin n'entendait rien, trop préoccupé par la réaction de son interlocuteur qui lisait son travail.

Considérant que ce silence valait consentement, la jeune femme glissa d'office deux sucres dans le café.

Face à lui, trônant dans son fauteuil noir aux larges accoudoirs, Guy Carbonara, le directeur du département Création Fiction de la grande chaîne de télévision dite de « jeunes », portait un costume rayé, chemise rose saumon, foulard bleu remplaçant la cravate.

Olivier Rovin était maintenant un scénariste confirmé, il avait écrit deux scénarios de long métrage, et connu une petite gloire avec un film fantastique primé à Cannes. Puis, après avoir été un auteur au nom « bankable » dans le cercle fermé de la profession, il était redevenu, comme beaucoup de scénaristes, une sorte de technicien en « blockbuster » (littéralement : ce qui rameute tout un bloc d'immeubles au cinéma).

On lui donnait un couple de stars, et à lui de se débrouiller pour inventer un scénario simpliste afin que les deux stars puissent avoir leurs « grandes scènes ». Ou bien il servait de script-doctor, on lui demandait de réécrire un scénario réécrit cent fois par d'autres, selon les inquiétudes et les contradictions de la production.

Olivier Rovin avait perdu le feu sacré, mais il gardait une passion personnelle : les séries télévisées. C'était sa drogue, il les connaissait toutes comme un entomologiste connaît toutes les espèces de papillons. Il pouvait citer sans faillir et pour chaque épisode de ses séries fétiches les acteurs principaux, les seconds couteaux, les réalisateurs, et même les scénaristes.

Sur un coup de tête il avait décidé de prendre deux années sabbatiques. Il voulait s'isoler du monde du cinéma pour mettre au point une série télévisée originale dont le titre provisoire était : « Les Aventuriers de la science ».

Le principe en était simple : un couple d'enquêteurs arrivait sur un lieu de crime. Mais le crime était tellement original que la seule manière de le résoudre consistait à comprendre une innovation scientifique.

Si bien qu'à travers le suspense policier le public découvrirait sans effort les dernières avancées en physique, chimie, biologie, génétique, astronomie, et même physique quantique.

Olivier Rovin utilisait pour l'enquête un couple très caractérisé, avec un homme obèse et non violent mais très fin analyste, et une fille petite et musclée, d'une grande brutalité mais très efficace. L'union de l'intellectuel passif et de la femme d'action bondissante. Il proposait ensuite des structures de suspense qui se dessinaient comme une partition de musique pour tenir les spectateurs en haleine. Un système de trois petits « coups de théâtre » et une grande révélation finale donnaient le rythme de chaque épisode.

Guy Carbonara lisait le scénario du pilote de la série « Les Aventuriers de la science », en hochant la tête d'une manière très docte. À la fin, il baissa ses lunettes en demi-lune.

– C'est bien. Très bien. Je dirais même remarquable. J'ai rarement vu quelque chose d'aussi bon, reconnut-il.

– Ah ? Ça vous plaît vraiment ?

Le directeur lui rendit le scénario.

– Oui, ça me plaît vraiment. Mais là n'est pas le problème. Ce n'est pas pour nous. Vous devriez proposer ça à une autre chaîne. Je suis sûr que ça leur plaira.

Un muscle incontrôlable fit tressauter la joue de Rovin. Il voulut faire appel au café, mais il dut reposer la tasse, tant il était sucré.

– Vous êtes la seule chaîne à diffuser ce type de séries. Vous le savez bien.

Guy Carbonara fouilla dans ses dossiers et en tira une chemise en carton épais frappée d'un gros logo rouge qui représentait une loupe au-dessus d'une foule.

– Vous voyez ceci ? C'est une étude que nous avons commandée à un grand institut de sondage pour savoir quelles séries les gens veulent voir à la télévision. De cette étude, qui nous a coûté fort cher et qui a été établie sur un panel de plusieurs centaines de personnes, il ressort, je cite : « Le public a envie de voir à la télévision des enquêtes policières avec un héros récurrent, un commissaire par exemple, qui connaît des problèmes familiaux avec sa mère ou sa fille, de préférence, et qui lutte contre les trafiquants de drogue ou les proxénètes. »

Olivier Rovin, durant un instant, songea à une blague.

– Mais c'est exactement le principe de la série-phare de la chaîne commerciale. C'est normal que les sondés plébiscitent ce genre d'histoires puisque c'est ce qu'ils regardent déjà.

Guy Carbonara éluda d'un geste.

– Nous aussi nous avons besoin de plaire au plus large public. Donc c'est ce que nous recherchons. Si

vous avez ça à nous proposer, ça nous intéresse.
Sinon…

Olivier Rovin essaya de se contenir.

– Mais votre « commissaire » a été fait cent fois. On
ne peut pas demander au public d'inventer une série
originale.

Le directeur se leva et tourna le dos à son interlocuteur, pour fixer la ville du haut de sa tour de verre.

– Nous, nous dépendons des annonceurs publicitaires. Ce sont eux qui vont permettre la création de la
série. Et les annonceurs se font une opinion sur les
sondages. Donc, si on veut financer la série, il faut
avoir la garantie de l'argent des annonceurs, et si on
veut l'argent des annonceurs, il faut les rassurer, avec
un sondage qui prouve, avant que la série n'entre en
production, qu'elle attirera à coup sûr le large public.
Nous ne sommes pas des aventuriers de la science…
nous sommes des gestionnaires de la finance… c'est
ce qui permet de créer les séries.

Guy Carbonara ne s'était toujours pas retourné.

– Mais…

– Vous, vous êtes un rêveur, un poète, un homme
d'imagination. Vous avez de la chance.

– Mais…

– Malheureusement, il existe la réalité industrielle.
Moi je fais un sale métier. La télévision est une industrie comme les autres. Chaque épisode coûte cher. Les
acteurs. Les décors. Les techniciens. Les assurances.
Les assistants qui amènent les sandwiches et les cafés.
Pour chaque série, c'est comme si on montait une
usine temporaire avec des ouvriers, des cadres, des
machines. Aucune place pour des projets aussi « origi-

naux » que le vôtre. C'est l'inconnu. On ne monterait pas une usine sur un produit dont on ignore même… s'il existe des clients.

Il eut un petit gloussement à cette idée.

Olivier Rovin s'agitait dans son fauteuil.

– Je crois qu'il manque une question dans votre sondage, parvint-il à articuler.

– Laquelle ?

– « Voulez-vous qu'on vous propose quelque chose d'inconnu ? » Je suis persuadé que le public a envie d'être surpris.

Guy Carbonara se retourna, se rassit, et réunit deux doigts devant ses lèvres, comme un professeur impatient de voir son élève comprendre.

– Certes, nous n'avons pas posé cette étrange question, reconnut-il.

Le scénariste voulut s'engouffrer dans la brèche.

– Si vous analysez bien, les séries qui ont tout cassé ce sont précisément celles qui sortaient de l'ordinaire.

– C'est vrai. Certaines séries « sortant de l'ordinaire » ont marché. Mais beaucoup d'autres « sortant de l'ordinaire » se sont ramassées. Celles-là on les a oubliées. Sur dix séries risquées neuf échouent. Vous, vous ne vous souvenez que de la dixième qui a réussi. Nous, nous connaissons la réalité. Nous n'avons pas d'argent à dépenser pour dix séries risquées qui vont probablement échouer, même si l'une d'elles réussit. C'est mathématique.

Le directeur des programmes afficha un sourire victorieux et se mit en devoir, posément, d'allumer un cigare, et d'en savourer le goût.

Olivier Rovin reçut l'argument et la fumée en pleine face.

– Mais si on fonctionne au sondage, c'est le serpent qui se mord la queue, on tournera en rond, on proposera toujours aux gens ce qui leur plaît déjà. C'est l'ennui assuré.

– Mieux vaut être ennuyeux que téméraire.

Atterré, le scénariste regarda l'homme au nom de spaghettis, et s'enquit, d'une voix aimable :

– Juste pour savoir. Vous avez quel âge ?

– Je n'ai rien à cacher. 28 ans.

– Et vous avez fait quoi comme études pour devenir directeur des séries ?

– Une grande école de commerce à Paris. Une université de marketing à Chicago.

– Et vous avez eu ce poste à la sortie de l'université ?

– Ma spécialité, c'est la gestion des budgets. Avant d'entrer dans cette chaîne de télévision j'ai travaillé sur d'autres produits : les tracteurs, les friandises, les tubes de polystyrène et les jouets, si vous voulez tout savoir. Un budget est un budget.

Olivier Rovin déglutit.

– Hum… Et vous regardez quoi comme séries pour votre plaisir personnel ?

Guy Carbonara souleva un sourcil étonné, puis écrasa son cigare.

– Pour mon « plaisir personnel » ?

– Oui, chez vous, le soir en rentrant du bureau.

Cette fois, le directeur des fictions ne put retenir un petit rire.

– Je suis dans la télé toute la journée, ce n'est pas pour regarder la télé le soir ! D'ailleurs je vais vous dire : ma femme non plus n'aime pas ça. Marie-Claude vient elle aussi d'une grande école de commerce, elle aussi a fait une université de communication aux États-Unis, et elle pratique le même métier sur une chaîne concurrente. Nous nous sommes rencontrés dans un congrès de directeurs de programmes. Pur hasard. Nous avons les mêmes goûts. Et après notre mariage, d'un commun accord nous avons décidé de ne pas acheter de téléviseur. Il n'y a pas le moindre écran dans notre appartement.

Il semblait ravi de sa confidence.

– Vous n'avez pas de téléviseur et vous fabriquez les programmes que des millions de gens regardent tous les soirs ?

– Comme on peut être médecin sans être malade.

– Ôtez-moi d'un doute, vous regardez quand même les feuilletons de votre chaîne ?

Guy Carbonara jaugea Olivier Rovin.

– Allez, vous m'êtes sympathique dans votre candeur… Venez, suivez-moi. Je vais vous montrer ce qu'on ne montre pas.

Il lui saisit le poignet et le tira comme s'il menait son vieux grand-père vers la première fusée spatiale.

Ils prirent l'ascenseur, descendirent plusieurs étages, passèrent sous le rez-de-chaussée, et s'enfoncèrent dans les sous-sols de la tour. Après avoir longé une enfilade de portes numérotées, le directeur dévoila une large pièce dont l'obscurité était ponctuée de clartés rectangulaires.

Olivier Rovin finit par distinguer une vingtaine de personnes alignées dans le noir, face à des téléviseurs projetant un programme différent à un mètre de distance l'un de l'autre.

– C'est quoi selon vous ? demanda le directeur de la fiction.

– Des « esclaves modernes » ? suggéra le scénariste.

– Ce sont mes « conseillers artistiques ». Pour la plupart de jeunes étudiants volontaires. Ils regardent la télévision pour moi. Nous recevons tous les jours des centaines de cassettes de séries du monde entier. Ils les visionnent.

» Ensuite ils rédigent des fiches sur celles qui valent le coup d'être achetées. Vous ne croyez quand même pas que je vais rester des heures à regarder des novelas brésiliennes ou des séries japonaises. Si vous me permettez cette expression triviale : « Je n'ai pas que ça à foutre. »

Olivier Rovin, s'habituant à la pénombre, finit par distinguer les jeunes gens, la plupart à lunettes, le visage pâle, la moue désabusée, des verres de soda et des bassines de pop-corn à portée de main.

– Et vos « conseillers artistiques » sont payés à l'heure ?

– Non, au nombre de séries visionnées. Certains parmi les plus forts ou les plus motivés visionnent de 10 heures du matin à 23 heures sans interruption. Ce sont des pros. Ils sont très bien payés.

Olivier Rovin constata qu'aucun de ces « pros » n'avait même prêté attention à leur présence.

– Ils ne peuvent pas les regarder en accéléré ?

– Interdit. Il leur faut signaler des dialogues trop crus ou des références locales incompréhensibles. Ils doivent les détecter.

– Ils ne font même pas la coupure du déjeuner ?

– On leur apporte des sandwiches et des boissons. Ici la nourriture est très bonne. On leur livre aussi des sushis ou des pizzas. C'est offert.

– Et ils disent quoi vos « conseillers artistiques » ?

– Ils doivent signaler si l'émission entre dans notre « politique éditoriale de chaîne ». Ils ont des grilles, ils donnent des notes, les critères sont très précis.

Un des jeunes se frotta les yeux. Il les frotta si fort qu'on aurait dit qu'il voulait se les crever. Un instant, Olivier Rovin se dit que Guy Carbonara était en train de transformer des êtres humains non pas en « *couch potatoes* » (expression américaine pour désigner ceux qui restent pendant des heures hébétés devant la télé) mais en… hiboux. Ces rangées de gens alignés, avachis dans l'obscurité, étaient les mutants d'un monde futur. Des êtres nocturnes (pas de fenêtre dans la pièce pour distinguer le jour de la nuit) aux yeux accoutumés à une lueur faciale vibrante. Il imagina qu'à force de vivre dans les ténèbres ils avaient perdu l'accoutumance à la lumière du jour et devaient cligner les yeux longtemps avant de pouvoir marcher dans la rue ensoleillée.

– En fonction des fiches et des audimats de leur pays d'origine, j'ai une idée précise des séries qui vont plaire au public français. Évidemment, il faut ajouter quelques corrections culturelles. Par exemple nos sondages montrent que les Américains sont plus intéressés que les Français par les scènes de procès. Les

Japonais apprécient la violence et l'érotisme même dans les séries pour jeunes. Mais ils sont dégoûtés par les baisers sur la bouche et la vision de poils, même ceux des aisselles. Les séries scandinaves sont très lentes. Peut-être à cause du froid, leurs flics là-bas n'ont pas envie de courir. Ils marchent et ils mangent. (Carbonara retint un petit rire, puis poursuivit :) Fiches, grilles notées, plus audimats, plus corrections culturelles… Voilà les vecteurs que j'utilise pour prendre mes décisions d'achat ou de rejet. Et pour l'instant le P-DG et le conseil d'administration de ma chaîne apprécient beaucoup mon travail.

Olivier Rovin était bouleversé. Il articula :

– Quand j'avais 14 ans j'avais créé un journal de lycée et je voulais en profiter pour être critique de cinéma et voir les films. J'ai donc rencontré le propriétaire du plus grand cinéma de ma ville, et je lui ai proposé de chroniquer ses films s'il me laissait venir gratuitement. Il m'a répondu : « D'accord, mais à la condition que vous les voyiez absolument tous, sans aucune exception, comme je le fais moi-même. Et quand je dis tous, ça veut dire aussi les films porno, les films de karaté, les dessins animés pour enfants, les films comiques, et les grosses productions hollywoodiennes, les trucs intello incompréhensibles, les documentaires de voyage. » J'ai accepté. Pendant trois ans j'ai donc vu toutes les semaines les six films programmés dans les six salles de ce cinéma. Au début, c'était presque un supplice. À la fin, j'ai appris beaucoup de choses. Ça m'a enlevé mes préjugés. Toute personne qui prétend avoir un goût dans un domaine artistique, a fortiori prétend au titre de critique, devrait agir de même. Voir lui-même tout ce qui existe, sans a priori, pour se forger une culture complète.

– Certes. Mais je ne suis pas critique de cinéma, monsieur Rovin, j'achète des séries, je gère des budgets. Peut-être parce que vous êtes plus âgé que moi vous entretenez une vision « artisanale ancienne » de notre métier.

– Mais vous êtes directeur de la fiction. Vous produisez de nouvelles séries. Vous devez forcément avoir une culture, un goût personnel, un intérêt artistique.

– Certes. Mais mon « goût personnel », comme vous dites, n'a aucune importance. Ce qui importe c'est le goût du public. Mon travail consiste à savoir de manière certaine, quasi scientifique : ce qui va lui plaire.

Olivier Rovin restait abasourdi. Il comprit qu'il n'avait aucune chance de produire sa série des « Aventuriers de la science » sur cette chaîne, ni sur aucune autre d'ailleurs.

Il remonta dans le bureau et, sans un mot, reprit la chemise contenant son scénario, et sortit dans la rue, hagard.

Parvenu devant son immeuble, il ouvrit la poubelle et y déposa le scénario, en haussant les épaules.

Olivier Rovin salua sa concierge qui le regardait, intriguée de le voir jeter un dossier.

– Je vous ai fait le ménage, j'en ai profité pour ranger votre bureau, annonça-t-elle avec un fort accent espagnol. C'était trop désordonné. Alors j'ai regroupé vos dossiers par taille. Ça va vous plaire. Et puis il y a un colis.

Elle lui tendit une boîte en carton.

Il l'ouvrit. Puis l'enveloppe qu'elle contenait.

Il déplia la lettre :

« Comme vous avez commandé un abonnement à *Livres-Club* nous vous envoyons trois livres qui vont vous ravir. Ils seront facturés sur votre compte. Si vous ne souhaitez pas conserver ces livres vous devez nous les renvoyer dans les trois jours, en colis dûment timbré. En cas de détérioration les frais seront à votre charge. »

Le scénariste examina les livres : les souvenirs sentimentaux d'un académicien, le grand prix littéraire de l'année, un roman sur la vie d'un enfant élevé parmi les loups – défini comme best-seller international –, et un guide sur les grands crus de Bordeaux millésimés.

« … les livres qui vont vous ravir ».

Il monta l'escalier, sortit ses clefs, entra chez lui, déposa les trois livres sur la table, ôta ses chaussures, passa aux toilettes et se dirigea vers la cuisine.

Juste pour se rappeler ce qui lui plaisait vraiment, il sortit une bouteille de son vin rouge préféré, un vin de Loire, un Bouvet Ladubay 2001, cuvée Jean Carmet, la déboucha, renifla, et se servit un verre à la robe rubis.

Il en apprécia chaque gorgée. C'était son plaisir. Celui qu'il avait choisi. Seul.

Il alluma la télévision et, après avoir zappé, comprit qu'on ne lui proposerait sur toutes les chaînes que des séries validées par les sociétés de sondages et les « hiboux » mangeurs de pop-corn.

Combien de myopes ou futurs aveugles secrètement sacrifiés au nom du budget...

Olivier Rovin éteignit la télé d'un geste sec et alluma la radio. Une chanson douce s'égrenait et il la trouva très belle. « *Mon amour pour toujours* » était son titre. Le présentateur annonça que cette chanson était première au hit-parade. Mais soudain Olivier Rovin comprit pourquoi elle lui plaisait. Non seulement on n'entendait plus qu'elle à la radio mais les accords étaient exactement les mêmes que ceux du morceau à succès de l'année précédente.

Et à bien y réfléchir, elle ressemblait à beaucoup d'autres morceaux dotés des mêmes quatre accords. Même rythme, même structure. Seules l'orchestration et les paroles différaient légèrement.

Les industriels de la musique ne prenaient pas plus de risques que ceux de la télévision : « Un bon morceau était un morceau similaire au dernier succès. »

Tout comme les banquiers ne prêtaient qu'aux riches. Tout le monde, pour se rassurer et par peur de prendre des risques, va vers ce qui est garanti d'avance.

Olivier Rovin revint vers le colis. Il s'empara du prix littéraire. Le pitch était annoncé en quatrième de couverture. Une femme de 35 ans divorcée avec un enfant en révolte, contre un entourage qui ne la comprend pas. Elle trouve enfin le grand amour avec son dentiste, mais celui-ci est déjà marié, ce qui rend leur histoire difficile, voire impossible. « À moins d'un miracle... », concluait le texte de l'éditeur. Au-dessous, plusieurs magazines féminins signaient des critiques dithyrambiques. « L'émotion à chaque ligne », « Un

roman poignant », « Un livre qui devrait être obligatoire », annonçait même une critique.

Olivier Rovin lut la première ligne. Il était très intéressé par les incipits, les premières phrases des romans.
Elles étaient selon lui révélatrices de l'ensemble.

« Norma, le regard flou égaré dans son miroir,
releva sa mèche d'or et étira un sourire de satisfaction
en constatant qu'aucune ride n'avait souillé son visage
déterminé. »

Le scénariste referma lentement l'ouvrage.

« *Un livre qui devrait être obligatoire* » ?

Bon sang, ce thème romanesque était déjà celui
d'un autre prix littéraire, vieux de deux ans. La règle
était donc éternellement la même, que ce soit pour la
musique, la télévision ou l'édition : copier ce qui a
déjà marché de manière à introduire une œuvre artistique dans une grille de calcul et de probabilités. Donc
de pouvoir discuter d'art en chiffres, en courbes, en
sondages et en public-cible, avec les gens de la
finance : banquiers, sponsors et investisseurs privés.

Olivier Rovin savait que la même règle s'appliquait
au cinéma. Pour les producteurs une bonne idée de
scénario était forcément une idée qui ressemblait à
celle d'un film qui avait déjà marché.

Restait une question : pourquoi à Livres-Club
l'avait-on assimilé, lui, Olivier Rovin, à une ménagère
de 35 ans ? La réponse surgit. « Tout simplement
parce que les hommes de 40 ans vivent statistiquement
avec des femmes de 35 ! Donc ils ont déjà prévu que
le livre ne m'intéresserait pas mais que ma femme le
récupérerait », songea-t-il.

Il coupa la radio. Rangea les trois livres du colis dans sa poubelle tout en sachant que les lettres de mise en demeure de Livres-Club allaient bientôt pleuvoir s'il ne payait pas ou ne renvoyait pas ces « chefs-d'œuvre obligatoires ». Il était cependant décidé à ne faire ni l'un ni l'autre.

« Si je m'attendais un jour à commettre ce geste terrible qu'est jeter un livre à la poubelle, se dit-il, pourtant je ne vois que ça à faire pour ces trois-là. Je ne veux même pas les revendre à un soldeur, j'aurais trop honte. » Et il eut une pensée pour les arbres qui avaient fourni la pâte à papier des pages.

Un gigantesque sentiment de solitude l'écrasa soudain. Comme s'il était perdu, sans avenir. Avec personne pour l'aider et juste un monde formaté. Il se sentait rond dans une grille carrée. À ce grand sentiment de solitude s'ajouta progressivement une envie de rencontre humaine.

Olivier Rovin alluma son ordinateur.

Il surfa sur internet.

« Vous vous sentez seul au monde, vous vous sentez incompris, venez sur RPA (Rencontre et Plus si Affinités) le site convivial du web pour des rencontres… et plus si affinités. » Suivait une liste de visages sympathiques d'hommes et de femmes. Au-dessous, des phrases simples : « Moi je viens sur RPA pour me faire des amis, comme je le faisais avant au café, la différence c'est le choix. Là où avant je croisais dix personnes par jour, j'en croise désormais une centaine » ; « RPA m'a fait rencontrer l'homme de ma vie. Il n'a qu'un défaut. Il est plusieurs. »

Cet humour le mit en confiance.

Alors il appuya sur la touche ENTRÉE.

Suivait un formulaire dit de « présentation ».

Les premières questions semblaient de simples formalités.

« Homme ou femme. Cochez.

« Quel âge avez-vous ?

« Hétérosexuel ? Homosexuel ? Bisexuel ?

« Vivez-vous en ville ou à la campagne ?

« Quelle est votre situation matrimoniale ?

« Quel est votre métier ?

« Combien gagnez-vous par mois ?

« Quels sont vos hobbies ?

« Fumez-vous ?

« Buvez-vous ? »

Jusque-là tout semblait normal. Ensuite venaient d'autres questions plus étrangères au simple fait de s'inscrire sur un site de rencontres.

« Combien de livres lisez-vous par mois ?

« Combien de films voyez-vous par mois ?

« Combien de disques écoutez-vous par mois ?

« Que prenez-vous au petit déjeuner ?

« Café ou thé ?

« Avec sucre ou sans sucre ?

« Plutôt huile d'olive ou beurre ?

« Plutôt chocolat noir ou chocolat au lait ?

« Plutôt vacances en montagne ou à la mer ?

« Asie ou Afrique ?

« Droitier ou gaucher ?

« Travaillez-vous mieux le matin ou l'après-midi ?

« À quelle heure vous couchez-vous en général ?

« Avez-vous des difficultés à vous endormir ?

« Avez-vous déjà pris des somnifères ?

« Avez-vous déjà été tenté de vous suicider ?

« Avez-vous déjà pris des antidépresseurs ?

« Avez-vous déjà pris de la drogue ?

« Avez-vous connu une période de consommation d'alcool supérieure à la moyenne nationale ?

« Avez-vous déjà été tenté de faire le tour du monde ?

« Triez-vous vos ordures ? »

Lancé dans le remplissage des cases, Olivier Rovin ne vit aucun obstacle à poursuivre, considérant qu'ayant accompli la moitié du travail, il n'avait qu'à le parachaver.

Les questions devenaient pourtant de plus en plus ésotériques.

« Quel est votre signe astrologique ?

« Quel est votre chiffre préféré ?

« Quelle est votre couleur préférée ?

« Quel est votre animal fétiche ?

« Avez-vous l'impression d'avoir été suffisamment aimé par vos parents ?

« Avez-vous l'impression que jamais personne ne pourra vous comprendre vraiment ?

« Avez-vous l'impression qu'il y a des gens qui vous en veulent personnellement ?

« Croyez-vous au grand amour ? »

Après un instant de surprise, il décida de jouer le jeu et de répondre à toutes les questions pour voir où cela allait le mener.

À la fin, Olivier Rovin eut droit à un résultat d'analyse qui lui certifia :

« Dans notre codage (indice international WDP, World Definition Personality), vous avez 1 453 points.

Vous êtes donc un héterosexuel bobo ("bourgeois bohême"), citadin à revenu moyen mais à goût culturel développé, scorpion ascendant capricorne légèrement dépressif mais non suicidaire. Pour nos panels vous faites partie de la tribu dite des : 37 bis. Félicitations.

« Cher 37 bis, nous avons donc sélectionné pour vous la personne qui vous convient le mieux. »

Apparut alors le visage d'une femme plutôt mignonne, habillée d'un chemisier rouge.

« Myrtille S. 31 ans. Avocate. Aimant le tennis. Les voyages. La nourriture piquante. Myrtille est une citadine, possédant une voiture MiniCooper, elle aime la peinture de Jérôme Bosch et la musique du groupe U2. »

En dessous s'inscrivit :

« Depuis son inscription la semaine dernière, Myrtille a été contactée sur internet par 728 personnes. 65 % l'ont trouvée "super", 13 % l'ont trouvée "désirable", 2 % l'ont trouvée "inaccessible".

« Elle en a rencontré 1 %, a dîné avec 0,2 % et s'est remise sur le site car elle n'a pas trouvé qu'ils convenaient à son propre profil de recherche. »

En dessous, nouvelle indication :

« Les chances de réussite de dîner avec conversation stimulante avec Myrtille S. sont pour vous de 58 %.

« Les chances d'un premier baiser le soir même sont de 22 %, les chances de formation de couple simple sont de 15 % et les chances de formation de couple avec enfants sont de 3 %. »

En dessous était précisé : « Tous ces chiffres sont donnés avec une marge d'erreur de 7 %. »

Enfin en souligné :

« Assurément, Myrtille S. est la rencontre qui va vous plaire. Pour la contacter, cliquez ici. »

Olivier Rovin eut un instant de grande lassitude. « Ainsi on en est déjà arrivé là, ils savent quelle femme va me plaire », songea-t-il. Il hésita à appuyer sur la touche « Contacter Myrtille S. » qui clignotait.

Quelque part, quelqu'un savait-il ce qu'il allait faire ?

Son doigt effleura la touche.

« Ils ont prévu que j'allais la contacter et que nous allions nous marier et que nous aurions des enfants, songea-t-il. C'est encore plus fort que les mariages arrangés d'antan. Avant on forçait l'amour pour des intérêts économiques. C'étaient les parents ou des entremetteurs professionnels qui appariaient les jeunes gens et les jeunes filles afin qu'ils ne restent pas célibataires. Maintenant on déduit le sentiment amoureux par regroupement de fiches de questionnaire psychologique. »

Le portrait de Myrtille S. était cependant intrigant.

Au nom de quoi allait-il se priver d'un choix qu'on lui proposait ? Au nom de sa volonté de choisir ? Assurément cette jeune femme avait l'air sympathique. Ce qui le gênait c'était qu'on avait fait le choix à sa place.

Le doigt s'approcha à nouveau de la touche « Contacter Myrtille S. ».

Il renonça.

Les jours qui suivirent il reçut parmi ses emails une profusion de propositions en tout genre dites « spécial tribu 37 bis ».

Il en déduisit que le site de « Rencontre et Plus si Affinités » avait vendu son questionnaire personnel bien « rempli » à d'autres sites commerciaux. Un peu à la manière dont les médecins ou les avocats se rachètent parfois fort cher « leur clientèle ».

De son questionnaire détaillé, les autres sites de vente en ligne déduisaient son profil de consommateur.

Ainsi on lui proposa en vrac des abonnements à des journaux hebdomadaires ou des mensuels spécialisés dans ses hobbies personnels, des vacances (adaptées aux 37 bis bobo à budget moyen du signe du scorpion ascendant capricorne), des appartements à louer dans les quartiers bobos, des vêtements spéciaux 37 bis (le 37 bis est censé être sportif, élégant, décontracté) mais aussi des agrandisseurs de pénis, des pilules de Viagra, et des sex-toys (eux aussi spécial 37 bis). Une notice précisait que normalement tout bon « 37 bis » avait 1,7 maîtresse par mois et donc consommait idéalement 3,8 sex-toys durant cette même période. On lui proposait aussi des voitures, des ordinateurs, des machines à laver, et même des animaux de compagnie. Le 37 bis étant censé priser très fort le chien Jack Russel, assorti à son mobilier 37 bis, d'humeur joyeuse et pourtant capable de défendre l'appartement contre les cambrioleurs spécialisés en appartements bobos (donc à la recherche de chaînes hifi et d'écrans plats).

Un site de vente de surgelés offrait de lui livrer tous les jours une portion pour célibataire avec des choix déjà effectués par son grand chef, pour s'adapter à ses besoins tout en lui apportant une nourriture variée, peu calorique et colorée. (Les 37 bis étant sensibles à l'aspect esthétique des plats, contrairement aux 52 ter, qui eux privilégient le côté familial rassurant et l'odeur plus que la couleur.)

Partout l'inscription « Plaisir garanti », « satisfait ou remboursé », ou « spécial 37 bis » visait à le persuader que la consommation de ces produits particuliers le comblerait.

Olivier Rovin se dit qu'on était progressivement en train d'enlever aux gens leur dernier bastion de liberté : leurs goûts personnels. Grâce à l'informatique, aux génies du commerce, aux panels et aux sondages, ils n'avaient même plus besoin d'exprimer leur choix, des spécialistes choisissaient à leur place.

Il éteignit son ordinateur et regarda l'écran vide. Contempler un écran d'ordinateur éteint était assurément un comportement qu'aucun sondeur n'avait imaginé. Il vit pourtant dans cette vitre noire une sorte de lieu libre, enfin dénué de toute publicité ou stimulation.

Il eut une sensation de nausée. Il lui fallait prendre l'air.

Il sortit de chez lui et se mit à courir dans la rue.

Autour de lui les grands panneaux publicitaires semblaient le narguer.

« Le parfum *Joie intense* vous révélera votre vraie personnalité. »

« Le film *Suspense sur la ligne* vous fera peur. »

« La voiture "Zéphyr" est la voiture qui vous rendra heureux. »

Sur un temple était même inscrit :

« La foi, c'est ce qui vous manque. Quand vous aurez la foi vous serez sauvé. »

Il s'interrogea.

« Mais qu'est-ce qu'"ils" en savent ? De quel droit s'arrogent-ils le pouvoir de prétendre mieux me connaître que moi-même ? »

Après avoir longtemps erré dans son quartier, affamé, il décida d'aller dîner au restaurant le plus proche.

– Vous êtes seul ? lui demanda le serveur.

– Oui, c'est mal ?

– Non, répondit l'autre machinalement.

Il lui indiqua une place dans un coin près des toilettes.

– Je ne peux pas avoir la table près de la fenêtre ? Elle semble libre.

– Non, c'est pour deux personnes, répondit le serveur, péremptoire. Nous devons les garder pour les couples. Vous verrez, là vous serez très bien.

La dernière phrase le fit tiquer mais il obtempéra. Des relents recouverts de désinfectant à la lavande se répandaient chaque fois que quelqu'un ouvrait la porte des toilettes.

– En vin nous avons la cuvée du patron, du beaujolais. C'est au pichet, ça plaît beaucoup.

– Non. Donnez-moi tout sauf la cuvée du patron. Je veux un vin de Loire, du Bouvet Ladubay. Ne me dites pas que vous n'en avez pas ?

Le garçon, agacé, lui amena une bouteille poussiéreuse et le servit. Olivier Rovin, par pure provocation, but en faisant des bruits de bouche et en montrant tous les signes du ravissement.

– Merci.

Le serveur haussa les épaules.

Olivier Rovin se leva et proposa à tous les clients de leur offrir un verre.

– Je sais, ça ne se fait pas d'offrir à boire aux autres clients mais, comme vous buvez toujours les mêmes vins, j'aimerais vous faire goûter quelque chose de plus rare. Vous verrez c'est vraiment un vin merveilleux.

Certains acceptèrent, la plupart refusèrent. Ceux qui goûtèrent reconnurent qu'ils aimaient beaucoup.

Il en commanda aussitôt une seconde bouteille.

À sa droite, un couple entre deux âges était troublé devant la carte du menu. Une barre de contrariété plissait le front de l'homme.

– Tu prends quoi, chérie ? finit-il par demander à sa compagne.

– Je ne sais pas, et toi, chéri ? répondit-elle.

– Je n'arrive pas à me décider.

Le serveur, sentant l'instant de détresse, s'approcha d'eux.

– Puis-je vous aider ?

– Oui, nous ne savons pas quoi prendre, répondit l'homme un peu confus.

– Dans ce cas je ne saurais trop suggérer à monsieur le plat du jour.

– C'est quoi ?

– Du hachis parmentier. Il est très savoureux. Gratiné à l'emmenthal.

– Très bien, je prends ça, annonça l'homme, soulagé.

– Pareil pour moi, dit la femme sans hésiter.

Olivier Rovin remarqua qu'aux autres tables la plupart des gens avaient pris ce plat.

Il se leva et fonça vers le couple.

– Vous êtes sûrs que vous avez bien regardé le menu ? Il y avait du poisson, des côtelettes d'agneau, du coq-au-vin. Tous ces plats étaient forcément meilleurs que le hachis. Surtout qu'il est cuisiné avec les restes de viande passés à la moulinette.

– De quoi je me mêle ? demanda l'homme. C'est notre choix, ça ne vous regarde pas.

– Non, précisément, ce n'est pas votre choix c'est celui du serveur. Et votre femme, vous l'avez peut-être trouvée sur un site d'aide au choix de compagnes ?…

– Je ne vous permets pas !

Olivier Rovin ricana.

– Je me doute que quelqu'un a dû vous indiquer… ce bon choix. Peut-être vos parents ? Elle avait peut-être une dot ? On a dû vous dire : « OK, elle ne te plaît pas au premier abord, mais tu verras à la longue… elle va te plaire ! »

– Mais enfin, monsieur ! s'indigna la femme.

– Et vos vêtements ? C'est elle qui les a choisis, la cravate avec les singes qui tirent la langue et la veste verte à rayures ? Ne me dites pas que c'est votre choix personnel !

– C'est un scandale !

– À mon avis elle vous le fait porter pour qu'aucune autre femme ne vous approche.

– Arrêtez, monsieur, je vous préviens que…

– Et votre métier ? Je suis sûr que vous avez reçu dès l'école l'aide d'un conseiller en orientation. Je vous vois bien dirigé vers un métier comme assureur, « un métier qui va vous plaire ».

L'homme se dressa d'un coup et d'une voix forte :

– Garçon ! nous sommes importunés par…

– Par quelqu'un qui veut vous rappeler que vous avez la capacité d'avoir un goût personnel.

– Monsieur. Je vous en prie. Cessez de déranger vos voisins, dit le garçon en essayant de rester aimable avec tout le monde.

Olivier Rovin fit semblant de ne pas avoir entendu et saisit le client au col.

– Mais monsieur, au fond de vous il y a quelque chose, l'intuition, l'inconscient, votre vraie personnalité qui est unique et qui ne ressemble à aucune autre et qui existe par sa capacité à exprimer ses choix uniques sans être influencé par qui ou quoi que ce soit ! Vous n'êtes pas un mouton dans un troupeau aveugle !

Le couple était indigné mais n'osait réagir. Les autres clients, en revanche, étaient moins circonspects.

– Il se prend pour qui, ce type ?

– Quel casse-pieds !

– Donneur de leçons en plus. On fait ce qu'on veut, on n'a pas besoin de lui pour savoir ce qu'on veut !

– Et si notre choix était précisément de « renoncer à choisir » ! parvint enfin à articuler la femme.

– Parfaitement, chérie, approuva son mari, trouvant enfin le courage d'affronter le trublion.

– Vous l'avez bien mouché, dit un voisin pour les encourager.

– Mais vous ne vous rendez pas compte ! s'offusqua Olivier Rovin. Vous revendiquez le droit… de renon-

cer à ce qui fait de vous des êtres particuliers. Vous
réclamez la liberté de... rester volontairement des
esclaves !

Le serveur changea de ton.

– Sortez maintenant, monsieur. Ça suffit, vous
importunez nos clients !

Comme le scénariste ne bougeait pas, le serveur
l'empoigna brutalement par le col et le tira vers la
porte.

– D'accord, je sors car tel est mon choix ! articula
Olivier Rovin un peu éméché en narguant la salle et en
récupérant sa deuxième bouteille de Bouvay Ladubay.
Moi j'ai un libre arbitre et je vous invite tous à restaurer le vôtre, bande de moutons de Panurge qui ne
savez rien faire d'autre que de bêler en chœur sur la
même note.

Une fois dehors il se mit à parler à la porte close.

– Et de toute façon je ne reviendrai plus manger
dans votre restaurant, il ne me plaît pas, marmonna-t-
il pour lui-même. En dehors du vin, le service laisse à
désirer.

Pour Olivier Rovin, s'ensuivit une semaine durant
laquelle il ne voulut plus sortir de son appartement. Il
regardait la télévision, surfait sur internet, et notait tous
les endroits où le libre arbitre des individus reculait.
C'était pour lui comme la ligne de front d'un étrange
combat invisible entre une force d'attaque, celle qui
réduisait la liberté des individus, et une résistance molle.

Un soir, il vit un documentaire édifiant sur les élections en Algérie, en 1990, premier scrutin vraiment
libre du pays. Résultat : les électeurs, dont la plupart
votaient pour la première fois de leur vie, avaient en

grande majorité plébiscité le parti GIA, qui avait promis en première loi prioritaire… de supprimer le droit de vote.

« Donc les gens sont venus en masse, et parfois de loin, voter pour qu'on leur enlève le droit de voter ! » songea-t-il, perplexe.

Plus tard il regarda un autre documentaire sur un criminel multirécidiviste. Face à la caméra, l'homme expliquait : « Je préfère être en prison que dehors. En prison j'ai tous mes copains. On ne me juge pas. On ne me fait pas de reproches sur mon casier judiciaire. J'ai un lieu de vie confortable, on fait du sport toute la journée ou on travaille à l'atelier. Même si c'est peu payé, je suis nourri logé blanchi. J'ai la télévision, et même des cours de langue et d'informatique. Dehors je ne trouve pas de travail, les logements qu'on me propose sont souvent insalubres, on se moque de moi, le regard des autres est terrible, je me retrouve à faire la manche… »

Olivier Rovin secoua la tête, sonné.

« Ils n'aiment pas être libres… La liberté les angoisse, se dit-il. Ce qu'ils aiment c'est se plaindre de ne pas avoir assez de liberté, mais si on la leur donne ils ne savent pas quoi en faire. Alors si on leur propose de la leur enlever… de manière surprenante ils approuvent et se sentent finalement soulagés d'un poids. »

Il s'enfonça dans son fauteuil. Il se souvint comment les Romains en République avaient acclamé César qui allait devenir empereur. Comment les Français avaient plébiscité Napoléon III. Il se souvint d'un voyage au Japon où un Japonais lui avait confié : « Qu'est-ce qui est mieux, un homme démocratiquement désigné par les électeurs, ou un homme qui est le fils d'un empereur lui-même issu du Soleil ? »

Un jour, sur son ordinateur, il reçut dans les e-mails cette simple note :

« Sachant que vous êtes un individu associé à la tribu de base dite 37 bis et sachant que les 37 bis votent en général pour le candidat centriste de gauche aux élections présidentielles, nous avons, par souci de vous éviter des tracas de choix ou des problèmes administratifs, procédé à un vote automatique lié à votre tribu de référence. Vous avez donc voté pour le candidat centre gauche. Nous lui souhaitons de gagner afin que vos idées personnelles soient représentées au plus haut échelon de l'État. Merci de votre civisme. »

Olivier Rovin se dit que le monde avait fait mieux que tous les totalitarismes décrits dans les romans de science-fiction, il en était arrivé à ce que les gens réclament qu'on leur enlève leur liberté. Et cela se produisait en douceur, sans heurts, sans que cela gêne qui que ce soit.

Il chercha les raisons de cette situation étrange.

« Ils n'utilisent pas leur liberté, soit par fainéantise, soit par peur de se démarquer des autres. Soit parce qu'ils n'ont pas été éduqués pour ça. Et tels des muscles inutilisés "le goût personnel" et la " liberté de choisir" se sclérosent par manque d'usage. Par contre dès qu'on les guide, ils sont rassurés. »

« Et si notre choix était précisément de renoncer à choisir ! » lui avait lancé la femme dans le restaurant. Pour une fois elle parlait de tout son cœur, exprimant une conviction personnelle assumée.

Il éclata de rire et eut envie de se suicider. Mais il fut arrêté par le choix de la technique la plus appropriée : le saut dans le vide ? La noyade ? La corde ? Les médicaments ? Le rasoir ? L'électrocution ? Encore un problème de choix. Où trouver quelqu'un qui déciderait à sa place ?

Il décida de s'en remettre au dé. Pour chaque technique un chiffre de un à six. Olivier Rovin lança le dé qui roula sous une armoire. Il glissa sa main pour essayer de l'atteindre.

Ce fut alors que le téléphone retentit. C'était l'assistante de Guy Carbonara. Le directeur de la fiction souhaitait le voir d'urgence « pour une très bonne nouvelle ». Après avoir hésité, le scénariste acquiesça. Il s'habilla et se mit en route.

Le directeur de la fiction, selon son habitude, se tenait debout, face à la baie vitrée surplombant la ville.

– Nous avons un dilemme. Le dernier sondage effectué par l'institut avec lequel nous travaillons semble vous donner raison. Le public a l'air de s'intéresser à la science. Probablement à cause des ordinateurs, des téléphones portables et d'internet qui sont entrés dans leur quotidien. Et puis le concept de couples enquêteurs a l'air aussi de plaire.

Olivier Rovin s'enfonça dans le fauteuil rouge, sans répondre. La secrétaire revint avec une tasse de café déjà sucré qu'elle lui tendit et qu'il dédaigna.

– Notre entrevue, la dernière fois, m'a laissé un arrière-goût, poursuivit Guy Carbonara. Je me suis rappelé la loi d'Illitch : à force de reproduire une for-

mule qui marche… elle ne marche plus. Et si on continue à appliquer la loi qui a marché et qui ne marche
plus, elle devient contre-productive.

Guy Carbonara se retourna et observa Olivier
Rovin. Ce dernier accusait les premiers signes de la
descente sociale. Vêtements tachés, menton pas rasé,
cheveux en bataille, haleine chargée.

– Notre conversation ne m'a pas laissé indifférent.
J'ai fait ce que vous m'avez dit, j'ai demandé d'ajouter dans le questionnaire du sondage : « Aimeriez-vous
qu'on vous propose quelque chose d'inconnu ? » et la
réponse, étonnamment, a été… positive. À une très
large majorité. Je ne vois pas encore comment présenter ça aux annonceurs, mais j'ai pensé vous laisser une
chance dc nous proposer quelque chose de « nouveau ». Si vous vous plantez, je pourrai toujours invo-
quer le sondage.

Guy Carbonara lui tendit un cigare, et voyant que
l'autre hésitait, il coupa le bout avec un coupe-cigare
en forme de poignard, l'alluma et le lui tendit.

– Ce sont des Cohibas. De Cuba. Pur havane.

– Je ne fume pas.

– Le cigare ce n'est pas comme la cigarette, je suis
sûr que…

– … Cela va me plaire ?

Guy Carbonara finit par le prendre pour lui et
l'aspira avec volupté.

– J'ai réfléchi à ce que vous m'avez dit. Je me suis
rappelé la première fois qu'on m'a fait sentir du fromage fort. Du Roquefort. J'ai trouvé l'odeur ignoble.
Une odeur de vomi. Et puis j'ai fini par goûter et j'ai
aimé. Maintenant j'adore. Le goût ça se forge. Pareil

pour le vin. J'avais 3 ans quand on m'en a mis sur le doigt, et j'ai trouvé cela aigre. Après j'ai changé d'avis. Le ski ? Prendre le risque de se casser une jambe dans le froid après avoir attendu des heures en files devant les cabines ? Il faut être stupide a priori ? Il y a une répulsion première à franchir. Désormais c'est ma passion. Le hard-rock pareil, pour moi ce n'était que du bruit. Maintenant je mets Iron Maiden tous les matins au réveil.

Il souffla un grand rond de fumée piquante.

– Tout ce qui est nouveau surprend et dérange. Ensuite, parce qu'on a franchi un cap, on y est d'autant plus attaché. Pour toute nouveauté il y a, disons, une première phase d'accoutumance durant laquelle le public n'a aucun repère qui lui permet de s'y retrouver, mais si on franchit ce stade alors le plaisir est décuplé. On a ouvert une fenêtre dans la tête, et de nouveaux horizons apparaissent.

Olivier Rovin écoutait à peine.

– Vous êtes comme le fromage, le ski, le vin, le hard-rock. Je ne vous cache pas que j'ai eu une première perception de vous très négative. Pour tout dire, vous m'êtes apparu comme un rêveur irréaliste et complètement déphasé. Un cinglé qui n'a rien à faire dans le monde économique moderne.

– Je le suis.

– Je vous ai jugé trop vite. J'ai eu tort. Seuls les imbéciles ne changent pas d'avis. J'ai fait du chemin pour aller dans votre direction. Peut-être qu'on peut forger le goût du public à quelque chose de nouveau. Peut-être qu'ils sont prêts à faire des efforts. Peut-être qu'ils sont prêts à être surpris. Bref, je vous ai recontacté car je crois désormais que votre projet peut plaire aux gens.

Il aspira quelques bouffées du cigare et plongea son regard dans celui de son interlocuteur.

– Alors vous me l'écrivez cette nouvelle série qui va plaire ?

– Non.

– Pourquoi ?

– Je crois que je n'ai plus envie de… plaire. Et vous, vous ne me plaisez pas. Si je devais choisir un producteur je ne vous prendrais pas.

– Ne me dites pas que vous en êtes encore là. Je vous parle comme à un ami.

– Si je faisais un film, ou une série, ce serait l'histoire de quelqu'un qui veut apprendre aux autres à utiliser leur libre arbitre.

Le scénariste pointa le doigt sur le torse du directeur de la fiction.

– Vous savez ce dont j'ai vraiment envie ? Ce dont mon libre arbitre a le plus envie ici et maintenant ?

– Heu… Non.

– Vous tuer…

Le producteur se mit à tousser.

– Me tuer ?

Olivier Rovin eut un rictus qui laissa penser à Guy Carbonara que l'homme était complètement dément.

– C'est ce que vous représentez qui me gêne. J'ai envie de vous tuer non seulement pour les séries nulles que l'on voit tous les soirs, non seulement pour la télé-réalité débile, non seulement pour les abonnements à des livres qui ne m'intéressent pas, non seulement pour le dernier président qui a été élu parce qu'un système informatique a déduit que j'allais voter pour lui, mais pour faire quelque chose d'illogique et d'inattendu, qui ne se trouve dans aucun sondage prévisionnel. Juste le plaisir de surprendre. Vous d'abord. Les autres ensuite. C'est mon métier après tout. SURPRENDRE !

Il saisit le coupe-cigare-poignard et le tourna vers son vis-à-vis.

Guy Carbonara eut un frisson irrépressible. Rovin posa la pointe de l'arme contre le cou du technocrate.

– Reste à savoir : est-ce que c'est cela qui va me plaire… ? Dans ma tête c'est 50/50. Le choix est trop difficile, je crois que je vais tirer à pile ou face. Laissons le hasard décider.

Et il sortit avec sa main gauche une pièce qu'il lança en l'air.

Un an plus tard, sortait le premier épisode de la série baptisée : *Ça va vous plaire*. Le succès fut immédiat. L'audimat battit tous les records.

Le thème était l'histoire d'un homme en lutte contre une société qui veut enlever aux individus leur liberté de choisir.

Le jour, le héros était scénariste de télévision, la nuit il allait frapper tous ceux qui prétendaient agir à la place des gens, ce qu'il appelait les « restricteurs de liberté ».

La liste des ennemis étant interminable, elle permit de nombreux épisodes.

Interrogé au journal télévisé, Olivier Rovin expliqua :

– J'ai utilisé dans la conception même de cette série un stratagème : faire l'exact contraire de ce qui se pratiquait jusque-là. Mon grand ami Guy Carbonara m'a transmis un sondage où étaient énumérés tout ce que les gens attendaient d'un feuilleton télévisé. Pour chaque choix, j'ai fait l'inverse. Ils voulaient un héros policier, j'ai pris un scénariste. Ils voulaient des thèmes sociaux, j'ai choisi un enjeu philosophique. Ils voulaient des enquêtes criminelles avec de méchants trafiquants de drogue ou des proxénètes, mon héros lutte contre le monde conventionnel et ses archaïsmes.

Pour conclure, Olivier Rovin se tourna vers la caméra et dit :

– N'attendez pas qu'on vous dise ce que vous devez penser. Réfléchissez par vous-même sans aucune influence extérieure. Et si vous vous trompez ce n'est pas grave, même vos erreurs vous définissent. Au moins que ce soit les vôtres et non celles des gens qui voudraient penser à votre place ! Utilisez votre liberté, sinon vous la perdrez.

L'interview eut un gros impact. La série connut des records d'audience. L'effet « Rovin » dura longtemps. Il devint la nouvelle norme du scénario « moderne » et chaque fois qu'un scénariste venait se présenter à Guy Carbonara, celui-ci ne manquait pas de rappeler :

– Soit vous avez un scénario comme celui de la série *Ça va vous plaire*, soit nous perdons notre temps. Nos derniers sondages sont formels : voilà ce qui plaît vraiment au grand public désormais.

14. La guerre des marques

(FUTUR POSSIBLE)

Derrière ce monde, un autre monde.
Et derrière cet autre monde un autre monde encore.
Derrière la société, la politique.
Et derrière la politique, l'économique.

Cependant, en douceur, telles des plaques tectoniques, les couches du dessous remontent pour submerger les couches de surface.

Ainsi, dès le début du XXIᵉ siècle, on aurait pu déceler les signes avant-coureurs du phénomène de montée en puissance des entreprises. Tel ce titre dans un journal financier international : « Le chiffre d'affaires de la firme Coca-Cola est supérieur au PNB de l'Espagne. » Ou cet autre : « Le chiffre d'affaires de Microsoft est égal à celui de tous les pays d'Afrique réunis. »

En toute logique, les firmes avaient donc progressivement acquis plus de puissance économique que les États.

Parmi les raisons de ce glissement, on pouvait distinguer la sélection des leaders.

Les politiciens restaient empêtrés dans leur envie de plaire afin d'être réélus. Or, les goûts des électeurs étaient complexes et fluctuants, assortis de composantes irrationnelles, telles que l'apparence physique ou la vie privée. Une simple rumeur sur une liaison amoureuse pouvait réduire à néant la réputation d'un président de la République efficace et compétent. En revanche, les leaders des sociétés privées, eux, ne visaient qu'une priorité : augmenter les bénéfices. Techniciens et gestionnaires ils pouvaient loucher, boiter, s'habiller chez des soldeurs ou coucher avec Paul et Paulette, tout le monde s'en fichait pourvu que l'entreprise générât des profits. Ces dernières pouvaient acheter à prix d'or les meilleurs étudiants sortis des universités les plus prestigieuses. Disposant des cadres les plus intelligents et surtout les plus motivés (souvent rémunérés au prorata de leur réussite alors que les politiciens touchaient des salaires fixes), les entreprises bénéficiaient du meilleur matériau humain. Pendant ce temps, les gouvernements s'empêtraient dans des politiques paradoxales destinées à ménager la chèvre et le chou, caressant électorat et médias tout en essayant de combler les déficits laissés par leurs multiples prédécesseurs.

Même les discours étaient différents.

Sur le petit écran on voyait les politiciens en cravate grise exposer des programmes idylliques que tout le monde savait mort-nés compte tenu des contre-pouvoirs en place : assemblées, syndicats, masse des fonctionnaires, contexte international. Pour convaincre et entraîner les foules ils étaient obligés de faire appel aux systèmes les plus primaires comme la carotte et le bâton. Ils promettaient des réductions d'impôts, mais manipulaient la peur, en évoquant les risques de chaos liés à l'opposition. Leur langage sentait l'artifice et la confusion.

Les marques industrielles, elles, s'étaient dotées d'une communication efficace. Elles annonçaient clairement : « En consommant le produit A vous serez heureux. » Elles n'avaient même pas à le prouver.

Elles exhibaient seulement une fille bronzée en maillot de bain en train de caresser une carrosserie scintillante, une console vidéo, ou une tablette de chocolat. La fille pouvait même aller jusqu'à lécher le produit avec un regard coquin. Aucun politicien ne pouvait aller aussi loin dans la suggestion érotique.

Un produit pouvait créer un fantasme. Un politicien, au mieux, pouvait rassurer.

Et malgré tous les experts, aucun homme en costard-cravate parlant de démocratie ne réussissait à convaincre d'un avenir radieux, alors qu'une simple marque de soda y parvenait sans difficulté en filmant un groupe de jeunes gens en train de danser et de s'éclabousser dans une rivière.

Acheter une marque c'était se définir soi-même.

Et a contrario désigner ce qu'on n'était pas.

On était Coca-Cola ou Pepsi-Cola.

On était Nike ou Adidas.

On était Microsoft ou Apple.

On était McDonald's ou Burger King.

On était Renault ou Peugeot.

On était Honda ou Toyota.

On était BMW ou Mercedes.

On était Yahoo ou Google.

On était Dior ou Chanel.

On était Orange ou SFR, etc.

Et ces adhésions ou ces antagonismes formaient des tribus invisibles.

Les logos étaient plus jolis que les drapeaux.

Les jingles publicitaires plus joyeux et plus courts que les hymnes officiels.

Les consommateurs exhibaient fièrement leur tee-shirt frappé aux grandes lettres d'une marque de sport, d'ordinateur, d'une griffe haut-de-gamme. Jamais ils n'auraient porté un tee-shirt au portrait d'un politicien. D'ailleurs peu de gens osaient porter des vêtements, des chaussures ou des sacs qui ne soient pas de marque.

Pour reprendre la phrase de Descartes, on pouvait dire : « Je consomme une marque, donc je suis dans l'esprit de cette marque. »

La consommation définissait l'individu dans ses goûts, sa psychologie, sa culture ou son pouvoir d'achat, mieux que n'importe quelle indication anthro-pométrique. On pouvait le constater dans les petites annonces de rencontre : la plupart n'hésitaient pas à pré-ciser leurs choix de marques de vêtements, de voitures ou de parfums, plutôt que leur description physique.

Des clubs de fans de Coca-Cola avaient ainsi créé des musées consacrés à tous les objets design produits par leur marque fétiche. Des défenseurs de Pepsi avaient publié leur livre de cuisine où ils mêlaient leur boisson préférée à des recettes innovantes.

De même les fans d'Apple et de Philips se retrou-vaient pour commenter les dernières nouveautés comme s'il s'agissait d'œuvres d'art.

Si bien qu'en achetant, les gens votaient tous les jours pour confirmer leur choix (en payant, qui plus est), alors que les citoyens dédaignaient les urnes, un acte totalement gratuit.

Les sondages montraient que pour le grand public les héros modernes étaient les créateurs d'entreprises, considérés comme des aventuriers prêts à prendre des risques dans la jungle capitalistique. Loin derrière, les politiciens étaient vus comme des privilégiés frileux, des fils de famille éduqués dans des écoles administratives archaïques et surtout motivés par le maintien de leur caste.

Au fil du temps, cet état d'esprit finit par se ressentir à plusieurs niveaux. Les gouvernements, connaissant crises et faillites, s'endettèrent discrètement auprès des entreprises privées. La collusion commençait par des soutiens d'événements sportifs, festivals ou défilés militaires, jusqu'à la construction de monuments, de musées, ou le soutien financier direct des campagnes électorales.

Après avoir financé les partis politiques, les entreprises financèrent les… politiciens.

Une fois élus, ces derniers, redevables, leur accordaient des avantages considérables.

La corruption gagna progressivement tous les rouages des États, même les plus vertueux et les mieux surveillés. Normal : les fonctionnaires eux-mêmes croyaient aux entreprises, et non en l'État.

Une blague courait par exemple dans les milieux culturels : « Quelle différence entre les théâtres publics subventionnés et les théâtres privés ? Dans un théâtre privé, les spectateurs connaissent le nom des acteurs, dans un théâtre public les acteurs connaissent le nom des spectateurs. »

C'était un monde en pleine mutation. Pour équilibrer les finances toujours dans le rouge, les gouvernements privatisaient les patrimoines nationaux, bradant les compagnies téléphoniques, ferroviaires, maritimes ou aériennes, les monuments, les musées, les sociétés de gestion de matières premières énergétiques : mines de charbon, barrages hydrauliques, centrales nucléaires, compagnies du gaz, compagnies pétrolières. Les fonctionnaires servant d'intermédiaires dans ces tractations étaient récompensés par des actions qui forcément grimpaient dès la privatisation.

Alors que les États se débattaient dans la gestion de services lourds et difficiles à faire évoluer, les entreprises géraient la légèreté de leurs départements à coups de stratégies fines, réadaptées en permanence aux fluctuations des marchés dans le temps et dans l'espace.

Le plus souvent, les entreprises installaient leurs maisons mères dans des « paradis fiscaux » : Suisse, îles Caïmans, Caraïbes ; leurs centres de création et de stratégie dans des pays pourvus d'universités performantes, en général en Europe ; leurs usines de production dans des États surpeuplés de type dictatorial où la main-d'œuvre était à bas prix et les grèves interdites, en général en Asie ; les lieux d'extraction des matières premières là où les lois antipollution étaient les plus laxistes, en Afrique et dans les pays de l'Est ; enfin, les lieux de distribution, de publicité et de vente là où les consommateurs avaient le plus fort pouvoir d'achat, en Amérique et en Europe.

Les grandes compagnies privées recueillaient donc le meilleur partout sans gérer les inconvénients.

Mais elles ne faisaient pas que prendre, elles donnaient aussi.

Elles pouvaient se permettre d'accorder à leurs employés des avantages que peu d'États étaient à même de garantir : logements et vacances à prix réduits, crèches pour les enfants, assurance-maladie complémentaire, aide à l'éducation des enfants, provision pour les études universitaires, et dans certains pays : dot pour les mariages, et surtout une retraite confortable.

Quelques-unes, pour attirer les cadres les plus performants, en venaient même à construire leurs propres lycées ou universités dispensant un enseignement spécialisé, préparant ainsi les étudiants, dès leur plus jeune âge, à servir de manière optimale.

D'autres possédaient leurs propres établissements médicaux, dont le personnel mieux payé se révélait plus sûr que celui des hôpitaux publics submergés par la demande, en manque de capitaux et à l'équipement souvent vétuste.

Pourtant, l'entité économique « entreprise » contenait son propre limitateur de croissance : les entreprises concurrentes.

On assista donc à une guerre de dinosaures. Les gros avalaient d'abord les petits, puis les moyens, par l'entremise d'OPA plus ou moins hostiles.

Les firmes-dinosaures se mettaient alors à grossir, à augmenter leur influence jusqu'à tomber sur une entreprise-dinosaure similaire. Après de vaines tentatives visant à absorber l'autre, les deux monstres s'accordaient sur une frontière. « Là c'est chez toi, et là c'est chez moi, et on ne bouge plus jusqu'au prochain coup de force. »

Ainsi, alors que les territoires étaient stabilisés dans le monde géopolitique par des années de guerres et de massacres qui avaient forgé ce qu'on appelait « la grande histoire des nations », les multinationales se livraient à un combat de l'ombre pour la conquête des marchés ou l'accès aux sources de matières premières.

Certaines sociétés privées parvenaient même à pousser les gouvernements à la guerre afin d'obtenir l'accès aux richesses des sous-sols. Et là où les armées régulières échouaient, les entreprises faisaient appel à des armées privées endossant l'uniforme local.

Si bien qu'après les affrontements par OPA, les entreprises passèrent à des guerres réelles pour le contrôle du pétrole, puis de l'eau, du cacao, du café, du sucre et du tabac. De l'extérieur, on ne soupçonnait rien. L'entreprise A utilisait le politicien corrompu X d'un État pour lutter contre le politicien corrompu Y de l'État voisin financé par l'entreprise concurrente B.

Le grand public croyait à des guerres entre nations, mais il s'agissait en réalité de sociétés en lutte pour augmenter leurs profits.

En janvier 2005, les entreprises les plus puissantes, selon les analystes financiers internationaux, étaient dans l'ordre :

1. Coca-Cola
2. Microsoft
3. IBM
4. General Electric
5. Intel

6. Nokia
7. Disney
8. McDonald's
9. Toyota
10. Marlboro

Venaient ensuite des marques comme Pepsi, Samsung, Sony, Esso, Total, L'Oréal.

En 2018, Coca-Cola et Pepsi-Cola se livrèrent une guerre réelle directe dont l'enjeu était l'accès aux plantations de noix de kola, un adjuvant gustatif entrant dans la composition des deux boissons.

Les deux compagnies utilisèrent pour la première fois des mercenaires arborant au combat uniformes et drapeaux, non plus nationaux, mais frappés de la marque de leur soda de référence.

La guerre, plus tard baptisée « Guerre des Kolas » se déroula au Sénégal, premier producteur de cette noix parfumée de la famille des cacaoyers. Ce mini-conflit non visible fit une centaine de morts, pour la plupart des mercenaires étrangers venus spécialement au Sénégal pour combattre parmi les champs de noix de kola.

Suite à ce premier événement, les deux entreprises signèrent une sorte de traité de paix, et développèrent en leur sein un mininationalisme d'entreprise, inventant leur propre hymne, que leurs employés du monde entier devaient entonner en entrant au travail. Les secrets de fabrication des sodas furent officiellement déclarées « patrimoine d'entreprise ».

Après ce premier conflit militaire, on assista à une guerre entre Ford et Toyota pour l'accès aux mines de chrome en Afrique du Sud. D'autres batailles suivirent. Les nations n'avaient plus d'importance, des combats meurtriers opposaient des entreprises de même origine comme Sony et Matsushita, Microsoft et Apple, McDonald's et Burger King.

Ceux qu'on appelait du doux euphémisme de « Directeurs marketing » furent bientôt choisis dans les grandes académies militaires.

Ceux qu'on appelait « Chefs de Produits » étaient souvent d'anciens chefs d'État, parfois de vrais dictateurs ayant prouvé leur efficacité dans une gestion nationale.

Ceux qu'on appelait « Responsables des ressources humaines » étaient des prêtres ou des gourous de sectes reconvertis dans le secteur économique.

Copiant le « famillisme » des anciennes firmes japonaises, les patrons incitaient leurs employés à trouver leur conjoint au sein de l'entreprise et ce, afin de ne pas risquer la fuite des secrets industriels.

Des services matrimoniaux organisaient des fêtes ou des séjours à l'étranger en vue d'encourager la création de couples « endogames ».

Les firmes entretenaient leurs propres chaînes de télévision privée qui donnaient chacune « leur » version de l'actualité.

Après avoir construit ses célèbres parcs d'attractions, Disney s'était lancé dans des projets dérivés, notamment des villages pour retraités sur la côte de Floride, parfaitement adaptés, par la taille et les commodités, aux personnes à mobilité réduite.

Ces villages idéalement calmes et sécurisés avaient connu un tel succès que Disney s'était lancé dans la construction de villes de 8 000 habitants, les « villes clef en main », pour les citoyens de tous âges cette fois.

Construites sur des terrains vierges de toute habitation, elles poussaient tout à coup autour d'un lac central, de jardins… Les urbanistes dessinaient une place ronde, des rues larges et droites. Toutes les maisons se ressemblaient pour ne créer aucune jalousie entre voisins. Elles bénéficiaient en outre des dernières technologies en matière de communications et de divertissement.

Unis par le même niveau socioculturel visible, les habitants se sentaient à l'aise. Les liens se nouaient facilement.

Proportions et distances étaient conçues pour qu'on puisse circuler à vélo afin d'éviter pollution et embouteillages.

Les « techniciens en citadinité » de Disney sélectionnaient les habitants sur dossiers, incluant casier judiciaire et « témoignage de bonne moralité » de la part des voisins du logement précédent. De même, la firme fournissait au groupe humain un maire, un shérif, une équipe de police, une équipe de nettoyage, tous formés dans ses écoles spécialisées. Piscine, centre médical, centre sportif, écoles, tribunal, tout était conçu pour se connecter. Entourées de palissades et de tourelles où veillaient des vigiles, ces villes étaient protégées de toute attaque de rôdeurs ou de cambrioleurs.

En cette période de forte insécurité, ces villes ergonomiques connurent un grand succès.

Pour couronner cette réussite immobilière, Disney enchaîna avec la création de sa capitale baptisée

« Disney City ». Construite en plein désert, à une cinquantaine de kilomètres de Las Vegas, Disney City
était la ville qui possédait le plus de cinémas, de parcs
d'attractions, de casinos et de restaurants par habitant.
En quelques mois, la capitale mondiale du divertissement vit sa population passer de 0 à 1,3 million
d'habitants sédentaires auxquels s'ajoutaient plus de
8 millions de visiteurs annuels.

L'idée titilla les concurrents, et Microsoft créa sa
propre capitale dans la Silicon Valley : Microsoft City.
Toute la ville était informatisée. Des robots de dernière génération apparurent, remplaçant avantageuse-
ment le petit personnel dans toutes les tâches pénibles.
À Microsoft City, même les serveurs des restaurants
étaient des androïdes.

Bientôt, toutes les grandes firmes voulurent posséd-
der leur capitale.

Les entreprises se dotèrent de leurs aéroports privés
et commencèrent à émettre leur propre passeport,
reconnu par les États. Ce phénomène ne fit qu'augmenter le nationalisme d'entreprise et le glissement
des élites du secteur public vers le secteur privé.

Être seulement citoyen d'un pays était considéré
comme un statut mineur, et sous-entendait qu'on ne
bénéficiait que d'avantages sociaux limités, d'une
retraite minimale et d'une éducation pour les enfants
de qualité médiocre.

Dans le langage apparurent d'ailleurs des mots
nouveaux, définissant les gens non plus en tant que
Français, Américain, Anglais ou Espagnol, mais en
Français Renaultien, en Américain Applien, en Japo-

nais Sonyen, et bientôt directement en Microsoftien, Disneyen, Toyotien, Totalien.

Vers 2025, apparurent sur certaines cartes non plus les frontières nationales, mais les « zones d'influence » économique de chaque société. Et ces cartes non officielles se vendaient mieux que les autres. Ce fut en 2026 qu'apparurent les premières armées privées de grande taille.

La ville portuaire de Samsung City, située en Corée, s'équipa de sa première flotte de sous-marins militaires qui entrait parfois en conflit avec les bateaux de ravitaillement en métaux de ses concurrents, comme les américaines Dell, Gateway, Sun ou du chinois en pleine expansion Lenovo.

Les premiers bombardements sur MacDonald City par les avions de Burger King ne surprirent personne, et il n'était pas rare de voir dans le ciel des batailles de chasseurs entre les jets des deux célèbres sociétés.

Les grandes banques suisses arbitraient les conflits en accordant des crédits.

La nouvelle ONU, dont la plupart des représentants étaient, on le savait, corrompus pour avantager leurs sponsors respectifs, ne réagissait pas. L'assemblée des dirigeants de gouvernements votait même des lois réduisant la souveraineté des États et renforçant au nom du libéralisme la liberté d'action des entreprises privées.

En 2028, on pouvait dire qu'il n'existait plus ni gauche ni droite. Plus de tiers-monde, ni de pays capitalistes. Et même plus de zones religieuses ou laïques.

Le phénomène de « privatisation planétaire » résolvait certains problèmes et en posaient de nouveaux.

L'un d'eux fut la pollution. À force de pousser les citoyens du monde à toujours plus de consommation, les sources de matières premières du globe en vinrent à se tarir.

Les zones d'eau et d'air purs se réduisirent elles aussi. Si bien que les conflits jadis sectorisés se transformèrent en macroguerres. Il n'était pas rare de voir des milliers de soldats sur des lignes de tranchées, chacun arborant le drapeau de son entreprise. Les slogans publicitaires étaient devenus cris de guerre durant le combat. On vit notamment un capitaine de Coca-Cola charger une ligne Pepsi en hurlant : « Buvez frais, buvez jeune, Enjoy Coca-Cola ! » Il mourut d'une balle au front après avoir scandé ces mots, ce qui le transforma d'un coup en martyr de la cause. De même on raconta qu'un espion d'Intel mort sous la torture dans Hitachi City eut pour dernières paroles : « Avec Intel mettez un peu de magie à l'intérieur de vos machines. » Alors qu'à Nestlé City on procédait à la mise à mort publique par ingestion de chocolat des espions de chez General Mills.

Les enfants nés en 2033 ne pouvaient même plus trouver de cartes indiquant les emplacements des nations. Les anciennes capitales étaient transformées en musées historiques ou en parcs d'attractions. Aux actualités tout le monde se tenait simplement au courant des nouvelles alliances tournantes, entre constructeurs de voitures, d'ordinateurs, ou producteurs de nourriture ou de matières premières.

Les entreprises étaient devenues ce qui, au Moyen Âge, était la base de la société : des féodalités.

Le site internet « arbredespossibles.com », grâce à son logiciel de prospective de dernière génération, avait prévu l'épuisement de certaines matières premières minérales indispensables à la construction des ordinateurs.

En 2035, Apple lança donc la construction de son premier astroport privé. Il fut rapidement suivi par Microsoft puis par Sony. L'enjeu était évidemment la conquête de Mars, qui selon les scientifiques détenait d'immenses stocks de minéraux métalliques.

En 2037, Apple investit des sommes énormes dans la construction de son premier vaisseau spatial : l'*I-Rocket*. Il fut achevé et arriva sur Mars en 2039, date à laquelle la firme entreprit d'élaborer ce qui allait devenir la première base spatiale de la planète : l'I-City.

À peine arrivés sur la planète rouge, les astronautes de la Pomme durent pourtant compter avec la présence de Microsoft qui suivit à quelques mois d'intervalle. Windows of Mars, ainsi fut baptisé leur village artificiel.

La base d'Apple était plus petite mais plus ergonomique et efficace. La base de Microsoft plus importante mais connaissait déjà quelques difficultés dans ses communications internes, ralenties par un système électronique trop complexe.

Les astronautes d'Apple et de Microsoft se livrèrent la première guerre de l'espace à coups de pierres, puis à coups de fusil, avant que les deux entreprises se décident à construire des vaisseaux spatiaux de combat dans l'espace martien.

Les cartes de l'espace furent rapidement tracées. La zone Apple était certes plus restreinte que celle de

Microsoft mais ses astronautes guerriers formaient une ligne hautement défensive.

Une attaque de Microsoft contre les vaisseaux d'Apple fut d'ailleurs au dernier moment détournée par des vaisseaux surgis de nulle part. La flotte de Nokia. Au moyen de leurs brouilleurs de communications, ils avaient fait pencher la balance du côté de la firme à la pomme. On assista à une sorte de guerre de type « grande Armada » : les gros vaisseaux spatiaux de Microsoft privés de communications et attaqués par les petits engins d'Apple très communicants.

Mais à la deuxième bataille, une escouade Ericsson-Sony arrivée au secours de Microsoft rééquilibra les forces en présence.

La bataille dura longtemps, puis tourna à l'avantage de l'alliance Ericsson-Sony-Microsoft. Après cette défaite, l'union Apple-Nokia décida d'investir la Lune pour y créer une base militaire capable d'envoyer vers Mars des renforts plus rapides que ceux qui partaient de la Terre.

En 2041, un traité attribua officiellement les planètes aux entreprises. Apple-Nokia reçut la Lune. Microsoft-Ericsson-Sony : Mars. Coca-Cola qui, entre-temps, s'était allié à Mc-Donald's, investit Saturne. Samsung-LG-Daewoo-Linux prirent Mercure. Toyota-Ford-Nissan-Renault-Pepsi-Cola s'installèrent sur Vénus. Les entreprises qui s'étaient lancées trop tard dans la course spatiale n'avaient que le choix de faire alliance avec les premiers arrivés ou d'investir les planètes les plus éloignées.

Après plusieurs mois de délibérations, un regroupement d'entreprises de taille moyenne, qu'on appela l'« Union des cadets » (en référence aux habitudes du Moyen Âge qui attribuaient les meilleures terres aux aînés, alors que les cadets devaient participer aux croisades pour conquérir des terres en Orient) décida de fabriquer son propre centre spatial avec pour objectif : la découverte des planètes extrasolaires.

De plus en plus de vaisseaux spatiaux arborant les couleurs ou les sigles des trusts interplanétaires fendaient le système solaire.

En 2049, la planète Terre était devenue irrespirable, l'eau et l'air rares et payants. La plupart des matières premières de son sous-sol étaient épuisées et les entreprises se fournissaient sur les autres planètes du système solaire.

Disney était devenu spécialiste en création de bases orbitales géostationnaires, et caressait le projet d'une planète artificielle entièrement construite par ses soins aux dimensions idéales.

Bientôt, la Terre vidée et stérile devint un lieu réservé aux retraités en fin de carrière. On savait que beaucoup d'entre eux vivaient dans la nostalgie d'un monde dont plus personne n'avait le souvenir.

« Made In Earth », après avoir été un sigle d'origine, devint une marque à part entière.

La société « MIE », dont les dirigeants étaient tous centenaires, proposait des produits de consommation assez banals, mais dont le principal intérêt tenait à leur origine planétaire : des pots de miel, des soies peintes, des pâtes à sel, des faïences, des poteries, des vanneries en osier, des pulls de laine tricotés à la main par des vieilles femmes, mais aussi des alcools de fruits artisanaux et des sacs parfumés remplis de lavande.

« MIE » proposait aussi des objets antiques dont on avait oublié jusqu'à l'usage : des lunettes, des dentiers, des perruques, des bas, des chapeaux, des téléviseurs avec une grosse lampe derrière, des machines à écrire mécaniques, des clefs en métal, des téléphones filaires.

« Si cela vient de la Terre c'est que c'est MIE-THIQUE », disait le slogan publicitaire.

Pour les acheteurs, ces produits possédaient un charme particulier : celui des objets désuets qui enchantaient nos ancêtres, mais aussi celui des pièces uniques, réalisées de main humaine, toutes différentes et toutes authentiques.

PS : • Copyright réservé pour toutes les marques industrielles citées.

• Pour l'instant je n'ai reçu d'elles aucun cadeau, aucune menace de procès.

15. La stratégie de l'épouvantail

(PASSÉ PROBABLE)

Paris, 25 ans

La première fois que je me suis rendu à une réunion de copropriétaires, j'ai découvert un monde que j'ignorais.

Elle avait lieu dans une salle du lycée du quartier, louée pour l'occasion. Nous étions quarante-huit personnes, assises sur des chaises d'écolier, devant le petit pupitre et sa rainure à stylo qui me rappelaient des souvenirs anciens.

J'observais mes voisins. Des gens que j'avais croisés dans les couloirs, et d'autres que je n'avais jamais vus.

Le syndic était un homme d'âge mûr, cravate rose, costard gris, chaussures cirées brillantes, perruque blanc platine. Un professionnel distingué.

Il était accompagné d'une jeune assistante, en tailleur Chanel blanc moulant, qui notait chaque mot prononcé sans jamais lever les yeux sur les copropriétaires, comme si ces derniers la dégoûtaient.

En articulant clairement, le syndic entama son discours, annonçant que l'école de commerce qui siégeait jusqu'alors au rez-de-chaussée de notre immeuble ne renouvellerait pas son bail.

– Étant donné son succès, l'école de commerce va s'installer dans des locaux plus vastes en banlieue. L'espace du rez-de-chaussée est donc désormais vacant.

Il nous informa ensuite qu'il détenait déjà une proposition pour la remplacer, et même à un tarif légèrement supérieur. Toutefois ce nouveau locataire serait un peu spécial, il s'agissait en effet d'un centre éducatif destiné à des enfants malades. De surcroît il ne s'agissait pas de n'importe quels enfants, mais de trisomiques.

– Quelqu'un veut soulever une objection ? demanda le syndic en balayant de son regard l'assistance de droite à gauche.

Un homme au ventre proéminent, en chemise noire recouverte d'un gilet vert, le cheveu gris en bataille, les joues ravinées par l'alcool, se leva.

– Oui, bien sûr, moi !

Il était entouré d'amis à lui. Ils formaient une sorte de groupe de six. Les trois couples chuchotaient entre eux depuis le début de la séance.

– Je vous écoute, dit sentencieusement le syndic en rajustant sa cravate rose.

– Une école de « mongoliens » ferait baisser la valeur du mètre carré de tout l'immeuble, assena l'homme à la chemise noire et au gilet vert. Nous n'en voulons pas.

Le mot « mongolien » remplaçant celui de « trisomique » produisit son effet sur l'assistance.

La femme assise près de lui, sans doute son épouse, se leva à son tour dévoilant une robe imprimée à fleurs rouges, très rouges. Elle enchaîna d'une voix forte :

– Oh hé… On ne connaît pas bien ces « maladies ». Pour nos enfants ça peut être contagieux. Avec leur salive, ou leurs éternuements, ils peuvent transmettre des choses graves.

Une rumeur indignée parcourut l'assemblée des copropriétaires. Sa deuxième voisine du groupe des six, une femme vêtue de noir, vint à la rescousse.

– Elle a raison. En tout cas ça peut faire peur à nos gamins de voir d'autres gosses comme ça. J'ai une amie qui en a un. Ce sont quand même des gens « spéciaux ». D'abord ils bavent. Ils ont des rires bizarres. Des fois ils hurlent sans raison. Ça peut provoquer des cauchemars à nos gamins.

Cette fois, la rumeur d'indignation enfla pour devenir une vague de révolte.

– Vous devriez avoir honte d'oser prononcer de telles paroles ! Vous n'avez donc pas de cœur ? dit un jeune homme à grosses lunettes d'écaille.

La femme à la robe à fleurs rouges ne craignait pas la confrontation.

– Vous ne vous sentez pas concernés parce que vous êtes un couple sans enfant. Je ne veux pas connaître vos raisons, si vous êtes stériles ou quoi, ça ne me regarde pas. Mais si vous en aviez, comme nous qui en avons quatre dont deux en bas âge, je vous garantis que vous n'auriez pas envie qu'ils entrent en contact avec des mongoliens !

– Mais ce sont des êtres humains ! Ils ont le droit de vivre ! rétorqua vivement l'autre.

– Vous dites ça maintenant mais quand vous les verrez en nombre, vous parlerez autrement. Un tas de mongoliens ! Ils vous dégoûteront aussi.

– Entendre de telles abominations en plein XXIᵉ siècle ! clama le jeune homme, outré.

– Ouais ! Quand vous voudrez vendre votre appartement et que vous devrez expliquer aux acheteurs que des mongoliens habitent au rez-de-chaussée, vous comprendrez votre douleur ! surenchérit la femme en noir.

Son mari, un type maigre à la fine moustache, lui prit la main en signe de soutien.

– Vous êtes des monstres ! DES MONSTRES SANS CŒUR ! clama une vieille dame qui ne s'était pas encore manifestée jusque-là. Nous les aimons déjà ces enfants trisomiques. Nous les aimons, vous m'entendez !

– Mais c'est vous qui êtes des monstres… de bêtise ! rétorqua la femme aux fleurs rouges.

– Vous êtes sans cœur ! répéta la vieille dame, profondément indignée.

– Je préfère être sans cœur que sans cervelle.

– Vous êtes quelqu'un de mauvais !

– Et vous une imbécile !

Les invectives volaient bas, de plus en plus drues.

Le syndic, pour sa part, avait sorti une boîte de cachous et, après l'avoir proposée à sa jeune assistante qui griffonnait depuis le début des chiffres sur une feuille blanche, il en ingurgita plusieurs d'un coup, affichant un air imperturbable.

Quand enfin il eut l'impression que la bataille entre le club des six et le reste de l'assemblée était parvenue à un statu quo, il se mit à taper son stylo sur la table, tel un juge qui joue du maillet pour rétablir le silence dans le prétoire.

– Bien, si le débat est clos, nous allons pouvoir procéder au vote, annonça-t-il sur un ton très technique en se tournant vers son assistante afin qu'elle prépare la liste des copropriétaires assortie de leur part de millièmes.

Le club des six, cohérent et uni, vota contre l'accueil des trisomiques.

La majorité, soit les quarante-deux autres personnes, vota pour l'acceptation de l'école dans notre immeuble.

– 6 voix contre. 42 voix pour. Bien, articula le syndic avec détachement, comme s'il ne se sentait pas le moins du monde concerné par tout ce qui arrivait, nous signalerons demain au directeur de l'établissement de handicapés que nous sommes disposés à signer les baux de location.

Le club des six haussa les épaules, et l'un des râleurs se contenta de lâcher :

– Quand ils seront installés et que vous aurez tous les jours sous les yeux leurs drôles de fioles, il sera trop tard.

À nouveau les insultes fusèrent. Le syndic attendit le rétablissement du calme, puis, feuilletant une nouvelle liasse de feuillets, annonça en articulant toujours parfaitement :

– Il sera cependant nécessaire d'effectuer un aménagement architectural, obligatoire pour ce genre d'établissement. Pas grand-chose, une rampe pour les invalides. Là aussi nous allons devoir procéder à un vote. Évidemment si le scrutin est négatif nous devrons aussi refuser l'école. Des objections ?

– Moi ! clama l'homme rougeaud à la chemise noire et au gilet vert.

– Nous vous écoutons.

– Une rampe extérieure va défigurer l'immeuble et l'harmonie de la façade.

Le club des six approuva bruyamment.

– Pourquoi ne pas inscrire en gros « maison de mongoliens » ? ricana la femme à fleurs rouges, approuvée par ses deux voisines.

La rumeur enfla à nouveau, et à nouveau le syndic dut frapper du stylo pour procéder au vote.

Ce dernier aboutit exactement au même résultat que le premier : 6 voix contre la rampe et 42 voix pour.

Le syndic demanda à son assistante de noter les résultats. Et celle-ci s'empressa de sortir de nouveaux feuillets. Elle persistait cependant à vouloir garder le regard baissé, comme si elle ne voulait pas être témoin de toutes les ignominies qui risquaient de se dérouler sous ses yeux dans les minutes à venir.

Le syndic ouvrit des chemises gonflées de documents, puis en extirpa un.

– En plus de la rampe, et selon les normes en vigueur pour ce genre d'école, il sera aussi nécessaire de construire un ascenseur pour les grands invalides. Je pense que le plus simple serait de le disposer dans la cour, ainsi nous pourrons le relier au garage en sous-sol et les parents pourront amener leurs enfants en ambulance ou en voiture et les faire monter directement au rez-de-chaussée. Des objections ?

L'homme à la chemise noire se leva comme à son habitude et émit une objection choquante qui entraîna à nouveau la réprobation générale.

Puis le vote eut lieu et là encore les six de l'opposition se retrouvèrent seuls à se prononcer contre la construction de l'ascenseur.

Dans la foulée et toujours dans le cadre des sujets à débattre dans cette réunion annuelle, le syndic d'une voix monocorde annonça le relèvement de ses propres honoraires. Il rappela que légalement cette augmentation devait être soumise, elle aussi, à un vote des copropriétaires.

Là encore l'homme à la chemise noire, soutenu par son groupe d'irréductibles, objecta que les charges générales de l'immeuble et tout particulièrement celles de gestion de syndic, étaient déjà très élevées. Il signala qu'à sa connaissance, il s'agissait même des plus élevées du quartier. À immeuble de taille similaire et de même nombre de copropriétaires, les voisins payaient 20 % moins cher qu'eux. En conséquence il ne lui semblait pas nécessaire de procéder, en plus, à un relèvement d'honoraires. Sa femme en robe à fleurs crut bon d'ajouter que la construction de la rampe, puis de l'ascenseur étant sans nul doute aux frais de la copropriété (ce qu'approuva le syndic d'un hochement de tête) ils auraient tous l'année prochaine une addition gratinée.

Le vote eut lieu.

6 voix contre. 42 voix pour.

Puis, alors que les six maugréaient dans leur coin, le syndic rajusta sa cravate rose et invita tout le monde au « pot de l'amitié dont le coût était déjà compris dans les charges générales ».

Les agapes étaient composées d'un kir, cassis-mousseux, de chips, de biscuits salés et, en guise de dessert, d'un quatre-quarts au chocolat. Les verres, les couverts étaient en plastique, les assiettes en carton.

La jeune assistante en tailleur Chanel n'avait toujours pas daigné lever les yeux sur nous, et quand quelqu'un lui proposa un verre de kir elle le repoussa d'une moue dédaigneuse, comme si le seul fait d'avoir dû supporter notre présence avait déjà été pour elle une rude épreuve. Alors y ajouter celle des chips et du mousseux…

Le syndic s'était assis dans un coin et relisait les notes qu'elle lui avait transmises, il cochait des cases, annotait des marges.

Pour ma part j'allai examiner les plans de l'ascenseur et de la rampe laissés à notre disposition pour nous informer des futurs travaux de l'immeuble.

Une voisine aux longs cheveux bruns et bouclés vint se pencher à côté de moi.

Nous avions tous les deux voté avec la majorité des 42 contre la minorité des 6 grincheux.

Je notai que l'entreprise qui allait construire l'ascenseur et la rampe portait, probablement par hasard, le même nom que celui de notre syndic.

– Il faut en avoir le cœur net, déclarai-je à ma voisine en posant mon verre de kir.

Je me dirigeai vers le syndic, dont la perruque blanc platine était légèrement inclinée, ce qui lui enlevait de sa superbe.

Ma voisine aux cheveux bruns me précéda.

– Je remarque que le type d'ascenseur prévu est le modèle de luxe. Nous avons été interrogés sur la construction d'un ascenseur, mais pas sur sa catégorie.

Le syndic ne put retenir un ricanement.

– Vous pourrez poser cette question lors de la prochaine assemblée annuelle. S'il ne vous plaît pas, on en reconstruira un… de qualité plus médiocre.

L'assistante étouffa un rire avec sa main.

C'était de l'humour de syndic. L'homme à la perruque blanc platine reprit vite son sérieux.

– Pour l'instant tout a été voté à la majorité des millièmes, donc la décision est officielle. Rien n'est contestable légalement et la réunion annuelle est close.

– Mais ce n'est pas là-dessus que nous avons été consultés, remarquai-je.

Le syndic consentit à me regarder, puis il lâcha :

– Peut-être que si vous vous étiez intéressé avant aux thèmes du jour, vous auriez pu en parler en séance. Il fallait y penser plus tôt. C'est facile de critiquer *a posteriori*.

Puis, se tournant vers son assistante :

– Les gens sont quand même incroyables, ils ne font rien et ils critiquent quand c'est trop tard.

Il me désigna une chemise contenant au moins cent feuillets, sur laquelle était inscrit : SÉANCE DE RÉUNION DE COPROPRIÉTÉ.

– Si vous ne vous informez pas, ou si vous lisez trop tard, vous ne pouvez plus venir vous plaindre.

À nouveau l'assistante retint un rire moqueur. Visiblement elle prisait l'humour de son patron.

Je restai près de ma voisine aux cheveux bouclés. Nous étions sonnés comme après un match de boxe.

La vieille dame qui avait pris fait et cause pour l'école de trisomiques nous tendit aimablement une assiette en carton avec une tranche de quatre-quarts industriel fraîchement extrait de sa cellophane, accompagnée d'un café lyophilisé servi dans un gobelet en plastique qui commençait à fondre sous la chaleur de l'eau bouillante.

Cela avait l'air de lui faire plaisir, j'acceptai donc tout en chuchotant à ma voisine que nous pourrions aller dîner ailleurs.

Je dissimulai assiette et gobelet derrière une plante verte et nous avons quitté l'assemblée qui commençait à se détendre sous l'effet du mousseux.

Dans notre rue un grand restaurant gastronomique chic et cher avait une réputation méritée. C'était un lieu convivial, décoré sur le thème des grandes stars de cinéma. On y servait des plats sophistiqués assortis de vins capiteux.

Pour ma voisine comme pour moi, cette réunion de copropriété était la première, une sorte de baptême, en somme, et nous avons décidé de fêter l'événement dans ce lieu rare.

Après avoir commandé, nous avons commencé à évoquer cet étrange rituel tribal qu'on appelle « Réunion de copropriété ».

C'est alors que des éclats de voix attirèrent notre attention. Tout au fond de la salle, huit personnes plutôt bruyantes étaient attablées qui semblaient fêter quelque chose. À mieux y regarder, je reconnus l'homme qui, debout, levait sa flûte de champagne en parlant haut. C'était le syndic, avec sa perruque blanc platine maintenant complètement de travers. À sa droite son assistante en tailleur Chanel était elle aussi fort enjouée. En cette femme qui riait et s'exclamait trop fort on aurait eu du mal à reconnaître le personnage méprisant et froid qui nous avait snobés durant toute la réunion.

Elle avait les pommettes en feu et les cheveux ébouriffés. Face au couple, les autres dîneurs se tenaient de dos, je distinguais à peine un profil, de temps à autre.

Mais lorsqu'une femme se leva à son tour pour porter un toast, je reconnus la robe à fleurs rouges, et près d'elle l'homme à la chemise noire et au gilet vert.

Le syndic et son assistante dînaient avec le club des six !

Ma voisine me regarda, effarée elle aussi. C'était comme si, soudain, nous recevions un électrochoc.

Dans la Bible on trouve le mot : « dessillement ». C'était vraiment cela. L'instant d'avant nos paupières étaient soudées, nos cils mêlés nous empêchaient de voir. L'instant d'après, les paupières sont libérées, et les yeux voient. Et on comprend.

– Le syndic et les râleurs... ils sont copains ! murmura ma voisine.

– Et ils... fonctionnent ensemble, complétai-je, moi aussi abasourdi.

De cette expérience je déduisis quatre lois de manipulation des foules.

1 – *Le principe de l'Émotionnel.*

On peut nous inciter à nous forger une opinion personnelle non réfléchie rien qu'en jouant sur l'émotionnel. Dès le moment où l'on aborde le thème de la maladie, des enfants, de l'injustice de la nature, on a un petit pincement au cœur qui nous ôte notre capacité à analyser les informations objectivement. (Un peu comme aux actualités, en nous montrant les victimes d'un seul camp, on nous monte contre le camp adverse. Or on oublie que si nous voyons les victimes c'est qu'on a autorisé les journalistes à filmer. Les pires massacres se produisent dans les pays où précisément la presse n'est pas autorisée à entrer.)

2 – *Le principe de Progression.*

On peut nous faire adhérer à une opinion par petites étapes progressives. Prises indépendamment, elles sont toutes acceptables, voire logiques. Mais au final nous nous retrouvons face à une conclusion que nous aurions spontanément refusée si elle nous avait été présentée globalement. Dès le moment où l'on a commencé à se positionner sur le rail du « oui » ou du « non », c'est-à-dire l'adhésion à un drapeau, un groupe, une idée, nous avons tendance à camper sur la position. Par habitude. Ou absence de réflexion.

3 – *Le principe de Diversion.*

On peut nous faire croire que nous décidons librement en nous posant les mauvaises questions. « Êtes-vous pour ou contre le soutien aux enfants malades ? » Ce n'était qu'une diversion. La vraie question, qui elle n'a été posée que lorsque le groupe a été « mûr », était : « Êtes-vous d'accord pour que le syndic augmente son salaire ? »

Nous avions les yeux cillés. Nous aurions dû regarder et estimer chaque élément séparément à sa juste valeur. Voter oui à l'école de trisomiques, non à l'augmentation du syndic, oui à l'accès des enfants, non à l'ascenseur de luxe.

Enfin, le plus fort :

4 – *Le principe de l'Épouvantail.*

On utilise comme repoussoir un groupe auquel on a envie de dire systématiquement « non ». Parce que les membres de ce groupe font tout pour être antipathiques : ils parlent fort, ils insultent facilement, ils affirment des mensonges, ils sont agressifs. Ils s'assument dans leur noirceur et leur mauvaise foi.

Instinctivement, on vote donc le contraire de ce que ce groupe d'épouvantails propose. Inconsciemment, nous nous positionnons : « Cet argument vient d'eux il doit être rejeté. » Ils agissent comme des « programmateurs inversés ». Au bout d'un moment ils sont tellement désagréables que nous n'écoutons même plus leurs arguments, convaincus par avance qu'ils ont tort. Et du coup, là encore, l'émotionnel nous empêche de raisonner sur des bases objectives. Encore un conditionnement et une paresse d'esprit qui nous incitent à agir sans analyser la situation.

– Ils ont l'air de se connaître parfaitement, constata ma voisine.

Je les observais, fasciné. Ils portaient toast après toast, réjouis comme une meute de voyous qui s'apprêtaient à se partager un butin.

Je n'en finissais pas de méditer cette révélation.

Ainsi, pour imposer au troupeau une direction qui ne l'intéresse pas, il peut se nouer une alliance secrète entre les bergers et les loups. Par peur, le troupeau fonce volontairement dans la direction opposée aux loups, sans prendre le temps de s'informer.

Grâce à l'effet répulsif des loups, le troupeau devient aveugle et conditionnable à souhait. Une tactique familière aux hommes politiques.

D'autant que le troupeau, la main sur le cœur, pourrait jurer avoir lui-même choisi son chemin.

En bref, les quatre leviers de manipulation des foules :

1) « la fibre émotionnelle »,

2) « la progression par étapes acceptables »,

3) « la diversion »,

4) « l'épouvantail servant de repoussoir », sont très efficaces. Et très employés.

Quand, de surcroît, les trompés sont nombreux à agir, nous nous disons : « Nous ne pouvons pas tous nous tromper en même temps. » Ou encore : « De toute façon si nous nous trompons, nous avons des excuses, les autres ont agi de même. » Le phénomène de contagion se met en place.

Le plus dangereux étant que la plupart d'entre nous ne s'en aperçoivent pas et croient sincèrement opérer des choix en leur âme et conscience. Dès lors ils revendiqueront leur vote « mouton » comme un choix personnel réfléchi.

Je demeurai là, près de ma voisine, à contempler ce spectacle édifiant, pendant que notre dîner refroidissait.

Elle se pencha vers moi et chuchota :

– Selon vous, entre le syndic et les grincheux, qui va payer l'addition ?

La question était subtile. Nous scrutâmes le groupe, tentant de percevoir des bribes annonciatrices.

Et puis arriva l'instant fatidique : la note. Le syndic, la perruque de plus en plus chancelante, et l'homme à la chemise noire se disputèrent aussitôt noblement.

– Non, je vous en prie, c'est moi !

– Désolé, c'est mon tour.

– Non, c'est moi.

– Non, moi. J'insiste.

– Jamais. C'est une question de principe.

Finalement l'homme à la chemise noire eut le dessus. Le syndic s'en tira poliment avec un : « Très bien, mais dans ce cas la prochaine fois, je veux que vous me le promettiez, l'addition sera pour moi. »

Le syndic devait répéter cette même phrase tous les ans, dans les mêmes circonstances.

C'était sa petite touche finale de triomphe.

La cerise sur le gâteau.

Son assistante le regarda avec admiration.

Il était vraiment très fort.

16. Anti-proverbe

(PETIT INTERMÈDE)

Le vieux clochard se tourna vers le jeune homme et lui tendit une bouteille de vin dans un emballage plastique.

– Ce que ça m'énerve, les proverbes ! Mais alors qu'est-ce que ça m'énerve ! C'est pour les paumés qui n'ont pas de pensée personnelle. Ils se planquent derrière une formule toute faite. C'est de la vieille pensée en conserve ! Les proverbes c'est une manière de faire croire aux jeunes que les vieux ont tout compris et qu'ils ont trouvé des formules pour que leur sagesse traverse le temps. Tu parles ! S'ils avaient vraiment tout compris, s'ils étaient aussi sages, les vieux, ils auraient pas laissé dans le monde autant de stupidité et d'injustice. D'ailleurs suffit de voir leurs vies à nos ancêtres pour comprendre qu'on ferait mieux de ne pas les imiter. Sans parler que leur temps est révolu. Le monde ancien n'a plus rien à voir avec le monde moderne. Tu veux une preuve, mon petit Lucien, que les proverbes sont des escroqueries mentales ? Eh bien on va en prendre quelques-uns et tu vas voir que l'exact contraire marche beaucoup mieux !

Le jeune Lucien aimait bien quand son voisin s'emportait tout seul et partait sur de grandes lancées. C'était son « combat contre les dragons fantômes ». Orlando s'inventait des ennemis imaginaires et les pourfendait avec d'autant plus de facilité qu'ils n'existaient pas. Lucien, en tant qu'ancien enfant-battu-fugueur-vivant-sous-les-ponts, avait beaucoup d'admiration pour Orlando, l'ancien professeur de philosophie devenu mercenaire en Afrique, puis alcoolique à Paris.

Le gros homme barbu se caressa le nombril, se gratta le torse, comme s'il cherchait la formule exacte.

– Tiens, prenons celui-là : « L'appétit vient en mangeant. » Eh bien c'est faux ! Il suffit d'essayer. Tu ne manges pas : tu as beaucoup plus faim que si tu manges ! Forcément. Donc : « L'appétit vient en ne mangeant pas. » Et d'un ! Cherche toi aussi, Lucien, tu vas voir, tu n'en trouveras aucun qui marche.

Lucien proposa timidement :

– « On n'est jamais aussi bien servi que par soi-même » ?

– Bravo ! Là encore, c'est faux : « On n'est jamais mieux servi que par les autres. » Le proverbe ne résiste pas au test de l'expérience sur le terrain. Au restaurant (enfin si tu y vas un jour) ou invité chez des gens, sers-toi toi-même et tu verras. Tu ne sais pas où sont les assiettes et les couverts. Tu embarrasses tout le monde. Tu déranges plus que tu n'arranges.

Il eut un geste d'encouragement.

– À moi. « Bien mal acquis ne profite jamais. » Regarde un peu tous les voleurs et les escrocs comme ils jouissent parfaitement de leurs larcins. Bien sûr, une petite minorité se fait attraper, mais pour la plupart « Bien mal acquis profite chaque fois ».

Lucien avala une gorgée de rosé.

– Vous avez réellement été professeur de philosophie, monsieur Orlando, enfin je veux dire avant d'être clochard ?

– Bien sûr. C'est un choix personnel. J'ai tellement compris le système que je m'en suis exclu. Tiens, justement : « L'argent ne fait pas le bonheur. » Tu y crois, toi ? Non, « L'argent fait le bonheur », mais les bourgeois veulent tout garder pour eux, alors ils font croire qu'on est plus heureux quand on est pauvre. Tu parles ! Il faut vraiment être stupide pour croire que l'argent ne fait pas le bonheur.

– Mais vous, vous avez quitté votre métier de professeur, vous aviez de quoi vivre, alors pourquoi ?

– Eh bien… disons que le peu que j'ai, je l'apprécie et j'en jouis à fond. Tiens, je vais t'en donner un autre : « L'avenir appartient à ceux qui se lèvent tôt. » Moi je me suis levé tôt tous les matins, donc je me couchais tôt pour avoir mes heures de sommeil. Du coup je ne sortais pas le soir. Du coup je ne rencontrais pas les gens importants qui se retrouvent le soir dans les cafés, les restaurants, les boîtes de nuit. Et du coup personne ne m'a donné de coup de main. Je me serais couché tard, j'aurais eu ma bande de potes fêtards, un réseau de soutien, et il y aurait eu forcément quelqu'un qui m'aurait aidé. Alors que là, en me levant tôt, je ne voyais le matin que les boulangers qui se rendaient au travail. Et à 6 heures du matin ils ne sont pas très causants. Allez, cherche encore des proverbes qui ne marchent pas.

– « Ce qui ne te tue pas te rend plus fort » ?

– C'est faux ! « Ce qui ne te tue pas te rend plus... mort. » Regarde tous ces gens qui ont eu des accidents de voiture et qui s'en sont tirés de justesse. Ils sont handicapés à vie. En chaise roulante. Tu parles d'une force !

Lucien commençait à trouver l'exercice intéressant.

– « Il vaut mieux prévenir que guérir » ?

– Là encore c'est faux. Pense à quelqu'un de gravement blessé ! Mieux vaut prévenir les secours que tenter de soigner d'une manière qui peut s'avérer mortelle.

– « Qui trop embrasse mal étreint » ?

– Plus tu embrasses, et donc tu fais des préliminaires, plus ta partenaire sera mise en condition et plus la suite sera réussie et intense.

– « La raison du plus fort est toujours la meilleure » ?

– La raison du plus fort est souvent, pratiquement toujours, la plus mauvaise.

Lucien prisait le jeu.

– « Une de perdue, dix de retrouvées ! »

– Tu parles. Moi ma femme elle m'a laissé tomber et j'en ai jamais retrouvé une autre.

– « Au pays des aveugles les borgnes sont rois » ?

– Mmmh... s'il y avait un pays peuplé d'aveugles, je pense qu'ils seraient plutôt sectaires... Au pays des aveugles, les borgnes se feraient casser la figure... ou crever les yeux ! Parce que partout ça fonctionne comme ça. La règle du monde c'est plutôt : le clou qui dépasse attire le marteau.

L'idée sembla beaucoup l'amuser.

Lucien continuait de chercher des proverbes à faire massacrer, comme un lanceur d'assiettes au ball-trap.

– « Qui veut la paix prépare la guerre. »

– Faux. Qui veut la paix prépare la paix !

– « Les premiers seront les derniers. »

– Les premiers sont toujours les premiers.

Le vieux clochard reprit la bouteille de vin et happa le goulot.

– Il y en a peut-être un qui dit vrai : *In vino veritas*. « La vérité est dans le vin. » Ce sont les Romains qui ont découvert le truc. Ils avaient une sacrée sagesse, les Romains.

Il but un coup.

– Je crois qu'on aurait vraiment intérêt à se rappeler leur bon sens.

Lucien fut désarçonné.

– Heu… Mais vous disiez tout à l'heure que la sagesse de nos ancêtres était inutile, car elle était adaptée à une autre époque et que les temps changent.

Orlando lâcha un rot, puis reprit du vin. Il se pencha et lança à Lucien :

– Ouais. J'ai dit ça. Mais c'est parce que je suis moi-même vieux et c'est donc un proverbe de vieux. Le contraire me semble plus juste.

17. Un amour en Atlantide

(PASSÉ PROBABLE)

Banlieue parisienne, 30 ans

— Et vous souhaitez revivre laquelle de vos vies antérieures ? me demanda l'homme d'un ton grave, sans se retourner.

La pièce était vaste, tendue de tissu gris. Les murs ornés d'estampes japonaises.

Quelques bâtonnets d'encens brûlaient, contribuant à l'atmosphère étrange du lieu.

De grands fauteuils et un divan en velours noir occupaient l'espace. Le sol était recouvert de tapis d'Orient aux broderies soyeuses.

— Laquelle de mes vies antérieures ? Eh bien celle où j'ai connu ma plus grande histoire d'amour, répondis-je.

Puis, plus doucement, j'ajoutai :

— Enfin si c'est possible…

L'homme se retourna. Il avait un visage rond et les cheveux noués en queue-de-cheval. Stéphane Cavalan, paraît-il, avait jadis connu un petit succès dans le monde fermé du rock'n'roll.

Avant de se tourner vers les arts ésotériques.

– Bien sûr c'est possible. En doutiez-vous ? Sinon pourquoi seriez-vous ici ?

Je continuais à observer la pièce, découvrant des objets sculptés, notamment les fameux trois singes de la légende chinoise. Celui qui se cache les yeux, celui qui se bouche les oreilles et celui qui se bâillonne.

Ne pas voir. Ne pas entendre. Ne pas parler.

– Allongez-vous sur ce divan, s'il vous plaît.

J'obéis.

– Enlevez vos chaussures, décroisez vos jambes, défaites votre ceinture. Vous avez apporté une cassette, comme je vous l'ai demandé ?

Je la lui donnai, puis je m'étendis sur le divan après avoir déposé mes lunettes sur le rebord d'une commode orientale.

– Vous êtes prêt pour le grand voyage ? Peut-être le plus grand que vous effectuerez de toute votre existence ! Alors fermez les yeux, nous allons décoller.

J'entendis le bruit du magnétophone qui se mettait en marche. La voix de Stéphane Cavalan m'ordonna d'abord de respirer de plus en plus profondément, puis de plus en plus lentement.

– Maintenant sentez votre corps, il devient léger, il se soulève du divan, il s'élève encore…

Je traversais le plafond et m'envolais haut dans le ciel. Simplement par la force de l'esprit, me visualisant comme une enveloppe transparente et aérienne, je franchissais la matière, fendais les cieux.

Je passai au-dessus des nuages et rejoignis la plus proche côte maritime. Je vis aussitôt sur l'écran de mon cinéma intérieur une falaise surmontée d'un ciel tourmenté aux tons de gris, mauve, rouge, avec de longs reflets jaunes.

Je trouvais ce spectacle de nature sauvage assez mirifique.

Stéphane Cavalan me demanda de décrire le lieu et mes sensations dans les moindres détails.

J'avais l'impression de découvrir un espace d'énergies tourbillonnantes. Des odeurs d'iode, de varech et de sel piquant me parvenaient. Le vent se transformait en tempête bruyante, puis assourdissante. Les vagues se soulevaient pour former des pics couleur de jade irisés de dentelles fumeuses.

Stéphane Cavalan se tenait près du « moi resté à Paris » et, d'une voix douce et lancinante il me demanda de visualiser un grand pont de lianes qui partait de cette falaise en direction de l'océan.

Je vis aussitôt apparaître ce passage. Il s'enfonçait dans un nuage opaque qui dissimulait l'autre extrémité.

La voix de Stéphane Cavalan me proposa d'avancer sur cette passerelle imaginaire.

Je me visualisai donc marchant sur les lianes tressées. J'avançais jusqu'à m'engouffrer dans le brouillard. J'entendis la voix de plus en plus lointaine de mon hypnotiseur qui continuait à me guider.

– Au bout de ce pont se trouve le monde que vous avez choisi de rejoindre. Vous le découvrirez et me raconterez ce que vous y distinguez. C'est le monde où votre âme a connu sa « plus grande histoire d'amour ».

Je marchais sur la passerelle, mi-inquiet, mi-impatient. À force d'avancer je distinguais une lueur au loin, bien au-delà des nuages de brume.

Enfin les vapeurs commencèrent à se dissiper et j'aperçus une mer, un soleil, et bientôt une côte. Je repérai une plage avec une silhouette debout, les pieds dans l'eau.

– Que voyez-vous ?

– Un homme.

Stéphane Cavalan me demanda de le décrire.

– Il est bronzé, il est pratiquement chauve, et ses rares cheveux sur les tempes sont blancs. Il porte une jupe beige avec des motifs bleus, des pierres turquoise cousues sur sa jupe.

– Qui est cet homme ?

– Eh bien… c'est moi, répondis-je.

Car même si je le voyais de l'extérieur, je savais que cette silhouette au loin était la mienne.

Désormais, trois « moi » coexistaient. Celui de Paris qui parlait, immobile et les yeux fermés. Celui qui avait franchi le pont partant de la falaise et qui, tout en étant invisible, pouvait observer ce monde nouveau. Enfin celui qui vivait sur l'île et qui ne prenait pas conscience de l'existence des deux autres.

– Quel est le décor ?

– Des palmiers, une végétation de type jungle de pays chaud. Au loin je distingue une montagne très haute, mais vraiment loin. Il fait chaud. Des mouettes planent.

– Que fait l'homme sur la plage ?

– Il joue à faire ricocher des galets sur l'eau.

– Dans quel état d'esprit est-il ?

C'était comme si chaque question m'apportait instantanément une réponse.

– Il est complètement détendu. Relax. Décontracté à un point… vertigineux.

– C'est-à-dire ?

– Il est vierge de tout traumatisme. Cet homme n'a jamais connu de contrariétés. Rien ne l'agace. Rien ne l'a agacé. Il n'éprouve ni peur, ni envie, ni regrets, ni espoir. Il est bien dans sa peau ici et maintenant. Il est exempt de toute névrose. C'est un esprit sain dans un corps sain.

– Pouvez-vous être plus précis ? Que savez-vous sur lui ?

– Sa vie a coulé tranquillement. Ses parents l'ont aimé. Il a été éduqué par des gens qui n'ont fait que lui donner des outils pour améliorer sa perception et son savoir. Il a toujours été entouré d'humains bienveillants, positifs, qui l'ont valorisé. Il ne connaît pas la moindre rancœur, pas la moindre frustration ou envie de revanche. Il est complètement détendu. Au-delà de ce que ce terme peut avoir de plus fort.

– Comment s'appelle-t-il ?

Je cherchai.

– Je l'ignore. Cet homme ne pense pas à lui-même en s'appelant par son prénom. Donc je ne peux pas répondre. En revanche j'ai d'autres informations qui m'arrivent sur lui. Il est très âgé. Beaucoup plus âgé qu'il n'en a l'air. A priori il semble avoir 60 ans tout au plus, mais en fait il a beaucoup plus de 100 ans, plutôt quelque chose comme…

Je m'arrête, impressionné, puis j'articule, étonné moi-même :

– Plus de 200 ans…

Stéphane Cavalan, toujours neutre, m'invita à poursuivre.

– Il est en pleine forme. Il est musclé, élancé, svelte, souple. Pas de graisse. Il n'a mal nulle part dans son corps.

Je prends en même temps conscience du contraste avec ma vie dans ce XXIe siècle où j'ai toujours un petit bobo quelque part, un rhumatisme, une dent cariée, un début de rhume, une allergie, un aphte, une douleur à l'estomac, une conjonctivite ou une douleur aux tympans.

Cette absence totale de stress m'impressionnait. Je ne savais même pas qu'on pouvait être à ce point paisible. Je ne savais même pas qu'il a existé un jour un être humain à ce point bien dans sa peau. C'était une sensation quasi exotique.

– Il a fini de lancer ses galets, il contemple le soleil à l'horizon, puis il marche en direction de ce qui me semble être une ville. Là encore il est impressionnant par sa démarche.

– Qu'est-ce qu'elle a sa démarche ?

– Elle est majestueuse. Il se tient particulièrement droit, son port de tête respire la force et l'assurance, comme s'il n'avait peur d'aucun événement à venir. J'ignorais qu'un humain pouvait être dans cet état. C'est stupéfiant.

Stéphane Cavalan me laissa m'imprégner de la situation, puis il demanda :

– Toujours pas de nom ?

– Toujours pas.

– Essayez d'en savoir plus sur le lieu et l'époque.

– … Je sais, enfin, je sens, que lorsqu'il était sur la plage, il regardait la mer, et il savait qu'en face se trouvait un continent avec une terre qui est… actuellement le Mexique.

– Cela se passe au Mexique ?

– Non, face au Mexique. En fait je crois que c'est une île qui n'existe plus. Une grande île face au Mexique, entre le Mexique et l'Afrique.

– Quel est son nom ?

C'est comme mon nom, je ne pense pas à prononcer le nom du pays où je vis ni à lire une carte où il serait inscrit « vous êtes ici » ou un calendrier porteur d'une date. Il n'y a que les films ou les romans qui débutent par le lieu et la date afin de situer l'histoire à venir. Et dans ce que voit mon personnage il n'y a pas de pancarte « vous vous appelez X ou Y ». Le matin en se regardant dans la glace on ne se dit pas « Bonjour » en prononçant son nom et son prénom. Et lorsqu'on pense à soi on se dit juste « Je ».

– Je l'ignore, j'ignore cet endroit, j'ignore dans quelle époque je suis.

– Faites un effort. Il doit y avoir des indices.

Je me concentrai, et finis par articuler :

– Je crois que cette terre est une île qu'on appellera bien plus tard l'Atlantide. Quand il pense à son île, lui l'appelle « Gal ». Non, l'île s'appelle Ha-Mem-Ptah, c'est la ville où il vit qui s'appelle « Gal ».

J'étais ravi d'avoir sorti d'un coup ces deux noms.

– Quelle époque ? Vous pouvez sentir l'époque ?

Je cherche puis lâche :

– … 12 000 ans avant J.-C. Oui je sens que je suis en Atlantide, 12 000 ans avant J.-C., en face de ce qui deviendra le Mexique. J'ai 288 ans. Et je suis un type détendu.

– Vous détenez toutes ces informations et vous ne connaissez toujours pas votre nom ?

J'en avais assez qu'il insiste. Il commençait à m'énerver, l'hypnotiseur. J'attendis sa prochaine question.

– Quelle est l'occupation de votre Atlante ?

Je le visualisai marchant vers la forêt, et je sentis ce qu'il était.

– Il est médecin. Mais un médecin un peu spécial. À l'époque ils étaient très différents. Il ne dispose pas de médicaments.

– Il soigne comment, alors ?

– Il utilise ses mains. Elles font le diagnostic en mode « réception ». Puis elles guérissent en mode « émission ».

Alors que je prononçais ces mots, jaillirent naturellement dans mon esprit « ses » souvenirs. Je me vis face à un corps d'homme étendu sur une table. « Il/je » passait ses mains au-dessus du corps du patient et, en fermant les yeux, il/je visualisait des lignes, comme des fils blancs et rouges sous la peau.

Ce n'étaient pas seulement des fils. C'étaient de fins tubes où circulaient des points blancs ou rouges. Comme des autoroutes de nuit parcourues par des phares allumés.

Je voyais et je percevais ce réseau dans la profondeur de la chair de mon patient.

– Comme les méridiens d'acupuncture ? s'enquit Stéphane Cavalan.

– Il y a beaucoup plus de fils blancs ou rouges que sur les planches de méridiens d'acupuncture que j'ai pu connaître. Ce sont de vrais réseaux qui forment des arborescences complexes.

– Des veines ?

– C'est moins enchevêtré que des veines, plutôt une multitude de fines lignes parallèles.

– Et vous soignez comment ?

– Il enfin… je concentre mon énergie dans la paume de mes mains et il en sort une chaleur que je peux focaliser pour faire fondre les embouteillages sur ces lignes blanches ou rouges. En général je soigne avant que la maladie n'apparaisse. En fluidifiant la circulation dans ces fils rouges et blancs. C'est ce que je m'apprête à faire avec ce patient.

– Qui est le patient ?

– Il est plus petit et plus gros que lui, enfin que moi. Ce n'est pas seulement un patient, c'est un… ami.

Je parle comme si je décrivais un rêve, pourtant c'est comme si la scène se déroulait en direct devant mes pupilles.

– Je parle au client, articulai-je.

– Que lui dites-vous ?

– Je lui dis que son problème n'est pas seulement un problème d'harmonisation des énergies. Son problème est qu'il est… constipé. Il me demande si je peux le soigner. Je lui réponds qu'à mon avis la meilleure manière de fluidifier le gros tuyau du système digestif c'est encore de boire beaucoup d'eau. Je lui dis que les aliments sont aussi une forme d'énergie qui circule dans le corps et qu'avec de l'eau cette énergie alimentaire circulera mieux dans ses intestins. Il me dit qu'il pensait qu'il ne fallait pas boire en mangeant car cela gonfle le ventre et dilue les sucs digestifs. Je lui réponds qu'il doit boire au réveil. Dès qu'il se lève il doit boire. Au moins 2 litres par jour. Je lui dis que cela aide aussi à l'évacuation des toxines dans les urines.

– C'est de la médecine pratique.

– C'est du bon sens. Ma manière de soigner les gens c'est de les sentir, les écouter et… d'être logique. Lui, il doit boire. En même temps que je le lui dis, il me vient une idée. Ou du moins il lui vient une idée, à « lui ».

– Allez-y.

– Je dis au patient que c'est peut-être aussi la solution pour notre ville. Nous souffrons en effet d'un problème d'ordures. Elles sont normalement évacuées par des rigoles qui passent au milieu des rues. Des animaux saprophytes viennent les éliminer. Mais comme la chaleur a légèrement augmenté, l'eau des rigoles s'est évaporée, du coup les ordures glissent moins bien et s'accumulent, libérant des odeurs nauséabondes en pourrissant. Je lui dis qu'il faudrait creuser des « intestins » sous les rues et faire circuler de l'eau à l'intérieur pour charrier les déchets. Comme cela il n'y aurait plus de risque d'évaporation et l'eau pourrait circuler de manière plus vive que sur les rigoles centrales.

Stéphane Cavalan était intéressé.

– Il est en train d'inventer les égouts, votre médecin énergéticien.

– Mon patient et ami est amusé par l'idée qu'une ville fonctionne comme un corps humain et que l'eau va nettoyer les deux. L'intestin humain et l'intestin citadin. Il me dit que c'est une excellente idée et qu'il va la soumettre au Conseil des Sages dont il fait partie.

– C'est un politicien de l'Atlantide ?

– En fait dans ce monde il n'existe pas de réelles fonctions politiques. C'est la république des bonnes idées. N'importe qui peut proposer n'importe quoi. Si j'ai une bonne idée pour soigner la cité, je n'ai pas besoin d'être politicien pour la proposer. Les Sages ne font que la voter, puis la gérer pour qu'elle aboutisse à une création concrète.

Tout en parlant j'éprouvais de l'admiration pour un système que je découvrais et qui était complètement exotique par rapport à tout ce que je connaissais de l'histoire politique humaine. Malgré toutes les déclarations de bonne volonté, aucun pays moderne n'avait à ma connaissance osé tenter de rentabiliser ainsi la créativité de chacun de ses citoyens.

– Il n'existe pas de gouvernement en Atlantide ?

– Les Sages ne sont là que pour prendre des décisions collectives, mais ils ne sont pas des chefs. D'ailleurs il n'existe pas de police non plus, pas d'armée, pas de patrons, pas d'esclaves, pas de serviteurs ou d'ouvriers, nous sommes vraiment tous égaux.

– Alors qui dirige ?

– La notion d'« Intérêt général ». Nous percevons en permanence l'intérêt collectif, c'est comme un nuage au-dessus de nous. Celui qui sait informe celui qui ne sait pas. Celui qui peut, aide celui qui a besoin.

– Continuez à me parler de ce médecin atlante. Car après tout nous sommes là pour lui retrouver sa grande histoire d'amour.

– Il a rejoint la ville.

– Gal ?

– Il marche dans une grande rue de Gal. Il a toujours cette prestance impressionnante. Je me sens bien en lui. C'est comme une sensation de fraîcheur, de calme et de plénitude.

– Qu'est-ce que vous voyez ?

– Des maisons à deux étages, pas plus. Les murs sont beiges, les fenêtres ont les bords arrondis, sans vitres. On dirait qu'elles sont fabriquées comme les châteaux de sable sur les plages. J'entends des musiques, des harpes. Des gens qui parlent. Dans la rue quelques personnes me reconnaissent, me sourient et me saluent.

– Comment sont-ils habillés, vos Atlantes ?

– Comme moi, en tenue d'été avec des vêtements beiges rehaussés de pierres bleu turquoise. Chacun présente une découpe différente. Ce n'est pas la couleur qui les différencie mais leur ornementation. Les femmes arborent des coiffures très compliquées. Avec des tresses incrustées de pierres.

– Continuez. Décrivez-moi tout. Comment est Gal ?

– Sans trottoirs. Les portes sont en bois sans la moindre serrure. Des plantes vertes dégoulinent par les fenêtres un peu comme des lierres. Je perçois des arômes que je n'ai jamais sentis et que je suis incapable d'identifier. Comme des épices. Le coucher de soleil irise les murs et leur donne une tonalité rose qui vire au mauve. Ce coucher de soleil… Je ne sais pas pourquoi il me fascine. Je m'arrête pour le regarder longuement. Les couleurs du soleil couchant m'apportent une satisfaction immense. Je me sens heureux d'être vivant, d'être là.

La voix de Stéphane Cavalan se fit plus pressante.

– Accélérez le temps. Allons à votre histoire d'amour en Atlantide, donc.

– Je ne peux pas accélérer le film. Il va à « sa » vitesse. Je ne contrôle pas ce rêve éveillé, rappelai-je.

– Dans ce cas, puisque nous devons attendre que vous ayez atteint votre but de promenade, hum… Vous avez demandé durant cette séance à rencontrer votre amour. Pouvez-vous me dire si avant de la rencontrer vous étiez déjà marié, par exemple ?

– Le mariage n'existe pas sur Ha-Mem-Ptah.

– Avez-vous une sorte de « femme officielle » ? Avec laquelle vous auriez pu avoir des enfants. Vu votre âge avancé de 288 ans…

– En effet, mon âge est déterminant pour comprendre mon rapport aux femmes. En fait je n'ai jamais été marié, mais en 288 ans, j'ai connu beaucoup de compagnes.

– Des maîtresses ?

– Cette notion non plus n'existe pas. Personne n'appartient à personne, même temporairement. Nous sommes tous libres. Les sentiments instinctifs nous rapprochent ou nous éloignent, mais rien ne nous retient. Il n'existe donc ni possession, ni jalousie. J'ai le souvenir de la découverte et de l'émerveillement dans l'amour avec beaucoup de femmes, voilà tout.

– Alors comment se passe la vie de couple en Atlantide ?

De nombreuses réponses surgirent instantanément dans mon esprit mais je m'efforçais d'être le plus concis possible.

– On vit ensemble le temps que cela convient aux deux partenaires puis on se sépare quand on en a envie. On dit : « Nous sommes unis jusqu'à ce que l'absence d'amour nous sépare. » On n'a pas besoin de faire de scène ou de se tromper, quand l'un des deux en a assez, le couple s'arrête sans qu'on ait besoin de s'expliquer ou de se justifier.

– C'est aussi simple que ça ?

– Bien sûr. Le couple se forme dans le but d'avoir du plaisir et d'être heureux. Quand il n'apporte plus ni plaisir ni bonheur à l'un des deux on se quitte.

– Et les enfants ?

– J'ai eu cinq enfants. En Ha-Mem-Ptah, nous faisons peu d'enfants puisque les gens vivent vieux. La plupart de mes fils et filles ont évidemment plus de cent ans… la plus jeune a 70 ans. Nous avons vécu ensemble mais aucun d'eux ne m'attend plus. Ils vivent leur vie. J'en ai éduqué certains, d'autres ont été élevés par leurs mères. Je n'ai que le devoir de les nourrir et les loger lorsqu'ils en ont besoin. Je leur ai appris à être autonomes. Maintenant ils le sont tous.

– Ce sont quand même vos enfants.

– Et alors ? Personne n'appartient à personne et ce n'est pas parce que j'ai fourni mes spermatozoïdes que j'ai le moindre droit sur eux. Tout comme ce n'est pas parce que j'ai introduit mon sexe dans le sexe de leurs mères que j'ai des droits sur elles. Ni elles sur moi d'ailleurs.

Ma dernière repartie sembla le troubler.

– Vous savez, en 288 ans, on a le temps de faire des expériences. Si vous aviez pu vivre 288 ans vous diriez la même chose. C'est seulement parce que, actuellement, on meurt trop jeune, avant cent ans, qu'on n'a pas le temps de déduire ça « empiriquement ».

L'hypnotiseur enchaîna rapidement.

– Bon, votre « Atlante sans nom » il en est où de son retour en ville ?

– Je suis face à une taverne. C'est illuminé et des gens parlent à l'intérieur. Un rideau de perles ferme l'entrée. J'entre. Je vois beaucoup de clients.

– Que faites-vous ?

– Je m'assois à une table. Tout le monde discute. Certains me saluent, je les salue en retour. Une serveuse m'apporte une chope. Je goûte. La boisson a un goût de miel. Une sorte d'hydromel, mais sans alcool.

– Bon et votre histoire d'amour ? répéta Stéphane Cavalan, impatient.

– Il se passe quelque chose. La lumière vient de s'éteindre, mais la scène, au fond de la taverne, s'éclaire. Tout le monde se tait. Je me tais à mon tour.

– Quoi ? Qu'est-ce qu'il se passe ?

– C'est elle.

– Elle qui ?

– « ELLE ». Elle vient d'apparaître enfin. De dos au début. Puis elle s'est retournée et je la vois.

– Comment est-elle ? Que fait-elle ?

– C'est une danseuse. Elle est sur la scène. Sa… Sa robe est couverte de lamelles beiges. Elle se met à danser. Sa danse est très sensuelle. Elle est comme en transe, possédée par son plaisir de danser. À la fin tout le monde applaudit et elle salue. J'applaudis très fort aussi.

– Elle est comment ?

– Une merveille.

– Plus précisément. Brune, blonde, rousse ? Grande, moyenne, petite ? Yeux bleus, yeux marron ?

Je contemple la scène.

– Elle est extraordinaire. Magique. Illuminée de l'intérieur. L'ovation se poursuit longtemps. Je suis sous le charme.

– Brune, blonde ?

– Petite, brune, espiègle. Avec une énergie de vie qui irradie comme si elle avait un phare au niveau du cœur.

– Que se passe-t-il dans votre taverne d'Atlantide ?

– Alors que tout le monde se lève, elle m'aperçoit et son regard se fixe sur moi. Un pur rayon de chaleur. Elle est éblouissante. La salle se rallume. Les gens se rassoient et boivent. Elle descend de la scène et s'avance dans ma direction.

Je me tus, aux aguets, le souffle en suspens.

– Que se passe-t-il ? insistait Stéphane Cavalan.

– Elle me parle, elle me dit qu'elle sait qui je suis. Elle me dit qu'elle est étudiante. Elle dit qu'elle voudrait que je lui apprenne mon « art de soigner ».

– Jolie expression.

– Elle voudrait développer la réceptivité de ses mains. Je lui réponds que c'est par la pratique qu'elle se perfectionnera, mais que je peux l'aider à prendre conscience de ce qu'elle possède déjà. Elle me demande comment je fais pour obtenir un diagnostic aussi rapide. Je lui réponds qu'il s'agit d'une simple intuition. Naturellement on sait, mais on a perdu l'habitude d'écouter ce que l'on ressent vraiment. Il faut imposer silence à son intellect pour laisser parler l'intuition pure. Je lui explique qu'il faut interroger son propre corps pour comprendre celui des autres. Elle a un…

– Quoi ?

– Rien. Nous marchons tous les deux dans la nuit. Les rues de Gal sont désertes à cette heure. La lune nous éclaire, j'entends des chants de cigales au loin. J'adore son parfum. Elle possède une sorte de grâce naturelle, et dégage une énergie vitale qui me rafraîchit rien qu'en restant près d'elle. Tout à coup elle me prend la main. Je suis gêné.

– Gêné ? Pourquoi ?

– À cause de la différence d'âge. Elle a 25 ans. J'en ai 288. Elle comprend ma gêne et c'est elle qui fait tout pour la combler. Elle serre plus fort ma main. Puis elle m'arrête, me plaque contre un mur. Elle me fixe intensément, pose sa main sur mes yeux et m'offre un baiser. J'entrouvre à peine la bouche. Elle cherche un baiser plus profond. Sa lumière entre en moi. L'éblouissement se poursuit de l'intérieur.

« J'ai envie de lui dire que tout ça est un peu rapide mais je n'ose pas. Alors je me laisse porter par son désir et son énergie communicative. Elle ôte sa main de mes yeux. Je l'observe, la trouve merveilleuse, deux petites fossettes creusent ses joues quand elle sourit.

– Ensuite ? murmura Stéphane Cavalan, troublé.

– Elle insiste pour me raccompagner chez moi et nous…

– Quoi ?

– … nous faisons l'amour.

En flashes successifs, je la vis sur moi. J'étais étendu sur le dos, et elle était assise sur mon sexe qui lui servait d'axe. Elle dansait, exactement comme elle l'avait fait quelques minutes plus tôt dans la taverne. Elle m'offrait un spectacle, à la différence que j'étais devenu la scène.

Le fait de revivre cette expérience ancienne déversa en moi des vagues d'endorphines.

– Et alors, il se passe quoi ? Elle fait quoi, l'Atlante ? questionnait l'hypnotiseur.

– Elle rit.

– Elle rit « durant » l'acte ?

– Oui. Je n'ai jamais vu quelqu'un d'aussi joyeux dans l'acte amoureux. Je sens l'odeur de sa sueur : sable et cannelle. Ou plutôt le santal. Un parfum extra-ordinaire. La clarté de son rire et l'odeur de sa sueur provoquent des sensations sublimes. Tous nos fils blancs d'énergie entrent en résonance. Nous ne formons qu'un seul être à deux têtes, quatre bras et quatre jambes, la fusion est totale et le mélange de nos deux lumières engendre une clarté supérieure à leur simple addition. $1 + 1 = 3$. Nous sommes « sublimés ». C'est un instant d'extase comme aucun être ne peut aujourd'hui en connaître.

La voix de l'hypnotiseur devient bizarre.

– Ah ? À ce point ?

– C'est très nouveau pour moi. Comment savoir qu'un tel état pouvait exister ? Un amour de cette qua-lité ? Puis tout s'arrête. Je reste un peu embarrassé par son âge, je ne me détends pas tout à fait. J'éclate de rire à mon tour. En fait je me moque de moi. Je me trouve comme un enfant. Elle m'a d'un coup fait renaître. C'est là l'un de ses pouvoirs, elle dégage une telle énergie de vie et de lumière qu'elle peut me faire rajeunir.

– Quel est son nom ?

Je cherchais, je visionnais son visage, je humais son parfum, j'entendais sa voix un peu aiguë, je percevais son rire, mais son nom… C'est comme pour moi, dans mon esprit moi c'est « moi » et elle c'est « elle ». Je ne la nomme pas donc j'ignore son nom.

– Depuis que nous avons fait l'amour je la vois différemment. Elle est une source de vie. Elle est un remède. Elle est un spectacle. Elle est une œuvre d'art. Elle a… illuminé ma colonne vertébrale.

– Bon, et après ? dit-il, légèrement agacé.

Dans son intonation, je devinais une once d'envie.

– Quelques jours plus tard, elle a insisté pour que je rencontre ses parents. Je les rencontre et je sens qu'ils ne sont pas enthousiastes à l'idée de notre relation. Après le dîner je lui en parle et elle me dit que c'est elle qui m'a choisi et que si ses parents font obstacle à notre couple, elle ne les reverra plus.

– Carrément.

– Personne n'appartient à personne. Justement elle les quitte pour venir s'installer chez moi. Elle détient à ma grande surprise une sorte d'intelligence pratique appliquée à la maison. Elle sent où placer les objets pour qu'ils entrent en harmonie. Elle me fait une cuisine délicieuse. Elle rit et chante tout le temps. Elle a l'air si heureuse.

– Votre Atlante a pourtant connu beaucoup de femmes avant elle.

– Oui, mais je n'ai jamais ressenti une émotion aussi intense pour qui que ce soit. Elle et moi formons une unité magique. Ensemble nous savons faire quelque chose de prodigieux qui occupe nos soirées… Le voyage astral. Nous sortons de nos corps ensemble. Nos enveloppes d'âme transparentes demeurent côte à côte. Nous pouvons ainsi traverser murs et plafonds, voyager sur la planète et dans l'univers. Nous pouvons même… Ah ! c'est fabuleux !

– Quoi ?

– Nous touchons une zone au-dessus des nuages, une frontière entre l'atmosphère et le vide. Une fois cette limite franchie, le temps prend un rythme différent. C'est comme si le passé, le présent et le futur se superposaient en trois couches pour n'en former qu'une seule.

Je sentais que mon hypnotiseur, malgré ses initiations ésotériques, avait décroché. Il ne comprenait plus.

– Et… ensuite ?

– Eh bien, le tout-à-l'égout a été construit dans Gal. Les rigoles ont disparu au centre des rues. La montagne au loin s'est mise à fumer. C'était un volcan. Nous avons eu deux fils. L'aîné était un être indépendant doté d'un fort caractère. Il était navigateur et voulait découvrir les terres des barbares en dehors d'Ha-Mem-Ptah.

– C'est bien.

– Non, pas vraiment. Ça m'inquiète même. Il faut dire qu'un grand débat anime l'assemblée des Sages, parce que la plupart de nos explorateurs qui débarquent sur la côte mexicaine ou africaine sont mal accueillis par les autochtones. Ils se font massacrer.

— Vos navigateurs ne se défendent pas ?

— Ils n'ont pas d'armes. Nous avons vu plusieurs de nos bateaux revenir remplis des cadavres de nos jeunes hommes. Les Sages se demandent : « Faut-il continuer d'envoyer nos enfants se faire tuer ? » Certains pensent que non. D'autres qu'il faut les armer. D'autres encore expliquent qu'à la longue les barbares finiront par se fatiguer de nous détruire.

— Et votre fils aîné, il en pense quoi ?

— Il prétend qu'il faut continuer malgré tout, coûte que coûte, à aller vers les barbares pour essayer de les aider. Même malgré eux.

— Et vous ?

— Moi, je suis évidemment pour qu'on arrête d'envoyer les nôtres à une mort certaine. Je me dispute d'ailleurs avec mon fils aîné à ce sujet.

— Et « votre femme », elle en pense quoi ?

— Elle dit qu'il faut faire confiance à la prochaine génération. Notre aîné saura comment agir au bon moment.

— Et l'autre, le cadet ?

— Il est lui aussi navigateur, mais il prend moins de risques. Il parle moins. L'aîné part en général vers l'est, vers l'Afrique. Le cadet vers l'ouest, vers le Mexique. Tous deux veulent construire là-bas des pyramides. C'est leur obsession.

— Des pyramides ? À quoi servent-elles ?

— À communiquer à distance plus facilement.

— Des pyramides sur l'Atlantide ?

– Bien sûr, ah, j'ai oublié de vous en parler. Une grande pyramide, à l'est de la ville, permet d'émettre et de recevoir les ondes.

– Des ondes radio ?

– Non, des « ondes cosmiques ». Notre grande pyramide est une antenne d'émission-réception. Je ne peux pas expliquer ça autrement. Elle reçoit et diffuse des ondes précieuses pour nous. Ces ondes nous aident pour les voyages astraux, mais c'est un peu compliqué à expliquer, disons que…

– Désolé, nous parlons depuis longtemps. La cassette touche à sa fin. Pouvez-vous accélérer le temps ? Que vous est-il arrivé après cet amour qui vous a donné deux enfants navigateurs ?

– La Grande Catastrophe.

– Une catastrophe. Quelle catastrophe ?

– Quand on a annoncé que la grande vague arrivait, on a su que c'en était fini de notre civilisation.

– Le Déluge ?

Les images à nouveau surgissent sur mon écran intérieur.

– Certains paniquent, d'autres essayent de grimper sur des bateaux. Par chance, nos deux fils sont partis en haute mer depuis longtemps. J'avais proposé à ma femme de partir depuis une semaine, mais elle avait rétorqué qu'elle préférait rester avec moi. Elle devait avoir 46 ans à l'époque mais n'avait pas changé. Toujours sa grâce, sa douceur, sa compréhension infinie. Sa lumière si puissante. Elle était devenue une médecin très efficace. Son visage n'avait pas bougé, elle ressemblait toujours à la jeune femme qui dansait dans la taverne, et mon sentiment pour elle n'avait pas varié non plus. J'étais toujours amoureux d'elle, de plus en plus amoureux même. Beaucoup plus qu'au premier jour.

– Ne vous dispersez pas. Vous me parliez de la Grande Catastrophe.

– Nous allons sur la plage. Autour de nous tout le monde court, j'entends des cris, des appels, certains essaient de grimper sur les bateaux, transportent des sacs de provisions. Nous deux, nous sommes sans bagages. Nous nous asseyons face à la mer. Nous nous tenons par la main. Nous savons que ce sont nos dernières minutes de vie ensemble. C'est étrange d'attendre la mort avec l'être qu'on aime le plus au monde. Et nous la voyons au loin. Elle vient.

– Quoi ? Qui ?

– La Vague. On sent un grand vent. Pas vraiment un vent, un appel d'air glacé. L'air poussé par la vague qui avance. Une muraille gigantesque glisse sur l'eau. Au sommet de la muraille verte, des… mouettes. Les mouettes récupèrent les poissons que le puissant tourbillon a assommés et projetés sur la crête blanche qui surmonte le mur d'eau. Et puis est venu le bruit. Un grondement que la terre, sous nos pieds, répercutait.

– Vous avez peur ?

– J'ai accepté cette fin. On a peur quand on est dans le refus. Je suis en paix. Je meurs avec mon peuple et à côté de l'être que j'ai le plus aimé dans cette existence. Il faut bien que la vie s'arrête à un moment. J'ai plus de 300 ans…

– Donc la Vague, avec un V majuscule, approche, reprend Stéphane Cavalan.

– … Elle grandit au point d'obscurcir le ciel. Ma femme et moi, nous nous tenons toujours par la main. On ne voit plus le soleil. La vague est titanesque. Je suis étonné par la lenteur du phénomène. L'air maintenant est froid et salé. Quand la vague n'est plus qu'à quelques centaines de mètres, le froid nous fait claquer des dents, le ciel et la terre vibrent du même grondement abyssal.

– Et…

Chaque seconde s'étirait en minute, un orbe de temps nouveau, comme figé. Mais comment partager cela avec un hypnotiseur que l'impatience gagnait ? J'aurais aimé lui décrire l'énergie que je sentais frémir dans la main de ma femme, la satisfaction de savoir que nos enfants étaient en sécurité, loin, ailleurs. J'aurais voulu évoquer pour lui le sol qui tremblait. La poussière de sable qui nous suffoquait. Les cris de terreur autour de nous. Je l'ai regardée, elle a eu un battement de paupières qui signifiait : « Tout va bien, on a fait ce qu'il fallait, maintenant le reste suivra son cours. »

– … La Vague est sur nous. Je serre plus fort la main de ma femme… J'entends sa dernière phrase : « Retrouvons-nous plus tard. »

L'expression lui semble tellement incongrue qu'elle le fait presque rire.

– « Retrouvons-nous bientôt » ?

– Oui, c'est exactement cette phrase qu'elle a prononcée en dernier.

– Ensuite ? La Vague ?

– … La Vague. Elle nous « prend » comme si elle était munie de doigts. Nous sommes aspirés, projetés contre le mur liquide que nous traversons, le contact me glace. Je suis emporté comme dans une machine à laver, fouetté, écartelé. Mais je ne lâche pas la main de celle que j'aime. Je ferme les yeux. Quand je les rouvre, tout se calme progressivement. Nous devons être loin sous la surface. La lumière du soleil n'est plus qu'une faible pâleur. Je vois ma compagne et j'ai l'impression qu'elle me regarde aussi. Dans l'étouffement mon corps se débat, mes poumons emplis d'eau salée refusent encore de cesser de fonctionner. Mais je me sens bien. J'ai accepté aussi cette dernière sensation forte qui clôt ma vie. Au moment où je perds connaissance, ma main serre encore la sienne.

Je me tus.

J'attendais que Stéphane Cavalan réagisse, mais il ne dit rien.

La cassette, arrivée en bout de course, produisit un bruit sec.

– Maintenant, articula enfin l'hypnotiseur, vous allez reprendre la passerelle de lianes.

L'instant où « Il/je » redevint « Je/il » puis « Il » tout court, fut terrible.

Je vis au loin son corps désarticulé tournoyant dans l'eau, proche d'un autre corps. Ensemble ils formaient le symbole Yin Yang. Comme deux poissons tourbillonnant dans l'océan.

Ma vision recula, sans fin, jusqu'à toucher la surface et s'élever dans le ciel. Tel un oiseau, je pouvais contempler l'île d'Ha-Mem-Ptah submergée par les flots à l'assaut du volcan fumant qui crachait sa lave, jusqu'à ce que l'eau l'engloutisse et le souffle comme une bougie. Alors un bouillonnement jaune orangé et d'immenses fumées jaillirent de l'eau.

Surmontant ma fascination pour cet instant de fin du monde, je parvins à me retourner pour revenir vers la passerelle de lianes.

– Avancez jusqu'à la falaise d'où vous êtes parti, m'intima Stéphane Cavalan.

Je progressais sur le pont mouvant, les yeux tournés vers l'horizon. Un instant, j'eus envie de revenir en arrière, mais je savais que plus rien ne m'attendait là-bas, si ce n'était un monde d'eau et de cadavres flottants.

En avançant un pied devant l'autre, je repensais à mes deux derniers enfants, mes fils nés de cet amour.

Eux ont survécu. Ils vont essayer de répandre le savoir d'Ha-Mem-Ptah au Mexique et en Afrique. Peut-être mon aîné est-il parvenu à bâtir une pyramide.

La falaise apparut.

Le ciel avait changé. Il s'irisait de noir et de bleu. Sur les indications de mon hypnotiseur, je décollai de la roche de granit, montai dans le ciel sombre et nuageux et m'envolai vers le monde présent.

Je planais en direction de Paris. Je distinguai bientôt la tour Eiffel. Le Sacré-Cœur sur la butte Montmartre.

– Quand je dirai zéro, vous rouvrirez les yeux. Mais pas avant. Attention le décompte commence. 10, 9, 8. Vous commencez à bouger les doigts. 7, 6, 5. Vous remuez les jambes. 4, 3, 2, 1 et zéro. Vous ouvrez les yeux.

Je soulevai lentement mes paupières.

– Alors ?

– Alors quoi ?

– C'était comment ?

– Je veux y retourner.

– Non. Ça suffit pour aujourd'hui.

Les trois singes me faisaient face.

Ne pas parler. Ne pas entendre. Ne pas voir.

Que dire après avoir vécu une telle expérience ?

– C'était fabuleux. Merci.

– Une jolie histoire sentimentale, en effet.

Une « jolie histoire sentimentale » ! ? Comment les mots peuvent-ils être à ce point réducteurs ! J'ai connu un Amour Grandiose. Avec la Femme la plus merveilleuse de l'Univers et notre Amour a été un pur ravissement, jusqu'à la dernière seconde de cette ancienne vie.

– Vous allez bien ? demanda-t-il en m'observant du coin de l'œil.

– Ça va. Je me sens juste un peu, comment dire ? mélancolique. Jamais je ne connaîtrai ici la détente et le bonheur de cet homme que je fus. Mais je sais désormais que ç'a pu exister. Et puis… maintenant je sais pourquoi, quand j'étais gamin, j'avais à ce point la phobie de l'eau.

Stéphane Cavalan sourit, et me donna une tape sur l'épaule, comme si j'étais rescapé d'un naufrage.

– Hum… c'est cinq cents francs, annonça-t-il.

– Je peux vous payer par chèque ?

– Non, je ne prends que les espèces.

Il me servit une tasse de thé vert bouillant, pour me « remettre de mes émotions de voyage karmique ».

Je rentrai ensuite chez moi à pied. Sur le chemin du retour, près des berges de la Seine, je vis un enfant en train de faire des ricochets avec des pierres sur l'eau du fleuve. Il devait avoir 10 ans et apprenait cette technique à une petite fille qui s'y essayait en vain. Le garçon lui expliquait doctement comment tenir le caillou, le poignet légèrement en angle.

Je me dis que je ne saurais jamais si cette histoire de vie en Ha-Mem-Ptah, vieille de 12 000 ans, était le simple fruit de mon imagination ou un réel souvenir inscrit au fond de mon inconscient. Mais il restait une chose étrange et indéniable : la masse d'informations et de détails qui m'étaient parvenus durant cette séance. Dans mon travail de romancier, j'étais obligé de solliciter mon imagination pour faire venir les scènes. Je devais chercher les situations, les visages, les vêtements, les couleurs, les mots. Alors que là, tout était venu instantanément.

Je regardais la cassette audio dans ma main.

Je regardais le petit garçon qui apprenait à la petite fille à faire des ricochets sur l'eau.

Je n'avais pas tout raconté à Stéphane Cavalan, il était bien trop impatient, mais j'aurais été capable de décrire chaque plat dans chaque assiette de la taverne, chaque visage, chaque vêtement, chaque rue et chaque maison. Comment peut-on projeter autant de précisions si le monde est complètement imaginaire ?

La petite fille réussit enfin un ricochet en trois rebonds et le petit garçon la félicita.

Ils semblaient heureux.

Pour ma part, le plus difficile restait à accomplir : retrouver l'âme de cette femme mirifique que j'avais perdue 12 000 ans plus tôt, dans une vague de fin du monde, sur une île disparue.

J'avais en tête sa dernière phrase :

« *Retrouvons-nous bientôt.* »

REMERCIEMENTS

À Richard Ducousset, Françoise Chaffanel-Ferrand, Reine Silbert.

À Claude Lelouch, Max Prieux, Gérard Amzallag, Karine Lefebvre, Sylvain Timsit, Laure Pantel, Alex Jaffray, Boris Cyrulnik, Jean-Maurice Belhayche, Loïc Étienne, Vanessa Biton, Karine Delgado, Richard Reuben, Sellig, Dominique Charabouska.

Au café, pas loin de chez moi, où je vais travailler désormais tous les matins, et spécialement aux serveurs Pierre, Sébastien, David et Cédric qui me servent mon thé vert, mon pain aux raisins, mon verre d'eau fraîche, avec un sourire et me laissent m'installer sur deux tables afin que je pose mon ordinateur portable et ma documentation.

Aux vraies personnes qui m'ont inspiré les histoires « Passé probable ».

Musiques écoutées durant l'écriture des nouvelles :

Album « Musique of the Spheres ». Mike Oldfield.
Album « You All Look The Same To Me ». Archives.

Album B.O. Musique du film *Nos Amis les Terriens*. Alex Jaffray et Loïc Étienne.

Album B.O. du film *The Fountain*, Clint Mansell.

Album B.O. du film *Édouard aux mains d'argent* et *Big Fish*, de Danny Elfman.

Vincent Baguian. Pour l'ensemble de son œuvre.

Beethoven. Aussi pour l'ensemble de son œuvre.

Et puis aussi : Dunndotta, Roger Waters, Pink Floyd, Peter Gabriel, Genesis, Marilion, Fish, Philip Glass, Thomas Newman.

Site internet : www.bernardwerber.com

Table

L'Arbre des possibles (nouvelles), 2002
Nos amis les humains (théâtre), 2003
Nouvelle encyclopédie du savoir relatif et absolu, 2000
Le Miroir de Cassandre, 2009